TARA DUNCAN

Le Sceptre Maudit

타라 덩컨

③ 저주받은 왕홀

TARA DUNCAN, Le Sceptre Maudit
by Sophie Audouin-Mamikonian

TARA DUNCAN
Le Sceptre Maudit
타라 덩컨
❸ 저주받은 왕홀

펴 낸 날 | 2014년 5월 15일 초판 1쇄

지 은 이 | 소피 오두인 마미코니안
옮 긴 이 | 이원희
펴 낸 이 | 이태권
펴 낸 곳 | (주) 태일소담
서울시 성북구 성북동 178-2 (우)136-020
전화 | 745-8566~7 팩스 | 747-3235
e-mail | sodam@dreamsodam.co.kr
등록번호 | 제2-42호(1979년 11월 14일)

ISBN 978-89-7381-843-3 04860
978-89-7381-830-3 (세트)

• 책값은 뒤표지에 있습니다.
• 잘못된 책은 구입하신 곳에서 교환해드립니다.
• 이 도서의 국립중앙도서관 출판시도서목록(CIP)은 서지정보유통지원시스템 홈페이지 (http://seoji.nl.go.kr)와 국가자료공동목록시스템(http://www.nl.go.kr/kolisnet)에서 이용하실 수 있습니다.(CIP제어번호: CIP2014013893)

www.dreamsodam.co.kr

TARA DUNCAN
Le Sceptre Maudit

타라 덩컨

③ 저주받은 왕홀

소피 오두인 마미코니안 지음 | 이원희 옮김

소담출판사

20년 동안 한결같이 내 심장을
두근거리게 하는 타라 덩컨 시리즈를
정성과 사랑으로 지지해준 남편 필리프에게,
"아이 참, 엄마, 그건 아니지!" 하면서
나의 서툰 스와힐리어*를 수정해주고
인터넷 채팅, 휴대폰 문자메시지에서 사용하는
약어와 이모티콘, 신조어를 날마다 가르쳐준
나의 두 딸 디안과 마린에게 이 책을 바칩니다.

— 소피 오두인 마미코니안

* 아프리카 동부에서 널리 쓰이는 반투어군 언어. 탄자니아와 케냐의 공용어 — 옮긴이

파트로크
왕 국
키크로크
크로안 개 대 양
아쿠아리아
왕 국
트리톤의 나라
타트란
시티빌
오소르
보리아 강
비 리 디 스
살테렌스
사 막
티란
살라
푸아브레트
메우스
테수르
케키디
바 스 크 리 트
라스본
스파디비아
피어
데무아
팅가푸르
레스피트
탕즈 강
오무아 제국
투대륙

북
서
동
남
NORD
EST
SUD
OUEST
해
멘탈리르
평원
크라살비 왕국
브라
크리아
크랑카르
비트 왕국
이아
미나트
빌렌
왕국
히믈리아
타뉴
프로가데크
숨
포라트
타도르 산
제오폴
사로
왕 국
스몰컨트리
간디스
에르소
코시토
베르티스
블루 대양
미카일 해
아 더 월 드
서쪽면
Échelle 1:52 500 000
0
1417,5 km

TARA DUNCAN
Le Sceptre Maudit

타라 덩컨

③ 저주받은 왕홀 | 차례

일러두기

이 책의 본문에 표시된 *부분은 부록 '아더월드의 용어 해설'에 자세히 소개되어 있습니다.

③ 저주받은 왕홀

1
어둠 속의 빛

*

숲 속, 페가수스 갈랑은 푹신한 흙을 골라 밟으면서 살금살금 이동하고 있었다. 마법사들은 사람들이 절대 알아보지 못하기 때문에 가장 적격이라면서 만장일치로 갈랑을 뽑았다. 페가수스는 전설의 동물인데 설사 본 사람이 있더라도 정신병원에서 남은 여생을 보낼 게 뻔하다면서.

갈랑은 툴툴거렸다. 달빛을 받으면 반짝거리는 흰 털에다 폭이 4미터나 되는 날개를 포갠 채 몰래 움직인다는 것이 얼마나 힘든지 지들이 아냐고!

두리번두리번 주변을 살피면서 갈랑은 오랜 세월에 퇴색한, 장밋빛 돌로 지은 저택으로 접근했다. 다른 패밀리어들은 보초를 서고 있었다. 오른쪽에서 은빛 표범 쉬바가 으르렁거리자 영리한 여우 블롱딘이 그 화답으로 캥캥거렸다. 날개 돋친 말은 숲을 순찰하고 돌아왔다는 신호로 히이잉 하는 소리를 날렸다.

갈랑은 갑자기 섬뜩했다. 저택의 2층 창문들 중 하나에서 이상한 파란 빛이 번쩍이고 있었다. 커다란 몸집이 혹시라도 눈에 띌까 한 번의 날갯짓으로 창문을 향해 휙 날아오른 갈랑은 창살 너머 광경이 어찌나 놀랍고 또 불안한지 하마터면 곤두박일 뻔했다.

이렇듯 삼엄한 보호를 받으며 잠들어 있는 예쁜 금발소녀는 타라였다. 침대 주위에 널려 있는 책들이며 곰 인형들, 거기까지는 정상이었다.

그렇긴 한데 찜찜한 것은 바로 빛깔, 파란 빛이라는 것이 문제였다…… 정확하게 말하면 파란 빛은 아니었다. 하얀 살에서 발산되는 오팔빛 후광이 푸르스름한 빛으로 잠든 몸 위에서 물결치는데 방을 환히 밝힐 정도로 빛이 강렬했다.

갈랑은 털이 곤두섰다. 눈앞의 광경은 소녀 마법사가 잠든 상태에서도 육체적 본능으로 강력한 마법을 작동하고 있다는 표시였다.

아무리 그래도 이건 있을 수 없는 일이었다. 어쨌든…… 지금까지 이런 일은 불가능한 것으로 여겨져 왔다.

이윽고 푸르스름한 빛의 물결이 물러가면서 소녀 마법사는 더 이상 파란 난쟁이 스머프처럼 보이지 않았다. 방은 다시 어둠에 잠겼다. 패밀리어는 타라를 깨울까 잠시 망설이다 불과 몇 시간 전의 사건을 고려해서 그냥 푹 자게 놔두기로 했다.

그렇지만 불안감에 휩싸인 갈랑은 타라 없이 의사소통을 할 수 없는데 자신이 목격한 것을 다른 마법사들에게 어떻게 설명할 수 있을까 궁리하면서 밤새 순찰을 돌았다.

스머글의 공격

*

1번 자객이 이사벨라 덩컨의 저택을 포위하고 있는 스머글 군대를 향해 출발했다. 2번 자객은 마법의 행성 아더월드와 지구를 연결하는 공간이동의 문들 중 하나를 쥐도 새도 모르게 통과했다. 2번은 방금 통과한 문에, 이동하는 순간 폭발하기 전까지는 누구도 알아채지 못할 폭탄을 설치했다. 그러고는 흡족해할 여주인을 생각하며 씨익 웃었다. 마법사들이 그 함정을 피할 가능성은 전혀 없었다. 마법을 그토록 싫어하면서도 그는 전달받은 트란스미투스를 작동했고 마치 잘못된 그림이 지워지듯 사라졌다.

소녀가 눈을 떴을 때, 방 안은 햇살이 쏟아지고 있었다. 기지개를 켜던 소녀는 어리둥절했다. 창문이 뭔지도 알겠고, 눈부신 태양도 분명히 알아보았다. 손을 보고, 몸을 보았다. 흰색 면 파자마를 입고 있었다. 그러나 그 이상은 아는 것이 없었다. 무엇보다도 자신이 누구인지 아무 생각도 나지 않았다.

소녀는 침대에 누운 채로 원형의 넓은 방을 둘러보았다. 파스텔 톤의 가구들, 벽에는 배우들이 멋지게 포즈를 취하고 찍은 포스터가 잔뜩 붙어 있었다. 소녀는 눈길을 내리다 데리고 같이 잤던 것이 분명한 곰 인형의 눈과 마주쳤다. 이마를 찡그렸다. 이 방이 내 방인가? 그러니까 연예인과 곰 인형을 좋아한단 말이지? 거기다 책까지? 선반뿐만 아니라 방바닥에도 여기저기 널려 있는 것을 보면 책을 좋아하는 모양인데…….

거울 달린 옷장이 있었다. 펄쩍 뛰어내리는 순간 가벼운 현기증이 일었지만 소녀는 개의치 않고 거울에 비친 자신의 모습을 찬찬히 뜯어봤다. 전체적인 모습이 만족할 만했다. 날씬한 몸매, 큰 키로 보아 열세 살쯤 됐나? 열네 살? 금발에 희한하게 섞인 제비초리 모양의 흰 머리털이 유난히 눈에 띄었다. 소녀는 사팔눈이 될 정도로 거울 앞에 바짝 다가섰다. 거울 속의 분신이 쪽빛 눈으로 쳐다보고 있었다.

그럴듯해, 이 정도면 어디 가서도 빠지지 않겠어.

소녀는 총총걸음으로 넓은 창문 앞으로 갔다. 2층에 위치한 방

아래쪽으로는 숲 기슭까지 이어지는 잔디가 물결치고 있었다. 순간 오싹해지는 느낌이 들었다. 거기, 숲에 뭔가가 있었다. 뭔가 불길한 것이, 뭔가 위험한 것이…….

소녀는 콩닥콩닥 뛰는 가슴으로 햇살이 부서지는 방 쪽으로 돌아섰다. 꼬리를 활짝 편 공작이 수놓인 주홍빛과 금빛 드레스가 소파 위에서 반짝반짝 빛이 요란했다. 드레스를 만져보려고 손을 내미는 순간, 믿을 수 없는 일이 일어났다.

드레스에 수놓인 공작이 무릎을 조아리며 날갯짓으로 정중하게 인사를 하는 것이 아닌가!

소녀는 눈이 똥그래졌다. 생명체도 아닌 옷이 더군다나 경의를 표하다니! 누구인지 모르긴 해도 꽤 신분이 높은 사람이라는 것은 확실하지 않은가?

그 때, 삐걱거리는 문소리에 소스라치게 놀란 소녀는 후닥닥 침대로 뛰어들었다. 뚱보 검둥개가 들어왔는데 방금 층계를 뛰어올라온 사람처럼 숨을 헐떡이며 다가오고 있었다. 소녀는 방긋 웃었다. 해칠 것 같지는 않아서 그 보드라운 머리를 쓰다듬어 주려는 순간 개가 말했다.

"타라, 너의 페가수스가 우리에게 무슨 할 말이 있는지 펄쩍펄쩍 뛰질 않나, 날개를 마구 파닥이질 않나 아주 생난리를 치는데 도통 알 수가 있어야지!"

어라, 이번에는 개가 말을 하네! 엎드려 누운 소녀는 베개에 얼굴을 묻고 더는 못 참겠다는 뜻의 비명을 내질렀다.

"타라! 너 왜 그러……."

소녀는 침대에서 벌떡 일어나는 것으로 개의 말을 끊었다. 양손에서 파란 빛이 번쩍였다. 소녀도 놀라서 자신의 손을 보면서 눈이 휘둥그레졌다.

개는 무릎을 꿇는 듯한 엉거주춤한 자세로 슬금슬금 물러난 뒤에 명령하듯 말했다.

"타라, 얘야, 그 손 내려! 나를 모르겠니? 마니투, 네 증조할아버지야!"

소녀는 손가락에서 튀는 파란 불꽃에서 눈길을 떼고 조그맣게 말했다.

"그냥 개잖아요!"

소녀는 어이가 없었다. 어떻게 개가 조상이 될 수 있다는 거야?

"아이고, 내 팔자야. 그래, 맞기도 하고…… 아니기도 하단다."

신경이 날카로워진 소녀가 두 손을 마구 흔드는 통에 마니투는 아연실색했다.

"진정해, 타라, 제발! 그 무기…… 그 손을 내려준다면 고맙겠구나. 나를 모르겠니? 나는 개로 둔갑해 있는 거야. 영생하는 마법의 주문을 고안하다가 묘약이 잘못 되는 바람에 영생을 얻긴 했지만 대신 사냥개의 모습으로 살게 되었잖아. 기억 안 나니?"

"개는 말할 수 없단 말예요. 그리고 내 손에서 파란 빛이 나오는 것도 있을 수 없는 일이에요. 모두 정상이 아니라고요."

"오, 데미데루스여, 타라가 마법도 생각나지 않게 해주소서!" 불안한 마니투는 타라를 주시하면서 외쳤다. "타라, 너는 흥분하면 마법을 자극하기 때문에 위험해. 마법은 살아 있는 모든 존재가 만들어내는 생명력과 같은 것이고, 우리는…… 음…… 그러니까 그 힘을 저장하고 있다가 이용하는 엔진과 비슷하다고 보면 된다."

타라 — 그렇게 불리어지고 있으니 — 는 마음을 정했다. 스스로 개 아닌 개라고 시인까지 했으니 그렇지 않아도 이상하기 이를 데 없는 방에서 빨리 나가는 것이 상책이었다. 소녀는 슬그머니 문 쪽으로 향하고 있었다.

마니투가 주둥이를 일그러뜨렸다.

"타라? 뭐 하는 거니?"

"나가겠어요. 저리 비켜요."

마니투가 몸을 일으켰다.

"어림없는 소리! 너를 푹 쉬게 해야 한다는 밤새 박사의 지시를 받았어. 어서 돌아가서 누워!"

타라 앞을 가로막으면서 마니투는 그 젖혀진 입술로 화내는 것인지 웃는 것인지 모를 시늉을 했다.

불행하게도 마니투가 예상했던 것과는 정반대의 일이 일어났다. 위협받는다고 느끼는 타라의 두 손이 저절로 움직였던 것이다. 그 손에서 강력한 빛이 번쩍하면서 마법의 광선이 발사되었다. 마니투가 잽싸게 옆으로 데구루루 구르는 순간 옷장과 방문이 박살났다. 벽도 같은 신세가 되었다. 엄청난 굉음이 그치고 구름 같은 먼지가 걷혔을 때, 그들은 뻥 뚫린 구멍 안에 숲으로 연결되는 또 하나의 구멍이 있음을 알았다.

방에서는 아직도 연기가 피어오르고 있었다.

허물어진 벽의 잔해를 뚫고 쏜살같이 튀어나가던 타라는 새로 뚫린 구멍으로 머리를 들이미는 초록빛 눈의 호호백발 노파를 스쳐 지나갔다. 소녀는 끔찍한 혼란에 빠져 있었다. 자신이 방금 한 짓은 말도 안 되는 일이 아닌가! 어떻게 그런 일이! 아무런 장애물 없이 층계를 내려간 타라는 흑백 바둑무늬 타일이 깔린 대형 홀을 지나 마침내 웅장한 현관문 앞에 이르렀다.

내친 김에 문턱을 넘어서던 타라는 이번에도 가냘픈 체격의 갈색머리 소녀와 쾅 부딪혔다. 그 충돌에 바깥쪽으로 밀려난 갈색머리 소녀는 그만 콰당! 나동그라졌다.

이크! 타라는 사과할 마음으로 멈춰 섰다. 그러나 입 안에서만 맴맴 돌 뿐 말이 되어 나오지 않았다. 갈색머리 소녀는 땅바닥에 닿은 순간 털북숭이 동물로 변했다. 타라 앞에 떡하니 서 있는 야수는 키가 3미터에 이르고, 무시무시한 송곳니들이 삐죽삐죽 나와 있고, 발톱은 날카로운 칼 같았다.

"어머머, 타라!" 야수는 변신 때문에 갈가리 찢긴 자신의 바지를 보면서 외쳤다. "왜 이러니, 너?"

괴물까지 말을 하자, 머리가 터질 것 같은 타라는 사과고 뭐고 그냥 내처 달리는 것이 상책이라고 생각했다. 그 스타트 자세하며 발에 불이라도 붙은 듯한 그 엄청난 속도하며 올림픽에 나가면 육상 100미터 기록을 경신하고도 남을 것 같았다. 눈앞에서 울창한 숲이 반기고 있었다. 타라는 무작정 숲 속으로 뛰어들었다. 완전히 돌아버리기 전에 생각을 정리해야겠어!

돌멩이와 마른 나뭇가지들이 어찌나 사정없이 맨발에 박히는지 타라는 속도를 늦추다가 완전히 멈췄다. 나무에 기대어 울상을 지으면서 발에 박힌 걸 뽑는 순간 피가 흐르자 울음을 터뜨렸다. 분당 200번은 뛰는 것 같던 맥박이 70번으로 줄어들었고, 고요함 속에서 차츰 진정이 되었다.

타라는 절룩거리며 숲 속으로 들어갔다. 주위는 고요하다 못해 정적이 흐르고 있었다. 새소리 하나, 짐승 울음소리 하나, 윙윙거리는 벌 소리조차 들리지 않았다. 오른쪽에서 바스락거리는 소리에 화들짝 놀란 타라는 한 발을 떼었다가 두근대는 가슴으로 조심스럽게 내려놨다.

그 순간 으르렁거리는 소리가 났다. 뒤쫓아온 놈이 이왕 발각되었으니 정체를 드러내겠다는 신호인가? 그 울음소리는 '안녕, 30초만 기다려라, 넌 이제 내 밥이야' 하고 말하는 것 같았다. 이윽고 모습을 드러낸 주인공을 보고 타라는 숨이 멎을 뻔했다. 그것은…… 초록 털북숭이였다. 밤에 늑대로 둔갑해서 돌아다니다 나무를 정면으로 들이받은 마귀할멈이라고 하면 좋을까. 초록 털에서 끈끈한 수액이 질질 흘러내리고, 삐죽삐죽한 송곳니로 봐서 상어쯤은 한 입에 집어삼킬 것 같은 아가리 하며 발톱은 깡통 따개로 쓰면 딱 좋을 것 같았다. 게다가 식칼까지 들고서 아예 속셈을 드러내고 있었다.

그런 상황에서도 타라는 호기심이 고개를 들었다. 발톱보다 칼날이 더 길기야 하겠지만 칼이 굳이 필요할까? 이어서 생존 본능에 사로잡힌 타라는 아까 옷장을 박살낼 때처럼 광선이 발사되기를 기대하면서 두 손을 흔들었다. 그러나 파란 빛은 기미도 보이지 않았다.

타라가 무기처럼 두 손을 마구 흔들어도 아무런 일이 일어나지 않자 바짝 얼어붙어 있던 초록 털북숭이는 잽싸게 덤벼들었다. 타라는 이젠 죽었구나 싶어서 눈을 딱 감고 있는데 무슨 일인지 잠잠했다. 난데없이 등장한 털북숭이 동물의 공격에 놈은 끽

소리도 내지 못한 채 땅바닥에 콰당! 나가동그라졌다. 분노의 괴성을 지르면서 몸을 일으킨 놈은 갑자기 끼어든 적에게 달려들었다. 타라를 지켜주고 있는 이 뜻밖의 배트맨은 좀 전에 야수로 둔갑했던 소녀였다!

타라는 고맙다는 말은 나중에 하기로 했다. 털이 징그럽게 많은 두 괴물이 치열하게 싸우는 사이에 슬그머니 가풀막 쪽으로 빠져나온 타라는 겁먹은 토끼처럼 냅다 줄행랑쳤다.

그런데 늑대란 놈들은 토끼사냥을 할 때 무리를 지어 쫓는다는 것이 문제였다. 타라를 공격하려던 놈도 혼자가 아니었다. 도망쳐오는 타라와 맞닥치자, 아까 만났던 놈과 똑같이 생긴 초록 괴물이 어지간히 놀랐는지 딸꾹질까지 하면서 덤벼들었다.

2라운드에 접어든 야수와 초록 괴물은 경계를 하면서 서로를 노려보고 있었다. 따라서 전속력으로 다시 달려오는 타라를 보면서 둘은 깜짝 놀랐지만 죽어라 쫓아오는 추적자를 보고 즉시 사태를 알아차렸다.

1번 놈이 아가리를 흉측하게 실룩거리더니 타라를 도울 수 없게 야수를 공격하기 시작했다. 그사이에 2번 놈이 타라의 어깨에 칼을 내리찍었다. 아마도 목덜미를 겨냥했는데 약간 빗나간 모양이었다.

얼마나 아픈지 타라는 외마디 비명을 지르면서 고꾸라졌다. 승리의 괴성을 지르면서 괴물은 피묻은 칼을 뽑아들었다. 타라는 무심결에 돌아누웠다.

타라가 마지막으로 본 것은 심장을 향해 내려오는 칼날이었다.

마법사들

*

타라는 부랴부랴 쫓아온 검둥개가 놈의 엉덩이를 두 번 아귀아귀 물어뜯는 걸 보지 못했다. 괴물이 질러대는 고통스러운 비명도 듣지 못했고, 목구멍을 관통한 화살을 뽑다가 또 한 번 숨넘어가는 비명을 내질렀다는 것도 알지 못했다. 두 놈 다 뚱땡이 고슴도치처럼 별안간 픽픽 쓰러지는 것도 보지 못했다.

야수와 괴물의 싸움을 지켜보면서 타라가 "어라, 저런, 아뿔싸, 그래, 알았어, 알았다고! 너무해, 그래도 이건 너무 심한데." 하던 중에 뇌의 접속이 끊겼기 때문이었다. 타라는 살아 있다는 것이 믿기지 않았다. 싸움판에서 결정적인 순간에 기절한다는 것은 아주 졸렬한 생존 전략이기 때문에 타라는 가능한 한 빨리 자신의 중추신경계에 다시는 그러지 말라고 당부하고 싶었다. 그런 전략은 한 번이면 족하다면서.

가까운 데서 여러 사람의 목소리가 들렸다. 타라는 깨어났다는 것을 들키지 않으려고 실눈을 떴다. 아픈 데가 없었다. 손가락과 발에 이어 어깨를 슬그머니 움직여봤지만 멀쩡했다. 그렇지만 천국에 있는 것은 분명히 아니었다. 아니면 심하게 다투고 있는 걸로 봐서 평화와 평온에 대해 이견이 있어 천사들이 언쟁을 벌이고 있는 것이거나. 어쨌든 화살 세례를 받은 초록 괴물 둘이 나무 밑에 널브러져 있었다.

야수의 목소리는 화가 나 있었다.

"맙소사! 죽이지는 말았어야지, 로빈! 노발대발할 거라고, 황제가!"

멜로디 같은 목소리로 대답하는 존재는 인간이 아니었다. 타라의 머릿속에 한 단어가 떠올랐다. 엘프! 고양이 눈처럼 갈라진 크리스털 같은 눈, 검은 머리칼이 묘하게 섞인 은발, 뾰족한 귀, 대리석 조각처럼 잘생긴 얼굴. 초록색 사냥 복장 위에 파란색 튜닉을 걸친 그는 한 손에 활을 들고 있었다. 천에 아로새겨진 무늬들이 꿈틀거리더니 혈기 넘치는 은빛 엘프들이 이리 뛰고 저리 뛰며 전투훈련을 하고 있었다.

"황제가 그 멍청한 대원들을 돌아다니게 하지 말았어야지!" 엘프가 응수했다. "스머글들이 먼저 공격했어. 내 조상들의 이름을 걸고 말하는데, 무아노, 그놈들이 타라를 죽일 뻔했단 말야!"

그러니까 야수로 변신할 수 있는 소녀의 이름이 무아노구나. '무아노' 면 참새라는 뜻인데 별명과는 영 안 어울리네. 엘프의 이름은 로빈, 그런데 타라라는 이름을 부르는 억양 속에 애정이 가득했단 말야. 그거, 흥미롭네!

그때 까만 눈의 금발소년이 끼어들었다.

"황제가 일개 소대를 배치해 놓았던 것은 타라를 지키기 위해서라고!"

"파브리스의 말이 맞아." 야수가 맞장구쳤다. "스머글들이 왜 타라를 공격했는지 모르겠어, 난."

"으으흠, 그게……." 노인이 약간 난처한 듯 입을 열었는데, 긴 백발에 지푸라기들이 섞여 있어서일까, 꼭 올빼미 둥지 같았다. "사실은 황제가 이런 사고가 있을까 봐 일종의 부적으로 펜던트를 줬는데, 타라가 의식을 잃은 상태라서 내가 아직 전하지 못하고 있었다. 타라가 난데없이 숲에서 조깅할 줄 누가 알았겠니?"

노인은 은빛 드래곤 무늬와 꾀죄죄한 것만 빼고, 다른 사람들과 비슷한 튜닉의 주머니를 뒤적이면서 중얼거렸다.

"이런, 내가 그걸 또 어쨌나……."

또 다른 목소리가 야유하듯 말했다.

"설마 이걸 찾으시는 것은 아니겠죠, 선생님?"

노인이 성난 얼굴을 쳐들었다. 헝클어진 흑발에 잿빛 눈, 뛰노는 여우 무늬의 파란색 튜닉을 걸친 소년은 주홍빛 공작이 매달린 펜던트 목걸이 한 묶음을 쑥 내밀었다.

선생님이 얼른 받아들고 타라를 포함하여 거기 있는 모두의 목에 걸어주면서 한마디했다.

"감히 드래곤의 주머니를 털다니! 면허 받은 도둑이라고 이 따위 무례한 짓을 하다가는 너 언제고 감옥에 들어가고 말 게다."

"흥!" 소년이 버릇없이 응수했다. "나를 가둬둘 감옥은 아직 세워지지 않았거든요! 그리고 연습할 필요가 있었단 말예요. 이 지구라는 행성은 정말 따분하다고요! 아더월드로 돌아가고 싶어 죽겠어요!"

타라의 머릿속에서 분노가 물러가고 호기심이 동했다. 타라는 거기 모인 사람들이 아주 친숙한 느낌이 들었다. 증조할아버지라고 주장했던 검둥개가 시야에 들어왔다. 그 얼굴에 칼자국이 나 있었다.

"아이고, 나 죽어. 누가 레파루스 주문을 좀 걸어다오. 타라를 찌르려는 스머글을 막다 내가 당했어. 로빈, 네가 마침 숲 속에서 정찰을 돌고 있었기에 망정이지, 안 그랬으면 우리 둘 다 갈가리 찢겼을 거야!"

"천만의 말씀이에요, 마니투 선생님." 로빈은 겸손하게 대답했다. "선생님과 여제 후계자의 목숨을 구할 수 있어서 제가 영광입니다."

그렇게 말하고 나서 로빈은 몸을 숙이더니 부상당한 개의 얼굴에 두 손을 대고 주문을 읊었다.

"레파루스의 이름으로 상처는 아물고 통증은 사라지거라!"

로빈의 손에서 발사된 광선이 개를 건드리자…… 상처가 아물었다. 검은 털이 쑥쑥 자라더니 이내 상처는 흔적도 없이 사라졌다. 어떻게 저런 일이! 이번에는 말이 나타나서 개의 냄새를 킁킁 맡았는데 그 모습이 다정해 보였다.

타라는 의식을 잃은 체해야 한다는 걸 잊어먹고 그만 눈을 동그랗게 뜨고 말았다. 말 등에 있는 것은 덮개가 아니라 날개가 아닌가! 게다가 발굽이 아니라 고양이 발처럼 움츠려지는 갈퀴발톱까지. 그렇다면 페가수스? 오래 전에 멸종된 전설의 동물……, 아니 멸종된 건 아니지! 존재한 적도 없으니까! 페가수스가 그 갸름한 머리를 쳐들고 금빛 눈동자로 타라의 쪽빛 눈을 응시했다. 페가수스와 어떤 관계가 있는 모양인데 정말 생각이 나지 않았다. 페가수스가 뭔가를 말하려고 애쓰고 있었고, 타라는 뇌 속을 파고드는 힘 같은 것이 느껴졌다.

"타라!" 로빈이 소리쳤다. "너 괜찮은 거야?"

그 외침에 깜짝 놀라서 페가수스와의 정신적 흐름이 깨졌다. 타라는 마지못해 그 멋진 페가수스에게서 얼굴을 돌리고 아주 쌀쌀맞게 대답했다.

"괜찮냐고? 귀신 들린 집에서 밤새도록 악몽에 시달린 기분인데. 도대체 이게 다 무슨 일인지 설명이나 좀 하시지!"

"사실은 말이다." 마니투가 끼어들었다. "타라가 기억을 잃은 것 같아."

모두 아연실색해서 마니투를 쳐다봤다.

"그래서 못 알아본 거예요, 나를?"

야수로 변신해 있는 소녀 무아노가 말했다.

"충격이 커서 그래." 로빈이 눈살을 찌푸리면서 천천히 설명했다. "기억상실은 대개 몇 시간 지나면 돌아오는데 이 경우는……."

"나한테 맡겨." 어린 도둑 칼리반이 말을 자르면서 타라에게 다가갔다. "뇌진탕이었을 거야. 자, 한번 노력해봐. 우리가 누구지?"

"괴물?" 타라는 솔직하게 말했다.

"맙소사!" 칼리반은 기겁했다. "우린 마법사들이고, 아더월드인들이야. 지구인인 파브리스만 빼고."

"마술사가 아니고?"

칼리반이 지구인이라면서 손가락으로 가리켰던 금발소년이 주뻣거리다가 설명에 들어갔다.

"마, 법, 사." 소년은 마치 타라가 귀머거리라도 되는 듯이 또박또박 말했다. "우리는 드래곤들의 도움을 받아 아더월드 정부를 위해 일하고 있어. 원래는 '마법의 주문에 도통한 사람들'인데 그게 너무 길잖아. 그래서 그냥 마법사라고 하는 거야. 간편하기도 하고. 그리고 마법 능력이 없는 사람들을 '비마법사'라고 하는데 그것도 짧게 비마라고 부르지. 알겠어?"

타라가 이맛살을 찌푸리면서 한마디하려고 할 때, 선생님이 엄숙한 어조로 말했다.

"그래, 칼의 말이 맞아. 아더월드로 돌아가야겠다. 이제 타라가 깨어났으니 허비할 시간이 없어. 우리나라에 돌아가서도 기억상실이 계속되면……."

"그러면?" 마니투가 반신반의하는 표정으로 물었다.

"강력한 처방이 있지요." 노인은 주먹까지 불끈 쥐었다. "자, 출발!"

"뭐가 그렇게 급해요?" 파브리스가 어리둥절한 얼굴로 물었다. "나는 지구에 남아 있었고, 아무것도 모르잖아요."

로빈이 단도직입적으로 말했다.

"타라의 어머니가 암살당할 뻔하셨어."

"뭐라고?" 타라가 소리쳤다.

그때 냉랭한 목소리가 끼어들었다.

"사실이야. 하지만 그건 너를 아더월드로 돌아오게 하려고 오무아 제국이 꾸민 계략일지도 몰라. 너는 못 간다, 타라, 내 말 들어! 이번에는 내 말을 거역하면 안 돼!"

타라는 새로 등장한 사람을 향해 돌아섰다. 허물어진 벽의 잔해를 뚫고 달아나다가 스쳤던 초록빛 눈의 키다리 여자였다. 조각상같이 차가운 얼굴에서 타라는 사랑과 미움이 섞인 묘한 감정을 느꼈다.

"그러시는 분은 누구세요?"

타라는 속으로 중얼거렸다. '나한테 명령조로 말하는 분'이라고 구체적으로 표현할 필요는 없겠지. 굳이 말 안 해도 뻔히 알 테니까.

"너 지금 뭐라고 했니? 이건 또 무슨 변덕이야? 이젠 네 외할머니도 몰라보는 게냐?"

뭐, 할머니? 통조림 깡통도 와작와작 씹어서 내뱉을 사람으로 보이는데 할머니라고? 그뿐인가 턱뼈를 보면 도끼도 갈 수 있을 것 같았다.

"이사벨라," 마니투가 말했다. "문제가 생겼다. 타라는 아무것도 기억하질 못해. 기억을 잃었어."

"우리는 타라를 데려가려고 아더월드에서 일부러 온 거예요."

로빈이 말을 이었다. "어머니가 다치셨는데 당연히 갈 거니까요."

로빈이 타라를 돌아보면서 다정한 어조로 물었다.

"어떡할래?"

"가자." 무시무시한 할머니에 개의치 않고 타라는 결정을 내렸다. "어머니가 부상을 당했다는데 아더월드 아니라 지옥이라도 당연히 가야지."

쉬익 하는 소리가 나더니 보랏빛 광선이 번쩍였다. 이사벨라가 마법의 광선을 발사한 것이었다.

"기억상실이든 아니든 너는 여기 있어야 해. 강제로라도 붙잡아둘 거니까." 이사벨라는 엄하게 말했다. "내 딸 셀레나가 암살당할 뻔했어. 그런데 그곳으로 너까지 보낸다고? 안 돼, 어림없다! 아더월드에는 못 가!"

칼은 잽싸게 타라에게서 떨어지면서 중얼거렸다.

"어휴! 내가 너라면 복종하겠어. 안 그랬다간 너를 개구리로 만들고 말 거야. 물론 너를 위해 통통하게 살찐 파리들을 갖다 주긴 하겠지만."

"저 할머니가 그런 능력이 있어?" 타라는 얼굴을 찡그리면서 물었다. "나를 개구리로 둔갑시킨단 말이지?"

"그럼! 그리고 있잖아, 너네 할머니는 성질이 장난이 아냐. 그러니까 지구에 살면서 야만적인 마법사들을 색출하여 아더월드로 추방하고, 또 악마들이 우리 세계를 또다시 침략하지 않는지 살피고 있지.”

타라는 자신을 지구에 붙잡아두려고 하는 이유가 뭐든 그대로 따를 생각이 없었다. 아까는 마법이 작동하지 않았는데…… 어디 한번…… 야아압!

모두의 시선이 타라의 손으로 쏠렸다. 어찌나 눈이 부신지 햇살을 무색하게 할 정도의 강렬한 빛이 번쩍였던 것이다. 주위에 있던 마법사들이 순식간에 사라졌다. 모두 자리를 피한 것이었다.

“자, 자, 진정들 해요!” 노인이 외쳤다. “그러다 비마들이 보면 어쩌려고?”

이사벨라와 타라는 그 말을 들은 척도 하지 않았다.

“타라, 나한테 맞서지 마라!”

이사벨라는 초록빛 눈을 매섭게 뜨면서 소리쳤다.

타라는 서부 활극의 한 장면을 찍는 느낌으로 당당하게 맞섰다.

“잘 들으세요. 나는 여기 있는 사람들도 모르고, 아무것도 몰라요. 내가 누구인지도, 내가 왜 마법인가 뭔가를 할 수 있는 것인지도 몰라요. 그러나 확실한 것은 부상당한 어머니를 혼자 둘 수 없다는 거예요. 그리고 내 어머니의 어머니라면서 아직 여기 계신 것도 이해하지 못하겠어요. 적의 편이 아니고서야!”

그 당찬 말에 백발의 마법사는 황당한 얼굴을 하고 있었다. 그러나 당혹스러움은 오래가지 않았다. 거만한 태도는 온데간데없어지고 이사벨라는 부드러운 음성으로 말했다.

"너를 보호하는 것과 내가 맡고 있는 임무가 내 딸보다 우선이란다. 그리고 네 어머니는 너처럼 오무아 제국의 후계자가 아니거든. 아더월드에서는 내가 네 안전에 신경을 쓸 수가 없어. 그래서 너는 지구에 있어야 하는 거야."

설명은 나중에 듣기로 하고 타라는 한 가지만 밀어붙이기로 했다.

"어머니를 만나러 가겠어요."

"그럼 할 수 없지!" 이사벨라가 주문을 읊었다. "포쿠스는 너를 마비시켜서 내 뜻대로 조절할 수 있게 할지어다!"

마법의 광선이 타라를 건드렸지만 소녀의 능력도 이미 작동 중이었다. 할머니가 다치는 것을 원치 않는 타라는 그 마법의 광선을 흡수할 방패를 상상하는 것으로 만족했다. 이사벨라는 어이없다는 얼굴로 타라를 쳐다봤다. 타라가 돌덩어리처럼 굳어야 마땅하거늘 마법의 방패 뒤에서 끄떡도 하지 않았던 것이다. 이럴 수가! 이사벨라는 점점 더 강력해지는 손녀를 이제는 당해낼 수 없다는 걸 깨달았다. 그녀가 두 번째 주문을 읊으려고 할 때 어디서 나타났는지 스머글 20명이 우르르 몰려왔다. 그들은 널브러진 동료 두 명의 시신을 보고 화가 나서 으르렁거렸다.

그 무리 중 한 명이 다가오더니 무기가 없다는 표시로 두 손을 펴 보였다. 타라는 웃음이 나오는 걸 간신히 참았다. 송곳니와 갈퀴발톱은 무기가 아니고 뭔가?

"너희들이 죽였어."

스머글은 뜨거운 것이 목구멍을 넘어가는 것처럼 아주 힘겹게 발음했다.

"먼저 우리를 공격했어요."

활을 둘러멘 엘프 로빈이 침착하게 응수했다.

그들을 노려보던 스머글은 펜던트를 발견하고 태도가 굳어졌다. 그는 고개를 내저으면서 무리를 향해 돌아갔다.

"펜던트를 봤군." 셈 선생님이 말했다. "이제 우리를……."

셈 선생님은 말을 끝낼 수가 없었다. 스머글들이 일사불란하게 그들에게 달려들고 있었다. 생각할 겨를이 없는 타라는 방패를 마법 광선으로 변형시켜서 덤벼드는 세 놈을 한꺼번에 지글지글 태워버렸다. 칼은 4번 놈의 가슴뼈에 칼을 꽂아놓고 자기도 끔찍하다는 얼굴을 하고 있었다. 어린 도둑이 칼 꺼내는 손놀림이 어찌나 빠른지 다음 놈이 주뼛거렸다. 로빈은 활로 5번 놈을 해치웠다. 무아노와 파브리스, 이사벨라, 마니투도 놈들을 공격하고 있었다. 곤경에 처해 있는 사람은 노인밖에 없었다. 스머글 셋이 달려들자 갑자기 노인의 몸이 부풀기 시작했다. 타라는 딸꾹질이 나왔다. 어머 어떡해, 꼼짝없이 당하게 생겼어! 타라가 도우려는 찰나에 늙은 손가락의 살을 뚫고 나오는 무시무시한 갈퀴발톱들, 삐주룩삐주룩 돋는 돌기에 등이 갈라지고 날개가 돋치는 것이 아닌가! 으악…… 드래곤이다! 6미터 키의 파란 드래곤, 시베리아 호랑이가 울고 갈 이빨…… 공포에 질린 타라는 뒷걸음쳤다. 그들은 한입거리도 안 되지 않는가. 마법을 작동하고 있던 타라는 파충류가 몸을 숙이는 순간 정통으로 광선을 날렸다. 그것을 맞고 쓰러지던 드래곤은 스머글들을 깔아뭉갰다. 성난 스머글들이 줄행랑치면서 내지르는 비명소리를 끝으로 무거운 침묵이 감돌았다.

그 와중에 누군가의 발길질에 맞았는지 의식을 잃고 쓰러진 이사벨라의 관자놀이와 코에서 피가 흐르고 있었다. 드래곤도 널브러져 있었다. 다른 마법사들과 개는 무사한 것 같았다.

"맙소사, 타라!" 칼이 냅다 소리를 질렀다. "너 이게 무슨 짓이야?"

아직도 심장이 벌렁거리는 타라는 천연덕스런 얼굴로 칼을 쳐다보면서 응수했다.

"내가 뭘? 드래곤으로 둔갑해서 내가 쓰러뜨린 거잖아! 우리를 한입에 삼키려고 하는데 구경만 하라고?"

"둔갑한 게 아니란 말야!" 칼은 더 핏대를 올렸다. "원래 드래곤이라고! 깨어날 때쯤에는 멀리 떨어져 있는 게 너한테 좋을 거다!"

"난 괜찮다, 칼." 쩌렁쩌렁한 목소리가 중얼거렸다. "비늘이 마법의 광선을 흡수했기에 망정이지. 아이고, 머리야! 타라, 다음에는 발사하기 전에 질문 좀 해, 제발 부탁이다!"

어마어마하게 큰 파충류가 힘겹게 일어났다. 그가 주문을 읊자 몇 분 후 노인의 모습으로 돌아왔다. 와우, 자유자재로 변신을 하네!

"나는 타라를 원망하지 않아. 모르고 한 거니까. 자, 여기를 빨리 떠야겠다. 스머글들이 원군을 데리고 돌아오기 전에. 황제가 펜던트를 준 것은 우리를 보호하기 위한 것이었는데 스머글들이 오히려 이걸 지니고 있는 사람을 공격하다니…… 황제와 내가 아주 심각하게 대화를 나눠야 할 것 같구나."

"이사벨라 부인이 깨어나지 않아요!"

타라의 할머니에게 레파루스 주문을 실행했던 로빈이 다급한 목소리로 외쳤다.

"차라리 다행이다." 셈 선생님이 퉁명스럽게 말했다. "이사벨라는 후계자 문제로 정신이 완전히 나갔어. 책임감이 투철한 사람이라는 것은 알지만 타라를 혼자서 지키겠다고 고집을 피우는 통에 골치가 아프다. 이런 일이 일어난 것도 다 그놈의 고집 때문이잖아. 로빈, 네가 저택으로 모셔가거라. 타실과 망구스 마법사가 잘 보살펴 줄 게다. 그리고 브주아 지롱 백작의 집으로 와. 우리는 공간이동의 문에서 기다리마."

로빈은 레비투스 주문으로 이사벨라의 몸을 둥둥 떠오르게 한 뒤에 달려갔다.

"자, 그럼 출발할까?" 셈 선생님이 점잖게 말했다.

"우헤헤, 파자마바람인데요?" 칼이 타라를 가리키면서 킥킥거렸다. "기다려, 내가 도와줄게. '*트란스포르무스의 이름으로 타라의 옷은 단정한 차림으로 바뀌어랏!*' "

칼의 마법 광선이 타라를 건드리자 파자마가 어랏…… 비키니로 바뀌는 것이 아닌가! 타라의 눈이 똥그래지는 사이에 무아노는 어린 도둑을 째려보면서 다그쳤다.

"이게 무슨 짓이야, 너?"

얼굴이 새빨개진 칼은 멋쩍어서 어쩔 줄 몰라했다.

"어휴! 미안해! 오늘 아침에 타실 마법사의 방에서 봤던 달력 사진이 머릿속에 박혀 있어서 그만, 알잖아, 쭉쭉 빠진 미녀들 사진……."

"제발 부탁인데 넌 빠져. 내가 타라에게 어울리는 옷을 입혀놓을 테니까."

두 번째 주문에 타라는 청바지에 티셔츠, 농구화 차림이 되었다. 싸늘한 얼굴이 된 타라는 몸을 비비 꼬는 칼을 휙 지나쳐서 파브리스를 따라갔다. 파브리스는 헛기침을 하는 것으로 터져나오려는 웃음을 꾹꾹 누르고 있었다. 이윽고 파브리스는 그들을 아버지의 집으로 안내했다.

그들은 잔뜩 긴장한 채 조용히 움직였지만, 스머글들은 다시 나타나지 않았다. 지구인들의 시선을 끌지 않도록 셈 선생님이 그들을 보이지 않게 하는 주문을 걸어놓았었다. 동물들도 그들을 따르고 있었다. 칼 옆에서는 여우가 까불거리며 졸졸 따라가고, 무아노 옆에서 은빛 표범이 의젓하게 걸어가고, 멋진 페가수스는 타라를 떠나지 않았고, 파브리스 뒤를 작은 매머드가 따라가고 있었다. 타라가 의아한 얼굴을 하자, 칼은 그 동물들이 마법사와 영원한 동반자로 결속된 패밀리어며 특히 매머드는 마법으로 축소시킨 것이라고 설명해주었다. 그 말은 타라와 페가수스가 사랑과 신의로 결합되어 있다는 뜻이었다. 그래도 매머드는 좀!

브주아 지롱 백작이 문 앞에서 미소를 지으며 그들을 맞았다. 큰 키에 대머리, 유난히 큰 코 위로 거의 붙어 있는 눈썹, 백작은 흡사 사나운 독수리 같았다.

"후계자를 설득하셨군요! 기다리고 있었습니다. 공간이동의 문은 준비되었지요! 따라오시죠."

백작이 한 팔로 파브리스의 어깨를 감싸는 모습을 보면서 타라는 아버지의 애정표현에 감동을 받았다. 성으로 들어간 그들은 여러 개의 탑 중 하나에 이르렀다. 거인들, 엘프들, 꼬마도깨비들, 유니콘들과 몇몇 짐승들을 묘사한 색색의 태피스트리 다섯 장이 벽에 걸려 있을 뿐 텅 빈 방이었다.

몇 분 후, 로빈이 숨을 헐떡이며 달려왔다.

"타실과 망구스 마법사들이 덩컨 부인을 돌보고 있어요. 이제 가도 됩니다."

셈 선생님은 그들을 방 한가운데로 서게 했고, 백작이 건네주는 왕홀을 받아들었다. 백작은 좋은 여행이 되라고 말하고는 방을 나갔다. 노인이 색색의 태피스트리 중 하나에 왕홀을 갖다대자 무지갯빛 광선들이 솟구쳤다.

"랑코비트의 트라비아 왕궁으로!" 셈 선생님이 외쳤다.

공간이동의 문이 복종했다.

그리고 펑! 하면서 폭탄이 터졌다.

아더월드

*

엄청난 흔들림이 일었다. 편안한 이동은커녕 샴페인 마개처럼 튕겨나간 그들은 뒤죽박죽이 되어 떨어졌다. 주위는 온통 아수라장이었다. 사방에서 나는 비명소리, 연기 속으로 여기저기 부상당한 몸들이 보였다.

인간인지 괴물인지…… 키가 2미터쯤 되는 빨간 머리가 기절할 것 같은 얼굴로 외눈을 어지럽게 굴리면서 두 손을 비틀어 꼬고 있었다. 타라는 침을 꼴깍 삼켰다. 거기가 지구가 아니라는 것은 확실했다.

"오, 조상들이시여, 이게 무슨 날벼락입니까!"

빨간 머리 외눈 거인이 한탄했다.

셈 선생님은 기계적으로 옷의 먼지를 툭툭 털면서 일어나더니 갈가리 찢긴 몸들에 시선을 고정한 채 호통을 쳤다.

"맑은시냇가수줍은꽃! 문지기! 이게 어떻게 된 일이오?"

"티베트 문이 폭발했습니다." 외눈 거인이 고했다. "그 여파로 다른 문들도 영향을 받았고, 그래서 크게 흔들렸던 겁니다. 이동할 채비를 하고 있던 이들은 모두…… 사망했습니다. 차마 눈뜨고 볼 수 없는 광경이…… 셈 선생님, 어떻게 이런 끔찍한 사고가 났는지 모르겠습니다!"

"생존자가 없단 말이오?"

"네, 한 명도 없습니다."

셈 선생님은 아연실색했다. 혼자 펄럭이다 죽은 이들의 몸 위로 가라앉는 시트를 보면서 타라는 다리가 후들거렸다.

"이건 아주 심각한 사건이오." 드래곤 마법사가 말했다. "공간이동의 문을 신뢰할 수 없다면 다시 이용하기 전에 그 이유를 반드시 알아내야지요. 엘프 수사관들과 과학수사대에 알려서 사고 원인을 알아내라고 하시오! 그리고 사고를 당한 사람들의 집에도 연락하시오. 우리의 수상 키마이라 살라타르에게 우리를 대신하여 애도의 뜻을 전해주시오."

외눈 거인은 구체적인 지시를 받게 되어 안도하는 얼굴이었다. 그제야 정신을 차린 듯 침착하게 대답했다.

"알겠습니다, 선생님, 엘프들을 소집하고, 살라타르 선생님께 연락하겠습니다."

"됐소. 타라?"

"네, 아저씨?"

"셈 선생님이라고 불러다오. 지구에서는 몰라도 여기서는 아저씨란 호칭을 사용하지 않아. 이제 내 사무실로 가자. 네 기억을 돌아오게 할 방법을 찾아야지. 이런 상태로는 너를 네 어머니와 만나게 할 수 없어. 기억상실이 된 너를 보면 충격을 받으실 게다. 그리고 너희들은 어서 가서 베어 왕과 티타니아 왕비께 목도한 것을 아뢰거라. 두 분도 상황을 알고 계셔야 하니까."

타라는 칼, 파브리스, 무아노, 마니투, 로빈과 마지못해 헤어졌다. 어쩐지 드래곤과 단둘만 있는 것이 편치 않았다. 갑자기 타라는 이상한 섬광 같은 것을 느꼈다. 뚫어져라 쳐다보던 노란색의 매서운 눈이 깜박거리다 사라졌다. 타라는 어쩔까 망설이다가 얌전히 셈 선생님을 따라 문의 대합실을 나섰다.

그곳을 나오자마자 발 밑으로 파란 풀이 물결치는 들판이 펼쳐졌다. 보랏빛 하늘에서 눈부신 햇살이 내리쬐고 있었고, 은빛 유니콘들이 머리를 흔들며 꾸벅 인사까지 했다. 한결 기분이 좋아진 타라는 신 나게 걸어가다 보이지 않는 장애물에 쾅, 부딪혔다.

"살아 있는 궁전!" 셈 선생님이 나무랐다. "장난칠 때가 아냐.

실제의 모습을 보여라, 어서!"

유니콘들은 못마땅한 듯 툴툴거렸지만, 궁전은 굴복했다. 환영은 사라지고 돌벽을 따라 넓은 복도가 이어지는데 위쪽으로는 지붕이 아니라 장밋빛 구름과 화려한 요정들이 숨바꼭질하는 맑은 하늘이 보였다.

"우와!" 타라는 감탄사를 내질렀다.

드래곤 마법사는 입가에 미소를 머금었다.

"지금은 궁전이 기분이 좋으니까 이렇지 심술이 났다 하면 얼마나 끔찍한지 생각만 해도 넌덜머리가 나. 잿빛 하늘이 나타나면 며칠씩 폭풍이 불어닥치는데, 휴!"

복도를 따라 여러 종족들과 마주치면서 타라는 또다시 눈이 똥그래졌다. 촉수들이 어지럽게 꼬물거리는 배 모양의 노란 존재와 조용히 이야기를 하고 있는 드래곤 두 마리, 초록색 꼬마도깨비와 도란도란 이야기를 나누는 보랏빛 털을 뒤집어쓴 궁인, 으드득, 몸을 쭉 펴더니 콧바람을 쐬려는 듯 창 밖으로 몸을 내미는 조각상도 있었다. 패밀리어를 데리고 붕 날아서 환영의 벽을 통과하는 마법사도 있었다. 타라는 존재하지 않는 환영의 시냇물을 펄쩍 건너뛰다 발이 젖어서 깜짝 놀랐다. 환영인 줄 알았더니 이번에는 진짜로 콸콸 흐르는 시냇물이 있었던 것이다.

이런 것들이 마법인가? 근데 이상하네, 왜 친숙하지?

마침내 그들은 셈 선생님의 사무실에 도착했다. 사무실이라면서 동굴 한복판에 금이 산더미처럼 쌓여 있었다. 혼자 들떠 가지고 기분을 내는 궁전이 못마땅한지 드래곤 마법사는 볼멘소리로 배경을 지우라고 명했다. 동시에 책상 하나와 편안한 의자 몇 개, 소파 하나가 나타나자, 타라에게 앉으라는 손짓을 하면서 그는 쪽매붙임으로 세공한 책상 앞에 자리를 잡았다. 자세히 보니 그 문양들은 암소들이었다. 온갖 종류의 암소들. 타라는 입안에서 근질거리는 웃음을 간신히 참았다.

"어디 좀 보자, 타라. 정확하게 기억나는 것이 뭐지?"

타라는 명확하게 기억나는 것이 없었다.

"전혀 없어요."

"아하, 이거야 원! 골치 아프군. 목소리!"

타라는 소스라치게 놀랐다. 드래곤 마법사가 소리를 질렀기 때문이기도 하지만 어딘지 모를 곳에서 어떤 목소리가 대답을 했기 때문이었다.

"최고 마구스 셈나샤오비로다인트라쉬부, 무엇을 도와드릴까요?"

"전용 디스쿠타리움을 설치해놨단다." 드래곤 마법사는 타라를 돌아보면서 설명했다. "필요한 정보는 뭐든 얻을 수 있거든."

드래곤 마법사가 다시 크게 소리쳤다.

"지구를 침략하려는 악마들과 싸우는 드래곤들의 전쟁을 영상과 오디오 모드로 부탁!"

"좋아요, 셈나샤오비로다인트라쉬부 선생님!"

타라는 흠칫 몸을 뒤로 뺐다. 눈앞에 수천 개의 행성이 나타나고 방이 어두워지면서 필하모니 오케스트라의 장엄한 심포니가 흘러나오고 있었다.

"태초에 하나였던 세계는 여러 개로 갈라졌습니다."

목소리가 엄숙하게 낭독을 시작했다.

드래곤 마법사는 의자에서 안절부절못하고 있다가 갑자기 중단시켰다.

"에헤, 목소리! 빠른 속도로. 그런 식으로 하다간 내년에도 안 끝나겠군."

이미지들이 휙휙 지나가고, 기분이 상한 듯한 목소리가 어찌나 빠르게 말하는지 말들이 서로 달라붙는 것 같았다.

"5천년전악마들은행성지구를시작으로우리세계를침략. 스톱. 인간들을돕기위해드래곤들이출동. 스톱. 악마들과인간들,배반한악마종족에프리트가동맹을맺음. 스톱. 악마들이패배했고악마세계와우리세계를연결하는지각단층을봉쇄함. 스톱. 보고서끝."

"으흠……." 셈 선생님이 체념하는 투로 말했다. "살아 있는 궁전과 시간을 보내더니 유머감각이 점점 비슷해지는군. 지구를 구한 최고 마구스 데미데루스에 대해 말하라. 보통 속도로 부탁."

"악마들은 드래곤들을 물리치기 위한 악마의 힘을 지닌 사물을 만들었다." 목소리가 거드름을 피우는 어투로 말했다. "열세 개를 만들었는데 인간 데미데루스가 최고 마구스 4인의 도움을 받아 그 물건들을 빼앗아서 감추었다. 악마들이 패배한 후, 드래곤들은 인간 마법사들에게 마법이 더 강력한 아더월드에 와서 살자고 제안했다. 데미데루스는 승낙했고 지구에 망각의 장막을 씌웠다. 비마들은 마법을 잊었고, 과학으로 대체되었다."

"고맙다, 목소리." 셈 선생님이 또 끊었다. "이번에는 오무아 제국, 리스베스 여제와 산도르 황제에 대하여."

"데미데루스는 아더월드에 오무아 제국을 건국하였다." 목소리가 온순하게 낭독했다. "그의 직계 후손은 오무아의 여제 리스베스틸랑넴 탈 바르미 압 산타 압 마루."

이미지가 형성되는 순간 타라는 아름다운 모습에 얼이 빠졌다. 어, 저거 본 건데……, 낯익은 공작이 자태를 뽐내는 주홍빛 드레스 차림에 흰 머리털 한 줄기가 돋보이는 금발이 구불구불 루비로 장식한 샌들 위까지 물결치듯 흘러내렸다. 타라의 눈빛과 똑같은 쪽빛 눈에 간결한 왕관을 쓴 여제는 눈부시게 아름다웠다. 그 곁에 밝은 갈색 머리를 한 갈래로 묶은 전사가 서 있는데 가슴에 금으로 장식한 공작 문양이 새겨진 갑옷 차림이었다. 그는 장검을 든 채 거만한 눈길로 주위를 둘러보고 있었다.

"여제의 이복오빠인 황제 산도르 탈 바르미 압 마르치 압 브레비스. 아버지는 여제의 어머니의 두 번째 남편. 데미데루스가 건국한 인구 2억의 오무아 제국을 통치하고 있다."

"아더월드와 지구의 지리 비교 부탁." 드래곤 마법사가 말했다.

"아더월드는 지구 표면적의 1.5배. 투, 보우, 타투말렌쉬바르 세 대륙으로 이루어져 있으며, 물의 비율이 50% 이상. 하루는 26시간과 1년은 14달."

거대한 행성이 눈앞에 펼쳐지고 있었다. 타라는 그 국민들을 보았다. 마법의 세계에 트롤, 땅신령, 머리 둘 달린 타트리스, 요정, 뱀파이어, 인간, 일종의 괴물 도마뱀인 드래코-티라노사우로스, 글루릅스, 무엇이든 닥치는 대로 삼켜버리는 도마뱀, 수수께끼를 좋아하는 자이언트 거미와 거미전갈 같은 아주 혐오스러운 동물들이 살고 있었다.

"오무아 제국의 후계자 타라에 대하여!" 마침내 셈 선생님이 말했다.

"여제의 동생이자 오무아의 전 황제 단비우와 비밀리에 결혼한 랑코비트 여성 셀레나 덩컨 사이의 딸. 자식이 없는 여제는 타라 틸랑넴 덩컨을 오무아 제국의 후계자로 선언했다. 잔혹한 상그라브들의 보스 마지스터는 타라틸랑넴의 아버지 단비우를 살해하고, 어머니 셀레나 역시 납치하여 10년 동안 억류하고 있었다. 타라는 마지스터와의 1차 싸움에서 사망한 것으로 믿고 있던 어머니를 구출했다. 마지스터는 악마의 힘을 지닌 물건을 손에 넣기 위해 타라를 위협하면서 여러 번 납치를 기도했다. 마지스터의 목적은 드래곤과 마법사들을 아더월드에서 몰아내고 지구까지 지배하면서 비마들을 노예로 만들려는 것이다. 마지스터는 악마의 세계 림보로 사라졌으며 사망한 것으로 추정."

"스톱." 드래곤 마법사가 말했다. "타라? 이제 기억이 좀 나니?"

아직은 가물가물하기 때문에 타라는 아니라는 뜻으로 고개를 흔들었다.

드래곤 마법사는 좀더 구체적인 설명으로 들어갔다.

"일련의 사건이 일어난 후, 네 모계 조상들의 요람인 랑코비트와 너를 후계자로 선언한 오무아 간에 외교적 마찰이 일어났단다. 요컨대 네 외할머니 이사벨라 덩컨은 네 어머니 셀레나와 함께 너의 교육을 책임지겠다고 선언했고, 현재 여제인 네 고모 리스베스는 네가 오무아에서 후계자 신분에 맞는 대접을 받으며 살아야 한다고 주장했지. 팽팽한 대립 끝에 여제는 인내심을 잃고 말았어. 너를 무력으로 데려오기 위해 랑코비트에 원정군을 파견할 채비를 했거든. 그러나 황제가 말렸지. 그래서 여제는 할머니에게서 너를 떼어놓으려고 도전장을 내기에 이르렀단다."

"정말이요?" 타라는 어이가 없는 얼굴로 물었다.

"모의전투에 돌입하여 패자는 승자의 뜻을 무조건 따른다는 조건이었어. 오무아의 전쟁터에서 맞서 싸웠지."

"그래서 어떻게 됐어요?"

"잘 보렴!" 드래곤 마법사는 간단하게 대답했다.

이미지가 그 공간을 꽉 채울 정도로 확대되었다. 눈앞에서 양측 군대가 대립하고 있었다. 온갖 색깔의 마법 광선이 발사되면서 마비가 되기도 하고 불에 타기도 했다. 페가수스를 타고 싸우는 자신의 모습이 보일 때, 타라는 숨이 막히는 것 같았다. 필사적으로 싸우던 무아노는 수적 열세를 극복하지 못하고 쓰러졌다. 창이 로빈의 심장을 관통했고, 생포된 칼은 고문을 당하면서도 기를 쓰고 탈출을 시도하고 있었다. 파브리스와 낯이 익은 난쟁이 하나가 번개를 맞고 널브러졌다. 그들은 한 명 한 명 모두 죽었고, 오무아의 대규모 벌떼 작전에 아군은 속수무책이었다. 그때 갑자기 번쩍 하는 번개에 눈이 부셨다. 분노와 슬픔으로 일그러진 얼굴을 하고서 공중으로 떠오르는 자신의 모습이 보였다. 자신의 마법 광선이 땅을 내리치자 모든 걸 집어삼킬 듯이 솟구치는 파도에 놀란 적군 병사들이 끽소리도 내지 못하고 무릎을 꿇었다. 타라는 그때의 느낌이 살아나는 것 같았다. 이윽고 반짝거리는 실루엣이 천천히 내려오더니 고개를 떨군 채 털썩 주저앉고는 뜨거운 눈물을 펑펑 쏟았다. 그 이미지가 뭉개지고 다른 장면으로 오버랩되었다. 황제가 다가오더니 모의전투를 지우는 시늉을 했다. 칼, 로빈, 무아노, 파브리스, 난쟁이가 머리를 흔들면서 일어났다. 그러고는 모든 것이 사라지고 고요해졌다.

"아까 그, 그 애가 나였어요? 어머, 세상에!"

타라가 마침내 목멘 소리로 어물어물 말했다.

"그래, 너는 그런 놀라운 일을 할 수 있단다, 타라. 네 능력은 점점 커지고 있어. 언젠가는 드래곤들의 능력을 능가하게 될 게다. 그 날이 오면 인간들이 모든 행성을 지배하게 되는 거지."

그 어조에서 타라는 드래곤 마법사가 그런 날이 오길 바라면서도 두려워하고 있음을 느꼈다.

"그다음은 어떻게 됐는데요?"

"네가 황제와 무슨 얘기를 하더니 승리했는데도 불구하고 오무아에서 살겠다고 약속했어. 그러고는 과도하게 마법을 사용한 탓에 그대로 쓰러지고 말았단다. 그래서 마법이 강하지 않은 지구로 너를 옮겨야 했지. 그런데 네 어머니가 부상을 입었기 때문에 네 친구들이 너를 데리러 간 거였어."

타라는 그 끔찍한 이미지들을 떨쳐내고 현재에 집중하기로 마음먹고 벌떡 일어났다.

"누군가가 어머니를 암살하려고 했다는 거예요? 왜요?"

"몇 달 전부터 '안티매직'이라는 비밀조직이 마법사들을 해치고 있어. 마법 능력이 없는 인간들이 마법 공격을 반대하기 위해 조직한 결사대라고 할까. 마법사 한 명이 사망했지. 네 어머니는 호수 부근에서 오무아의 군대와 너의 전투를 지켜보고 있다가 폭발이 일어났을 때 물 속으로 내동댕이쳐지는 바람에 목숨을 구했지. 아까 맑은시냇가수줍은꽃에게는 아무 말도 안 했다만 티베트 공간이동의 문 폭발 사건도 '안티매직'의 소행일까 봐 걱정이구나."

그 마지막 말에 불안이 절정에 이르러 타라는 순간 얼어붙었다. 기억이 돌아오고 있었던 것이다. 기억들이 순서대로 떠오르는 것이 아니라 폭포처럼 급류처럼 뒤죽박죽이 되어 거세게 밀려왔다.

그래, 맞아! 칼, 무아노, 파브리스, 로빈, 난쟁이 전사 파프니르는 절친한 내 친구들이었어! 그리고 로빈은 온전한 엘프가 아니라 혼혈인 것을 괴로워하던 하프엘프였다. 무아노는 미녀와 야수의 후손이었고, 그 옛날의 저주를 이용해서 마음대로 변신할 수 있었다. 마니투는 정말 증조할아버지였고, 고집쟁이 이사벨라는 분명히 지구를 감시하면서 야만적인 마법사들을 색출하는 중책을 맡고 있는 외할머니였다. 아름다운 셀레나는 어머니, 아버지 단비우는 유령! 언젠가는 반드시 뼈와 살이 있는 산 사람으로 돌아오게 하겠다고 맹세했던 아버지!

그 때, 타라의 패밀리어, 정신적으로 영원히 결속되어 있는 페가수스가 하얀 머리를 어깨에 기대었고 그 다정함과 사랑이 따뜻하게 전해져왔다. 어떻게 갈랑을 잊을 수 있었을까? 타라는 용서를 구하는 듯 쓰다듬어주면서 귀를 기울였다. 갈랑이 전해주었다. 뭐? 한밤중에 파랗게 되더라고?

"저기, 셈 선생님?"

"응?"

"자면서도 마법을 사용할 수 있나요? 마법의 빛이 방을 훤히 밝힐 정도로요?"

"아니. 우리의 뇌에는 무의식 상태일 때 마법을 억제하는 방지 시스템이 있어서 잠잘 때보다는 깨어 있을 때 마법을 사용하는 거야."

"근데…… 제 경우는 그게 작동하지 않는 것 같아요. 갈랑이 방금……."

"타라! 너 기억이 돌아왔구나, 그치? 아이고, 고마워라! 그래 기분은 어떠니?"

"솔직히 말씀드리면 트럭에 깔렸다 일어난 느낌이에요. 선생님, 갈랑이 말하는데 제가 자면서 마법을 썼대요."

"말도 안 되는 소리!" 드래곤 마법사는 딱 잘라버렸다.

"하지만……."

"자, 네 어머니를 보러 가자." 드래곤 마법사가 또 말을 잘라먹었다.

"의무실에 계신다."

타라는 입을 열려다가 셈 선생님이 어느새 돌아서서 성큼성큼 걸어가고 있었기 때문에 포기했다. 선생님이 들으려고 하지 않는다는 것은 뭐 그리 대수로운 일이 아니라는 뜻이겠지. 그런 고집스러움이 좀 이상하고, 당황하는 표정도 마음에 걸렸지만 타라는 얼른 뒤따라나갔다.

"그래서 내가 과도하게 마법을 써서 쓰러졌는데도 어머니가 함께 지구로 가지 않았던 거예요? 어머니가 몸져누워 있어서요?"

"그래. 네 할머니 이사벨라는 레파루스 주문으로 딸을 회복시킬 수 없다는 걸 깨달았을 때 랑코비트로 옮겨서 치료를 받아야 한다고 주장했었다. 그리고 딸을 인질처럼 오무아 제국에 놔둘 수 없다고 선언했어. 황제에게 화가 나 있는 것 같았지. 그래서 하마터면 진짜 전쟁이 일어날 뻔했지!"

정말이지 깐깐한 이사벨라다운 행동이었다.

그들은 궁전의 절반을 통과해서 의무실에 이르렀다. 하얀 베일을 드리운 침대들, 커다란 방에 환자는 그리 많지 않았고, 뿔이 옆구리에 돋친 유니콘이 눈에 띄었다. 시종일관 타라를 따라다니는 노란 눈들이 어두운 구석에 자리를 잡고 살피고 있었다. 타라는 알아채지 못했다.

샤먼 밤새 박사와 수석조수는 안쪽에서 환자를 치료하고 있었다. 한 침대 옆에서 갈색머리의 남자가 누워 있는 형체 위로 몸을 숙이고 있었다. 다가서던 타라는 어머니의 갈색머리를 알아보았다. 활짝 웃으면서 빠르게 걸어갈 때 그 남자가 믿을 수 없는 행동을 했다. 어머니에게 열렬한 키스를 하는 것이 아닌가!

메델루스

*

“엄마!” 타라는 모욕 받은 얼굴로 소리쳤다.

어머니는 깜짝 놀랐고, 정체불명의 남자는 환자의 손을 꼭 잡은 채로 몸을 일으켰다.

“오, 내 딸!” 기쁜 얼굴로 셀레나가 외쳤다. “얼마나 보고 싶었는지 몰라! 할머니께서 크리스털 볼로 매시간 소식을 주셨는데 정작 네가 깨어났다는 걸 모르고 있었다니……. 얼마나 걱정했는지 몰라! 어서 이리 오렴!”

“나도 그러고 싶죠.” 타라는 앙칼지게 말했다. “그분이 비켜주시면요!”

남자가 약간 머쓱해하며 물러서자 타라는 어머니의 품에 안겼고, 셀레나는 다시는 놓아주지 않을 듯 꼭 끌어안았다. 타라는 눈물을 참았지만 셀레나는 하염없이 흐느꼈다.

셀레나가 마침내 딸을 풀어주면서 행복한 신음소리를 내며 눈물로 젖은 얼굴을 닦았다.

"브래드, 타라를 소개할게요. 타라, 이분은 브래드포드 메델루스야. 랑코비트에서 살던 시절 네 아버지를 알기 전에 가까이 지내던 옛날 친구란다."

옛날 친구? 그게 아니잖아요? 타라가 보기에 어머니는 그 남자와 너무 다정한 모습을 보이고 있었다. 셀레나가 그 남자에게 촉촉한 눈길을 보낼 때 타라는 닭살이 돋았다. 타라는 십중팔구 아버지의 자리를 넘보고 있는 남자를 뚫어져라 쳐다봤다. 키가 크고, 매력적이긴 한데 너무 엉큼해 보이고, 자신감에 차 있고, 눈웃음까지 치는 것이 더 생각하고 말 것도 없이 마음에 안 들었다. 쉽게 떨어져나갈 남자로 보이지 않았다.

"아안녕하세요." 타라는 혀 짧은 소리로 대충 인사를 하고는 얼른 어머니에게 돌아섰다. "엄마, 부상당하셨다는 걸 알고 얼마나 놀랐는지 몰라요! 괜찮으세요?"

"이제 다 나았어. 널 만나러 지구로 가려던 참이었는데. 근데 정말 이상하구나. 네가 온다는 걸 할머니가 왜 알려주지 않았을까."

할머니가 쓰러지게 된 그 복잡한 상황도, 당분간은 연락이 되지 않을 거란 말도 차마 할 수가 없는 타라는 시치미를 뚝 떼고 아주 천사 같은 얼굴로 어머니를 안심시켰다.

"할머니는 잘 지내고 계세요. 우리가 좀…… 급하게 떠났거든요. 약속한 거니까 엄마와 나는 여제 곁으로 돌아가야 해요. 엄마, 메델루스 씨에게 작별인사를 하고 빨리 떠나요."

셀레나는 내가 속아넘어갈 줄 알아? 하는 얼굴로 눈을 찡그리다 이내 미소를 지었다.

"사실은 우리랑 같이 가실 거란다, 타라. 오무아 정부의 과학기술부에서 일하고 계시거든. 휴가 차 랑코비트에 오셨는데 몸이 아파서 의무실에 왔다가 우연히 만나게 된 거야. 지난 이틀 동안 젊었을 때를 회상하면서 보냈단다."

얘기를 나누는 것으로 만족한 게 아니면서, 흥, 나도 그 정도는 안다고요! 가슴이 답답해진 타라는 셈 선생님을 돌아봤지만, 한 남자와 한창 얘기를 나누고 있었다. 랑코비트 왕국의 문장, 초승달과 뒷발로 일어선 유니콘이 가슴에 수놓인 파란색과 은색 군복 차림의 남자였다.

"폭탄이 설치되어 있었습니다." 장교가 보고하고 있었다. "티베트 문을 폭발시켰다는 것은 테러 행위입니다. 지시를 거부한 이사벨라 덩컨과 그녀의 조수 두 명을 제외한 모든 마법사들을 송환했습니다. 산도르 황제께서는 여제 후계자도 즉시 오무아의 팅가푸르 황궁으로 돌아오길 바라십니다. 베어 왕과 티타니아 왕비께서는 후계자를 최고 마구스께서 경호하길 바라십니다."

셈 선생님은 고개를 끄덕였다. 별로 놀라는 것 같지 않았다.

"잘 알겠소. 그런데 셀레나 부인, 그 몸으로 우리를 따라나설 수 있겠습니까?"

타라의 어머니는 걱정 말라는 듯이 웃었다.

"10분이면 준비 끝나요."

"그럼 30분 후에 의무실 앞에서 만납시다."

"셈! 10분이라니까요, 30분이 아니라!"

"부인, 내가 마법은 믿어도 기적은 믿지 않거든요."

그렇게 단정적으로 말하고 나서 드래곤 마법사는 위풍당당하게 의무실을 떠났다. 타라는 쌜쭉해진 셀레나 어깨 너머로 메델루스와 누가 이기려나? 하는 눈짓을 교환하다가 얼른 외면했다. 적과 공모? 말도 안 되지! 타라는 메델루스가 나가길 기다렸다가 쏜살같이 뛰어나갔고, 기숙사 모퉁이에서 발견한 칼에게 갑자기 달려드는 것으로 친구의 간담을 써늘하게 만들었다. 타라의 기억이 돌아온 걸 알고 너무나 기쁜 그들은 마치 한 10년쯤 헤어졌다 만난 것처럼 반가워했다. 특히 로빈은 타라가 자신을 기억해 주어서 몹시 안도하는 것 같았다.

"난 오무아로 돌아가야 해." 타라는 시무룩한 얼굴로 말했다.

"같이 가 줄래? 몇 시간만이라도."

"물론이지." 무아노는 타라를 안심시켰다. "오무아와의 모의 전투가 끝난 뒤에 며칠 동안 휴가를 받았어. 마법을 많이 사용해서 지쳐 있거든. 특별히 할 일도 없는데 같이 갈게."

셈 선생님의 말이 맞기도 하고 틀리기도 했다. 셀레나는 씻고 옷을 입는 데 20분이 걸렸고, 팅가푸르까지 가는 동안 내내 몇 번을 강조했다. 예정 시간보다는 늦었지만 30분이 걸리지는 않았다고.

경비병들이 공간이동의 문을 삼엄하게 지키고 있어서인지 그들의 이동은 정상적으로 전개되었다. 오무아 황궁에 도착했을 때, 타라는 눈이 휘둥그레졌다. 오무아 사람들이 어느 정도로 황금을 좋아하는지 까맣게 잊고 있었던 것이다. 팔이 넷인 경비원들이 배꼽 앞으로 세운 창에까지 금박을 입혀서 번쩍번쩍했다. 황궁의 행정관 칼리 부인이 황급히 그들을 맞았다. 석스족 출신의 칼리 부인은 경비병들보다도 손이 한 쌍 더 많았다. 그녀가 불안해서 그 많은 손을 비틀어 꼴 때는 현란하게 움직이는 손가락 때문에 타라는 어지러웠다.

"마마, 얼마나 걱정했는지 모릅니다. 지난 몇 시간 동안 궁전이 두 번의 공격을 받았었지요. 비열한 비마들이 폭탄을 설치해놨지 뭡니까."

타라는 눈살을 찌푸렸다. 칼리 부인의 말이 너무 마음에 안 들어서 타라가 한마디하려는 순간 셈 선생님이 선수를 쳤다.

"아직은 그 비밀조직에 대해서도, 그 조직이 이번 테러에 어느 정도로 연루되어 있는지 그것도 전혀 밝혀진 게 없습니다. 제국을 적대하는 마법사들이 비마들에게 책임을 떠넘기려고 꾸민 사건일 수도 있어요. 게다가 그들이 내세우는 슬로건 '아더월드를 비마들에게!' 이게 무슨 의미가 있어야 말이지……, 애들 장난도 아니고, 참!"

칼리 부인은 무슨 말인가 하려다가 공손하게 여섯 개의 손을 가지런히 모으고 허리를 굽혔다. 명색이 드래곤인데 괜히 반박했다가 무슨 봉변을 당할지 모르니, 참자, 참자 하는 얼굴이었다.

"현명한 판단이십니다, 드래곤 선생님. 그걸 본받아 비난하기에 앞서 심사숙고하겠습니다. 이제 나를 따라오시지요, 여제께서 기다리고 계십니다."

정치에는 개입하고 싶지 않은 듯 메델루스가 거기서 헤어지겠다고 말해서 타라는 기분이 한결 가벼워졌다. 그런데 뭐 그리 대단한 작별이라고……, 발길이 떨어지지 않는다는 얼굴로 자꾸 돌아보는 메델루스나 아쉬운 얼굴로 바라보고 선 어머니나, 아버지 생각이 난 타라는 다시 우울해졌다. 타라를 따라다니는 정체불명의 눈들은 절대 놓치지 않기로 작정을 한 듯 천장에 달라붙었다.

어마어마하게 크고 웅장한 황궁은 사방에서 날아다니는 주홍빛 에프리트들 때문에 정신이 하나도 없었다. 에프리트는 인간과 동맹을 맺고 때로는 전령, 때로는 머슴, 때로는 조언자 역할을 하는 악마들이라고 했었다. 팅가푸르의 궁전은 랑코비트의 마법 궁전처럼 생명을 부여받지 못한 대신에 엄청난 양의 금, 보석, 귀한 대리석으로 화려하게 장식하고 있었다. 발이 여섯 개 달린 하얀 브르리르들이 돌아다니는데, 여제의 주문에 걸려 있어 궁인들을 보지 못할 뿐만 아니라 의자나 침대 같은 가구를 보면 나무나 돌이라고 생각하고, 쓰다듬어주는 손길도 털 속으로 스며드는 바람으로 느낀다는 고양이과 동물들이었다. 복도에서 자라는 나무들에 불새들이 둥지를 틀고 있었다. 복도를 따라 숲 쪽으로 나 있는 대형 창문에 부서지는 햇살 때문에 눈이 따가웠다.

들어가는 방마다 신기한 것들이 넘쳤다. 거대한 물방울 속의 주홍빛 발분*, 사이렌, 공중부양 중인 트리톤, 황족의 기분전환을 위해 실제와 똑같이 꾸민 정글, 사막이 있는가 하면 사막성 기후에서부터 열대성 기후까지 온갖 기후가 존재했다. 타라는 궁전 안에서 수천 종의 동물이 살 수 있다는 것은 바로 이런 자연환경과 정성으로 보살피고 가꾸는 관리인들 덕분이라는 것을 알았다. 마침내 그들은 여제의 거처에 도착했다. 친위대가 차려 자세로 타라에게 정중하게 경의를 표한 뒤에 아뢰었다.

파란색 드레스에 사파이어 왕관, 온통 파란색 톤의 여제는 피카소의 청색시대 그림 속의 여인상 같았다. 귀여운 눈의 갈색머리 시녀장 마리안나가 뒤에 서 있고, 산도르 황제는 예의 무표정하고 호전적인 얼굴로 이복누이 곁에 서 있었다.

"타라! 몸은 괜찮니?" 고모가 물었다. "얼마나 걱정했는지!"

"우리는 테러 공격을 받았습니다."

타라를 대신하여 셈 선생님이 대답했다.

"아더월드로 이동할 때 사고가 있었다는 보고를 받았어요."

"그 사고를 말씀드리는 것이 아닙니다, 폐하. 지구에서 덩컨 부인의 저택 뒤편 숲에서 공격을 받았습니다."

황제가 벌떡 일어났다.

"저택에서? 내 군대에도 불구하고?"

"으흠, 그게…… 솔직히 말씀드려서 우리를 공격한 것은 폐하의 군대…… 즉 스머글들이었습니다."

"뭐라고요?" 여제와 황제가 동시에 외쳤다.

셈 선생님은 자초지종을 짤막하게 설명했다.

"있을 수 없는 일이오." 파랗게 질린 산도르는 어물어물 말했다. "모두 타라를 알고 있는데 공격했을 리가 없소. 펜던트가 없다면 몰라도! 친위대!"

친위대원 한 명이 부리나케 나타났다.

"폐하?"

"작전 사령관 만딜 장군을 불러 들이라!"

화가 나서 어쩔 줄 모르는 황제에게 셈 선생님이 그 소규모 접전에 대한 설명을 거의 다 끝낼 때쯤 은빛 켈트릴* 갑옷 차림의 군인이 등장했다. 만딜 장군이라는 엘프는 들어서면서부터 노골적으로 로빈을 아래위로 훑어보고 나서 정중하게 물었다.

"저를 부르셨습니까?"

시무룩해진 로빈을 보면서 타라는 속이 부글부글 끓었다. 무훈을 세웠는데도 그의 동족들은 인간의 피가 섞인 혼혈이라는 이유로 끝끝내 로빈을 거부하고 있었다. 황제는 얼떨결에 직접 타라를 공격한 범인을 수사하기 시작했다.

"그 누구도 후계자의 털끝 하나 건드리지 말라고 나는 분명히 명시하였소." 황제는 부드러운 음성으로 말문을 열었다.

"네, 맞습니다." 장군이 대답했다. "저희는 그 명을 어김없이 준수했습니다, 폐하."

"그럼 스머글 20명이 후계자를 살해하려 했고, 또 후계자를 보호하는 전사들까지 공격했다는 것은 어떻게 설명하겠소?"

푸하하하! 전사들이래! 하는 얼굴로 칼과 파브리스는 가슴을 부풀리며 자세를 고쳤다. 반면에 장군은 주저앉을 것 같은 얼굴이었다.

"예? 천만의 말씀입니다. 제 부하들은 결코 그런 짓을 저질렀을 리 없습니다! 이해할 수 없습니다, 폐하!"

"장군, 지금 크리스털 볼을 소지하고 있습니까? 오늘 아침에 저택 부근에서 보초를 선 순찰대 지휘관에게 알아보시오."

"당장 알아보겠습니다, 폐하!"

엘프는 땀을 흘리지 않는 것으로 알고 있었는데 장군의 얼굴에서 금방이라도 땀이 뚝뚝 떨어질 것 같았다. 그는 크리스털 볼을 작동했다.

"장군님?" 크리스털 볼의 화상에 한 얼굴이 나타났다.

"가릴 지휘관, 오늘 아침 지구에 있는 덩컨 부인의 저택 부근에서 스머글 일개 소대가 인간 무리를 공격했다는데 알고 있소?"

"물론 알고 있습니다." 그는 자신 있게 대답했다. "저희는 황제 폐하의 명령을 실행했습니다. 하지만 적을 섬멸하지는 못했습니다. 그 접전에서 제 부하들 사망을 포함하여 여러 명의 사상자가 났습니다. 빠른 시일 내에 응분의 대가를 치르게 할 것입니다."

파랗게 질리던 장군의 얼굴이 시뻘개졌다.

"멍청하기는!" 장군이 호통을 쳤다. "당신의 그 얼빠진 스머글들이 공격한 사람이 바로 여제 후계자와 그 무리였단 말이오!"

"네, 분명히 맞습니다!" 지휘관은 뜻밖이라는 표정을 지었다. "메시지에 분명히 그렇게 명시되어 있었습니다. 후계자는 물론이고 오무아의 펜던트를 목에 걸고 있는 자는 모조리 공격하여 괴멸시키라는 것이 황제 폐하의 명이었습니다!"

이번에는 산도르가 평정을 잃었다.

"뭐라? 나는 그런 명을 내린 적이 없다!"

크리스털 볼을 들여다보는 사람을 알아본 가릴 지휘관이 기겁했다. 지휘관은 재빨리 마법을 작동하여 서류철에서 꺼낸 종이 한 장을 앞에 있는 테이블 위에 올려놓고 자신 있게 말했다.

"죄송합니다만 여기에 분명히 그렇게 적혀 있습니다!"

"크리스털 볼, 확대!" 장군이 명했다.

이미지가 커지면서 글씨가 보였다. 지휘관이 말한 그대로였다.

'후계자와 그 일행을 죽이라.'

"산도르, 오라버니의 사인이 틀림없지 않습니까?" 여제가 확인했다.

말문이 막힌 사람들이 일제히 분노와 의심의 눈초리로 황제를 쳐다봤다. 그러나 돌이킬 수 없는 말들이 터져나오기 전에 얼른 셈 선생님이 끼어들었다.

"지휘관, 그 메시지에 레벨루스 주문을 걸어주겠소?"

그 즉시 엘프는 양피지 위로 손을 내밀면서 주문을 읊었다. 몇 초가 지나도 아무 일도 일어나지 않자 분위기는 더 무겁게 가라앉았다. 이윽고 사인은 변함이 없는데 내용이 변하는 것이 아닌가! 종이 위에서 글자들이 벌레처럼 우글거리기 시작하더니 다른 단어들이 만들어졌다.

"으흠……." 드래곤 마법사는 만족한 얼굴이었다. "사인만 남겨놓고 내용을 바꿨군요. 영악해, 아주 영악한 수법이오."

"하지만 이 서류에는 폐하의 마법 말고는 없었습니다. 위조문서가 아닌지 언제나 확인하고 있습니다!"

"마법은 필요 없었을 거예요." 종이를 유심히 살피고 있던 칼이 톡 나섰다. "잉크를 긁어내고 그 위에다 다시 쓰면 되거든요. 저도 성적표…… 아니, 그게 아니라 실험해본 적이 있는데 감쪽같았거든요."

황제는 아무 말도 하지 않았지만 안도하는 얼굴이었다. 장군도 죽었다 살아난 표정으로 크리스털 볼을 끄고 꼿꼿한 차려 자세로 명을 기다렸다.

"앞으로는 어떤 서류든 철저하게 검사하여 다시는 이런 일이 일어나지 않도록 유의합시다." 여제가 미소를 지으면서 말했다. "장군은 물러가도 좋소."

장군은 정말 살았다는 얼굴로 머리를 조아린 다음 도망치듯 나갔다.

황제는 어두운 얼굴로 말했다.

"한 번은 위조 메시지로, 또 한 번은 테베트 문에 폭탄을 설치하는 것으로 두 번의 살해 기도가 있었소. 그 외에도 세 건의 폭발 사고가 있었고, 셀레나가 부상당했어요. 스핑크스 작전을 선포해야 합니다."

"동의합니다." 여제가 찬성했다. "즉각 경비병을 보강하고, 진실의 입과 엘프 총동원령을 내려 모든 주요 건물에 경계 마법을 발령하세요. 그사이에 나는 타라와 셀레나에게 오무아 체류를 위한 몇 가지 수칙을 설명할게요."

여제 후계자에게는 궁인들과 시녀들을 거느리는 데 필요한 생활비 지급과 예산이 책정되어 있었다. 타라의 거처를 구경시켜 주던 고모는 칼이 화장실 가는 약도를 요구했을 때 웃음을 터뜨렸다. 후계자의 거처는 상상도 못할 정도로 어마어마하게 컸던 것이다. 각각 욕실이 달린 침실 여섯 개에 응접실도 몇 개나 되고, 체력 단련실, 디스쿠타리움, 식당이 하나씩 있었다. 일개 연대라도 와서 얼마든지 기거할 수 있을 정도였다.

후계자 한 사람의 시중을 드는 이들이 그렇게 많을 줄이야! 길다란 촉수를 사용하여 일품 요리를 만들어내는 탕질족 요리사 두 명, 일상생활의 세세한 일들과 회계를 책임지는 집사 역할의 타트리스족 센트리스 부인, 노란 창처럼 생긴 송곳니와 무사마귀 같은 돌기로 뒤덮인 초록색 거구 트롤족 보디가드 그르룰, 의상을 담당하는 시녀 세 명, 무기와 사냥 책임자 한 명, 노골적으로 로빈에게 적대감을 드러내는 젊은 엘프 한 명, 타라에게 그렇게 많은 인간과 동물이 달려 있었다.

거처를 다 둘러보는 데만 몇 시간이 걸렸다. 어느덧 헤어질 시간이 되자, 친구들은 자주 오겠다는 약속을 하고 랑코비트로 돌아갔다. 마니투와 셀레나가 곁에 남았고, 지구와는 완전히 다른 아더월드에서 타라의 생활이 시작되었다.

현재 위치를 알려주는 인식 패스의 도움과 축소시켜서 데리고 다니는 페가수스가 앞장서서 길을 찾아준 덕분에 타라는 한 달 만에 궁전의 지리를 익힐 수 있었다. 예상했던 것보다 시간이 덜 걸려서 타라 자신도 놀랄 정도였다. 타라는 규칙적으로 친구들을 만나고 있었는데 테러 공격이 있은 뒤로 공간이동의 문 출입이 엄격하게 제한되어 있어서 만나기가 그리 쉽지 않았다. 황제는 범인 색출에 심혈을 기울였지만 성과가 없었기 때문에 정보국에 대한 편집증이 점점 더 심해졌다. 타라는 정신적 친구이자 아더월드 마법의 저장소인 살아있는 돌을 아주 유용하게 사용하고 있었다. 아더월드로 돌아오자 제 기능을 발휘하는 살아있는 돌 덕분에 타라는 칼, 무아노, 로빈, 파브리스와 날마다 연락할 수 있었다.

후계자 수업에서 가장 짜증나는 것은 2,657개나 되는 아더월드 종족들의 판이하게 다른 풍습을 익히는 것이었다. 후계자를 알현하기 위해 각국에서 파견한 사절단을 처음으로 접견하는 날, 타라는 트롤족 수장에게 잘 지내느냐고 물었다. 트롤의 세계에서 그런 인사는 관습상 종족을 다스리기에 힘이 부치지 않느냐는 뜻의 심한 모욕이고, 정식 도전이나 다름없었다. 트롤족 수장이 정말로 도전할 생각에서 한 말이 아니었다는 것을 이해했기에 망정이지 하마터면 타라의 생명이 단축될 뻔했다.

그 일이 있은 후, 여제는 타라를 공식 행사에 참석하되 나서지 않고 지켜보게만 했다. 초기에 그르룰은 타라를 악착같이 따라다녔다. 타라는 보디가드라는 존재를 키 3미터의 뚱보 그림자쯤으로 여기고 있었다. 얼마 후 테러 행위가 중단되었기 때문에 그런 보호는 거추장스럽게 되었고, 타라는 그르룰에게 그림자처럼 쫓아다니는 일 이외의 다른 임무를 줄 수 있었다. 그르룰이 못마땅해했지만 타라의 태도는 완강했다. 타라는 40명이나 되는 사람들이 26시간 내내 자기만 시중들고 있는 것이 마음에 들지 않았기 때문에 다른 신하들에게도 각자에게 맞는 일을 분담했다.

1년 후, 타라는 아주 어릴 적부터 오무아에서 살아온 느낌이 들었다. 그리고 오랜 세월 헤어져 있었던 어머니와의 생활도 되찾았다. 이따금 어머니와 메델루스를 떼어놓으려고 머리를 쥐어짜는 것만 빼놓고 타라는 행복한 생활을 하며 외가식구들과도 잘 지내고 있었다. 손녀가 지구를 선택하지 않았기 때문에 계속 뿌루퉁해 있는 이사벨라, 타라는 할머니의 고집이 유치하다고 생각하고 있었다.

어느 날, 타라는 황제에게 훈련을 받으러 가기 위해 거처를 나와 페가수스를 앞세우고 복도로 들어서다가 믿을 수 없는 광경을 보았다. 뭐라고 형언할 수 없는 것이 갈지자걸음으로 움직이고 있었다. 그 존재가 걸어갈수록 팔, 다리, 이빨 몇 개가 달린 턱이 뚝뚝 떨어지는 것이 아닌가! 그런데 이상하게도 몸통은 거침없이 전진하고 있는데 떨어져 나온 부위들은 반들반들한 대리석 바닥에 닿자마자 펄쩍펄쩍 뛰지를 않나, 엉금엉금 기어다니질 않나, 방금 떠난 몸통을 따라잡지를 않나…… 보통 산만한 것이 아니었다. 정말 어디서도 본 적이 없는 너무나 엽기적인 광경이었다.

타라는 입을 벌리고 멍하니 바라보고 있었다. 수행하는 궁인들과 시녀들 중에서 누구 한 사람 놀라지 않는다는 것은 예사로운 일이라는 뜻이지만 타라는 은밀히 마법을 작동시켰다.

그 존재를 연기가 폴폴 나는 한 줌의 재로 바꾸려는 찰나, 갑자기 옆방에서 튀어나온 어머니 셀레나가 내지르는 소리에 타라는 소스라치게 놀랐다.

"타라! 야호…… 그가 나에게 프러포즈를 했단다!"

엥? 어머니가 내민 손은 허공 속의 좀비(초자연력에 의해 되살아난, 혼이 없는 시체 — 옮긴이)를 가리키고 있었다.

후계자 수업

*

똑같이 깜짝 놀란 타라와 좀비의 시선이 마주쳤다.

"그게 뭔 마, 말슴인지요, 부인?" 이빨이 다 떨어져 나가서인지 말이 새고 있었다. "내, 내가 뭐, 뭘 해다고요?"

"안녕하세요, 젠릴 장군. 잘 지내시죠?" 하고 셀레나는 건성으로 말하면서 누군가를 찾는 듯 두리번거리고 있었다.

"브래드포드? 어디 있어요?"

그 순간 셀레나 옆을 휙 지나가는 그림자, 가슴이 철렁한 타라는 끊임없이 놀라게 하는 이 마법의 세계는 정말 피곤한 곳이라고 생각했다. 메델루스가 머쓱한 얼굴로 모습을 드러냈다.

"아, 이런, 안 보이게 하는 인비지빌리티 주문을 푼다는 걸 깜박 잊고 있었소. 안녕, 타라? 안녕하시오, 장군?"

안도한 좀비는 허리를 굽혀 인사하고는 다시 비칠비칠 걸어갔다. 메델루스와 셀레나도 타라만큼이나 멍한 얼굴로 잠시 그 뒷모습을 바라봤다.

"정말 오랜만에 좀비를 보네요." 셀레나가 말했다.

"볼 때마다 흥미진진하지 않소?"

"그래도 사방에다 신체 부위들을 떨어뜨리고 다니는 건 좀……."

그들은 서로 눈을 마주치면서 웃음을 터트렸다. 타라는 이를 악물었다. 뭐가 웃긴다고? 하나도 우습지 않은데!

"그렇게 근사한 청혼을 어떻게 생각해냈어요?" 행복에 취한 셀레나가 달콤하게 속삭였다. "양쪽에서 꽃다발을 들고 있는 유니콘들, 결혼반지를 내미는 드래곤, 2000년 전 어느 아름다운 시골에서나 있었을 법한 결혼식 장면이잖아요!"

"정확하게 똑같다는 확신은 없소." 메델루스는 빙긋이 웃었다. "확인하러 도서관에 가고 싶었는데 일주일 전부터 출입금지라서 말이오. 악취미가 있는 건지, 정신이 나간 건지 책들을 뒤죽박죽으로 섞어 놓는가 하면 여기저기 흐트러 놓고 다니는 작자가 있어서 그 범인을 잡기 전에는 도서관을 열지 않는다는군요."

비위가 상해 죽을 지경이지만 타라는 짐짓 부드러운 어투로 물었다.

"엄마, 브래드가 프러포즈를 했다는 뜻이에요?"

"그래, 맞아! 작은 버섯이 자이언트나무 재배지를 침범해서 막대한 피해를 입혔다는구나. 그래서 내일 나도 같이 그걸 조사하러 엘프들의 나라 셀렌다로 떠나려고 해. 물론 네 생일에는 돌아올 거야. 어때, 멋지지 않니?"

멋지다고? 타라에게는 차라리 음흉하고, 끔찍하고, 불쾌하고, 아니꼬웠다. 딸을 되찾은 감동이 어느덧 사라지자 언젠가부터 어머니는 오무아에서의 단조로운 생활을 무료해하고 있었다. 그런 때에 메델루스가 함께 가서 일하자는 영악한 제안을 했으니 셀레나는 당연히 반가울 수밖에 없었다. 타라가 못마땅해하거나 말거나 개의치 않는 듯 두 사람은 초강력 끈끈이로 붙여놓은 듯 붙어다녔다. 한순간 타라는 황제와 손을 잡을까 생각한 적도 있었다. 산도르 역시 셀레나가 오무아에 와서 딸 곁에 머물고 있을 때부터 그녀의 환심을 사려고 애쓰고 있었다. 그는 꽃이며 보석, 마력을 지닌 동물들로 선물 공세를 폈지만, 셀레나는 매정하게도 번번이 돌려보냈다. 그러나 황제는 '고맙지만 사양' 이라는 말을 들어본 적도 없거니와 셀레나가 자기에게 관심이 없다는 것 자체를 이해하지 못하는 터라 기분이 몹시 상해 있었다. 여제는 이복오빠가 웃음거리가 될까 봐 아예 모른 척하고 있는 것 같았다. 어쨌거나 타라는 의붓아버지 감으로 메델루스보다 황제가 더 마음에 들지 않았다.

아버지가 있긴 한데 유령이니! 그러나 타라는 그 아버지를 살아 있는 이들 속으로 데려올 마음을 굳게 먹고 있었다. 이제는 후계자 신분이니 시작만 하면 되었다. 여제와 황제가 제시하는 조건을 수락하고 오무아에 온 것은 바로 그런 이유 때문이었다. 지구에서 할머니의 감시를 받는 상황에서는 기회가 전혀 없지만 아더월드에서라면……. 타라는 온갖 책과 양피지에 쓰인 고문서들을 눈이 빠져라 들여다보면서 아버지를 구할 방법을 열심히 궁리하고 있지만 아직은 해결책이 보이지 않았다.

"네, 기막히네요." 타라는 건성으로 대답했다. "저는 가봐야겠어요. 그럼 안녕!"

자리를 뜨려는데 갑자기 타라의 입에서 두 번, 세 번…… 재채기가 연속적으로 터져나왔다. 열 번째의 에취! 그 순간 장밋빛 구름이 뿜어져 나오자 셀레나는 불안한 얼굴로 구름을 헤치면서 외쳤다.

"타라? 내 딸, 왜 그러니?"

타라도 이유를 모르고 있었다. 공기가 부족한 것처럼 가슴이 답답했다. 어찌나 크게 재채기를 했던지 놀란 메델루스가 뒷걸음쳤다. 그가 물러서자마자 타라는 다시 숨을 쉴 수 있었다.

"죄송해요." 타라는 코를 킁킁거렸다. "알레르기가 있나 봐요.

그럼 이만 갈게요."

그렇게 말하고 나서 타라는 아주 짜증난 얼굴로 도망치듯 떠났다. 스핑크스 작전 때문에 눈을 데굴데굴 굴리면서 순찰을 도는 경비병들은 안중에도 없이 타라는 발을 질질 끌면서 체육관으로 향하고 있었다. 브라보! 타라는 메델루스에게 알레르기가 일어날 정도로 싫어한다는 것을 노골적으로 표시한 셈인데 메델루스가 아무리 자신이 있어도 이런 얘기를 엄마에게 하기가 쉽지 않을걸.

그런 생각에 잠겨서 걸어가던 타라는 허리를 굽혀 인사하는 소녀와 부딪힐 뻔했다.

"저는 엘레아노라 만티고르라고 합니다." 짧은 갈색머리에 부리부리한 잿빛 눈의 소녀는 아주 정중하게 이름을 밝혔다.

"아, 네, 만티고르 양." 소녀가 어찌나 정중한지 타라도 깍듯하게 예의를 갖췄다.

"저를 모르시는 것은 아니겠지요?"

타라는 눈살을 찌푸렸다. 어? 어째 말투에 가시가 돋쳐 있네!

"모르겠는데요."

"랑코비트의 비열한 어린 도둑 칼리반 달 살란의 잘못 때문에 소용돌이에 휘말려 죽은 소년 브란디스의 사촌입니다."

소녀는 칼에게 원한을 품고 있는 것 같았다. 나중에 타라는 바로 그 자리에서 엘레아노라에게 그것은 오해라고 말하지 않았던 걸 두고두고 후회하게 된다. 어쨌든 타라는 논쟁을 벌일 시간이 없기 때문에 미소를 지으면서 말했다.

"브란디스의 일은 유감스럽게 생각해요. 그를 잘 모르지만 아주 친한 사이였나 보군요. 지금은 빨리 가야 하니까 나중에 나를 찾아와 주면 좋겠어요. 얘기할 필요가 있으니까. 가능한 한 빠른 시일 내에 내 거처로 와 줘요. 그때 그 사건의 전모를 설명해줄게요."

의외라는 듯 소녀의 눈길이 약간 부드러워졌다.

"꼭 찾아가겠습니다, 마마. 최고 마구스 즈질의 수석조수를 지망했으니까 선생님이 정식으로 임명될 때까지는 궁전에 머무를 겁니다. 만나러 갈 기회가 있겠지요."

그렇게 말하고 나서 소녀는 허리를 굽히고는 홱 돌아섰다. 타라는 찬바람이 느껴졌지만 마음이 바빠서 오무아의 문장이 새겨진 인식 패스에서 시간을 확인했다.

아더월드인들은 인공위성용 로켓을 보유하고 있지 않지만, 원하는 것을 궤도에 진입시키는 자이언트 새들이 있었고, 여러 개의 위성이 행성 주위를 선회하고 있었다. 마법사들의 팔뚝에 박힌 인식 패스는 신기한 위치측정시스템 GPS처럼 현재 위치를 알려 주었고, 시계로도 사용되었다. 타라는 늦었기 때문에 궁전을 돌아다니다 발견한 지름길을 택했다.

드나드는 사람이 거의 없는 좁은 통로였다. 갑자기 앞서 날아가던 페가수스가 정지했다. 왜? 하고 묻던 타라는 옴짝달싹할 수가 없다는 것을 알고 놀란 토끼눈이 되었다. 에프리트들의 왕이자 황실을 섬기는 멜루덴리파쉬랄리반디르가 부르지도 않았는데 눈앞에 버티고 있었으니! 지난 생일 때 여제에게서 호신용 가문의 반지를 선물로 받았지만, 이제까지 에프리트가 호출 없이 모습을 드러낸 적은 한 번도 없었다. 에프리트의 노란 눈이 흡족한 빛을 반짝이고 있었다.

"너에게 붙어다닌 지 어느덧 1년이다, 인간들의 후계자. 지켜보고 살핀 지가 1년이야. 그사이에 나를 불러 도와달라고 한 적이 거의 없다. 내가 무서운가? 하기야 당연하겠지, 인간의 아이!"

마비되어 있으면서도 타라는 뚱돼지 고양이에게 잡힌 쥐처럼 등골이 오싹해졌다. 주홍빛 몸뚱이에 까만 이빨, 불꽃 같은 왕관, 특히 악마의 불이 이글거리는 노란 사팔눈은 소름이 끼쳤다.

"인간의 아이야, 참고 삼아 얘기해주겠다. 우리 에프리트들은 우리 동족인 악마를 상대로 싸우면서까지 데미데루스를 도와주었다. 그런데도 데미데루스는 부름을 받지 않고서는 우리가 아더월드로 올 수 없도록 주문을 걸어놓았다. 그러고는 에프리트와 마법의 반지를 결속해놓았다. 따라서 그 반지를 소지하려면 몇 개의 단어로 이루어진 특별한 보호 주문을 알고 있어야 하는데…… 후계자, 너는 알고 있느냐?"

타라는 대답하려고 했지만 말이 나오지 않았다.

"여제는 너에게 반지를 인계하면서 보호 주문을 읊지 않았어! 나도 몇 달이 지난 뒤에야 그걸 깨달았고, 여러 달이 걸린 끝에 이렇게 자유롭게 빠져나올 수 있게 되었지. 이제 내가 자유의 몸이 되었으니 우리 둘이서 큰 일을 도모하는 거야!"

무슨 말인가 하려는 타라를 보면서 주홍빛 에프리트가 갈퀴발톱을 딱딱 마주치자, 타라의 말문이 열렸다.

"나를 죽이려고요?"

"좋은 생각이다. 하지만 그게 아니거든? 더 최악의 것을 하겠다. 잘 보고 익히거라, 인간의 아이야."

에프리트가 손가락이 여섯 개인 주홍빛 손을 내밀더니 허공 속에 원을 그렸다. 휘리릿, 하는 소리와 함께 조그만 욕조에 들어앉은 꼬맹이 붉은 악마가 나타났다. 비누거품을 뒤집어쓴 작은 악마는 휘파람을 불면서 몸을 문지르고 있었다. 이상한 느낌이 들었는지 주위를 두리번거리다 욕실이 아니라는 것을 알아차린 붉은 악마가 기겁했다.

"아니, 어떤 놈이 겁대가리 없이……?"

상대가 누군지 알아차리자마자 당황한 붉은 악마는 재빨리 욕조를 사라지게 했다.

"꼬락서니하고는!" 에프리트가 호통쳤다. "지금 목욕하는 건가?"

붉은 악마는 난처한 얼굴로 몸을 비비 틀었다.

"저기, 그게…… 인간의 풍습 중에도 꽤 괜찮은 것들이 있거든요. 이걸 하면 삭신이 쫙 풀리는 게……."

에프리트가 뭐라고 중얼거리는데 '이러니 전쟁에서 졌지!' 하는 얼굴이었다. 그러고는 지시를 내렸다.

에프리트가 내리는 명령을 듣는 붉은 악마의 얼굴이 점점 더 새빨개지더니 한숨을 내쉬었다. 오, 젤리소르의 충치여, 그런 엄청난 일을 하필이면 왜 제가 해야 합니까?

"알았나?" 멜이 소리쳤다. "그 말만 나오게 하면 된다. 그 외에는 아무 짓도 하지 마! 어떤 일에도 참견하지 마! 너는 내 계획에서 한낱 졸에 지나지 않아. 중요한 톱니바퀴가 아니란 말이다. 단 한 번의 실수라도 했다가는…… 깩! 알았나?"

갑자기 붉은 악마가 던지는 의뭉스러운 눈길을 받으면서 타라는 목이 졸리는 느낌이 들었다.

"뭐라고요?" 타라는 카랑카랑한 음성으로 외쳤다. "내가 그런 명을 내릴 것 같……?"

에프리트가 어찌나 점점 몸을 숙여오는지 타라는 말을 중단했다.

"에이씨, 나는 잘됐다고 생각했는데."

실망한 악마가 투덜거렸다.

"꿈 깨시지! 내가 그런 명을 내릴 확률은 전혀 없으니까!"

타라가 소리쳤다.

"푸하하하, 그렇게는 안 될걸!"

에프리트는 비웃음을 흘렸다.

에프리트가 신호를 보내자, 빨간 연기로 변한 작은 악마가 타라의 이마를 휘휘 돌다 머릿속으로 아주 서서히 파고드는 것이 아닌가. 타라는 비명을 질렀지만 소리가 차단되는 주문이라도 걸려 있는지 아무 소리도 나지 않았다.

"완벽해. 페가수스와 인간아, 너희들의 기억에서 지금 이 순간은 싹 지워지거랏!"

에프리트는 그들을 놓아주었다. 타라와 페가수스는 방금 일어난 일을 전혀 모른 채 걸음을 재촉했다. 뭔가 잊어버린 것 같은 찜찜한 느낌과 목욕하고 싶은 이상한 충동이 느껴졌지만 타라는 원형경기장으로 들어갔다.

황제는 후계자의 전투 교육을 맡고 있었다. 마법 능력 덕분에 많은 것을 할 수 있는 타라였지만 싸움만은 모래판에 얼굴을 처 박기도 하고, 코가 깨지기도 하면서 온몸으로 배워야 했다. 황제는 '목이 졸려 질식될 정도는 되어야' 직성이 풀리는 성격이었다. 매번 당하면서도 타라는 아직 복수할 방법을 찾지 못하고 있었다. 마법으로 속임수를 쓰지 않는 한 황제를 이길 방법이 없었다.

누가 금 좋아하는 것 모른다고 할까 봐, 금으로 도배를 한 경기장은 계단식 관중석이어서 온갖 종족의 관객을 수용할 수 있었다. 날아다니는 작은 카메라 스쿠프들이 사방에서 뱅글뱅글 돌면서 경기장의 모습을 대형 크리스털 전광판으로 생중계하고 있었다. 타라가 훈련하는 장면을 생생하게 전달하기 위한 준비를 하고 있는 것이었다.

산도르 황제는 위풍당당한 모습으로 기다리고 있었다. 산도르는 궁정 부인들을 홀릴 작정인지 철 갑옷과 린넨 셔츠를 벗고 여봐란듯이 근육질 상체를 드러내고 있었다. 수족관 안에서 먹거리를 발견한 상어처럼 황제는 씨익 웃어 보이고는 다정하게 물었다.

"준비됐니?"

"금방 돼요." 타라는 신경질적으로 대답하면서 주문을 읊었다. "*트란스포르무스의 이름으로* 이 상황에 어울리는 옷을 원한다!"

혹시 궁정 안 모든 사람의 옷을 바꿔놓는 것 아냐? 궁인들이 불안한 얼굴로 술렁거리고 있었다. 그러나 아무 일도 일어나지 않았다. 100개의 금빛 눈을 가진 주홍빛 공작 무늬 마법복이 편안한 운동복으로 바뀌어 있었다.

타라가 자세를 잡자 황제는 세심하게 중심을 잡아주었다. 이윽고 본격적으로 시작할 때가 되었다. 타라는 방어를 위한 마법을 사용할 권리가 없지만 황제가 가르쳐 줬던 그대로 주문을 읊었다. "*악센투스의 이름으로* 내 덩치를 상대의 덩치와 똑같이 만들라, 필요할 경우에는 더 크게 만들랏!"

타라는 부풀어오른 자신의 몸을 내려다보고 있었다.

이상하게도 산도르가 가냘픈 목소리로 말했다.

"그래 좋아, 그게 이기는 방법이지. 이제 내 모습을 정상으로 만들어주겠니?"

타라는 얼굴을 들었다. 산도르가 비쩍 마른 키다리가 되어 있었다. 족히 110킬로그램은 나갈 것 같던 거구가 50킬로그램의 홀쭉이로 팍 줄어 있으니! 엥? 키득키득, 관중석에서 웃음소리가 흘러나올 만했다. 상대를 축소시켜 놓았다는 것은 후계자의 능력이 황제의 능력을 능가하는 것이 아닌가. 타라는 흰 머리털을 질겅질겅 씹으면서 물었다.

"왜요?"

황제가 깜짝 놀란 모양이었다.

"왜라니?"

"싸움할 때는 어떤 상황에서도 제압할 수 있어야 한다고 누차 말씀하셨어요. 그런데 대적할 때마다 매번 저만 당하고 있어요. 그건 근육질 몸에 맞선다는 것 자체가 형평성에 어긋나기 때문이에요. 이건 공평하지 못해요!"

어린 티를 내지 않고 최대한 당차게 말하는 타라를 쳐다보던 황제는 일리가 있다는 듯 인정했다.

"틀린 말은 아니구나. 자, 시작하자."

말을 끝내자마자 산도르는 돌진했다. 그러나 그의 근육이 흐물흐물 녹아버렸다. 강력한 힘으로 타라를 날려버리기는커녕 그는 깡충깡충 토끼뜀을 뛰더니 대자로 벌렁 나자빠졌다.

타라는 웃음을 참으면서 손을 내밀었다. 그러나 얼굴색이 싹 변한 산도르는 타라의 도움을 받지 않고 일어나더니 모래알을 퉤퉤 뱉어내고 자세를 바로잡았다.

"히야아압!"

산도르는 그 빈약한 근육에 힘을 불어넣으면서 다시 달려들었다.

이번에는 그가 거리 계산을 잘해서 달려들었건만 타라는 공격을 기다리고 있었다. 번개처럼 잽싸게 누운 타라는 달려오는 공격자의 가슴을 두 손 두 발로 받아 모래밭으로 휙 넘겨버렸다.

긴 침묵이 흘렀다. 궁인들은 황제의 반응이 두려워서 숨을 죽이고 있었다. 모래를 뒤집어쓴 채 일어난 황제는 상체를 벌거벗었던 것이 정말 실수였다고 생각하는 것이 역력한 얼굴이었다.

그런데 뜻밖에도 산도르가 웃음을 터뜨리면서 타라에게 다정하게 손을 내밀었다. 역공 당할지 모른다는 생각에 타라는 방어자세를 취하고 있었다. 그것을 간파한 산도르는 더 크게 웃었다.

"훌륭한 전사는 불리한 때와 유리한 때를 구분할 줄 알아야 한다." 산도르는 오무아 방식으로 타라의 팔뚝을 잡았다 놓아주면서 말했다. "너는 내가 가르쳐 줬던 것을 응용하여 불시에 나를 공격했어. 브라보! 내 조카, 아주 훌륭했다."

터져나오는 궁인들의 함성으로 귀가 멍멍해질 정도였다. 뜻밖의 칭찬을 듣는 행복한 순간도 잠시뿐 황제는 이어지는 싸움에서 타라를 거의 배려해주지 않았다. 근육도 체중도 줄었지만 황제는 뛰어난 전사였다. 녹초가 되어서 체육관을 나온 타라는 거품목욕을 하고 싶은 충동과 싸우면서 가볍게 샤워를 했다. 타라는 마법복으로 갈아입었고, 전속 샤먼 '날카로운 눈매' 가 레파루스 주문으로 발을 치료해주었다.

그르룰이 합류했다.

"황제 아직 살아 있음?"

트롤이 너무나 진지한 표정으로 물었다.

트롤들은 문법과 생명에 대한 개념이 아주 원초적이었다. 타라는 째려보면서 야유하듯 쏘아붙였다.

"불행히도! 내 몸을 얼마나 비틀어 놨는지 남은 날들을 게처럼 어기적어기적 옆으로 걷게 생겼어."

"타라 훈련 부족." 못 말리는 트롤이 또 내뱉었다. "타라 너무 그름물."

트롤의 언어로 '그름물' 은 '허약하다' 는 뜻이고, 허약하다는 것은 곧 '집행 유예중의 사형수' 나 다름없는 의미였다. 타라는 어깨를 으쓱하면서 절뚝절뚝 거처로 향하고 있었다. 그때 느닷없이 튀어나온 어린 소년과 소녀가 거칠게 떼미는 바람에 타라는 샤먼의 치료 주문에도 불구하고 아직 아픈 발을 밟혔다. 그러나 두 아이는 조롱조의 웃음을 흘리면서 어느새 저 멀리 달아나고 있었다.

그르룰이 넌지시 물었다.

"내가 잡아서 꼬치구이 만듦?"

"으음, 그건 너무 야만적이지." 말은 그렇게 하면서도 타라는 속으로는 그거 괜찮네! 하는 얼굴로 아픈 발을 주무르다가 머릿속에서 맴도는 욕지기를 참고 물었다. "아는 애들이야?"

"응, 자르와 마라 아셰크트릴. 욕심쟁이 남작의 쌍둥이들. 여기서 마법사 교육을 받고 있음. 장난꾸러기들임."

그냥 장난꾸러기라고? 타라는 심하게 절룩거리면서 다시 거처로 향했다. 그런데 이때부터 정말로 이상한 일이 연달아 일어났다. 첫 번째로 마주친 궁인이 오무아의 풍습대로 허리를 굽혀 절하는 대신 입맞춤을 하기 위해 후계자에게 달려드는 것이 아닌가.

황실 식구들과 비슷한 신분의 외국 군주들을 제외하고, 모든 이들이 공손하게 상반신을 구부리는 절에 이미 익숙해 있던 타라는 이 새로운 방식의 인사에 어안이 벙벙했다. 타라가 멀어져가는 궁인을 멍하니 바라보고 있을 때, 이번에는 아더월드의 달나라 마딕스의 주민이 다가왔다. 중력이 약한 달에서 어린 시절을 보낸 탓에 그는 키만 훌쩍 크고 몸은 호리호리했다. 그는 흐느적거리는 갈대처럼 허리를 숙이더니 후계자가 몸을 뒤로 빼는데도 기필코 뺨에 입맞춤을 하고는 투명한 베일을 하늘거리며 돌아섰다. 이번에는 또 유니콘이 지나가다가 타라를 빤히 쳐다보더니 얼굴의 절반을 핥았다. 아무래도 뭔가 이상하지? 타라가 야무진 목소리로 불러 세우자 그르룰이 움찔했다.

"예, 주인님?"

"도대체 왜들 나에게 입을 맞추는지 알고 싶어. 내 앞으로 와서 자세히 살펴봐."

그르룰은 난감한 눈길을 던지다가 복종했다.

"아무 이상 없음." 하고 말하면서 트롤이 어찌나 크게 웃는지 산이라도 무너져내릴 듯했다.

타라는 귀가 화끈거리는 것이 연기가 폴폴 날 지경인데 트롤은 타라가 자기를 두꺼비로 생을 마치게 할 정도로 화가 나 있다는 것을 전혀 모르고 있었다. 하기야 원래의 몸 색깔이나 무사마귀들로 봐서는 크게 변하는 것도 아니지만. 타라가 폭발하기 일보 직전이라는 것을 뒤늦게 알아챈 트롤은 터져나오려는 웃음을 꾹꾹 눌렀다.

"누군가 주인님에게 '보탄트의 드래곤' 장난을 쳤음!"

"뭐라고? 그게 뭔데?"

“아, 주인님이 아더월드 모른다는 걸 자꾸 잊음.”

휴, 그르룰만 그러는 것도 아닌데 뭐. 타라는 무슨 행동을 할 때마다 몰래 웃는 것은 궁인들의 괴벽이라고 생각하면서도 신경이 날카로워졌다.

“여기는 일곱 계절이 있음.” 그르룰은 그 두툼한 초록색 손가락까지 꼽으면서 열심히 설명했다. “카일로스, 보탄트, 트레보, 파이초, 플루초, 모인초와 우기의 계절 살탄. 보탄트는 수액의 계절로 지구의 봄과 같음. 보탄트 초하루는 아이들이 장난치는 날이고, 등이나 옷에 ‘보탄트의 드래곤’ 장난을 침. 지구에서 ‘4월의 바보’ 라고 하는 만우절과 비슷함.”

타라는 눈살을 찌푸렸다.

“하지만 지금 이 계절은 파이초…… 아닌가?”

“맞았음. 따라서 정상적인 장난 아님. 누군가 주인님 옷에 주문을 걸었음. ‘지금 나에게 입맞춤하지 않으면 코끼리로 둔갑시킨다.’ 라고 적혀 있음. 주인님은 볼 수 없지만 궁인들은 글씨를 읽을 수 있음.”

타라는 폭발하려는 걸 참았다. 의붓아버지 문제로 골치 아파 죽겠는데 모래밭에 수도 없이 나뒹굴었지, 또 어처구니없는 장난 때문에 골탕을 먹질 않나, 오늘 왜 이러지? 그 순간 불현듯 타라는 범인을 알 것 같았다.

"아까 그 아이들이야. 내 발을 밟으면서 그때 한 짓이야."

"증거 없음. 그리고 재미있지 않음?"

타라의 매서운 얼굴을 보면서 그르룰의 말이 목구멍에 탁 걸려버렸다. 타라가 그 망측한 글씨들을 지우고 나서 호되게 응수하기로 마음먹고 있을 때, 타트리스 종족 한 명이 두 개의 머리를 마구 흔들면서 달려와 목이 터져라 고함을 질러댔다.

"사람 살려! 도와줘요!"

그는 타라에 이어서 경기장에서 나오던 황제를 발견하고 넙죽 절했다.

"폐하!" 첫째 얼굴이 숨을 헐떡였다.

"폐하!" 둘째 얼굴이 숨을 몰아쉬었다.

"끔찍한……"

"잔혹한……"

"무시무시한……"

"소름끼쳐요."

"본론을 말하시오!"

답답해서 죽겠다는 얼굴로 황제가 잘라 말했다.

두 얼굴이 합창으로 외쳤다.

"살인사건입니다! 도서관에 시체가 있습니다!"

테러

*

타라는 애거서 크리스티의 소설 속으로 빠져드는 묘한 느낌이 들었다.

태곳적 켄타우로스 종족이 새긴 최초의 석판에서부터 톰 크루즈의 최신 영화에 이르기까지, 무슨 정보든 조회가 가능하고 '목소리' 까지 이용할 수 있는 마법의 디스쿠타리움과는 달리 도서관에는 책과 양피지에 쓰인 고문서들만 있었다. 수백, 수천만 권에 이르는 그 문서들은 대부분 마법에 관련된 것이었다.

타트리스 종족이 내지른 비명소리에 놀란 궁인들의 불안한 웅성거림을 가르며 황제와 타라, 그르룰이 달려가 보니 도서관은 그야말로 아수라장이었다. 벽에 고정시킨 책장 선반이 바닥에 떨어져 있고, 치명적인 부상을 입고 널브러진 책들은 찢겨나간 페이지들을 붙잡겠다고 난리였다. 도서관 사서인지 버터덩어리 같이 생긴 노란색 카흠보움이 충격을 받고 어지럽게 날아다니는 책들을 어떻게든 잡아보겠다고 촉수를 흔들어대며 빨간 눈을 희번덕거리는데 금방이라도 눈물을 쏟을 것 같았다. 게다가 도서관이 성난 벌집처럼 붕붕거리는 통에 온전한 책들까지 덩달아 흥분하게 생겼으니…… 카흠보움은 안절부절못하고 있었다.

기겁한 궁인들이 몰려들었다. 황제는 단호하게 책들에게 호통쳤다.

"어허, 동작 그만! 진정하라. 우리가 범인을 붙잡을 것이고, 너희 친구들을 복원해줄 것이니 걱정 마. 어린애같이 굴지 말아야지!"

그 말에 책들이 점점 조용해지더니 정적이 감돌았다. 공포에 질려 연신 땀을 닦는 카흠보움의 빨간 눈이 초록색으로 변했다.

"고맙습니다, 폐하. 하마터면 연쇄폭발이 일어날 뻔했습니다. 몇몇 백과사전이 친구들에게 부상을 입힌 자를 붙잡겠다고 도서관을 뛰쳐나가려고 했습니다."

"그것도 나쁘지 않은 생각이군." 생각에 잠긴 황제는 치안을 담당하는 안기부 수장이자 친위대장인 크산디아르를 겨냥해서 덧붙였다. "안기부를 믿느니 차라리 백과사전이 직접 나서는 것이 더 효과적일지도 모르지!"

그 지적에 뜨끔했는지 크산디아르는 얼굴이 뻘개져서 지시를 내렸다. 수하의 경관들이 사고 현장을 보존하기 위해 궁인들을 물러서게 하고 증거 수집에 착수했다. 스쿠프들도 다각도에서 촬영하고 있었다. 친위대원들이 책들을 들어내고 그 밑에 깔린 존재를 끌어냈다. 법의학자 샤먼이 시체 옆에 쭈그리고 앉아서 부검에 들어갔다.

비죽 나와 있는 부패한 손을 보면서 타라는 대번에 그 희생자를 알아보았다. 좀비였다. 더 정확하게 말하면 아침에 마주쳤던 장군으로 궁전에 하나밖에 없는 존재였다. 타라가 언뜻 보고 이상한 모양의 책이라고 생각했던 것들이 사실은 좀비의 신체부위들이었다. 여기저기 흩어진 부위들이 더 이상 꿈쩍도 하지 않았다. 아침만 해도 그렇게 번잡을 떨던 것들이!

황제는 이맛살을 찌푸렸다.

"이것은 아주 계획적인 범죄다. 좀비를 죽이는 유일한 방법은 머리, 더 구체적으로 말해 뇌를 으스러뜨리는 것이다. 따라서 작정을 하고 젠릴 장군을 죽인 것이야."

타라는 1톤 가량의 책과 묵직한 목재 책장에 깔리면 그 누구라도 머리가 으스러질 수밖에 없다고 말하고 싶었지만 꾹 참았다.

"그렇지만…… 이곳에서는 마법을 사용할 수 없습니다." 도서관 사서가 기어드는 목소리로 말했다. "책들의 힘에 눌려서 웬만한 마법은 작동되지 않습니다. 그리고 상당히 위험합니다. 여기서는 마법이 너무 강하면……."

그는 책의 신경을 건드리지 않으려는 듯 목소리를 낮췄다.

"폭발합니다!"

"알아요, 알아." 황제는 건성으로 대답했다. "내가 알고 싶은 것은 왜 젠릴 장군을 공격했냐는 것이오."

"괴물이기 때문입니다." 하고 생뚱맞게 말하면서 크산디아르가 장갑 낀 손으로 종이 한 장을 흔들었다.

황제는 어이가 없다는 얼굴로 크산디아르를 쳐다봤다.

"어떻게 감히 그런 말을……."

"제가 아니라 다른 사람들의 눈에 그렇게 보인다는 것입니다. 읽어보십시오, 폐하."

크산디아르가 종이를 내밀자, 황제는 소리 내어 읽었다.

아더월드를 비마들에게! 괴물들에게는 죽음을! 이건 시작일 뿐이다! 우리는 너희들 모두를 죽일 것이다! 우리의 수가 더 많다! 비마들의 조직 안티매직.

고개를 쳐든 황제는 격분해 있었다.

"이건 도를 넘어서는 행위다! 비마를 모조리 궁전에서 추방하

라. 당장! 내 나라에서 마법 능력이 없는 자들의 살상행위를 더는 용납하지 않겠다."

궁인 중에는 비마들이 많았다. 군중 속에서 비난의 웅성거림이 흘러나왔지만, 자제력을 잃은 황제는 아무 소리도 듣지 못했다. 그는 친위대장을 돌아봤다.

"크산디아르, 범인의 정체를 밝히는 데 48시간을 주겠다. 산 채로 잡아와!"

타라는 궁인들의 불만이 차츰 분노로 변하고 있음을 알아차렸다. 그 순간 바로 그것이 정체불명의 테러범들이 바라는 것이라는 느낌이 들었다. 그들의 목적은 비마들과 마법사들을 갈라놓아 서로를 적으로 만드는 것이었다. 타라는 그 일에 끼어들고 싶지 않았지만 선택의 여지가 없었다. 타라는 목소리를 떨지 않으려고 애쓰면서 말했다.

"하지만 삼촌, 비마들을 추방할 경우 만약 그들 속에 범인이 있다면 도망칠 기회를 주는 거예요. 따라서 그건 안 됩니다. 아무도 궁전을 나가지 못하게 하고 용의자를 색출해서 처벌하는 것이 더 간단해요!"

잠자코 응시하는 황제의 눈길에 타라는 저절로 움츠러들었다. 이윽고 황제가 고개를 끄덕였다.

"괜찮은 생각이군. 들었는가, 크산디아르? 그리고 나는 후계자를 이번 사건의 책임수사관으로 임명한다."

"네?" 타라는 깜짝 놀랐다. "하지만 저는……."

산도르 황제는 타라의 말을 잘랐다.

"너는 지금까지 비마들 속에서 살아왔어. 따라서 누구보다도 이 사건을 잘 해결할 수 있을 것이다. 그리고 이건 권유가 아니라 명령이야, 타라. 모두 도서관에서 철수하라! 크산디아르의 수사팀, 법의학자 샤먼, 타라와 사서만 남고!"

잠시 후, 도서관과 복도는 텅 비었다. 조카딸의 개입으로 자존심이 상했는지 황제는 까딱 고갯짓만 하고 휑 나가버렸다. 지구에서 본 탐정영화를 빠르게 떠올리던 타라는 헛기침을 하면서 크산디아르에게 말했다.

"음, 지금부터 뭘 할까요?"

크산디아르가 타라를 보는데 눈빛 총알이라도 쏘는 것 같았다.

"책임자는 후계자이십니다."

휴, 꼭 이렇다니까. 질투까지 하고 있으니 설상가상이군. 타라는 한숨을 내쉬었다.

"물론 알죠. 그래서 친위대장께서는 뭘 할 생각인지 묻는 거예요."

"정상적인 상황에서는 템푸스 주문을 걸어서 무슨 일이 있었는지 확인합니다. 그러나 여기서는 마법이 너무 위험하지요. 따라서 지구에서 하는 방식으로 수사해야 합니다(크산디아르는 아주 뒤떨어진 낡은 방식으로 수사하게 된 것이 매우 유감이라는 얼굴이었다). 증거가 될 만한 것들은 모두 수거해놓았습니다. 못 하나라도 우리의 눈에 띄지 않은 것은 없었다고 단언합니다."

크산디아르는 허리를 굽히면서 말했다.

"저는 이만 물러가겠습니다. 부하들을 데리고 분석에 착수해야겠습니다."

타라는 혼자 부딪쳐보기로 마음먹고 책장 사이를 어슬렁거렸다. 경계하듯 지켜보는 책들의 시선을 느끼면서 타라는 책장 선반이 떨어져 있는 장소로 다가갔다. 그 바닥에 물이 괴어 있었다. 타라는 조심스럽게 몸을 숙이고 크산디아르가 나가기 전에 건네준 장갑을 끼고 액체를 찍어서 냄새를 맡아봤다. 아무 냄새도 나지 않았다. 꺾쇠들이 빠지면서 구멍난 벽을 살펴보다가 타라는 사서를 불렀다.

"네, 마마."

"여기가 젖어 있는데 정상인가요? 물이 새나요?"

카흠보움은 소스라치게 놀란 얼굴이었다.

"절대 아닙니다, 마마! 종이와 양피지에 습기는 아주 나쁩니다. 물이 어떻게 여기까지 들어왔는지 모르겠습니다."

벽을 만져봤는데 역시 축축하게 젖어 있어서 타라가 말했다.

"갈랑, 저 위에 있는 검은 자국이 뭔지 봐 줄래?"

갈랑이 날아가서 두 배로 확대한 이미지를 보내 주었는데 마치 벽에 뭔가가 앉아 있었던 것 같은 흔적이었다.

"음…… 샤먼?"

시체를 부검하고 있던 샤먼이 고개를 들었다.

"네, 마마?"

"좀비가 죽은 지 얼마나 됐지요?"

"10여 년은 됐습니다, 마마."

맙소사, 어리석은 질문에 어리석은 대답이다!

"내 말은, 으스러진 것이 언제냐고요?"

"두 시간쯤 된 것으로 추정됩니다. 좀비들은 완전히 죽은 지 2시간 후에 경직되기 시작하거든요."

"사서, 2시간 전쯤에 여기에 누가 있었죠?"

"아무도 없었습니다, 마마. 저는 공간이동의 문에서 우편물을 접수하고 있었습니다. 소포로 도착한 책들을 명세표와 대조하겠다고 통지한 바 있었거든요. 그래서 오전 내내 그 일에 달려 있었지요." 카흠보움은 완벽한 알리바이를 댈 수 있어서 만족스럽다는 얼굴로 말을 이었다. "저도 연락을 받고 올라왔습니다. 이제 책을 제자리에 다시 꽂아도 되겠습니까?"

"아직은 안 돼요. 이 상태로 현장을 보존해야 합니다. 샤먼, 시체는 여기 그대로 두고 부검은 나중에 하세요."

"그러면 악취가 날 겁니다!" 사서가 항의했다.

"콧구멍을 막던가, 우리를 대신해서 냄새를 맡던가 그건 알아서 해야지요! 현장 보존이 우선이라는 것을 명심하세요!"

타라는 코가 없어서 청각으로 냄새를 맡는 카흠보움의 빨간 눈을 쳐다보면서 당차게 응수했다.

그들은 마지못해 복종했다. 타라는 돌아서서 중얼거렸다.

"그래, 나 혼자서는 불가능해."

타라는 주머니에서 크리스털 볼을 꺼냈다.

"살아있는 돌?"

"예쁜 타라?"

"랑코비트에 있는 내 친구들, 무아노와 로빈, 파브리스, 특히 전문가인 칼에게 연락해 줘. 마니투는 크리스털 볼을 축소해서 목걸이에 달고 식당에 있을 게 뻔해. 아, 그리고 파프니르도 잊지 마. 걔는 히믈리아에 있을 거야. 내 생일에 초대했기 때문에 모레 오기로 되어 있지만 그 애들이 지금 필요해서 그래. 지체 없이 와 달라고 부탁해 줘."

"알았어, 예쁜 타라! 뭐라고 말할까?"

"살인사건을 밝히는 데 도움이 필요하다고 전해. 그리고 비마들과 전쟁을 하지 않기 위해서라고."

스너피

*

스너피는 아팠다. 장다리에게 잡혀서 원시정글 속에 있는 이 저택에 감금되어 있을 때부터 계속 고통을 참고 있는 스너피는 감방 바닥에 쪼그린 채로 까부라져 있었다. 짐승보다 더 난폭한 장다리는 마비시켜 놓은 것으로는 성이 안 차는지 걸핏하면 때려서 불에 달군 수천 개의 바늘이 꽂혀 있는 듯 온몸이 욱신거리고 콕콕 쑤셨다.

훌쩍거리는 소리에 진저리가 난 간수는 보초수칙을 무시하고 감옥을 비우기 일쑤였다. 또 얼마나 악랄한지 목말라 숨이 넘어갈 지경인데 물 한 모금 주기는커녕 양동이의 물을 전부 다 스너피의 몸 위에 쏟아버렸다. 그렇다면 간수는 긴 주둥이에 털북숭이 발이 꼭 여우 같은 존재, 닭과 스파숀을 약탈하는 밤도둑 스너피에 대해 잘 모르는 것이 분명했다. 스너피를 안다면 그런 멍청한 짓을 저지르지 않았을 텐데. 특히 어마어마하게 큰 박쥐 귀에 전파를 상징하는 세 줄의 번개무늬가 있는 밤도둑 스너피를 상대할 때는. 간수의 발소리가 희미해졌다. 스너피는 한 눈, 한 눈 차례로 뜨고 주위를 살폈다. 감옥에는 아무도 없었다. 힘겹게 일어난 스너피는 철책에 다가섰다. 오 예, 자리는 충분했다. 스너피는 갈퀴발톱을 세워 자신의 귀를 떼어냈다. 이어서 떼어낸 귀를 철창 밖의 바닥에 조심스럽게 내려놓은 다음 젖은 셔츠를 벗어 창살에 돌돌 감아서 귀 위로 물을 짜냈다. 그러고는 바지도 벗어서 귀 위로 또 물을 짰고, 감방 바닥에 괴어 있는 물까지 옷으로 빨아들여서 귀를 충분히 적셔 주었다.

잠시 후 스너피는 위가 뒤틀리기 시작했다. 물이 부족한가? 이 통증은…… 혹시? 아냐, 다 잘될 거야. 그 순간 변신이 시작되고 있었다.

경련을 일으키듯 꿈틀꿈틀하던 귀가 쑥쑥 자라더니 뚱뚱해지면서 붉은 털로 뒤덮였다. 형상이 만들어지는가 싶더니 잠시 후, 아주 불쌍해 보이기는 하지만 완벽한 형태의 스너피가 눈앞에 나타났다.

감방 안의 스너피는 창살을 통해 자신의 젖은 옷을 내밀었다.

그 옷을 입은 복제 스너피는 추운 감옥에서 덜덜 떠는 오리지널 스너피에 대한 연민으로 전율했다.

"알아, 알아." 스너피는 속삭였다. "어떻게든 탈출할게. 스너피는 마법으로 무장한 잿빛 장다리를 당해낼 수 없지만 무슨 수를 써서라도 후계자를 찾아가서 알릴게. 물론 아주 힘들겠지만. 나를 구출하기 위해 원군을 데리고 돌아올게. 잘 참고 기다려, 빨리 해낼게."

복제 스너피는 묘한 독백을 한 뒤에 그림자처럼 움직였다. 감옥을 살그머니 빠져나온 스너피는 장다리가 보이는 순간 납작 엎드렸다. 다행히 문지기 샤트릭스가 없었다. 독 이빨을 가진 검은 하이에나에게 들키지 않고 빠져나간다는 것은 거의 불가능했다.

붙잡혀 있는 동안 스너피는 장다리들의 습관을 관찰할 수 있었다. 젊은 장다리는 밝은 잿빛 마법복을, 나이든 장다리는 아주 짙은 잿빛 마법복을 입고 항상 마스크로 얼굴을 가리고 다녔다. 그러나 스너피는 그들의 입에서 나는 냄새, 특히 마비 주문을 걸었던 장다리의 냄새를 알고 있었다. 날카로운 뻐드렁니 때문에 그자는 입술이 들려 있었다. 다른 장다리들이 그자의 이름을 부르는 소리도 들었다. 마즈 아스터라고 했던가? 마즈 우스터라고 했던가? 하여튼 그런 이름이었다.

마침내 복도 끝에서 햇빛이 보였다. 조심스럽게 다가가 보니 가까운 숲까지 이어지는 길은 완만한 경사를 이루고 있었다. 경비는 2명, 주의를 끌지 않고 어떻게 벗어난다? 원래 겁이 많은 스너피는 심장이 콩닥콩닥 뛰지만 두려움을 누르면서 숲을 흘낏거리며 감시하는 장다리들을 관찰했다. 스너피는 그들의 마음을 이해했다. 오무아의 숲은 모르는 사람에게나 잘 아는 사람에게나 위험하기는 마찬가지였다. 나무가 불쑥 나타나서 널름 집어삼킬 수도 있고, 바위가 스르르 굴러와서 깔아뭉갤 수도 있고…… 어디에 어떤 위험이 도사리고 있을지 누구도 예측할 수 없는 곳이 오무아의 숲이었다.

스너피는 보초들이 없기를 간절히 바라면서 살금살금 측면으로 빠져나갔다. 다행히 아무도 눈에 띄지 않았다. 장다리 2명만 따돌리는 데 성공하면…….

문득 좋은 생각이 떠올랐다. 아, 그게 있었지! 스너피가 닭이나 식히려고 창가에 내놓은 과일파이를 훔칠 때 써먹는 교란작전! 어디서 나는 소리인지 알 수가 없는 아주 강력한 괴성을 지르는 것이었다.

장다리들이 속아넘어갈까? 스너피는 빈약한 가슴을 잔뜩 부풀리고 드래코-티라노사우로스가 사냥할 때 내는 끔찍한 소리를 흉내냈다. 보초들이 즉각 반응했다.

"이게 무슨 소리지?"

한 놈이 억양 없는 목소리로 물었다.

"무슨 소리긴…… 네 엄마가 널 낳을 때 내지르는 소리지."

다른 한 놈이 놀리듯 비아냥거렸다.

"너 그렇게 계속 깐죽거릴래? 다리몽둥이를 부러뜨려서 앉은뱅이로 만들어버리는 수가 있어!"

"그러셔, 아이고 겁나라!" 상대는 화가 난 체하면서 응수했다. "넌 드래코-티라노사우로스 소리도 모르냐? 빨리 마법이나 준비해, 저 놈들은 엄청 빠르다고. 즉각적으로 방어하지 않으면 뼈도 못 추릴 확률이 백 퍼센트니까. 마지스터가 우리를 지렁이로 만들기 전에 어서 놈을 몰아내자."

스너피는 갈색 크룬칠스* 숲 속에 납작 엎드렸다. 하트 모양의 커다란 잎들이 스너피를 가려 주었다. 잿빛 복장의 마법사 두 명이 스너피가 숨어 있는 곳을 지나쳐서 침입자를 찾아 종종걸음치며 멀어져갔다. 드래코-티라노사우로스 소리를 듣고 달려온 또 다른 마법사들이 그들과 합류했다. 스너피는 엉금엉금 기다가 걸음아 날 살려라 하고 내달렸다.

몇 초 만에 스너피는 숲 기슭에 이르렀다. 그러나 행복한 순간도 잠시, 앞으로 닥칠 일을 생각하는 것만으로도 무릎이 후들거렸다. 흙 속에 숨어 있는 반 곤충 반 식물인 블루릅스*, 식사시간에만 눈에 띄는 독사 같은 쥐 타오르미스는 스너피쯤은 눈 깜짝

할 사이에 갈기갈기 찢어발길 수 있었다. 그뿐만이 아니었다. 전갈의 독침이 있는 데다 유별나게 수수께끼를 좋아해서 머리에 쥐가 나도록 실컷 뇌 훈련을 시킨 뒤에 잡아먹는 영리한 자이언트 거미도 있었다. 간단히 말해 그 숲에 사는 것들은 하나같이 독을 품은 갈퀴발톱이나 송곳니 같은 신체무기들을 지닌 위험한 존재들이었다.

스너피는 자신이 어디에 와 있는지 전혀 모르고 있었다. 여인숙에서 장다리에게 납치되는 순간 자루에 담긴 상태로 어딘지도 모르는 곳으로 끌려왔었다. 스너피는 공기 냄새를 맡아보면서 얇은 주둥이를 파르르 떨었고, 태양을 살피고 나서 마침내 방향을 잡았다. 후계자가 있는 팅가푸르까지는 60 타트롤*만 가면 되었다.

출발……! 오후에는 굶주린 부르리르에게 쫓기다 나무 위로 도망쳐서 놈이 제발 나무 타기의 명수가 아니게 해달라고 스너피들의 신에게 기도하고 있어야 했다. 다리가 여섯 개인 고양이과 동물 부르리르는 다행히 성질 급한 어린놈이었다. 사냥감이 잡아먹히기 위해 내려와 줄 생각이 전혀 없다는 걸 알아차린 녀석은 실망하는 울음소리를 내며 떠나갔다.

잃어버린 시간을 벌충하기 위해 스너피는 벌벌 떨면서 밤에도 걸었다. 장다리가 아지트 장소를 잘 선택한 것이었다. 황제의 명에 따라 숲은 길들여 있지 않았다. 원시 상태로 버려져 있는 숲, 스너피로서는 도저히 좋아하려야 좋아할 수가 없는 곳이 숲이었다. 이번에는 크라크덴트의 송곳니들을 가까스로 피했다. 스너피를 놓친 장밋빛 털북숭이가 때마침 지나가는 스파슌으로 위안을 삼았기에 망정이지, 어휴, 하마터면……. 그런데 브르리르를 피하다 아스트로펠* 밭에 넘어지는 바람에 스너피는 후각을 잃었고, 그때부터는 생존에 중요한 감각을 잃은 채 여러 날을 보내고 있었다.

마침내 스너피는 기진맥진한 상태로 팅가푸르에 도착했다. 이른 아침 궁전 앞에 이른 스너피는 여기저기 상처투성이에다 꾀죄죄한 것이 꼬락서니가 말이 아니었다.

황궁의 경비병들은 스너피에 대해 좋지 않은 선입견을 가지고 있었다. 후계자를 만나러 왔다면서 알현을 청하자 그들은 어이가 없다는 듯 웃음보를 터뜨리더니 스너피를 궁전의 계단으로 사정없이 내동댕이쳤다.

스너피는 날렵한 유연성 덕분에 가벼운 타박상을 입은 정도였지만 옴짝달싹할 수가 없었다. 쿠린내가 나는 몸뚱이를 웅크린 채 눈물을 뚝뚝 흘리던 스너피는 야단치는 목소리에 움찔했다.

"울면 약하다는 뜻이야. 약하면 이길 수 없어. 이길 수 없으면 넌 죽어."

스너피는 고개를 쳐들고 진지하게 쳐다보는 어린애의 얼굴을 보았다. 귀엽게 생긴 갈색머리 소녀였다.

"울면, 딸꾹, 내가 쭈, 쭉어?" 스너피는 딸꾹질까지 하면서 억양이 심한 오무아 언어로 더듬거렸다. "아, 안 돼, 난 쭈, 쭉으면 안 돼. 나는 반드시 후계자를 마, 만나야 해. 그런데…… 겨, 경비병들이 못 들어가게 해. 그, 그들이 나를 쪼, 쪼롱했어!"

"너 암살자는 아니겠지?"

스너피는 분개한 얼굴로 몸을 도사렸다.

"물론 아니지. 우리는 사람들을 쭈, 쭉이지 않아."

"유감이네." 하고 소녀가 한숨을 쉬어서 스너피는 깜짝 놀랐다.

"꿈도 크다! 스너피가 무슨 그런 주제가 된다고!" 소녀 뒤에서 또 다른 목소리가 코방귀를 뀌었다. "얘들은 거짓말쟁이이고 도둑이란 말야. 아무리 기회가 있어도 절대 타라를 죽이지 못해. 내가 얘네 종족을 좀 알지. 마라, 가자. 그 얄미운 계집애를 골탕먹일 준비나 하자니까."

소녀와 똑같이 생긴 얼굴을 보고 스너피는 눈이 똥그래졌다. 소녀가 설명했다.

"나랑 쌍둥이인데 자르는 너를 좋아하지 않아." 마라는 스너피의 털에서 나는 시큼한 냄새 때문에 코를 코믹하게 찡그리면서 속삭였다. "하지만 난 너를 돕고 싶어."

스너피는 벌떡 일어났다. 질겁한 마라가 얼른 뒤로 물러서자 즉시 가로막고 선 소녀의 쌍둥이 남자형제의 두 손에서 보랏빛이 번쩍였다.

이 애들도 마법사잖아! 하고 속으로 말하면서 스너피는 다시 맥이 빠졌다.

"잠깐!" 마라의 외침이 주문을 중단시켰다. "우리에게 쓸모가 있을 거야!"

자르는 마라의 말을 따르면서 스너피를 흘겨봤다. 스너피는 소년의 손에서 마법의 불빛이 사라졌을 때에야 안도했다.

"따라와. 다른 문으로 들여보내 줄게. 분명히 마음에 들걸!" 마라가 명령조로 말하는데 얼굴에는 장난기가 가득했다.

한순간 스너피는 천국에 와 있다는 생각이 들었다. 시끌벅적하고 따뜻한 황궁의 주방을 통과하고 있었던 것이다. 오무아 제국의 여제에게 물품을 대기 위해 전 세계 행성에서 온 상인들은 주방으로 연결되는 공간이동의 문을 이용했다. 쌍둥이 남매와 스너피는 아침시간인데도 마차꾼들의 고함소리, 온갖 동물의 울음소리로 왁자지껄한 북새통 속으로 슬그머니 끼어들었다. 공중부양 주문에 걸려 둥둥 떠다니는 동물들, 식물들, 과일들, 야채들, 음료수들, 과자들이 궁전 안으로 들어가고 있었다.

그곳에도 주홍빛과 금빛 정복 차림의 경비병들이 지키고 있는

데 너무 날카로워서인지 네 개의 손이 아주 불편한 자세로 검을 쥐고 있었다.

경비병들이 추레한 몰골의 스너피를 보고 눈살을 찌푸리긴 했지만 잠자코 들어가게 두었다. 궁전 안으로 들어간 스너피는 어찌나 멋진지 기쁨의 눈물을 흘릴 뻔했다.

“내일이 그 얄미운 타라의 생일이거든.” 마라가 이를 부드득 가는 어조로 말했다. “저렇게 많은 요리를 준비하는 것 좀 봐. 타라를 뚱보 발분으로 만들려고 아주 작정을 했군! 정말 그랬으면 정말정말 좋겠지만.”

팔과 촉수, 돌기들을 바삐 놀리며 잘게 자르고 지지고 볶고 끓이는 요리사들에게 아랑곳하지 않고 소녀는 맛나게 생긴 닭다리 하나를 낚아채더니, 부탁도 하지 않은 스너피 코앞에 들이밀었다. 닭다리를 뼈까지 아작아작 게 눈 감추듯 먹어치운 스너피는 입술을 핥으면서 만족스럽게 쩝쩝거렸다. 주방보조가 무섭게 소리를 지르거나 말거나 소녀는 생글거리며 천연덕스럽게 또 닭 한 마리에 손을 댔다. 주방보조는 국자를 휘두르면서 위협했다.

그러면 안 되는 거였는데……! 자르는 즉각 대응했다. 마법의 광선을 맞은 요리사가 비틀거렸다. 화가 머리끝까지 난 요리사는 소년을 향해 돌진했다. 소년은 식탁을 요리조리 피하면서 광선을 발사했다. 소년의 마법으로 눈 깜짝할 사이에 소스, 가금,

야채들이 붕붕 날아다니면서 요리사들을 공격하기 시작했다. 식칼이 주방보조와 싸움을 벌이질 않나, 구이가 되고 있던 브르르르아아아가 쇠꼬챙이를 빠져나가질 않나, 털이 반쯤 뽑힌 스파슌이 파드득거리며 사방으로 털을 날리질 않나, 과일들이 마구 날아다니면서 공격을 퍼붓질 않나, 질서정연하던 주방은 순식간에 아수라장이 되고 말았다. 그 소동에 달려온 최고 마구스 옥시아 부인은 문을 벌컥 열고 들어오다가 그 어이없는 광경에 얼어붙은 듯 서 있었다. 그때였다. 초콜릿 판에 공작 모양의 설탕으로 '생일 축하합니다.' 라는 글귀를 새긴 크림케이크의 급강하 공격을 아슬아슬하게 피한 주방보조가 외쳤다.

"프하하하! 안 맞았지롱!"

그러나 앙심을 품은 케이크의 표적은 주방보조가 아니었다. 속력을 내며 계속 날아가던 케이크는…… 이크, 옥시아 부인의 얼굴에 맞고 묵사발이 되었다. 분노의 고함소리가 소란을 잠재우고 무거운 침묵이 내려앉았다.

그 틈을 타서 자르와 마라, 스너피는 자지러지게 웃으며 잽싸게 도망쳤다. 하마터면 숨이 넘어갈 뻔했던 그들은 복도의 기둥에 기대고 숨을 헐떡였다.

"크림이 주름살에 그렇게 좋다잖아!" 마라는 깔깔대고 웃었다.

"그럼! 옥시아 부인의 얼굴이 아기처럼 보들보들해질 거야!"

자르가 맞장구쳤다.

그 말에 다시 웃음보가 터진 그들은 또 미친 듯이 웃었다. 궁인들이 냄새나는 스너피와 함께 있는 쌍둥이 남매를 놀란 눈으로 쳐다봤기 때문에 그들은 얼른 입을 다물었다.

"그 얄미운 계집애의 생일파티가 좀 늦어지겠다, 그치?" 자르가 짓궂게 말했다.

"난 그 계집애 잘난 척하는 꼴은 진짜 못 보겠어." 마라는 정색을 하고 말했다. "스너피, 타라틸랑넴을 만나고 싶지?"

"끄, 끄럼, 후계자 타라 덩컨을 만나야 해. 나, 난 후계자의 도움이 필요해."

쌍둥이 남매는 눈짓을 주고받았다.

"우리가 데려가도 타라는 절대로 만나 주지 않을 거야."

"자기 파티를 엉망으로 만들어놨다고?"

"아아니, 걔는 아마 내일까지는 모를걸. 케이크야 새로 만들면 되니까. 욕조 물에 지워지지 않는 파란 물감을 타 놓는 장난을 친 뒤부터 걔가 우리를 좀 미워하고 있지."

"우헤헤, 화가 나서 시퍼레지던 꼴이라니!"

쌍둥이들이 깔깔대는데 그 웃음소리가 영악스럽게 들렸다.

"하지만 최고 마구스가 스너피를 만나라고 하면 걔도 거부하지는 못할걸." 자르는 사뭇 진지한 얼굴로 말했다.

"그렇지, 특히 최고 마구스 메델루스가 만나라고 하면……."
마라가 맞장구쳤다. "게다가 메델루스 선생님의 수석조수들이 누구야, 우리잖아?"

"마라, 넌 정말 천재야."

미소를 머금은 입술들이 실룩거렸다.

"우리랑 같이 가자." 소년이 스너피를 돌아보면서 말했다. "깨끗하게 씻고 우리 선생님 메델루스 최고 마법사에게 인사시켜 줄게."

걱정이 가득한 스너피는 듣지 않고 있었다. 스너피는 거의 건성으로 고개를 끄덕였다. 냄새를 맡을 수 없는 스너피로서는 악취가 나든 안 나든 상관이 없지만 궁전의 관습이 깨끗한 걸 요구한다는데 어쩌겠나, 그래야지.

쌍둥이 남매는 스너피를 자기들의 방으로 데려갔다. 널찍하고, 창문이 둘이라서 통풍이 잘 되는 방에 나란히 놓인 침대 한 쌍과 나무와 꽃 문양이 조각된 예쁜 옷장이 달랑 있었다. 선반에 꽂힌 책들이 빨리 읽어달라는 손짓을 하는 듯 흔들거리고 있었고, 꽃잎을 너울거리며 향기를 뿜는 꽃다발이 그 방을 날아다니는 요정을 유혹하고 있었다.

스너피가 욕실에 들어가자 샤워기가 소스라치더니 즉시 물의 양을 늘렸다. 목욕장갑과 비누가 합세하여 때밀이 공격을 시작했다.

스너피는 의연하기로 마음먹었다. 수건과 보디 드라이어에 몸을 맡긴 뒤에 털이 좀 헝클어져 있긴 하지만 깨끗해진 상태로 점잖게 욕실을 나왔다. 음험해 보이는 장다리 인간이 쌍둥이들 옆에 서 있어서 스너피는 본능적으로 뒷걸음쳤다.

"나의 수석조수들인 자르와 마라의 말에 따르면 네가 타라를 만나고 싶어한다고? 무슨 이유로 만나려고 하느냐? 테러 사건이 일어난 뒤로 스핑크스 작전중인데다 어제부터 후계자는 젠릴 장군 살해사건 수사를 맡고 있어서 몹시 바쁘다!"

"사느냐 죽느냐의 문제입니다." 스너피는 빠르게 말했다. "다른 사람에게는 이유를 말할 수 없씁니다."

메델루스는 스너피를 쏘아보면서 주문을 읊었다.

"*베리투스의 이름으로* 스너피가 거짓말을 하고 있다면 당장 코끼리로 변할지어다!"

스너피는 불안한 마음으로 몸을 쳐다봤지만 코도 상아도 나오지 않았다.

"그래, 거짓은 아니구나." 메델루스는 생각에 잠긴 얼굴로 말했다. "자르, 마라!"

"네, 선생님?"

"지난번 너희들의 장난 때문에 타라한테 내가 날벼락을 맞았단 말이다. 내가 너희들에게 뭐라고 했지?"

"눈에 띄는 짓은 하지 말라고요." 쌍둥이가 합창으로 읊었다.

"또 한번 그랬다가는 너희들의 볼기짝이 파랗게 될 줄 알아, 알아들었느냐?" 장다리가 어찌나 엄한 얼굴로 눈살을 찌푸리는지 스너피는 털이 곤두서는 느낌이 들었다.

"네, 알겠어요, 선생님!"

그런데 왜 아이들의 어조에서 은밀하고 위험한 꿍꿍이 같은 것이 느껴지는 거지? 스너피는 의아했다.

메델루스는 그들을 뚫어져라 쳐다보고 나서 방을 나갔다. 자르는 수상쩍은 눈을 반짝이며 스너피에게 말했다.

"우리 선생님이 허락하셨으니까 너를 타라에게 데려다 줄게. 근데 말이지, 알아둬야 할 게 있어. 문제가 있거든."

"문제?" 스너피는 다시 불안에 사로잡혔다. "불쌍한 스너피에게 또 무슨 문제가 있는데?"

"타라는 귀머거리야." 하고 자르가 속삭이자 마라는 숨막히는 얼굴로 웃음을 참고 있었다. "잘못된 주문에 걸렸거든. 그리고 잘 보지도 못해. 만나면 타라에게 펄쩍 뛰어오르면서 이름을 고함쳐 불러야 겨우 널 볼 수 있을 거야. 그래야 관심을 기울일 거라고."

다른 때라면 의문을 갖겠지만 스너피는 너무 피곤해서 아무 생각이 없었다. 어쨌거나 궁전으로 들어올 수 있게 해준 아이들인데……, 스너피는 순순히 고개를 끄덕였다. 펄쩍 뛰어올라 고함치는 것쯤이야.

모래사막

*

올림픽 수영장처럼 커다란 욕조에서 등을 문지르다가 어? 목욕을 즐기는 편이 아닌데……, 타라는 왠지 찜찜했다. 더구나 직접 욕조에 물 받아놓으라는 명까지 내렸으니. 타라는 붉은 악마가 어쩌고저쩌고 불만을 터뜨리는 이상한 꿈을 꾸고 난 뒤라서 머리가 기분 나쁘게 지끈거렸다. 아더월드에서 받는 정신적 압박감으로 인해 어린 시절을 도둑맞고 있다는 느낌 때문에 타라는 우울했다. 친구들도 랑코비트와 히믈리아에서 각자 의무를 수행하고 있어보고 싶다고 해서 아무 때나 와 줄 수 없었다. 칫, 하늘에 신호를 보내면 배트맨처럼 짜잔! 하고 나타나서 도와줘야지 10년 후에 오면 무슨 소용 있냐 말야!

타라는 한숨을 내쉬었다. 후계자라는 신분에 따르는 책임감이 점점 가중되고 있는 데다 좀비 살해사건을 수사하면서 타라는 스트레스를 받고 있었다. 전날, 진실의 입들이 비마를 모조리 조사했지만, 신통력과 지력을 지닌 텔레파시 식물성 존재들도 범인을 찾아내지 못했다.

함께 아침식사를 하고 셀렌다로 떠나는 어머니를 배웅한 뒤에 타라는 어떻게 수사할지 머리를 쥐어짜고 있었다. 타라가 어찌나 정신 없이 왔다갔다하는지 안락의자는 그 뒤를 열심히 쫓아다니고 있었다. 그때 벽이 뚫리는데도 경보가 울리지 않는 가운데 손에 이어서 몸이 들어왔다. 길게 땋은 빨간 머리에 네모난 몸뚱이의 난쟁이가 엉큼하게 씨익 웃었다. 그러고는 방문의 성난 눈에 아랑곳없이 난쟁이가 강제로 문을 열자, 몇 명이 살금살금 들어와서 공격 자세를 취했다. 이윽고 그중 하나가 소리쳤다.

"살고 싶으면 꼼짝 마라!"

깜짝 놀란 타라의 두 손이 번쩍였다. 싸울 태세로 돌아서던 타라는 믿기지 않는 탄성을 질렀다.

"칼?"

어린 도둑이 기쁨으로 눈을 반짝이며 허리를 굽혀 인사하자 무아노, 파브리스, 파프니르, 로빈이 잇달아 허리를 굽혔다. 타라가 끌어안자 하프엘프는 얼굴을 붉혔다. 무아노에 이어서 한 명 한 명 얼싸안으면서 그들은 흥분의 도가니에 빠져들었다. 그들 뒤에 있던 마니투도 반가워서 어쩔 줄 몰라했다. 재회의 기쁨이 가라앉자 그들은 둘러앉았다.

"그런데 어떻게 내 방에 들어온 거야?" 타라는 머리를 갸웃하면서 물었다. "문에 알리지 않았잖아. 그리고 나도 알아채지 못했어. 어제 저녁에 키디코이를 먹었는데 어쩐지 예언이 이상하더라고. **그들은 이미 준비를 갖추었고 너를 함정에 빠트릴 것이다!** 그놈의 사탕을 다시는 먹나 봐라!"

"너를 놀래 주고 싶었어." 칼은 장난기가 가득한 미소를 지으면서 대답했다. "그래서 파프니르가 벽을 통과해서 우리에게 문을 열어준 거야."

난쟁이 종족의 그런 특별한 능력은 아무리 생각해도 불가사의였다. 타라는 난쟁이들이 마법에 적대감을 품고 있다는 걸 알고 있었다. 그런데 돌을 통과하는 능력은 마법이 아니고 뭔가? 난쟁이들은 이 모순을 어떻게 받아들일까? 하도 지긋지긋해서 혹시 모른 척하려나?

"아아, 그랬어? 그럼…… 이 일을 그르룰에게 설명해야 해. 내 보디가드 트롤이 어떻게 된 것인지 알고 싶어할 거야."

"뭐? 트롤을 고용했단 말야?" 파프니르는 모욕이라도 받은 듯 외쳤다. "왜 난쟁이를 고용하지 않고? 풀이나 뜯어먹는 그것들보다는 난쟁이가 훨씬 믿을 만하고 훨씬 진지한데! 무슨 일이 일어날지 모른단 말야. 트롤은 위험해. 고기 맛을 보게 되면 식인귀로 변한다고. 더 이상 트롤의 보호를 받으면 안 돼. 놈의 밥이 되고 말 거야!"

이런, 난쟁이들이 트롤을 그 정도로 싫어할 줄이야.

"파프니르, 보디가드 문제는 고모에게 말할게. 너희들이 와 줘서 정말 기뻐. 어제 설명했던 대로 살해사건이 일어났는데 어디서부터 시작해야 할지 모르겠어. 게다가 안기부장 크산디아르는 몹시 화가 나 있거든. 황제가 나에게 수사를 맡기는 바람에. 아마도 친족특혜라고 생각하는 것 같아. 그 입장에서 보면 당연한 것일지 모르지만 어쨌든 정보를 얻을 수가 없어. 내가 아는 것이라고는 안기부의 정보망에 접속하는 데 성공한 살아있는 돌이 전해준 것이 전부야."

파프니르가 못마땅한 얼굴로 계속 투덜거리고 있는 사이에 칼이 말했다.

"돌이 그런 일을 할 수 있어? 와, 대단하다! 그렇지만 들키면 감옥에 갈 수도 있어. 안기부 도청은 금지되어 있단 말야."

"크산디아르가 협조하지 않는데 어쩌겠어. 할 수 없지, 뭐."

"그래, 네 말이 맞다. 정리해보자. 도서관에서 좀비 시체가 발견됐단 말이지? 그리고 비마들이 남긴 메시지가 있었고? 그럼 이상하지 않아? 왜 좀비를 죽였고, 왜 궁전에서 그랬을까? 감시 시스템이 잘 되어 있어서 붙잡힐 확률이 높은데 굳이 궁전을 범행 장소로 선택했다는 것은 아무래도……."

"그래, 나도 그게 이상했어." 무아노가 맞장구쳤다. "파브리스와 내가 아더월드의 역사를 훑어봤는데 비마들이 정치적 이유로 마법사들을 공격한 적은 한 번도 없었어. 그리고 가장 큰 인간 제국의 지도자를 직접 공격한 적도 없었고."

"예전에는 비마들이 소수였으니까." 비마 출신이라는 것을 숨기지 않는 파브리스가 중용을 지키기 위해 덧붙였다. "하지만 100년 전부터 그 비율이 뒤집어졌더라고. 지금은 아더월드에 마법사들보다 비마들이 더 많아."

"그렇다고 그 사건이 비마의 짓이라고 단정지을 수는 없어. 비마의 짓으로 보이게 하려는 어떤 무리의 짓일 수도 있으니까."

로빈이 끼어들었다.

"나도 그런 생각이 들었어." 타라는 한술 더 떴다. "마법이 사용되었는지 아니었는지를 알아내야 해. 만약 마법을 사용했다면 자칭 '안티 매직'이라는 그 테러리스트들이 자기들의 행동을 정당화할 수가 없지."

"첫째 글자, 이것이 나면 타버리고, 둘째는 한 글자로 된 떠나라는 명령형, 셋째는 사임하다는 뜻, 이걸 모두 합한 거라고 할 수 있지."

파브리스는 절친한 친구 타라에게 윙크를 보내면서 오랜만에 수수께끼를 냈다가 썰렁한 반응에 머쓱해져서 자기가 답을 말해 버렸다.

"불가사의!"

칼이 끙, 하는 신음소리를 내면서 일어났다.

"이제 그 도서관으로 가 볼까? 현장 보존은 되어 있겠지? 타라, 가면서 자세하게 얘기해 줘."

파브리스의 수수께끼에 시달려온 칼은 한 가지만 바라고 있었다. 짜증나게 하는 수수께끼 때문에 머리가 터지지 않기를.

테러 사건 이후로 타라는 현기증이 일어난다는 핑계로 공간이동의 문을 아예 이용하지 않고 있었다. 범죄현장으로 가려면 여제가 만들어놓은 여러 가지 인공 자연을 거쳐야 했다. 마침내 그들은 도서관으로 이르는 공원 기슭의 작은 사막 앞에 도착했는데 모래가 연한 초록색이었다. 야생동물들의 공격을 막아주고 또 너무 깊이 들어가지 않도록 그들 주위에 형성되는 자동 보호막이 있지만 모래사장을 걸어가는 것은 그리 쉽지 않았다. 이따금 초록색 자이언트 갯지렁이가 그들을 집어삼키려고 덤벼들다 마법의 방어벽에 부딪혔다. 녀석들은 못내 아쉬워하며 침을 질질 흘리다가 마침내 이를 부드득 갈면서 물러났다. 여우 블롱딘이 부들부들 떨 정도였다.

벌레라면 질색하는 파프니르가 도끼를 꼭 끌어안았다. 벌레가 접근해올 때마다 파프니르는 일어났다 앉았다 안절부절못했다.

사랑에 빠진 로빈은 우아하게 걸어가는 타라를 보면서 가슴이 어찌나 벌렁거리는지 심장이 터질 것 같았다. 1년쯤 멀리 떨어져 지내는 동안 괜찮다 싶더니만 맙소사, 타라를 보자마자 로빈은 다시 바보가 되어 있었다. 신경이 예민해져 있어서 사랑 방지 주문을 처방 받기 위해 용한 샤먼을 찾아가야 하는 것이 아닌가 의문이 들 정도였다.

갑자기 로빈이 멈춰 섰다. 무지갯빛으로 타라를 에워싸는 보호막이 사라지는 것이 아닌가! 위험을 의식하지 못한 채 타라는 멀리 보이는 출구를 향해 걸어가고 있었다.

그 순간 모래사막에서 소용돌이가 휙 일더니 갯지렁이의 험악한 머리가 불쑥 나타났다. 삐죽삐죽한 크리스털 이빨들이 인공 햇살에 번쩍거렸다. 갯지렁이가 머리를 치켜세웠지만 보호를 받고 있다고 믿는 타라는 끄떡도 하지 않았다.

타라에게 죽음이 닥치고 있었다.

10
초록 벌레

*

벌레가 스팀해머처럼 상하로 움직이면서 타라를 덮치려는 순간 로빈이 달려들어 타라를 모래언덕 아래로 굴려버렸다. 타라는 입에 들어간 모래를 퉤퉤 뱉어내면서 외쳤다.

"로빈, 너 미쳤어?"

로빈은 대답할 시간이 없었다. 친구들의 비명소리에 로빈은 주위를 둘러보았다. 모든 보호막이 차례로 사라지고 있었다. 먹이를 놓쳤다는 것에 몹시 놀란 초록 벌레가 다시 공격해왔다. 로빈의 손에서 즉시 릴란드릴의 활이 유형화되었다.

"조심해! 우리의 보호막이 없어졌어!"

로빈은 초인적 속도로 화살을 시위에 메우면서 외쳤다.

가차없이 날아간 로빈의 화살이 벌레의 주둥이에 꽂혔다. 무척추동물은 고통의 외마디를 지르면서 모래 속으로 파고들었고, 순식간에 사라졌다. 로빈 뒤에서 파프니르가 도끼를 휘두르고 있었다. 그 순간 뚜드득, 뚜드득…… 뭔가 뜯어지는 소리, 그것은 무아노가 3미터에 이르는 무시무시한 야수로 변신하는 소리였다. 야수가 타라를 일으켜 세우자, 친구들이 서로 등을 맞대는 자세로 에워싸고 사막을 살폈다.

날아오른 갈랑이 그들의 머리 위에서 감시하고 있었다. 마니투, 블롱딘, 쉬바, 파브리스의 매머드 바룬은 원 안으로 들어와서 동반자들의 보호를 받았다.

로빈은 친구들에게 목소리를 높이지 말라는 시늉을 하면서 작전을 지시했다.

"함정에 빠졌어. 보호막이 그렇게 없어지는 건 처음 봤어. 벌레들이 우리를 노리고 있으니까 규칙적인 발걸음은 피해야 해. 다들 모래 위를 쿵쿵 밟지 말고 미끄러지듯 걸어. 알았지? 내가 신호를 하면 출구 쪽으로 전진해. 특히 마법을 사용하지 마. 벌레들은 마법에 민감해. 보호막 때문에 벌레들이 공격했다고 봐야지. 아참! 그리고 고함도 지르지 마. 그 소리가 벌레들에게 긴급경보를 내리는 거니까."

입이 근질근질한 칼이 너스레를 떨었다.

"그래, 좋아. 그 징그러운 벌레를 보면 그냥 벌벌 떨고만 있을게. 그러면 아무도 알아차리지 못할 것이고 우리 모두 잡아먹히겠지."

"칼!" 무아노가 도끼눈을 뜨는 사이에 로빈은 정말 못 말리겠군, 하는 얼굴로 하늘을 올려다봤다.

"응?" 칼은 천연덕스럽게 대답했다.

"입 닥치고 있어. 너 떠드는 소리 때문에 집중할 수가 없잖아."

칼은 불안한 얼굴로 땅을 살피느라고 한숨만 내쉴 뿐 반응하지 않았다.

"아하!" 타라가 혼자 중얼거렸다. "하버트 조지 웰즈의 『모래 언덕』이 어디서 영감을 받고 쓴 건지 이제야 알겠어. 그가 아더 월드에 왔다간 게 틀림없어!"

그들은 어찌나 긴장해 있는지 누가 무슨 말을 하거나 말거나 모래가 움직이지 않도록 살금살금 걷는 데만 정신을 집중하고 있었다. 모래사장을 거의 빠져나와서 출입문이 보이는 지점에 이르렀을 때 벌레들이 공격했다.

얼마 후, 벌레들은 길다란 빨간색 털과 도끼를 가진 별로 크지 않은 두 발 동물을 만나면 무조건 잽싸게 아주 멀리 도망치라고 새끼들에게 이야기했다. 참을성이 없어서 쉽게 흥분하는 파프니르를 가리키는 말이었다. 모래에서 쏘옥 얼굴을 내미는 벌레가 있었나, 친구들은 알아채지도 못했는데 어느 틈에 돌진한 난쟁이가 도끼로 그 머리통을 찍었고 끈적거리는 초록 액체가 사방으로 튀었다. 난쟁이는 거칠게 도끼를 뽑는 것으로 죽어가는 무척추동물을 내팽개치고 또 한 마리를 단번에 두 동강이 냈다. 다른 놈들에게도 더 이상의 행운은 없었다. 난쟁이는 수많은 이빨을 드러낸 아가리들을 민첩하게 피하면서 착착 도끼질을 해나갔다.

그러나 벌레들 중에 제법 영리한 놈이 하나 있었다. 놈은 사냥감들이 하나만 빼고 보호를 받고 있다는 것을 알아차리고 있었다. 놈이 어찌나 하늘 높이 훽 튀어오르는지 한순간 날아간다고 믿을 정도였다. 주위를 살피느라 정신이 없던 갈랑은 자기 밑으로 위험이 다가오는 것을 보지 못했다. 벌레가 무시무시한 이빨로 물어뜯었고, 갈랑은 숨이 끊어지는 비명을 질렀다. 이어서 또 하나의 비명이 메아리처럼 울리더니 한 손으로 목을 부여잡은 채 타라가 쓰러졌다.

벌레는 갈랑과 함께 땅바닥에 나뒹굴면서 날개와 다리를 부러뜨렸다. 그러고는 죽어가는 갈랑을 모래 속으로 끌어들이려고 할 때 표범 쉬바가 벌레의 옆구리를 물고 늘어졌다. 그 순간 로빈이 날리는 화살이 빗발쳤다. 할 수 없이 갈랑을 놓아주고 돌아서던 성난 벌레는 초록색 피를 뒤집어쓴 채 흥분해 있는 파프니르와 맞닥뜨렸다. 죽일 태세로 몸을 곧추세우던 벌레는 순간적으로 몸 한가운데서 휙 지나가는 바람 같은 것을 느꼈다. 파프니르가 도끼로 놈을 반으로 동강낸 것이었다. 그 사실을 깨닫는 순간 그대로 축 늘어진 벌레는 죽어가면서 생각했다.

'날아다니는 저 놈은 맛이 아주 좋았는데 아, 입만 버렸네!'

로빈이 갈랑에게 달려갔다. 끔찍했다. 날개와 다리가 부러지고, 목을 갈가리 뜯긴 페가수스는 타라와 마찬가지로 의식을 잃은 상태였다. 피가 콸콸 쏟아지고 있어서 그 주위의 모래가 피로 흥건했다.

"*레파루스의 이름으로* 갈랑은 회복되고 상처는 아물어라!"

로빈이 재빨리 읊었다.

뼈들이 미끄러지면서 날개와 다리들이 다시 결합되고 있었다. 그런데 그 속도가 너무 느려서 불안하더니 예상대로 목에서 나는 피는 멈췄지만 상처가 아물지 않았다. 갈랑은 죽어가고 있었다.

로빈은 더 이상 손을 쓸 수 없었다.

"타라! 타라! 이리 와봐! 빨리!"

"의식을 잃었어!"

야수는 걱정스런 얼굴로 타라의 뺨을 토닥이면서 외쳤다.

감정을 드러낼 때가 아니었다. 로빈은 조심스럽게 타라의 머리를 들어올리고 찰싹 소리가 날 정도로 뺨을 힘껏 때렸다. 즉시 두 눈을 번쩍 뜬 타라는 어리둥절해서 뺨을 만졌다.

"로빈, 네가?"

"시간이 없어." 로빈은 타라의 말을 잘라버렸다. "갈랑이 죽어가고 있어. 우리 중에서 가장 강력한 사람이 너니까 레파루스 주문을 실행해야 해. 빨리!"

타라는 따지지 않았다. 머릿속이 약간 혼미했다. 근데 뺨은 또 왜 이렇게 화끈거리지?

목이 찢어진 갈랑을 보고 타라는 몸서리쳤다.

"살아있는 돌! 갈랑이 위험해. 빨리 나를 도와줘!"

"갈랑?" 약간 질투를 하면서도 페가수스를 아주 좋아하는 돌이 외쳤다. "우리의 힘을 합쳐서 너의 패밀리어를 구하자!"

타라와 살아있는 돌이 함께 주문을 읊었다.

"*레파루스의 이름으로* 갈랑은 지금 당장 회복하랏!"

타라가 갈랑의 몸에 올려놓은 손에서 발사된 마법이 페가수스의 몸을 뚫고 들어갔지만 미동도 없었다. 그 순간 플록플록, 하는 소리가 나더니 뜨거운 모래사장에서 파란 풀이 솟아올랐다. 이어서 꽃, 나무, 식물, 이름 모를 희한한 것들이 무더기로 삐죽삐죽 나오더니 순식간에 그들은 녹음이 우거진 정글 속에 있었다. 신이 난 바룬은 잎과 싱싱한 열매를 향해 덩실덩실 달려갔다.

페가수스의 부드러운 거죽이 반짝이더니 상처가 아물었다. 그렇지만 갈랑은 여전히 깨어나지 못했다. 머릿속에서도 더 이상 갈랑이 느껴지지 않는 것에 당황한 타라는 울음을 터뜨렸다.

"로빈! 갈랑이 꿈쩍도 하지 않아!"

로빈은 갈랑을 유심히 살피고 나서 걱정이 가득한 얼굴로 일어났다.

"피를 너무 많이 흘렸고, 심장과 뇌에 산소 공급이 안 되는 것 같아. 즉시 수혈해야 돼. 갈랑이 아직까지 살아 있는 것은 타라, 너에 대한 사랑 때문이야."

타라는 눈물을 글썽이면서 일어났다. 그런 와중에도 로빈은, 타라는 코가 빨개졌는데도 어쩌면 저렇게 예쁠까, 하고 생각했다.

"근데……" 타라는 울먹이면서 말했다. "여기는 다른 페가수스가 없잖아! 우리의 피는 맞지 않는데 어떡해?"

"잘되었네!" 무아노가 끼어들었다. "이 이빠알이 너무 기일어서 거추우장스러웠는데. 잠까안만."

무아노가 사팔눈으로 자신의 송곳니를 쳐다보면서 주문을 읊었다.

"*레둑투치의 이름으로* 내 발음이 이상하지 않게 이빨은 짧아져랏! 아, 이제야 훨씬 나아졌네. 우리는 피가 아주 많아. 로빈? 자신 있지, 너?"

"선택의 여지가 없어. 갈랑이 죽으면 그 충격으로 타라가 죽을 수도 있어. 그건 내가 허락하지 않아!"

타라는 로빈의 열정적인 말투를 건성으로 들었다. 타라에게 중요한 것은 오직 하나, 패밀리어를 살리는 것이었다. 무슨 수를 써서라도.

"내가 어떻게 하면 되지?" 타라가 물었다.

"파프니르?" 로빈이 불렀다. "우리가 갈랑을 수술하는 동안 보초를 서 줄래?"

"걱정 말라고!" 빨간머리 난쟁이는 야무지게 대답했다. "눈에 띄었다 하면 소시지로 만들어버릴 테니까."

"너희들은 갈랑을 에워싸 줘. 하지만 패밀리어들은 원 밖에 있게 해. 그리고 팔을 걷어 줘."

벌레의 공격을 받은 뒤로 벌벌 떨고 있는 사냥개 마니투도 그들과 합류했다.

"마니투, 패밀리어들이랑 같이 있으세요. 고맙지만 변형할 피만 있는 것이 훨씬 간단하거든요."

사냥개는 순순히 따르면서 파프니르 뒤에 가서 섰다. 그런 위험한 상황에서도 파프니르는 자신만만해 보였다.

로빈과 타라, 위험한데도 다시 인간의 모습으로 돌아와 있는 무아노, 칼과 파브리스가 여전히 꿈쩍도 않는 갈랑을 에워쌌다. 그들은 마법복 소매를 걷어올렸고, 로빈이 주문을 읊었다.

"*트란스포르무스의 이름으로* 우리의 피는 페가수스에게 맞는 피가 되어라! *에샹구스의 이름으로* 갈랑은 우리의 피를 받아라!"

로빈이 시키는 대로 그들은 주문을 되뇌었다. 그들의 팔뚝에서 두 줄기의 핏줄이 불끈거리더니 빨간 샘물처럼 갈랑 쪽으로 흘러갔다.

그들이 계속 주문을 읊는 동안에 로빈이 주문을 바꿨다.

"*옥시제누스의 이름으로* 너의 피는 순환하여 산소를 공급하고, 네 심장은 아무것도 거북해하지 말고 받아들여라!"

그렇게 로빈의 마법이 갈랑의 심장에 에너지를 넣어주는 사이에 갈랑의 정맥을 타고 그들의 피가 들어가고 있었다. 한없이 길게 느껴지는 몇 분이 흐른 뒤에 로빈이 심호흡을 하더니 눈을 떴다.

머릿속에서 미세한 끈이 다시 형성되는 것을 느낀 타라는 기뻐서 펄쩍펄쩍 뛰었다.

"스톱!" 로빈이 외쳤다. "이제 충분해!"

그들이 주문을 멈추자, 갈랑이 약간 비칠거리면서 일어났다. 타라는 갈랑의 목을 끌어안았다. 아직 꿈틀거리는 벌레 토막에 놀란 갈랑이 딸꾹질을 했고, 타라가 놀라서 얼른 물러섰다. 어리둥절해 있던 갈랑이 딸꾹, 하더니 입에서 파란 물방울 같은 것이 튀어나왔다. 그걸 보고 더 놀란 갈랑은 연거푸 딸꾹질을 했고, 그때마다 물방울이 부풀었다. 뒷걸음치면서 울음소리를 냈지만 그 소리는 계속 커지는 파란 방울 안에 갇히고 말았다.

"갈랑!" 타라가 소리쳤다. "울음소리 내지 마, 입김도 내뿜지 말고! 그럴 때마다 물방울이 커지고 있어."

갈랑은 알아들었다는 표시로 머리를 끄덕였지만 엄청나게 커진 파란 물방울이 콧구멍을 간질였다. 갈랑은 참으려고 안간힘을 썼지만 끝내 이겨내지 못하고 다시 딸꾹질을 했다. 그 순간 펑! 물방울이 폭발했다.

그 폭발로 반경 10미터 이내에 있는 식물이 몽땅 타버렸다. 폭발하는 순간의 풍압에 넘어진 타라와 친구들, 패밀리어들은 다행히 화를 면했는데, 마치 그 물방울은 그들을 해치면 안 된다는 것을 알고 있는 듯했다. 벌레들은 구운 소시지로 변해 있었다.

"오, 내 조상이시여!" 마니투가 구시렁거렸다. "그런데 말이다, 대체 페가수스가 어떻게 마법을 쓸 수 있는지 누가 설명 좀 해주겠니?"

"네? 그럴 리가!" 타라가 깜짝 놀랐다.

"백 퍼센트 확실해." 헝클어진 머리털에서 시커멓게 탄 나뭇가지를 떼어내면서 칼이 단언했다. "이런 일은 처음 보지만 그 폭발은 분명히 마법이었어. 근데 이상해. 제어되지 않는 마력은 네 전공이잖아!"

"그래, 맞아!" 무아노가 탄성을 질렀다. "그건 타라가 전문이지!"

불가사의한 일에 진저리가 나기 시작한 타라는 목소리를 깔고 위협조로 말했다.

"당장 설명해봐. 난 방금 우리를 비켜간 그 폭발이 나와는 아무런 관계도 없는 것 같으니까."

"네 피만 갈랑에게 준 것이 아니었다는 거야, 타라." 무아노가 설명했다. "분명히 네 마법의 일부도 전해줬다는 것이지! 이건 아더월드 역사상 페가수스가 마법 능력을 갖춘 최초의 패밀리어가 되는 대사건이야."

모두 믿기지 않는 얼굴로 타라를 쳐다봤다.

"만약 다쳐서 그런 것이라면?" 타라가 마침내 말했다. "마법은 그렇게 단순한 것이 아니잖아!"

"지금 내가 걱정하는 것은 갈랑이 아니라 우리야." 칼이 끼어들었다. "너 하나만으로도 모자라서 강력한 마력을 지닌 페가수스까지 있으니 이 세상이 괜찮을지 모르겠다!"

칼의 유머에 대답할 기력이 없는 타라는 불안한 얼굴로 갈랑을 관찰하고 있었다. 타라는 머릿속에서 공포를 느꼈다. 갈랑은 감히 콧김을 내불지 못한 채 또 다른 물방울이 만들어지는지 콧구멍을 내려다보느라고 사팔눈이 되어 있었다.

"시험을 해봐야겠어." 파브리스가 제안했다.

"그래도 여기서는 안 되지." 무아노는 반대했다.

넘어졌던 것이 기분 나쁜지 파프니르도 한마디했다.

"아니, 해봐. 갈랑의 힘이 어느 정도인지 지금 당장 확인해보는 것이 나아. 언제 어디서 무슨 일이 일어날지 모르잖아. 그러니까 알고 있어야 사고를 막든지 피하든지 할 것 아냐."

마니투는 주변을 휙 둘러봤다.

"자신 있니?"

"벌레들은 내가 맡을게요." 파프니르는 딱 잘라 말했다. "그 빌어먹을 마법이 어느 정도인지나 시험해보라고."

"갈랑, 아까 네가 만들었던 그 이상한 물방울을 다시 만들 수 있겠니?" 무아노가 다정하게 물었다.

갈랑은 머리를 세차게 흔들었다.

"할 수 없다는 거야, 아니면 하기 싫다는 거야?" 무아노가 물었다.

"하기 싫대. 두렵다고." 타라가 갈랑을 대신해서 대답했다.

"제어할 수 없는 마력 때문에 네가 타라를 다치게 할 위험이 있어서 그래." 영리한 무아노가 타이르듯 말했다.

갈랑은 마지못해 복종했다. 갈랑은 정신을 집중하면서 울음소리를 내고 콧김을 내불었지만 아무 일도 일어나지 않자 안도하는 표정이었다. 그러나 칼은 단념하지 않았다. 칼은 어떻게 하면 물방울을 다시 나타나게 만들까 궁리하고 있었다. 칼은 있는 힘을 다해 빠방! 하고 소리지르면서 갈랑에게 달려들었다. 소스라치게 놀란 갈랑은 딸꾹질을 했고, 두 번째 딸꾹질이 나오는 순간…… 파란 물방울이 만들어졌다.

"모두 피해! 셋, 넷…… 지금이야!"

칼이 좀 전에 새까맣게 탔던 나무 뒤로 몸을 던지면서 외쳤다.

칼의 시간계산은 완벽했다. 네 번째 딸꾹질을 하는 순간 펑! 이번에는 충격의 정도가 처음보다는 덜했지만 부근에 있는 것들을 지글지글 태울 만큼 강력했다.

화가 난 갈랑은 항의의 울음소리를 토해냈다.

"여기서 온종일 보낼 건 아니지?" 칼은 어깨를 으쓱하면서 딴청을 피웠다. "네가 놀라거나 겁이 났을 때 마법의 물방울이 생기는 거야. 일종의 방어수단이지. 두려움이 클수록 물방울의 힘도 커져."

당황한 갈랑이 예민해진 코를 내밀자 어찌할 바를 모르고 있던 타라가 두 팔을 벌려 끌어안으면서 목덜미와 날개를 쓰다듬었다.

"여길 빨리 떠나는 게 어떨까?" 파브리스가 상기시켰다.

신중한 무아노가 다시 야수로 변신하자, 모두 출구를 향해 걸어갔다.

사막의 따가운 햇살 아래 나무들이 이미 축 늘어지고 있어서 그들은 쉽게 길을 헤쳐나갈 수 있었다. 갈랑은 정말 걷기 싫었지만 타라가 날지 못하게 했기 때문에 할 수 없이 걸어야 했다. 타라는 갈랑에게서 눈을 떼지 않고 있었다. 패밀리어가 죽을 뻔했던 것을 생각하면 덜덜 떨리기도 하고, 또 언제 파란 물방울을 만들지 모르기 때문에 불안했던 것이다.

앞장서서 가던 칼이 갑자기 풀숲에서 꿈틀거리는 벌레 토막을 밟고 비틀거렸다. 그 순간 칼은 기척을 느꼈다. 날렵하게 미끄러지는 검은 실루엣을 본 것 같은 느낌에 칼이 눈을 깜박이는 사이에 형체는 사라지고 없었다.

마법의 도서관

*

잘못 봤나? 칼은 얼른 눈꺼풀을 비비다가 손에 묻었던 모래 때문에 오만상을 찌푸렸다. 아냐, 확실히 봤어. 어디로 사라졌지? 그 실루엣은 분명히 위장술 카무플루스였다. 주문이 한순간에 풀리면서 감추고 있던 모습이 칼에게 발각된 것이었다.

"아이 참, 분명히 있었는데……."

즉각 경계 태세에 들어간 파프니르가 도끼를 휘둘렀다.

"또 벌레야?"

"벌레를 잡아먹고 싶어서 안달이라는 거 아는데 건강에 나쁜 거니까 참아라, 응?" 칼은 농담이라는 걸 모르는 파프니르의 도끼눈을 못 본 척하면서 덧붙였다. "사실은 카무플루스를 봤어.

누군가 우리를 엿보기 위해 사막에 숨어 있었다는 얘기지."

"엿봐, 우리를? 함정에 빠뜨리려고?" 무아노가 속사포 쏘아대듯 물었다. "봤어, 누군지?"

"불행히도 못 봤어." 칼이 아쉬워했다. "쏜살같이 도망치는 바람에."

"도망쳤는데 어쩌겠어, 할 수 없지, 뭐." 파프니르는 단념이 빨랐다. "하지만 틀림없이 또 나타날 거야, 그땐 내가 가만 안 둬. 아휴, 내 꼴 좀 봐, 그리고 이놈의 벌레 냄새. 나 좀 씻고 올게. 잠깐이면 돼."

사막을 벗어난 타라 일행은 궁전 복도에 들어서 있었다. 몇 걸음 떨어진 곳에서 방을 발견한 파프니르는 문에게 선택의 여지도 주지 않고 예의 그 특기를 발휘해 쓰윽 들어갔고, 즉시 다양한 욕설이 들렸다. 말 그대로 정말 빠르게 파프니르는 나왔다. 아주 말끔해져서.

"이제 갈까?"

그 순간, 에취! 타라가 재채기를 시작했다. 여섯 번째의 에취, 친구들은 불안해지기 시작했다. 파브리스는 랑코비트의 파란색 마법복에서 손수건을 꺼내 타라에게 건네주었다. 눈물이 그렁그렁한 타라가 고맙다고 말하면서 코를 닦으려는 순간 손수건에 수놓인 은빛 코끼리들이 부리나케 흩어졌다.

"메,델,루,스가 있어!" 타라는 또박또박 말했다. "확신해! 이건 그의 냄새야."

연신 재채기하는 타라가 친구들의 의아해하는 표정을 보면서 말을 이었다.

"최고 마구스 메델루스가 엄마를 쫓아다니고 있어. 그 사람에 대한 알레르기가 있는 것 같아. 카무플루스는 그 사람이 틀림없어!"

프르르릉! 타라의 코푸는 소리가 코끼리 울음소리와 얼마나 흡사했으면 나한테 할 말이 뭘까, 하는 얼굴로 바룬이 빤히 쳐다봤다.

"메델루스?" 마니투는 말도 안 된다는 투로 소리쳤다. "농담하니? 그는 그냥 여기 들른 거니까 얼마 동안 있는 것뿐이야. 그리고 그가 왜 너를 죽이려고 하겠니?"

"그거야 나도 모르죠." 타라가 뾰로통해져서 응수했다. "숨막혀 죽기 전에 빨리 여길 떠나요."

"우선 누가 가서 공을 울리거라. 사막의 동물 관리자에게 알려야겠다."

파프니르가 눈을 반짝였다. 난쟁이들은 소리내는 것이라면 뭐든 좋아했기 때문이다. 파프니르는 쇠망치를 움켜잡고 공을 힘껏 내리쳤다. 고막이 터지는 불상사만 겨우 면할 수 있을 정도로 쩌렁쩌렁 울려퍼졌다.

갯지렁이와 마찬가지로 사막이 원산이고, 사자와 치타를 섞어 놓은 것 같은 고양이과의 두 발 동물 살테렌스가 있는지도 모르고 있던 문에서 불쑥 튀어나왔다. 어리둥절한 표정으로 보아 낮잠을 자다 엄청 놀란 모양이었다. 살테렌스는 누런 눈으로 흘겨보면서 으르렁거렸다.

"정신이 나갔나? 심장 터지는 줄 알았다! 이런 식으로 정직한 종족을 놀래키다니 부끄럽지도 않은가?"

오무아의 상징인 반짝이는 타라의 마법복에 눈길이 머무는 순간 살테렌스는 당황한 듯 입술을 깨물면서 재빨리 덧붙였다.

"마마, 누군지 몰랐습니다. 저의 유머를 용서하십시오. 하지만 간밤에 크로쉬엥* 암컷이 새끼 낳는 걸 돕느라고 잠을 못 잤거든요. 뭘 도와드릴까요?"

타라는 점잖게 설명했다.

"사막에서 우리의 보호막이 꺼졌고, 자이언트 벌레들의 공격을 받았어요."

"모든 신의 이름을 걸고 맹세코…… 그건 있을 수 없는 일입니다! 보호막이 고장난 것이 아닌가 생각됩니다……."

살테렌스는 우물우물 말했다.

"그렇게 된 것이라면 불행한 일이지. 골치 아프게 됐군."

마니투가 단호하게 말했다.

사막 관리인은 타라 앞에서 무릎을 조아렸다.

"마마, 끔찍한 일입니다. 무사하셔서 정말 다행입니다! 사막에서 몇 사람이나 희생되었습니까?"

"희생된 사람은 아무도 없어요." 타라는 약간 난처한 표정으로 대답했다. "다만 여기 있는 벌레가 대부분 파프니르의 도끼에 찍혀 죽었으니 고향에 가서 다른 놈들을 데려와야 할 거예요. 그리고 크로쉬엥은 건드리지도 않았어요."

난쟁이의 도끼에서 사막의 문으로, 다시 도끼로 눈길을 옮기던 살테렌스는 타라의 마지막 말에 졸음이 싹 달아났는지 문을 벌컥 열고 뛰쳐나갔다. 그리고 공포의 비명소리가 들려왔다.

로빈이 킁킁, 목청을 가다듬었다.

"이제 어떻게 할까? 너와 우리가 암살당할 뻔했다는 사실을 안기부에 알려야겠지?"

타라의 얼굴이 하얗게 질렸다.

"그건 절대 안 돼! 다른 임무를 주는 것으로 그르룰도 겨우 따돌렸는데, 그 사실을 알려봐, 이때다 싶어서 크산디아르가 나를 내 거처에다 가둬두려고 할 거야. 일단 도서관부터 먼저 가자. 테러에 대해서는 나중에 고모에게 말하겠어. 나를 따라와!"

즉시 여제에게 보고하는 것이 나을 텐데…… 마니투는 가는 동안 내내 툴툴거렸다.

초록색의 거대한 그르룰이 도서관 앞을 지키고 있었다. 그 옆에 도서관 사서 카흠보웅이 있었다. 타라가 오자, 카흠보웅이 하소연했다.

"마마, 보디가드가 오늘 아침 나를 도서관에 들여보내지 않았습니다. 이건 있을 수 없는 일입니다!"

"주인님의 말씀, 문 앞을 지키고 서서 아무도 들여보내지 말라. 그래서 그르룰은 꼼짝 않고 들여보내지 않았음, 아무도."

타라는 미소를 지었다.

"고마워, 그르룰. 넌 이제 가서 쉬어도 돼. 이제부터는 내가 알아서 할게."

트롤은 예쁘게 봐 줄려야 봐 줄 수가 없는 버터덩어리 같은 카흠보웅에게 얼굴을 들이대고 으르렁거린 뒤에 무거운 걸음으로 멀어져갔다.

사고 현장에서 밀폐된 공간 특유의 쾨쾨한 냄새와 썩는 냄새가 진동하고 있어서 그들은 코를 찡그렸다. 전날부터 아무것도 손대지 않은 상태였고, 책들도 아직 흥분해 있어서 예민해진 종이들이 바스락거리는 소리가 느껴졌다.

"설마 여기서도 마법을 사용할 수 없는 건 아니겠지?"

비마 출신이라서 아더월드의 금기사항들을 아직 잘 모르는 파브리스가 묻고 나서 딴에는 조심한답시고 입으로 숨을 쉬려고 애를 썼다.

"마법을 쓰면 책들이 폭발할 위험이 있어. 궁전 천장에 구멍이라도 나면 내가 정말 난처해져. 또 충격의 파장으로 우리 모두 죽을 수도 있고."

"그러니까 한 놈인지 여러 놈인지 모를 그 범인이 마법을 사용해서 좀비를 제거한 건 아니란 말이지?"

"응, 적어도 이 안에서는."

벽을 검사하고 있던 칼이 갑자기 눈을 찡그렸다.

"저 위에 있는 거, 저기 검은 자국은 뭐지?"

"크산디아르가 그건 사다리 자국이라고 했어. 그거 있잖아, 도서관에서 사용하는 사다리. 크산디아르가 선반을 떨어져나가게 했을 만한 폭발물의 흔적을 찾아봤지만 가루 하나 없었어. 마법을 사용한 흔적도 없고."

"근데 항상 이렇게 더워, 여기는?"

무아노가 부채질을 하면서 물었다. 어찌나 더운지 무아노는 자신의 머리털에 틀어 올린 머리가 되라고 명할 정도였다.

"아냐. 온도가 높은 것도 정상이 아니지. 도서관은 20도를 유지하도록 조절하고 있는데 지금은 실내공기조절 전원이 꺼져 있어서 그래. 카흠보움이 어제 다시 작동시키려고 했지만 내가 현장 보존을 위해서 못하게 했어. 자, 너희들의 의견을 말해봐."

“어쩐지 야생동물을 추적하는 기분이 들어.” 로빈이 말했다. “자, 우선 범인의 습성, 행동, 반응을 알아야 해. 그것을 현재 상황에 적용해서 몇 가지 의문을 제기할게. 누가 도서관에 함정을 놓고 좀비를 유인했을까? 어떤 함정을 놓았고, 범행을 저지른 정확한 시간은? 마지막으로 한 가지. 우리는 마법의 세계에 있어. 카흠보움은 범행이 일어나는 시간에 도서관이 비어 있었다고 말했지만, 육안으로 보이지 않는 모습으로 들어오는 것쯤은 식은 죽 먹기라는 거야.”

“여기서는 안 돼!” 칼이 이의를 제기했다. “변신도, 심지어는 보이지 않는 베일도 여기서는 문제를 일으킬 수 있어. 따라서 놈들은 기계를 사용한 것이 틀림없어. 저기에 사다리만 놓여 있었던 것이 아니라 다른 것도 있었다는 거지.”

칼은 사다리를 번쩍 들더니 벽에 기대놓고 올라서서 자국을 살폈다.

“그럼 그렇지, 내가 생각했던 대로야. 누군가가 벽에 고정되어 있는 선반을 떼어냈고, 책장은 불안정한 상태에 있었어. 그런데 꺾쇠들은 어디 있지?”

“빠져나온 꺾쇠들? 선반 뒤에서 발견했다면서 크산디아르가 못이랑 꺾쇠들을 전부 수거해 놨어.”

칼이 날렵하게 내려와서 한 줌의 못을 살폈다.

"파브리스, 이리 와서 네가 확인한 것을 말해 줘."

파브리스는 왓슨 박사(『셜록 홈즈』에서 늘 어줍잖은 추리력으로 홈즈를 흉내내는 친구이자 조수 — 옮긴이) 역할을 할 생각이 추호도 없었다. 그래서 대답하기 전에 머리를 굴렸다.

"꺾쇠들이 한데 모아져 있어. 책장이 사고로 넘어졌다면 사방으로 흩어졌을 거야, 안 그래?"

"당, 연, 하, 지." 칼은 음절을 똑똑 끊어서 말했다. "브라보! 그런데 그렇게 모아져 있다는 것은……."

"놈들이 거기에 갖다 놓고는 떨어진 것처럼 꾸민 걸지도 모르지. 그런데 말야, 정해진 시간에 그 모든 걸 떨어뜨리는 것은 쉽지 않을 것 같은데…… 그렇다면 사전에 실험해볼 필요가 있었을 거야."

그 말이 타라의 뇌에서 지글거렸다.

"그래, 맞다." 타라가 외쳤다. "실험! 그래서 도서관이 닫혀 있었던 거야! 메델루스가 어제 엄마에게 프러포즈했을 때, 도서관이 닫혀 있어서 청혼의 관례를 확인할 수 없었다고 말했거든."

"뭐? 어머니가 프러포즈를 받았어?"

로맨스를 좋아하는 무아노가 탄성을 질렀다.

"응." 타라는 씁쓸하게 대답했다. "그래서 어제는 정말 힘든 날이었어. 지난주부터 계속 짜증나는 일이 터지더니……. 그건 그렇고 선반에 꽂힌 책들을 몽땅 떨어뜨린 자는 아주 영리한 놈이야. 일석이조를 노린 거잖아. 도서관 문을 닫는 허가를 받아내는 것으로 실험도 하고, 행동의 자유도 얻었으니까! 원하는 시간에 좀비를 유인하는 것쯤이야 식은 죽 먹기였겠지!"

"훌륭한 추리였어." 칼이 타라를 칭찬했다. "드디어 수수께끼의 윤곽이 잡혀가는군. 그런데 사실 이제야 고백하는데 놈들이 어떤 방법을 썼는지 전혀 모르겠네."

"마법을 사용하면 도서관을 공중에 떠오르게 할 수 있지. 하지만 꺾쇠를 뽑는 것도 그렇고 책장을 기울게 하는 것도 그렇고 도서관에 도움을 청하지 않고서는 넘어지는 시간을 예측하는 것이 불가능하단 말야."

파브리스는 천천히 자신의 생각을 말했다.

"도둑 대학에서 배웠는데 강도질을 잘하려면 희생양에 대해 속속들이 알아야 한다고 했어. 우리가 좀비에 대해 얼마나 알고 있지?"

"죽은 자들이라는 것." 파브리스가 손가락을 꼽으면서 말했다. 그리고 두 번째 손가락을 꼽으며 "부패해 있다는 것.", 세 번째 손가락을 꼽으며 "극소수라는 것."이라고 말했다.

"좀비는 환영으로 무엇이든 볼 수 있다는 것." 이번에는 무아노가 계속했다. "어떤 인물이 왜 좀비가 되는지 아무도 모른다는 것, 엘프, 인간, 트롤, 유니콘, 페가수스 등 어떤 종족도 해칠 수 있다는 것, 뇌를 으스러뜨리지 않으면 소멸시킬 수 없다는 것, 무엇이든 살아 있는 살이 양식이라는 것, 나는 젠릴 장군이 오무아에 온 이후로 궁전에 뿌익* 종족의 개체수가 현저하게 줄어든 것을 알고 있었어."

"맙소사." 칼이 끼어들었다. "장군에게서 벗어나기 위해 뿌익 보호단체가 테러범을 고용했을 거란 생각은 못 했는데! 점점 오리무중으로 빠져드는군."

타라는 어깨를 으쓱하면서 현장에서 고개를 돌렸다. 그때 문이 벌컥 열리더니 어둠 속에서 털북숭이가 발사되는 총알처럼 돌진해오면서 외쳤다.

"타라 덩컨, 살려줘요!"

타라는 생각할 겨를이 없었다. 스스로 작동한 마법이 달려오는 털북숭이를 붙잡아서 벽에 내동댕이쳤다.

칼이 소리쳤다.

"타라! 아아안 돼!"

이어서 도서관이 그 마법을 흡수했고…… 모든 것이 폭발했다.

촉수들

*

현장에서 체포된 스너피는 도서관을 폭발한 범인으로 지목되자 공포로 돌아버릴 지경이었다. 스너피는 자르와 마라를 따라 후계자의 거처를 찾아갔다가 문이 알려 주는 대로 곧장 도서관으로 달려왔고 타라를 발견했었다. 그래서 쌍둥이들이 조언한 대로 소리를 지르면서 냅다 달려든 것뿐인데…… 테러범이라니 스너피는 정말 억울했다.

그다음은 몽롱했다. 폭발이 일어났었고, 머리가 깨지는 것 같은 아픔을 느끼면서 깨어났는데 털에서 누린내가 났었다. 이어서 수갑을 찬 상태로 법정에 끌려왔고 양쪽에서 눈을 부릅뜨고 쏘아보는 친위대원 두 명에게서 테러리스트 취급을 받고 있었다.

맞은편 옥좌에 오무아 제국의 전능한 여제가 몹시 화가 나서 앉아 있는데 찬바람이 쌩쌩 불었다. 그 발치의 걸상에 앉은 시녀 마리안나는 가자미눈으로 째려보고 있었다.

스너피는 침을 꼴깍 삼키면서 자신의 방광에게 제발 실수하지 말아달라고 부탁했다. 너무 겁이 나서 오줌을 싼다는 것은 포식 동물들이 혐오감을 주기 위해 쓰는 수법이지 이 상황에 써먹을 일이 아니었다. 더 최악의 상황에 놓여 있다면 어떻게 좀 봐줄 수 있을지도 모르겠지만.

"내 후계자가 죽으면, 스너피! 너는 가능한 한 빨리 너의 신 곁으로 불러달라고 기도하는 편이 나을 것이로다."

여제는 이를 악물고 호통쳤다.

그때까지만 해도 스너피는 더 이상 두려울 일은 없을 것이라고 생각하고 있었다. 실패. 무시무시한 공포 분위기 속에서 스너피는 또다시 고비를 넘겨야 했다.

쓰러지듯 바닥에 엎드린 스너피의 불안한 눈물이 빨간 털을 적시고 있었다.

"쩌, 쩌는 아무 짓도 하지 않았습니다. 쩌는 무슨 영문인지 모릅니다. 아름답고 위엄 있는 여제시여, 제발 이 불쌍한 스너피를 믿어주십시오. 쩌는 죄인이 아닙니다."

"스너피의 말은 거짓이 아니에요, 고모." 뒤에서 낭랑한 목소리가 말했다. "테러와 아무 관련이 없어요. 범인은 공교롭게도 좋지 않은 때에 위험한 장소에서 장난친 악동들이에요."

갑자기 들리는 타라의 목소리에 여제는 숨이 막히는 것 같은 신음소리를 내면서 얼굴을 들었다. 친위대는 타라가 의식을 되찾자마자 무아노와 파브리스, 로빈, 칼, 마니투, 파프니르와 패밀리어들을 거느리고 의무실을 뛰쳐나왔다는 것을 알릴 겨를이 없었다.

약간 숨을 헐떡이면서 들어온 그들은 스너피를 에워싸고 흥미롭게 쳐다봤다.

"자르와 마라가 깨어나자마자 모든 걸 자백했어요. 스너피는 희생양일 뿐이에요."

"오!" 여제는 특별히 맛있는 쥐를 단념해야 하는 고양이처럼 아주 아쉬운 얼굴로 스너피를 쳐다봤다. "그러니까 스너피를 석방하라? 그렇다면 내 도서관에 구멍을 뚫어 놓고, 그 많은 책을 훼손한 이유는 설명해야지!"

그거야 고모가 말썽꾸러기 악동들을 멋대로 굴게 내버려뒀기 때문이죠! 하고 쏘아붙이고 싶은 마음 굴뚝 같지만 타라는 꾹꾹 참으면서 갑자기 달려드는 스너피 때문에 놀라 엉겁결에 실수를 저질렀다고 설명했다. 타라의 마법에 책들의 마법이 더해져서 폭발이 일어나고 만 것이었다. 그나마 칼과 로빈이 번개같이 그들을 보호하는 주문을 읊어서 천만다행이었다. 도서관 밖에 있던 자르와 마라는 폭발하는 순간의 광풍에 쓰러졌었다. 그러나 무엇보다도 범죄현장이 엉망진창이 된 것은 유감천만이었다. 좀비의 시체는 산산조각이 났고, 도서관의 일부도 파괴되었다.

"할 말이라는 것이 무엇이기에 내 후계자를 그렇게 찾아다녔느냐?"

여제가 갑자기 스너피에게 물었다.

손목을 주무르고 있던 스너피는 다시 모든 관심이 자신에게 집중되자 부들부들 떨었다.

"쩌, 쩌는 후계자를 만나러……."

"너의 언어로 말하라." 여제는 짜증이 나는 얼굴로 말을 끊었다. "궁전 전체에 통역 주문이 걸려 있으니까! 그 억양 때문에 속이 터지는구나."

"흠흠흠……, 저는 마법사들 중에서 가장 강력한 후계자, 잿빛장다리들이 두려워하는 마법사를 만나러 왔습니다. 장다리들이 자기네 일을 제발 방해하지 않기만 바라는 마법사를 만나러 왔습니다."

두 목소리가 차례로 튀어나왔다.

하나는 심한 모욕을 느낀 여제의 외침이었다.

"가장 강력한 마법사? 어째서 가장 강력해?"

또 하나는 장다리가 누구를 뜻하는 것인지 알아차린 타라가 내뱉은 탄식조의 외침이었다.

"잿빛 뭐라고?"

"장다리들이요. 우리는 인간을 그렇게 부르거든요. 불쌍한 스너피를 잡아다 고문한 자들이 잿빛 마법복을 입고 있어요."

"오, 조상들이시여! 상그라브들이구나!"

난데없이 나타난 황제가 외치는 소리에 스너피는 깜짝 놀랐다.

"장다리들의 두목은 후계자를 좋아하지 않습니다. 자기가 후계자를 없애지 않는 이유는 악마의 힘을 지닌 사물들이 숨겨진 곳으로 갈 수 있는 유일한 사람이기 때문이라고 했어요. 두목의 이름은 마즈 아스터? 마즈 하이스터? 그 비슷한 이름이에요."

이번에는 타라와 여제가 동시에 외쳤다.

"마지스터!"

"아, 맞아요, 바로 그 이름이에요, 마지스터!"

"와, 정말 징글징글하다!" 칼이 한마디했다.

"뱀파이어 같은 놈들!" 타라도 두손들었다는 듯 맞장구쳤다. "심장에 말뚝을 박아도, 성수를 뿌려도, 불타오르는 햇살을 날려도 끄떡없으니 더 이상 어떻게 할 수가 없는 놈들이야. 진짜 끈질긴 작자들이야!"

여제는 스너피에 대한 심문을 계속했다.

"너와 우리의 적과는 무슨 관계냐?"

"그 장다리가 저의 분신 아니, 저의 오리지널을 잡아두고 있습니다." 스너피가 설명했다. "스너피는 물만 풍족하면 자신의 귀로 완벽하게 제 몸을 복제할 수 있습니다. 스너피 종족의 이 특성을 알고 있는 이들은 거의 없지요."

난생 처음 듣는 얘기라는 듯 모두들 놀라움 반 흥미로움 반을 표명하는 얼굴이었다.

"그래서 도망치는 데 성공했지요. 여기 온 것은 나의 오리지널을 구해달라고 후계자에게 도움을 청하기 위해서입니다."

여제는 못마땅한 얼굴이었다. '가장 강력한' 이라는 표현을 아직도 곱새기고 있는 모양이었다.

"내 후계자의 도움을?"

"장다리는 후계자를 두려워해요. 후계자가 자기 소굴에 오면 맞서 싸울 수 없다고 했어요. 자기보다 더 강력하다면서. 그건 정상이 아니라는 말도 했어요."

성큼성큼 걸어온 황제가 꾀죄죄한 봇짐을 집어들 듯 스너피를 번쩍 들어올렸는데 그 눈빛에 무분별한 희망이 이글거렸다.

"마지스터의 요새를 빠져나왔단 말이지? 네가 복제될 수 있다는 걸 놈은 모르고 있다? 따라서 네가 유일하게 그 소굴을 안단 말이지? 거기가 어딘지 당장 말하라. 내가 짓뭉개고 갈기갈기 찢어발길 테니까!"

"멀지 않은 곳에 있습니다." 스너피는 숨막히는 소리로 빠르게 대답했다. "여기서 이틀 거리에 있는 정글입니다."

"빌어먹을 놈! 바로 코앞에서 우리를 비웃고 있었어!"

황제가 소리쳤다.

"하지만 거짓말일 수도 있다." 여제는 냉랭한 목소리로 끼어들었다. "진실의 입을 소환하라! 크산디아르와 천상의 군대 대장 탄디스 장군도 불러들이거라. 아! 그리고 티라니크 수상에게도 알리라."

황제가 놓아주자 스너피는 침을 꿀꺽 삼켰다. 친위대원의 기별을 받은 에프리트가 진실의 입을 데리고 들어왔다.

스너피도 텔레파시로 거짓말하는 이들에게서 진위 여부를 알아내는 능력이 있는 '진실의 입' 이라는 존재에 대해 알고 있었다. 그래서 스너피는 그 위엄 있는 존재가 하얀 망토를 걸치고 소리 없이 등장했을 때 놀라지 않았다. 진실의 입은 식물이었다. 다리가 없기 때문에 움직이는 뿌리로 이동하는 진실의 입이 스르르, 스르르 미끄러지듯 다가오고 있었다. 반짝이는 검은 꽃잎 모자가 머리 뒤쪽으로 닫혀 있어서 엽록소 색깔의 커다란, 호기심이 가득하고 총명한 두 눈과 입 없는 묘한 얼굴이 드러나 보였다. 오렌지색 머리타래를 길게 늘어뜨린 파란 땅신령이 진실의 입과 동행하고 있었다. 말을 못하는 진실의 입을 대신하여 목소리를 내 주는 것이 땅신령이기 때문이었다.

여제는 자신이 예상하는 것을 진실의 입에게 설명했다. 진실의 입은 그 초능력으로 스너피의 머릿속을 조사했고, 땅신령의 입을 통해 스너피의 말이 진실이라고 전했다. 스너피는 마지스터에게 붙잡혀 있다가 도망쳐 나온 것이 틀림없었다. 여제는 그들에게 말했다.

"고맙소, 그대들은 우리에게 소중한 도움을 주었소. 비밀을 엄수하리라 믿겠소."

진실의 입과 땅신령은 비밀을 지키겠다고 약속하고 물러났다.

"네가 하려고 하는 나머지 말은 나의 고문관들이 오면 듣겠다. 스너피, 네 이름이 무엇이더냐?"

냄새로 서로 식별이 가능하기 때문에 스너피들은 이름이란 것이 있을 필요가 없었다.

"여러분의 언어로 굳이 내 이름을 말하자면 '방금 목을 딴 스파슌의 맛있는 향기를 가진 자' 라고 하는 것이 가장 가깝겠지요."

"아아, 그래, 그래 알았다. 그건 너무 기니까 내가 샘이라는 이름으로 불러도 괜찮겠느냐? 편리한 대화를 위해서."

스너피는 코방귀를 뀌듯 대답했다.

"장다리들에게는 샘이 되고, 스너피들에게는 '방금 목을 딴 스파슌의 맛있는 향기를 가진 자' 가 되도록 하지요."

그들 뒤에서 소리가 났다. 크산디아르와 엘프 탄디스 장군이 부랴부랴 들어오고 있었다. 친위대 대장은 타라와 친구들을 보는 순간 두 손으로 검을 움켜잡고 방어자세를 취했다. 도서관에서의 광경이 목구멍의 가시처럼 걸려 있는 것이 틀림없었다.

크산디아르와 탄디스는 주먹으로 가슴을 팍팍 치면서 여제에게 군대식 인사를 했다. 몇 초 후에 붉은 얼굴빛의 대머리 티라니크 수상이 등장했는데 침착하고 주의 깊은 눈매 때문인지 인상은 좋아 보였다.

황제는 자세한 설명도 없이 대뜸 말했다.

"마지스터를 잡으러 떠납시다!"

턱뼈가 빠질 정도로 쩍 벌어지는 입, 세 사람의 반응이 똑같았다. 엘프 장군이 제일 먼저 평정을 되찾았다.

"어디 있습니까? 언제, 어떻게 그 정보를 얻으셨습니까?"

여제는 스너피를 가리켰다.

"샘이 마지스터의 감옥을 탈출했어요. 이틀 거리에 있는 정글 속에 놈이 작전기지를 만들어놓은 것 같소."

크산디아르는 눈살을 찌푸리고 스너피를 노려봤다. 그를 잘 아는 여제가 말했다.

"진실의 입이 확인했으니 지금부터 스너피가 당한 얘기를 들읍

시다."

자신에게 쏠리는 시선을 느낀 스너피는 몸을 비비 틀다가 내뱉었다.

"우리의 캠프는 숲 기슭의 '향긋한 냄새' 마을 어귀에 있었어요."

"잠깐!" 황제가 말을 끊었다. "우리의 아이디어 상품 기술부에서 방금 내게 보내온 기계가 있다. 스너피, 기계 앞에 서서 네가 겪었던 일을 골똘히 생각하라."

스너피는 잔뜩 겁먹은 눈길로 파란색 유리덩어리가 올라앉은 은빛 기계를 쳐다보면서 말했다.

"설탕이나 소금, 그 밖의 식료품, 또는 은과 교환할 동물가죽을 잔뜩 싣고 갔거든요."

그 말을 끝내자마자 스너피는 기겁해서 뒷걸음쳤다. 크리스털에 나타난 이미지들이 유형화되고 있었다.

"음, 성능이 괜찮군!" 황제는 흡족한 미소를 지었다. "디스쿠타리움에서 착상을 얻은 아이디어 상품이오. 이 기계 앞에 서 있으면 그 사람이 생각하는 것을 모두 보여 줄 수 있지만 상상하는 것도 보여 주기 때문에 진실의 입처럼 사용할 수 없다는 문제점이 있지요."

모두 기계를 쳐다보는 순간, 동물가죽을 싣고 마을에 도착하는 스너피 무리가 나타났다. 스너피 하나가 슬그머니 떠돌이 닭의 목을 비틀어서 잽싸게 감추는 모습이 보이자 샘은 난처한 눈길로 여제를 힐끔 쳐다보면서 얼른 화제를 돌렸다.

"으흐흠, 장사를 끝낸 뒤에 다른 스너피들은 캠프로 돌아갔지만 우리 몇 명은 '유쾌한 거미' 주막으로 몰려갔지요."

스너피들이, 지붕에 올라앉은 커다란 거미가 캐스터네츠 연주를 하는 주막으로 몰려가서 자리를 차지하고 앉았다. 주막의 맥주가 동날 지경으로 퍼마시는 스너피들의 모습에 샘은 불필요한 말까지 늘어놨다.

"우리는 맥주를 아주 좋아하거든요. 맥주 몇 단지를 마시고 나서 나만 빼고 친구들은 다른 테이블로 흩어졌습니다. 나는 의자에 앉아 있을 수가 없을 지경이 되는 바람에……."

"그럼 너는 어디에 있었지?"

스너피의 얼굴이 우거지상이 되는 순간, 크리스털에 코를 드렁드렁 골면서 바닥에 자빠져 있는 모습이 보였다.

"저렇게 테이블 밑에서 자고 있는데 그 장다리들이 들이닥쳤습니다."

주막에 나타나는 상그라브들을 보면서 타라는 몸이 오싹했다. 술맛이 딱 떨어졌는지 다른 스너피들은 그곳을 나가버렸다. 테이블 밑에서 다리 사이에 머리를 파묻고 콜콜 자는 샘이 보였다. 상그라브들이 자리를 잡고 앉아 포도주 주문을 한 뒤에 나직한 소리로 이야기를 시작했다.

무슨 소리를 들었기에……? 스너피가 공포에 사로잡힌 듯 갑자기 귀를 털면서 불안한 몸짓을 했다. 스너피는 일어나려고 했지만 너무 취해서 실패했다. 비틀비틀하며 다시 일어나려고 하던 스너피가 테이블에 부딪히는 바람에 술 단지가 엎어지면서 바닥에 나동그라졌다. 이어지는 이미지는 스너피를 향해 내려가는 커다란 손이었다.

"장다리 마지스터는 자기들이 나눈 밀담을 내가 다 들었다는 걸 알지만 나를 죽이지 않고 아주 재미있는 대우를 해주겠다고 말했어요."

떠올리기도 싫다는 듯이 스너피는 세차게 고개를 흔들었다.

"그러고는 5일을 꼬박 감옥에 가뒀어요. 그 장다리가 나에게 건 마비 주문이 어찌나 강력한지 다시 움직이기까지는 거의 5일이 걸렸지요. 그러다 물을 충분히 확보하는 데 성공했고, 내 귀를 떼어내어 감방 창살 밖으로 내놓고 만든 복제 스너피의 몸으로 탈출하게 된 겁니다. 숲에서 그 무서운 동물들을 피하느라고 고생했던 걸 생각하면 지금도 다리가 후들거려요!"

"아까 공포에 질린 표정을 짓던데, 왜 그랬어?"

관찰력이 뛰어난 무아노가 물었다.

"후계자를 빨리 만나려고 한 것이 바로 그 때문이었어. 테이블 밑에서 내가 들은 얘기 때문에. 그 장다리는 공범이 있기 때문에 궁전 한복판에서 후계자를 생포할 거라고 말했거든."

여제가 옥좌에서 벌떡 일어났다.

"여기서? 파렴치한 작자 같으니라고! 감히 우리의 방어시스템을 파괴할 수 있다고 생각하다니! 도대체 언제?"

"지금 몇 시예요?" 스너피가 물었다.

"11시 반."

스너피는 질겁한 눈길로 주위를 둘러봤다.

"장다리가 타르디 11시 반이라고 했으니까 내일이네요. 기술자들이 교대하는 시간에 동업자들이 경보시스템을 차단시킬 거라고 했어요!"

장군은 인식 패스를 보면서 눈살을 찌푸렸다.

"하지만 타르디라면 오늘이잖아. 그리고 지금은 정각 11시 25분이고요."

스너피는 기겁했다.

"아이고, 이런 한심한 스너피. 시간 감각을 잃었어요! 감옥에서 5일을 보냈다고 생각했는데 그게 6일이었네요!"

"자르와 마라에게 왜 말하지 않았어?"

타라는 의심쩍은 얼굴로 물었다.

"장다리가 궁전에는 비밀리에 자기를 위해 일하는 마법사들이 많다고 했어요. 그래서 나는 아무도 믿을 수 없었고, 후계자에게만 말해야 한다고 생각했어요. 그리고 장다리가 작전 지휘를 위해 사냥꾼을 보냈다는 말도 했어요."

타라와 마니투는 깜짝 놀란 눈길을 주고받았다. 사냥꾼? 여느 뱀파이어들과는 달리 인간의 피를 빨아먹고 재미 삼아 사람을 죽인다는 그 무시무시한 여자 뱀파이어? 물론 그 여자 뱀파이어는 지난해 처음 만났을 때 타라를 죽이려는 부디우 부인을 막으면서 목숨을 구해주긴 했었다. 그러나 여자 뱀파이어는 도덕심이나 의리라는 것을 기대할 수 없는 그야말로 잔혹하기 짝이 없는 강적이었다. 타라는 위가 오그라드는 느낌이 들었다. 역설적이지만 타라는 마지스터보다 사냥꾼이 더 두려웠다. 상그라브들의 보스는 타라가 필요하지만, 아쉬울 것이 없는 여자 뱀파이어야 타라를 간식거리쯤으로 여길 것이 뻔하기 때문이었다.

"어이가 없……."

여제가 입을 여는 순간 귀를 멍멍하게 할 정도로 요란한 공 소리가 궁전에 울려퍼졌다.

그들은 대처할 겨를이 없었다. 대기가 온통 무지갯빛으로 빛나더니 그들의 눈 아래 허공에서 문 같은 것이 열렸다. 참석해 있는 모든 마법사가 즉시 마법을 작동했다. 그러나 그들은 마법의 구멍에서 용솟음치는 촉수들이 목을 휘감아버릴 줄은 예상하지 못하고 있었다.

촉수들에 이어 악마가 튀어나왔다.

13
마지스터의 악마들

*

불쑥 나타난 악마 둘은 그렇게 많은 사람들을 보고 지들이 더 놀랐다는 듯 한순간 멈칫했다. 그럼 지금 모두의 목을 휘감고 있는 촉수들은 어떤 놈들의 것이지? 검은 반점과 여드름투성이에다 늑대의 아가리, 긴 주둥이에 날카로운 이빨, 호랑이의 발, 하이에나의 다리를 가진 빨간 괴물들이 타라에게 달려들고 있었다. 그러니까 놈들의 표적은 타라가 분명했다.

타라는 주문에 의존하지 않았다. 주문에 의존하는 마법은 약하다는 것을 알기 때문에 타라는 주문 없이 마법을 작동하는 연습을 해왔었다. 과연 아무 말도 하지 않았는데 타라의 두 손에서 파란 광선이 번쩍이고 흰 머리타래가 지지직거렸다. 타라는 우선 목을 휘감는 촉수부터 처치한 다음 문을 겨냥해서 광선을 날렸다. 화가 나면 더 강력해지는 마법이 문에서 나오려고 하던 존재를 정통으로 맞혔다. 고통의 비명소리가 울렸고 촉수들이 목조르기를 늦추었다. 이런! 어느 틈에 악마 둘이 양쪽에서 타라의 두 팔을 움켜잡았다.

그러나 파프니르와 로빈이 이미 회복해 있었다. 오른쪽에서 타라를 붙잡고 있던 악마는 난쟁이가 휘두르는 도끼에 머리통을 찍혔다. 별이 번쩍! 악마는 사팔눈을 데굴데굴 굴리다 푹 고꾸라졌다. 왼쪽 놈은 로빈의 릴란드릴 활에서 슝슝 빗발치는 화살 세례를 받고 고슴도치가 되고 말았다. 이윽고 마법의 문이 꽃처럼 쪼그라들더니 사라졌다.

콜록콜록 기침소리와 헉헉거리며 몰아쉬는 숨소리가 잇달았다.

"멍청한 놈들!" 여제가 쉰 목소리로 중얼거렸다. "감히 궁전 한복판에서 공격하다니! 크산디아르! 최고 마구스들에게 알려서 절반은 문을 열었던 놈들을 추적하라고 하시오. 빨리 서두르시오! 마법의 잔재가 사라지기 전에! 그리고 나머지 절반은 이곳으로 와서 방어시스템을 복원하라고 이르시오!"

진실의 입들 덕분에 궁전에 침투해 있던 상그라브들을 대번에 찾아낼 수 있었다. 그러나 마지스터가 그렇게 허술한 자라면 좋았겠지만 그는 체포될 것을 이미 예상하고 있었다. 크산디아르에게 끌려온 상그라브들이 여제가 심문을 시작하려는 순간 갑자기 경련을 일으키면서 죽어버리고 말았으니…….

"치사 주문이 걸려 있었군." 여제는 분한 얼굴로 말했다. "놀라는 것으로 보아 이 미치광이들은 예상하지 못하고 있었어. 내부 침입자들은 없어졌으니 이제 악의 뿌리를 뽑아냅시다."

여제가 크산디아르를 소리쳐 불렀다.

"예, 폐하?" 크산디아르는 소스라치게 놀랐다.

"당신의 대장 배지를 부관 크사릴에게 넘기시오. 이제부터는 크사릴이 우리의 안전을 책임질 것이오."

친위대 대장 크산디아르는 무슨 말인지 바로 알아듣지 못했다.

"하지만…… 그럼 저는?"

돌이킬 수 없는 선고가 내려졌다.

"당신은 해임이오, 크산디아르. 이 궁전의 안전을 책임질 능력이 없다는 걸 그만큼 보여 주고서도 설마 할 말이 있는 건 아니겠지요? 졸병으로서 신임 상관의 명에 따르시오."

크산디아르의 얼굴이 어찌나 비통하게 일그러지는지 타라의 눈에도 보기가 딱할 정도였다. 어깨를 축 늘어뜨린 크산디아르는 걸음을 뗄 때마다 지금이라도 자신의 이름이 불려지기를 바라는 듯 어기적어기적 방을 떠났다. 문턱을 넘기 직전 크산디아르의 눈길이 타라에게 머물렀다. 그 눈빛에 가득한 증오심에 타라는 소름이 돋았다.

“그럼 적을 소탕하는 군사작전은 누가 지휘하게 되는 것입니까?” 티라니크 수상이 아부하는 목소리로 물었다.

“탄디스 장군?” 여제가 불렀다.

“예, 폐하?” 장군은 차려 자세로 절도 있게 대답했다.

“그대가 책임지고 마지스터를 체포하시오. 군대를 소집하는데 얼마나 걸리겠소?”

장군은 훨씬 더 군기가 팍 들어간 목소리로 대답했다.

“대략 여섯 시간만 주십시오, 폐하!”

“알겠소. 오늘 저녁에 출발할 것이니 철저히 준비하시오.”

“하지만 마지스터에게는 동맹군이 많지 않습니다.” 티라니크가 끼어들었는데 무슨 꿍꿍이가 있는 것이 역력했다. “따라서 생각보다 쉬운 싸움이 아니겠습니까? 지난번에 영혼 약탈자에 대한 참담한 실패가 있었던 만큼 이번에 기습작전으로 쳐들어간다면 제국에 대한 비난을 만회하는 기회가 될 것입니다.”

주의 깊게 듣고 있던 여제는 그 말 속에 담긴 뜻을 헤아리고 있었다. 파프니르가 얼떨결에 흑장미 섬에서 구해준 셈이 된 영혼 약탈자의 공격에 속수무책으로 무너지지 않았던가! 타라와 친구들이 없었다면 온 국민이 영혼 약탈자의 노예가 될 뻔하지 않았던가! 오무아 제국의 즉각적인 항복은 그야말로 치욕적인 불명예로 남아 있었다.

"우리가 영혼 약탈자의 침략을 막지 못했기 때문에 국민이 우리를 신뢰하지 않는다는 뜻이오?"

"꼭 그런 뜻은 아닙니다. 하지만 패배한 적군을 이끌고 돌아오는 여제의 모습은 오랫동안 국민의 머릿속에 각인될 것이 분명합니다."

그렇게 말하고 나서 티라니크는 사람들에게 그 영광스런 모습을 상상할 시간을 주려는 듯 잠자코 있었다.

"으흠, 이 기회에 정부를 홍보하게 생겼으니 그거 일석이조로군요." 여제는 동의했다. "그대의 말이 맞소, 티라니크. 내가 직접 그 작전을 지휘하겠소. 오래 걸리지 않아 끝날 것이고, 군대의 호위를 받고 있으니 나는 전혀 위험하지 않을 것이오."

할 말을 잃고 눈만 휘둥그레진 엘프 장군은 물 밖에 나온 물고기처럼 입을 헤벌리고 있었다.

그러자 보다 못한 황제가 나섰다.

"좋은 생각인 것 같지 않소. 위험할 수도 있어요."

"나는 방금 불쑥 나타난 촉수들에게 반쯤 목이 졸렸어요. 그런데도 오라버니는 그런 말이 나와요? 오라버니의 아버님이 하시던 말씀 기억하세요? '우리의 행동 하나하나, 우리의 생각 하나하나가 정책을 좌우한다. 우리는 결코 두려워하지 않는다는 모습을 솔선수범해서 국민에게 보여줘야 한다.' 티라니크 수상의 말이 옳아요. 우리는 마지스터를 체포하는 작전에 참여해야 합니다."

이복누이의 의견에 동의하지 않는 산도르가 이의를 제기하려고 했지만 그것을 예상한 리스베스는 손을 드는 것으로 입을 막았다.

"이의는 받아들이지 않겠어요, 산도르. 나는 결정을 내렸으니까요."

이복오빠는 체념한 듯 고개를 끄덕였다.

"누이의 고집도 어머님 못지 않습니다. 그럼 나도 가겠소."

산도르가 그렇게 나올 줄 예상하고 있었다는 듯 여제는 태연하게 받아들였다.

"우리 둘이 없어도 크게 문제될 것은 없어요. 그동안 타라가 우리를 대신하면 되니까. 이제 최고 마구스들이 방어시스템을 복원했으니 오라버니와 내가 떠나도 괜찮을 겁니다. 타라, 이제부터는 네가 여제의 직무를 대리한다."

깜짝 놀란 일곱 쌍의 눈이 리스베스 쪽으로 쏠렸다. 타라, 칼, 파프니르, 마니투, 파브리스, 무아노, 로빈은 귀를 의심했다. 어린 도둑 칼이 영악한 질문을 했다.

"그럼 타라가 보물의 방 열쇠를 가질 권리도 있는 건가요? 돌아오실 때까지 마니투는 주방을, 무아노는 공식의례를, 로빈과 파프니르는 전사들을, 파브리스는 일상업무를, 저는 금은보석, 귀중품을 책임질 수 있거든요."

마지스터 때문에 몹시 긴장해 있던 여제가 웃음을 터뜨렸다.

"도둑에게 우리의 금고 열쇠를 맡겨라? 이런, 내가 그렇게 경솔한 사람이 아닌데 이를 어쩐다? 어쨌든 너의 순수한 제안은 고맙구나."

"으음…… 하지만." 타라는 거의 까무러칠 것 같은 얼굴로 어물어물 말했다. "그럴 수 없어요. 저는 아무것도 모르고…… 또 그럴 생각도……."

여제가 소리내어 웃었다. 당황하는 조카의 모습이 마냥 귀엽다는 표정이었다.

"사실은 티라니크 선생이 직무대리를 맡을 게다. 그러니 너는 걱정할 것 없어."

타라는 안도한 얼굴로 자리에 앉았다.

"그럼 됐지? 자, 샘, 우리도 협상을 맺어야겠지? 네가 마지스터가 있는 곳을 알려 주면 우리는 그 대가로 너를 자유의 몸이 되게 해주겠다."

협상에 조인하려면 스너피는 습기가 필요했다. 스너피는 발에 침을 뱉어 여제에게 내밀었고, 그녀는 주저 없이 그 흉내를 낸 뒤에 발을 꽉 잡았다.

"*우리의 혼합된 액체에 걸고* 이것은 약속이며 목숨이 끝날 때까지 각자 이 약속에 구속될지어다!" 스너피가 주문을 읊조렸다.

여제가 일어났을 때 마니투가 발언했다.

"사막에서 공격을 받았는데 우리의 보호막들이 모조리 꺼져 있었습니다."

충격을 받은 듯 다시 주저앉은 여제가 정말 끊이지 않고 터지네, 하는 얼굴로 말했다.

"우리는 늘 테러로부터 안전하지 않아. 모든 군주들과 마찬가지로 타라, 너에게도 많은 적이 있을 게다. 그러나 너를 공격한 자가 누구든 호락호락 당할 수야 없지. 따라서 장소이동을 해야겠구나. 궁전에서는 나의 거처가 가장 안전한 곳이니 우리가 원정을 나가 있는 동안 거기서 지내기 바란다. 너의 가족, 친구들도 거기서 지내는 걸 허락하마. 마음에 드느냐?"

여제는 신중하게 처신했다. 경험상 타라에게는 명령을 내리는 것보다 제안을 하는 것이 훨씬 효과적이라는 것을 이제는 알고 있었던 것이다. 여제로서는 비위 상하는 일이었지만 타라가 셀레나에게는 따지지 않고 순순히 복종하는 것을 관찰하고 내린 결정이었다.

타라는 지금 상황에서는 뾰족한 수가 없는 터라 체념하고 그 말에 복종했다. 황제가 끼어들었다.

"오랫동안 자리를 비우지는 않을 것이다. 너희들은 지금 짐을 옮기도록 해. 우리는 원정 채비를 하고 몇 가지 일을 처리해야 한다. 아, 그리고 30분 후에 네 생일파티의 1부를 시작할 것이다. 원래 선물 개봉은 내일로 예정되어 있었으나 상황이 이렇게 되었으니 식을 앞당기겠다."

그때 마리안나가 여제의 귀에 대고 무슨 말인가 속삭였고, 여제는 눈살을 찌푸리면서 정정했다.

"으흠, 주방에 문제가 생긴 것 같구나. 30분이 아니라 1시간 후에 식당에서 다시 만나기로 하자."

그들이 나가려고 할 때 리스베스가 외쳤다.

"샘!"

나갈 채비를 하던 스너피는 화들짝 놀랐다.

"네, 폐하?"

여제의 말투는 다정했다.

"너는 나와 같이 있어야겠구나. 너에게 무슨 일이 일어나는 걸 원치 않아. 또 무슨 사고가 일어날지 알 수가 있어야지……."

여제가 일어나서 스너피에게 다가서더니 부드러운 목소리로 덧붙였다.

"나는 내 후계자의 본능과 진실의 입들의 통찰력을 믿어 의심치 않아. 그럼에도 불구하고 어쩐지 함정이라는 느낌을 지울 수가 없구나. 너의 탈출도 허구인 것 같고……. 블란디르 백작부인의 새로운 가슴에 걸고 말하는데 — 무슨 사연이 있는지 그 말에 마리안나가 키득거렸다 — 너에게 일어날 위험이 어떤 것인지 보여 주겠다."

말을 끝내기 무섭게 여제의 손에서 파란 칼이 튀어나왔다. 그녀가 날쌔게 스너피의 목에 칼날을 들이대자 공포에 질린 스너피는 감히 침도 삼키지 못했다.

"나를 속일 생각은 하지 마. 내가 황제보다 덜 위협적이라는 생각 같은 것은 하지 않는 게 신상에 좋아." 여제는 칼에 힘을 더 가하면서 귀띔했다. "배신의 징후가 조금이라도 보였다가는 너의 심장과 네 분신의 심장을 도려낼 것이야. 알아들었나?"

스너피는 쉰 목소리로 울먹였다.

"잘 알아들었습니다. 위대하시고 강력하신 여제께서는 스너피를 믿어주십시오. 저는 배신하지 않습니다."

"좋아."

단검은 나타났을 때만큼 빠르게 사라졌고, 목을 문지르던 스너피는 상처가 없는 것에 더 놀랐다. 타라는 눈을 믿을 수 없었다. 아름다운 여제는 황제에 비해 덜 위압적으로 보이지 않았던가! 얼마나 어처구니없는 선입견이었던가. 리스베스는 이복오빠와 같은 전투 훈련을 받은 것이 분명했다.

그들은 스너피와 여제를 두고 방을 나갔다. 타라는 살아있는 돌을 통해 저녁에 돌아오기로 예정된 어머니와 메델루스에게 생일파티가 앞당겨졌다는 소식을 전했고, 셀레나는 즉시 돌아오겠다고 답했다.

타라가 통화를 끝내고 있을 때, 로빈은 의심이 가득한 눈길로 주위를 살폈다.

"로빈, 왜 그래?" 그 행동을 지켜보던 타라가 물었다.

"아무래도 불안해. 마지스터가 돌아와 있고, 사냥꾼이 어슬렁거리고 있는데 친위대와 군대, 최고 마법사들이 궁전을 비운다는 것이 찜찜해. 바로 곁에서 너를 지켜야겠어."

타라에 대한 친구의 마음을 뻔히 아는데 그냥 넘어갈 칼이 아니었다.

"아무렴 그래야지, 그래야 하고 말고! 당연히 로빈이 곁에서 지켜야지. 따라서 마지스터는 너의 목숨을 구하기 위해서라면 죽음도 불사하는 슈퍼 로빈과 먼저 상대해야 하니까 골치 좀 아플 거다!"

로빈이 칼을 쏘아봤다. 그러나 타라는 친구들이 하는 말에 주의를 기울이지 않았다. 몇 분 전부터 타라는 이상한 충동과 싸우고 있었다. 친구들이 아웅다웅하는 동안 타라의 머릿속에서 교활한 목소리가 속삭였다.

'여제가 떠나면 네가 이 제국을 다스릴 권력을 갖게 되는 거야. 여제에게 사고가 일어난다고 생각해봐. 네가 아더월드에서 가장 큰 나라의 수장이 되는 거라고. 어때, 군침이 돌지? 마음이 끌리지 않아? 사고를 만드는 건 아주 쉽지. 아더월드의 숲은 위험하거든. 에프리트들은 너의 도우미들이잖아. 네가 멜루덴리파쉬랄리반디르에게 명을 내리면 그 여자와 이복오빠를 훅 불면 날아가버리는 먼지처럼 아주 감쪽같이 없애줄 거야. 하지만 너는 명을 내려야 해. 큰 소리로 원하는 걸 말해야 해. 그렇지 않으면 멜은 아무것도 할 수 없어. 데미데루스의 맹세에 묶여 있기 때문에 복종만 하지 스스로 할 수가 없거든. 그러니까 네가 말해! 나는 여제와 황제가 죽기를 바란다, 라고. 어서!'

타라는 머리를 세차게 흔들었다. 고모를 죽이고 여제가 되라고? 뇌에 문제가 생긴 것이 분명했다. 오무아의 금을 전부 다 준다고 한들 내가 그런 일을? 타라는 머릿속이 역정을 내는 것 같은 이상한 느낌이 들었다. 목소리가 희미해지더니 방금 했던 생각도 사라졌다. 정신이 돌아왔을 때는 거처의 문 앞에 이르러 있었고, 친구들이 멀뚱멀뚱 쳐다보고 있었다.

"소파에 앉아서 얘기하는 것도 좋지만, 네가 원하면 계속 복도에 서서 얘기하지 뭐." 파브리스는 떨떠름한 얼굴로 말했다.

"오, 미안해. 내가…… 생각 좀 하느라고."

타라는 문에게 그들을 들여보내라고 명했다. 그들이 들어가면서 사냥꾼, 스너피, 마지스터에 대한 얘기를 시작하는데 에프리트가 나타나서 여제의 거처로 타라의 짐을 옮기기 시작했다.

갈랑은 타라를 유심히 살피고 있었다. 타라가 이상한 행동을 하는 것이 벌써 두 번째였다. 예전에 악마의 마법에 감염되었을 때처럼 순간순간 타라의 정신이 닫히면서 교감이 깨졌다. 갈랑은 불안한 느낌을 떨칠 수 없었다. 갈랑이 다가가자 타라는 보드라운 털을 기계적으로 쓰다듬어주었다. 그 다정한 손길에 갈랑은 진정되었다. 괜한 공상이었나?

그사이에 타라는 친구들의 얘기를 들으면서 흥분하고 있었다. 맞잖아, 속에서 부글부글 끓는 감정이 분명히 있잖아! 그러나 뭐 때문인지 알 수가 없었다. 조용히 살게 놔두지 않는 마지스터에게 격분해 있기는 했다. 그러나 마지스터에 대한 분노와 고모와 삼촌에 대한 파괴적인 분노와는 아무 관계 없는 무엇인가가 있는 것 같았다.

"그럼 어떻게 생각해, 너는?" 무아노가 물었다.

"뭘?"

무아노의 눈썹이 치켜올라갔다.

"네 고모가 마지스터를 잡아올 때까지는 우리가 떨어져 있지 말아야 한다고 말하고 있었어. 그러면 여자 뱀파이어가 우리 중 누구도 죽일 수 없으니까."

타라는 생긋 웃더니 유머감각을 되찾았다.

"어디서든 같이 있어야 한다는 뜻이야? 샤워할 때도?"

그런 식의 말은 칼이 전문이기 때문에 소년들이 거북한 표정을 지었다.

"그건 안 되지!" 하고 외치는 파브리스의 얼굴이 새빨개져 있었다. "여자는 여자끼리, 남자는 남자끼리 씻으면 되는데!"

"농담이야." 타라는 파브리스를 안심시켰다. "하지만 좋은 생각이야. 고모는 너희들과 함께 지내라고 제안하셨어. 방이 스무 개나 되거든. 그래도 밤에는 모두 함께 보내는 것이 좋을 것 같다. 한 방에다 침대를 모아 놓으면 되니까, 그치?"

로빈은 함박미소를 머금었다. 마음에 쏙 드는 제안이었다. 타라와 잠을 자게 되다니! 몇 미터 떨어져 있는 것일지언정 오, 대찬성!

그때 문이 타라의 어머니가 왔음을 알렸다. 어머니를 맞으러 뛰어가던 타라는 우뚝 멈춰 섰다. 셀레나 뒤에 이사벨라가 서 있었던 것이다!

14
체인지라인

*

아더월드로 돌아가는 것을 반대하는 할머니를 뿌리치고 떠나온 뒤로 약간 서먹해진 타라는 할머니와 연락은 하지만 그저 안부만 전하는 정도였다. 그래서 애정표현을 그리 좋아하지 않는 할머니의 목에 매달려야 할지, 아니면 그냥 인사만 할지 망설였다. 타라는 후자를 택했다.

"안녕, 타라." 이사벨라는 냉랭하게 응답했다. "네 생일 축하파티가 앞당겨졌다는 연락을 받고 왔다. 나는 바로 돌아가야 해. 인도에 신을 사칭하는 사이비 마법사가 있다는 정보를 입수했거든. 인도와 이웃나라 파키스탄 양국 간에 정치적 긴장이 고조되어 있는 때를 이용하여 무허가 마법으로 혼란의 씨앗을 뿌리려고 하다니 그것은 절대 용납할 수 없는 일이지. 그런 막중한 임무에도 불구하고(이사벨라는 이 부분에서 힘주어 말했다) 네 어머니를 만나러 셀렌다로 갔다가 생일선물을 주려고 함께 왔다. 그리고 이 선물은 비밀리에 간직해야 하는 물건이라서 여기서 풀어보는 것이 좋겠구나."

이사벨라는 뒤에 둥둥 떠 있는 화려한 상자에게 타라 앞으로 얌전히 내려오라고 명했다. 타라는 호기심이 가득한 얼굴로 받아들다가 흠칫 놀랐다. 가르랑거리는 숨소리가 나는 것 같기도 하고 꿈틀거리는 것 같기도 하고……. 타라가 의문의 눈길을 보냈지만 할머니는 그 초록빛 눈만 장난스럽게 찡긋할 뿐 아무 말도 하지 않았다.

알려 주시지 않겠다는데 어쩌겠어. 할 수 없지, 뭐. 포장지를 조심스럽게 뜯는데 손가락이 스치자 시커먼 것이 꿈틀거렸다. 선뜻 손을 집어넣기가 꺼려질 정도로 이상해 보였다. 그래서 타라는 내용물을 작은 탁자 위에 쏟았다. 눈앞에 있는 것을…… 뭐라고 하면 좋을까? 의심 많은 갈랑이 와서 냄새를 맡았다. 갈랑이 신경질적으로 날개를 파닥이고 있을 때, 그것이 납작해지더니 검은 털로 만든 담요 모양이 되었다.

갈랑만큼 아주 조심스럽게, 타라는 손을 내밀었다. 기다렸다는 듯이 그것이 펄쩍 뛰어서 타라의 팔을 휘감았다. 팔이 점점 화끈거리는 것이 한 줌의 재로 변할 것 같았다. 그러나 타라는 거부반응을 보이지 않았다. 설마하니 할머니가 손녀를 잡아먹을 물건이야 선물하겠어?

그 순간 그것이 사라졌다. 타라는 아연실색하는 비명을 질렀다. 어떻게 이럴 수가! 감촉은 느껴지는데 눈에는 보이지 않으니!

"할머니? 엄마? 대체 이게 뭐예요?"

"체인지라인이야!" 무아노가 대신 대답했다. "내 눈으로 직접 실물을 보게 되다니! 더 이상 존재하지 않는다고 생각했는데!"

타라는 참자고 마음먹으면서 한숨을 내쉬었다. 어쩌면 이렇게 친구들은 내가 아더월드에서 살지 않았다는 걸 매번 잊어버릴까?

"대단한 것 같긴 하네요. 근데 뭐 하는 물건이에요? 설마 내 팔의 나머지 절반도 어떻게 되는 건 아니겠죠?"

"옷, 구두, 목걸이, 귀걸이, 철통 같은 방패, 각종 무기 등…… 완벽한 토털패션으로 치장해주는 의상 코디네이터라고 할 수 있어." 부러워 미치겠다는 얼굴로 무아노는 타라의 팔을 만져보기 위해 몸을 숙이며 덧붙였다. "데미데루스의 약혼녀가 체인지라인을 착용하고 있었어."

타라는 눈을 깜박였다. 기억이 맞는다면 5천 년 전에 영혼 약탈자에게 살해당한 여자였다. 체인지라인을 착용하고 있었다고……? 그렇다면 방어력은 그리 대단한 것이 아니네, 뭐!

즐거워하는 어머니와 할머니를 보면서 타라는 그 의혹을 내색하지 않았다.

"역사에 대해서는 박사라고 하더니 무아노, 너는 정말 모르는 게 없구나. 이 체인지라인은 마지막으로 남은 몇 개 중 하나란다. 이건 데미데루스가 직접 만든 것이지."

셀레나가 미소를 머금은 얼굴로 말했다.

"몇 세기 동안 우리 가문이 간직하고 있는 것이란다." 이사벨라는 좀더 구체적으로 말했다. "데미데루스가 우리 조상에게 준 것인데 네 증조할머니도 네 어머니도 나도 사용한 적이 없어. 원래 전사를 위해 만든 물건이거든. 그런데 뜻밖이긴 하지만 네가 이렇게 전사가 되었으니 이젠 네가 가져야지. 그리고 소중한 물건이라서 특별한 날에 주려고 했는데 마침 생일이고 해서 선물로 주마."

"그냥 목에 붙이고 있으면 돼." 셀레나가 설명했다. "네 기분에 민감하기 때문에 어떤 형태, 어떤 색깔이든 네가 원하는 걸 말하면 된단다. 그게 있으면 옷이 필요 없을 거야. 그리고 모든 공격으로부터 너를 지켜주니까 늘 착용하고 있길 당부한다."

타라는 귀가 믿어지지 않았다. 타라는 체인지라인을 쉽게 팔에서 떼어내어 탁자에 내려놓았다.

"농담하지 마요, 엄마! 이걸 내 몸에서 기어다니게 한다는 건

말도 안 돼요."

"이건 진짜 살아있는 게 아냐." 셀레나는 딸을 안심시켰다. "그냥 기계거니 생각하렴. 놀라울 정도로 유연하기도 하고 다이아몬드처럼 단단해질 수도 있어. 또 여러 조각으로 나뉘어질 수도 있단다. 너와 연결되는 순간부터 네가 원하는 것을 들어준단다. 예를 들어서 청바지와 농구화를 원하면 짠! 그렇게 변하지. 기사의 완벽한 갑옷을 원하면 너에게 꼭 맞는 걸 만들어주거든."

"그래, 맞아." 무아노는 부러움을 감추지 않았다. "무도회 드레스, 칵테일 파티 드레스, 수영복, 몸에 딱 붙는 검정 시드드레스, 에메랄드빛 스커트, 빨간 볼레로, 목에 거는 장식리본, 하이힐구두, 군화, 기타 등등 네가 원하는 건 뭐든 가질 수 있어. 얼마나 멋진 선물인데! 와, 난 네가 부러워 죽겠어, 타라! 덩컨 부인들, 이것이 가문을 빛내줄 거예요!"

다 좋은데 타라는 그것이 몸에 붙어 있다는 생각만 해도 닭살이 돋았다. 체인지라인은 타라의 망설임을 눈치챈 것처럼 아름다운 물결무늬 천으로 변하더니 꿈쩍하지 않았다.

타라는 미소를 지었다. 뭐, 의식이 없다고? 내 눈은 못 속이지! 체인지라인은 타라가 그리 신통한 물건으로 보지 않는다는 것을 눈치채고 어떻게 해서든 타라의 마음에 들기 위해 머리를 쓸 정도로 영리했다. 아니, 영악한 건가? 타라는 천을 집어들고 몸에

둘렀다. 목덜미가 약간 꼬집히는 느낌이 들었다. 살아있는 천이 타라를 휘감자, 청바지와 마법복이 약간 거북해하는 것 같았다. 체인지라인이 가차없이 그것들을 벗겨버리는 바람에 타라는 알몸이 되었다.

물론 순식간이었다. 체인지라인은 타라에게 번쩍거리는 무도회 드레스를 입혀놓았다. 끽소리 않고 그 놀라운 광경을 지켜보고 있던 소녀들이 깔깔대고 웃었다. 파브리스와 로빈은 얼굴이 빨개져 있었지만.

두 소년 못지않게 당황한 타라는 헛기침을 했다.

"이브닝드레스는 내 스타일이 아냐. 평상복으로 입혀 주겠니, 체인지라인?"

그러고는 재빨리 덧붙였다.

"내 친구들 앞에서 나를 벌거벗기지 말고!"

체인지라인은 고양이처럼 가르랑거리더니 기쁘게 복종했다. 1그램의 살도 노출되지 않은 채 타라는 청바지에 100개의 금빛 눈을 가진 주홍빛 공작이 수놓인 실크 재킷 차림에 한창 유행하는 운동화를 신고 있었다. 어쩌다가 돌아갔을 때 지구에서 본 신발이었다. 타라는 트집잡을 데가 없는지 확인하기 위해 한바퀴 빙 돌았다.

"좋아." 타라는 마침내 인정해주었다. "이게 훨씬 편하……."

타라는 말을 끝맺지 못했다. 할머니가 번개 같은 속도로 나타나게 한 단검이 번뜩이고 있었다. 할머니가 팔을 들더니 곧장 타라를 향해 단검을 날리는 것이 아닌가! 타라는 방어할 겨를이 없었다. 가슴을 향해 날아오던 칼이 갑자기 튕겨나갔다. 눈 깜짝할 사이에 체인지라인이 방패로 변해 있었던 것이다.

"완벽하게 작동하는군." 이사벨라의 얼굴에 미소가 감돌았다. "아주 좋아, 내 손녀딸, 나는 이제 떠나야겠다. 네 고모와 삼촌에게 나를 대신하여 인사를 전해다오."

그렇게 말하고 나서 이사벨라가 위엄 있게 나가자, 셀레나는 얼른 뒤따라나가면서 타라에게 '나도 그러실 줄은 정말 몰랐다.'는 표정을 지어 보였다. 단검을 집어든 타라는 아직 얼떨떨해 있는 친구들에게 물었다.

"만약 제대로 작동하지 않았다면?"

"네 할머니가 심장을 겨냥하지는 않았어." 로빈은 건들거리면서 말했다. "설사 다쳤더라도 레파루스 주문으로 나을 수 있는 경미한 부상이었을 거야."

"그래, 너 아주 쿨하다." 타라는 대놓고 빈정거렸다. "물론 죽지는 않았겠지. 하지만 난 어깨가 뚫릴 뻔했다고!"

그 조롱 섞인 말투에 로빈은 타라가 몹시 기분 나빠하고 있음을 알아차렸고, 방금 했던 말을 전부 취소했다.

“여기는 샤워기와 욕조가 많아.” 타라는 거처의 곳곳을 손가락질하면서 알려주었다. “너희들도 파티에 갈 준비해. 조금 있다 보자.”

욕실로 들어간 타라는 체인지라인을 떼다가 세면대에 떨어뜨렸다. 클링! 하는 소리에 웃음이 나왔다. 아, 할머니…… 정말 못 말리는 분이야! 타라의 머릿속에 들어앉은 악마도 완전 동감이었다. 붉은 악마는 단검이 타라를 향해 날아올 때는 이제 죽었구나 싶었다. 주인이 불의의 사고로 죽으면 그 충격으로 자기도 죽는 것이 아닌가. 붉은 악마는 타라를 주의 깊게 살피기로 마음먹었다. 조금이라도 다친다는 것은 말도 안 되는 일이었다. 멜루덴리 파쉬랄리반디르에게는 안된 일이지만 그것으로 계획에 차질이 생기더라도 우선 이 몸이 살고 볼 일이지!

타라는 아침에 샤워를 하면서 깜빡 잊고 머리를 감지 않았었다. 문득 체인지라인이 어떻게 하는지 보고 싶은 마음에 옷을 입은 채로 욕조에 들어갔다. 체인지라인은 옷을 홀딱 벗겨 주고는 타라의 목에서 작은 공처럼 오그라들었다. 샴푸가 머리를 간질이고 있을 때 목덜미가 잘리는 것 같은 이상한 느낌이 들었다. 바람의 정령이 타라의 몸을 말려 주는 사이에 체인지라인은 주홍빛과 금빛의 멋진 드레스를 만들었다. 어깨가 드러날 정도로 목 부분이 깊게 파여 있어서, 타라가 림보에서 해방시켜 주었을 때 색깔들이 선물한 목걸이가 드러났다. 목 아래 옴폭한 곳에서 다이아몬드, 흑단, 사파이어, 루비, 금, 에메랄드가 빛났다. 이윽고 체인지라인은 타라의 머리를 땋아주었고, 눈부시게 아름다운 붉은 다이아몬드로 된 왕관형 머리장식까지 씌워 주었다. 와, 진짜 편리하긴 하네!

마스카라는 너무 짙게 칠해졌다. 금빛 구두는 의상에 잘 어울렸지만 굽이 너무 높아서 예고 없이 발에 신겨졌을 때 빼딱빼딱 넘어질 뻔했다. 결국 타라는 체인지라인과 한참 승강이한 끝에 발목이 삐지 않도록 굽 높이를 4센티미터로 합의했다.

타라는 몇 걸음 떼어보았다. 어쨌든 뾰족구두를 신고 걷는다는 것은 정말 어색했다. 싸움이라도 하게 된다면, 으윽! 타라는 아주 우아하게 말하는 자신의 모습을 상상했다.

"죄송합니다, 괴물 씨. 일단 뾰족구두를 벗고 나서 당신을 핸드백으로 만들어드리지요." 그 생각을 하자 웃음이 나온 타라는 혼자 킥킥거렸다. 그러고는 제 모습에 도취해서 콧노래를 불렀다.

"거울아, 거울아, 오늘 저녁 내가 제일 아름답지?"

갑자기 활처럼 휜 눈썹을 치켜올린 거울이 메피스토펠레스 같은 얼굴을 들이대는 통에 타라는 질겁했다.

"그래, 꽤 아름다워." 거울이 동의하는 듯하더니 입술을 삐쭉거리면서 기어코 한마디 날렸다. "납작가슴은 좀 그렇지만."

타라는 가슴선 쪽으로 눈을 내리깔다가 뾰로통해졌다.

"하지만 네 나이치고는 그래도 꽤 괜찮은 편이야." 거울이 박살이 나고 싶지는 않다는 얼굴로 얼른 말했다. "자, 난 그만 간다. 누가 또 나를 찾네, 안녕 미녀 아가씨!"

손가락 끝으로 입맞춤을 날려보내면서 이미지는 사라졌다.

맙소사, 여기서는 거울까지 말을 하는군! 아직도 모르는 것이 있으니 얼마나 더 알아야 할까.

마법복처럼 저장능력이 있는 체인지라인은 꿈틀거리는 지도, 립스틱, 물병, 손수건, 껌, 어디를 가나 갖고 다니는 책 세 권을 흡수했다. 타라의 일이라면 무조건적으로 도와주는 살아있는 돌도 물론 잊지 않고 챙겼다.

체인지라인과 살아있는 돌 사이에 냉랭한 기운이 감돌고 있었지만 타라는 단호한 태도를 보였다. 체인지라인이 살아있는 돌을 받아들이거나 말거나 머리맡 탁자 위에 둘을 나란히 놔두고 얼마동안 내버려두었다. 그 뒤로 둘은 서로를 무시하기로 마음먹은 것 같았다.

타라가 나가자 친구들은 입이 헤벌어졌다.

"와, 눈부시다, 타라!" 랑코비트의 유니콘이 수놓인 파란색과 은색 옷으로 멋지게 차려입은 무아노가 갈채를 보냈다.

"내 도끼에 걸고 맹세하는데 전적으로 동의한다."

파프니르가 맞장구쳤다.

빨간 가죽 원피스 차림의 파프니르도 화려했다. 치마 입은 모습을 보기는 처음이었다. 허리띠에 달아맨 6개나 되는 칼에 도끼, 갈고리, 흉기들은 보기만 해도 오금이 저렸다. 그리고 원피스에 편자까지 박힌 군화라니……, 감히 춤을 신청하는 지원자는 발 조심을 명심하라는 무언의 압박인가? 파프니르는 자기가 만든 장신구를 자랑스레 목과 팔에 주렁주렁 달고 있었다.

타라가 나타났을 때 로빈은 꿀 먹은 벙어리가 되어 있었다. 그런데 로빈은 왜 저렇게 묘한 표정으로 쳐다보는 거지? 타라는 의아했다. 칼과 파브리스는 찬사를 보내는 것으로 만족했는데 마니투는 목에 두른 주홍빛 매듭장식이 갑갑해 죽겠다는 얼굴이었다. 아무튼 그들도 모두 근사했다. 특히 옷 입는 것이 서툰 칼은 무아노의 코치를 받은 것이 틀림없었다.

로빈이 한 걸음 앞으로 나오더니 타라에게 작은 상자를 내밀었다. 타라는 상자를 쳐다봤다.

"이것도 잠재적 적들이 보면 안 되는 것이라서. 내가 주는…… 선물이야." 로빈은 자신이 없는 투로 말했다.

타라는 설마 폭탄이기야 하겠어? 라고 말하고 싶었다. 그러나 좀 전에도 핀잔을 줬던 생각이 나서 타라는 비아냥거리는 투의 말을 하지 않으려고 노력했다. 그런데 로빈의 뺨이 왜 그렇게 빨간지 이해할 수가 없었다. 게다가 칼은 무아노가 옆구리를 쿡쿡 찌를 때까지 바보처럼 낄낄대고 있었다. 타라는 고개를 갸웃거리면서 포장을 뜯고 상자 안에서 반짝거리는 물건을 꺼냈다. 달랑 귀걸이 한쪽이었다.

이게 아더월드의 풍습인가? 안 될 이유야 없겠지. 정교하게 조각된 은빛 금속에 동그란 돌이 박힌 귀걸이였다. 투명한 돌 속에서 춤추는 유니콘과 페가수스를 보기 위해 타라는 눈 가까이 대고 들여다 봤다.

로빈이 빙긋이 웃으면서 섬세한 손을 펴 보였는데 똑같은 귀걸이 한 짝이 있었다.

"클릭이라는 것이야." 타라의 의아한 표정을 보고 로빈이 설명했다. "신제품인데 랑코비트의 정보국에서 스파이들이 사용하는 거야."

귀가 번쩍 뜨인 칼의 눈길이 귀걸이에 꽂혔고, 아더월드의 기술자들이 쉼 없이 발명해내는 아이디어상품에 대해 입에 침이 마르도록 칭찬했다.

"가운데 박힌 돌은 특별한 주파수에 맞춰진 크리스털이야." 로빈이 말을 이었다. "두 개의 크리스털은 서로 공명하기 때문에 떨어진 거리가 얼마가 되었든 연락할 수가 있어. 따라서 너와 내가 귀걸이 한 짝씩을 나눠 갖고 있으면 우리는 절대 헤어지지 않아."

칼이 비웃음을 흘리고, 파브리스가 째려보자 로빈은 얼른 정신을 차렸다.

"음, 그게 그러니까 누군가 또다시 너를 납치하더라도 네가 어디 있는지 나에게 알릴 수 있다고."

"일종의 워키토키란 말이지?" 타라가 기뻐했다. "어떻게 작동하는데?"

"엄지와 검지로 두 번만 꽉 누르면 돼. 작동할 때 클릭, 하는 소리가 나서 붙여진 이름이야. 나에게 말할 수 있고, 내 말을 들을 수도 있어. 영역도 넓고, 이미지와 소리를 동시에 전달할 정도로 강력해. 하지만 주의할 게 있어. 통화중에는 절대 움직이면 안 돼. 시야를 방해할 우려가 있거든. 그리고 장점은 네가 통화한다는 것을 다른 사람은 알아챌 수 없다는 거야."

"한번 시험해봐, 타라!" 무아노가 신기하다는 얼굴로 말했다.

지난해에 귀를 뚫었기 때문에 타라는 쉽게 귀걸이를 달았다. 믿을 수 없게 가벼워서 귀걸이를 달았다는 느낌이 거의 없었다. 귀걸이를 두 번 만지작거리자 몇 초 후 로빈의 축소된 이미지가 불쑥 나타나서 타라는 깜짝 놀랐다.

"와, 이럴 수가! 네가 굉장히 잘 보여!" 타라는 탄성을 질렀다.

축소된 로빈이 미소를 지었다.

"나도 네가 보이고 말도 아주 잘 들려!"

"자, 그럼 이제 출발하자. 나도 너에게 줄 멋진 선물이 있단 말야." 성질 급한 파프니르가 끼어들었다. "오무아 사람들이 모두 보는 앞에서 내 선물을 펴 보이면 아마 부러워서 침을 질질 흘릴 거다!"

그러는 동안에 셀레나가 메델루스와 팔짱을 끼고 돌아왔다. 황금 벨트를 맨 크림색 드레스에 어깨 위로 구불구불 흘러내리는 머리, 셀레나는 눈부시게 아름다웠다. 메델루스는 타라에게 가까이 다가올 생각을 못한 채 다정하게 말했다.

"시간이 되었다, 타라. 네 생일을 축하하기 위해 모두들 기다리고 있어. 이제 너의 기사를 선택하렴!"

로빈과, 칼, 파브리스는 잠시 후에야 자기들과 관련된 일이라는 걸 알아차렸다. 초인적인 민첩함 덕분에 로빈은 간발의 차로 먼저 타라에게 팔을 내밀었다.

칼은 발뒤꿈치를 따닥! 소리가 나도록 부딪치더니 아주 정중하게 무릎을 굽히고 무아노의 팔꿈치를 잡아당겼다. 선택의 여지가 없게 된 파브리스는 파프니르 앞에서 큰 키를 굽혔다. 파프니르는 환한 미소를 지어 보이며 그 팔에 매달렸다.

다행히 파프니르는 난쟁이치고는 키가 큰 편이라 파브리스는 어깨가 탈구되는 일 없이 걸어갈 수 있었다. 타라의 보디가드 그르룰이 그 행렬의 꼬리에 섰는데 위협적으로 느껴지는 초록색의 거대한 그림자 같았다.

막 나가려는 순간 울려퍼지는 트럼펫 소리에 고막이 터질 뻔했다. 궁전의 복도가 바뀌어 있었다. 벽을 타고 뻗어나가는 화사한 장미나무 부겐빌레아와 인동덩굴이 향기를 내뿜었다. 후계자와 그 일행이 전진함에 따라 주홍빛 벨벳 양탄자가 펼쳐졌고, 빛을 발하는 귀여운 요정들이 꽃잎을 뿌려 주었다.

타라가 다가오자 황금 왕관을 쓴 적자색의 거대한 나무들이 가지를 너울거렸고, 불새들은 줄지어 서서 울타리를 만들어주었다. 타라 일행이 나뭇잎 속에 숨은 둥지 밑을 지나갈 때마다 온도가 민감하게 올라가고 있었다. 프로펠러에 날개까지 단 수많은 브룸이 차가운 숨결을 뿜어내며 타라 일행의 얼굴에 부채질을 해주었다. 제국을 상징하는 100개의 노란 눈을 가진 공작들도 꼬리를 활짝 펼치고 여제 후계자의 생일을 축하해주었다.

타라가 지나갈 때는 궁인들, 마법사들, 최고 마구스들, 에프리트들이 고개를 숙여 인사했다. 유니콘들은 무릎을 구부렸고, 옆구리가 알록달록한 야생 켄타우로스들은 공손하게 상체를 숙였고, 거인들은 부주의로 누군가를 깔아뭉개는 일이 없도록 머리를 조아리면서 무릎을 꿇었다. 아더월드의 국민이 모두 궁전에 집합해 있는 것 같았다. 타라는 걸어가다가 방긋 웃었다. 타라와 친구들이 구해주었던 파란 땅신령들이 서로 눈에 띄려고 깡충거리면서 다정한 손짓을 보내고 있었던 것이다. 장난을 좋아하는 초록 꼬마도깨비 파보들도 엄중한 감시(랑코비트의 한 왕을 돼지로 둔갑시키는 엄청난 실수를 저지른 뒤부터)를 받고 있었다. 수십 대의 스쿠프가 크리스털 전광판들을 통해 행사를 생중계하고 있었다. 예식 복장을 한 크사릴이 지휘하는 친위대가 모든 사람을 매섭게 훑어보면서 그 행렬을 호위했다. 타라는 친위대원들 중에서 크산디아르를 알아보았다. 그는 여제의 총애를 잃었는데도 감정을 드러내지 않고 용케 무표정한 얼굴을 유지하고 있었다.

궁전의 절반 정도를 통과한 뒤에 그들은 마침내 고관대작들이 기다리는 방에 이르렀다. 옥시아 부인은 여제의 생일이 아니라 후계자의 생일이기 때문에 수수한 차림이었다. 그 수수함이라는 것이 오무아 사람들에게 그렇다는 것이지 실은 웬만한 화려함을 뺨치는 수준이었다. 은빛 분수가 뿜어져 나왔는데 그것은 기호에 따라 마시라는 핫초코, 친파프, 칵스, 과일주스, 찬물, 뜨거운 물이었다. 벽은 화려한 불꽃놀이 쇼를 보여 주었고, 장밋빛 반점 촉수들이 꼬물거리는 카흠보윰의 사촌 격인 타츠보윰 오케스트라가 경쾌한 곡을 연주하고 있었다. 아마도 타츠보윰은 아더월드의 음악가들인 모양이었다. 대리석 원기둥들도 꽃과 향기로운 식물로 뒤덮여 있고, 작은 숲에서 파란색과 오렌지색 새들이 지저귀고 있었다. 굵은 나뭇가지에 맨 그네들이 저 혼자 오락가락하면서 궁녀들을 유혹하고 있었다.

거대한 연못에서 물의 원소가 파문을 일으키며 재주를 부리고 있었다. 우아한 자태로 수면 위에서 미끄러지는 백조와 블를*도 보였다. 초록색과 파란색 사이렌들이 섬에 나른하게 드러누운 채 뭔가를 던져 주면 금빛과 은빛 물고기들이 물어오고 있었다. 사이렌들은 대위법까지 사용하는 놀라운 합창으로 노래 솜씨를 뽐내고 있었다. 여기저기 먹음직스런 음식이 담긴 쟁반들이 앞다투어 손님들 사이를 돌아다니고 있었다.

후계자가 들어서자, 좀 색다른 트럼펫 소리가 울리는 바람에 타라는 얼굴을 찌푸렸다. 트럼펫을 부는 에프리트들은 시끄러운 것을 좋아하는 것이 분명했다. 그 요란한 소리에 파프니르만 신이 나 있었다. 여제와 황제는 각료들과 함께 금속 단상 위에서 그들을 기다리고 있었다. 어머! 셈 선생님도 보였다. 타라는 반가웠다. 올해 들어서는 팅가푸르에서 드래곤 마법사를 만나지 못하고 있었던 터라 그 반가움은 이루 말할 수 없었다. 그 옆에 뱀파이어 드라고쉬 선생님을 비롯한 랑코비트의 사절단이 보였다. 뱀파이어는 입술을 들썩여서 뾰족한 송곳니를 드러내는 것으로 그 딴에는 미소를 보냈다. 타트리스 종족의 칼리브리스 부인도 멋지게 손질한 두 개의 머리로 타라에게 인사를 보냈다. 여제의 사촌이자 궁전의 행정관인 갈색머리 옥시아 부인과 셈 선생님이 동시에 일어나서 타라를 향해 단상을 내려오고 있었다. 옥시아 부인의 발걸음이 더 가벼웠다. 부인이 앞지르려는 순간 셈 선생님의 걸음이 빨라졌다. 옥시아 부인과 셈 선생님은 경보시합이라도 벌이는 것 같았다. 달리기를 하듯 빠르게 다가오는 두 사람을 보면서 타라와 친구들은 눈이 휘둥그레졌다. 그때 갑자기, 늙은 마법사가 멈춰 서더니 히죽히죽 웃으면서 다리를 앞으로 내밀었다. 무아노는 너무 놀란 나머지 딸꾹질을 했다. 드래곤 마법사가 옥시아 부인의 다리를 걸었던 것이다.

15
최고 마구스들의 싸움

*

이크……! 비틀비틀하다 벌렁 자빠졌으니, 화가 머리끝까지 난 옥시아 부인은 크림파이를 집어서 늙은 마법사를 향해 던졌다. 그러나 이미 예상하고 있었다는 듯 셈 선생님은 살짝 피했다. 난데없이 날아오는 크림파이에 얼굴을 정통으로 맞은 사람은 셈 바로 뒤에서 옆 사람과 한창 이야기를 나누고 있던 멋쟁이 궁인이었다. 영문도 모른 채 파이를 뒤집어쓰게 된 궁인은 거의 자동으로 옥시아 부인을 향해 케이크 쟁반을 날렸다. 쟁반은 부인과 충돌하지 않으려고 급브레이크를 걸었지만 작은 케이크들은 그대로 날아가 그녀의 몸에서 묵사발이 되었다. 부인도 질세라 옆구리에 덕지덕지 붙은 케이크 파편을 떼어내어 반격했는데 하필 유니콘의 새하얀 털을 더럽히고 말았다. 유니콘이 가만히 있을 리 만무했다. 유니콘은 성질이 불같기로 이름나 있기 때문에 궁전에 들어올 때 뿔을 뽑기로 규정되어 있는 것이 그나마 천만다행이었다. 유니콘은 뿔이 없는 대신에 나무토막처럼 단단한 머리로 궁정부인의 배를 거칠게 들이받았다.

그 어처구니없는 광경에 타라와 친구들만 놀란 것이 아니었다. 여제와 황제도 어이없는 얼굴로 씩씩거리며 싸우는 궁인들을 쳐다보고 있었다. 이번에는 파프니르의 빨간 가죽옷을 점찍은 마법사가 걸쭉한 소스 사발을 파프니르를 향해 던졌다. 피할 사이가 없었던 파프니르의 빨간 머리가 소스를 뒤집어썼고 가죽옷 위로 야채 건더기가 뚝뚝 떨어졌다. 느닷없이 갈색 소스를 뒤집어쓴 얼굴에서 언뜻 가자미눈으로 변하는 초록빛 눈이 보였다. 파프니르는 분노의 고함을 지르면서 묵직한 은쟁반을 움켜잡았다. 그것은 기꺼이 싸움에 끼어들겠다는 신호였다.

맙소사, 난쟁이가 가세하면 상황이 완전히 달라지는 것인데……. 아더월드에서 난쟁이들이 싸울 때 노래를 부른다는 것을 모르는 사람이 있을까.

"분~~열의 전~~쟁이다!" 파프니르가 소리쳤다.

옛날 옛~~~날에

악마들과 그 패거리를 몰아낸 적이 있~~~었네
대장간 화덕이 어찌나 활활 타오르~~~는지
적이 없는 엘프~~~들은
누구와 싸울지 몰랐~~~다네
그래서 권태에 빠졌~~~다네
고집불통 난쟁이들이 구해 줬~~~다네!

파프니르가 어찌나 쩌렁쩌렁하게 고함을 질러대는지, 아니 노래를 불러대는지 한창 싸움을 하다 질겁한 마법사들이 부리나케 손에 쥐고 있던 것들을 놓아버리고 귀를 틀어막았다. 신바람이 난 파프니르는 쟁반을 휘두르면서 닥치는 대로 하나둘 때려눕혔다.

악마들이 줄행랑쳤기 때~~~문에!
그러나 매복해~~~있던
악마들이 어린 엘프들에게 덤벼들~~~었네
충실한 난쟁이 친구~~~들이
예쁜 엘프들의 엉덩이를 구해 줬~~~다네!

파프니르를 겨냥했던 마법사는 날려보낼 물건 두 개를 양손에 들고 있었다. 하나는 가죽옷을 향해, 또 하나는 머리를 향해…….

두 손으로 머리를 감싸고 있던 파브리스가 타라에게 외쳤다.

"거봐, 내가 무기라고 했잖아! 난쟁이가 노래를 부른다는 것은 적을 쳐부수기 위한 거라니까! 즐거워서 부르는 게 아냐!"

파프니르의 노랫소리 때문에 그들은 고래고래 소리를 질러야 의사소통을 할 수 있었다. 작은 발로 어설프게 뾰족한 귀를 막은 여우 블롱딘은 항의의 울음소리를 짧게 내질렀다. 너무 놀란 페가수스 갈랑도 눈이 뒤집혀서 뒷걸음치고 있었다.

타라는 인상을 찌푸리면서 냅다 소리쳤다.

"그래, 네 말이 맞아! 그런데 저대로 그냥 두면 많은 사람이 죽겠어!"

우왕좌왕하던 친위대원들은 타라의 지적에 정신이 번쩍 들었다. 친위대는 질서를 회복시키기 위해 상체를 쑥 내밀고 전진했다. 크사릴이 '스톱! 모두들 동작 그만!' 하고 호령하기 위해 입을 벌렸지만 그 말은 입술을 넘어서지 못했다. 뒤에서 한 마법사가 펀치 그릇을 들고 머리 위에 쏟았던 것이다. 과일, 포도주를 뚝뚝 흘리면서 어기적거리는 크사릴에게 떠밀려서 소파 위로 나가동그라지는 사람도 있었다.

이때부터 싸움은 더 악화되었다. 병사들이 싸움하는 이들을 떼어놓기는커녕 한술 더 떠서 칼까지 뽑아들었으니!

셈 선생님은 망설이지 않았다. 그는 딸꾹질을 하면서 변신했다. 얼굴이 길어지고 송곳니들이 쑥쑥 자라고 등줄기가 물결치더니 삐주룩삐주룩 솟아나오는 척추, 검처럼 생긴 갈퀴발톱들, 그는 점점 몸집이 커지고 있었다. 이윽고 그 아수라장 속에 파란 비늘의 무시무시한 드래곤이 우뚝 섰다.

드래곤이 큰 키와 덩치를 이용해서 그 싸움을 중지시킬 것이라고 생각하던 타라는 어이가 없었다. 그러기는커녕 드래곤이 강력한 꼬리로 주위 공간을 쓸어버리는 바람에 친위대원들이 파리처럼 쓰러졌다. 드래곤은 괴성을 지르면서 발 닿는 데 있는 것을 모조리 사방으로 날려버렸고, 파티를 위해 세운 깃발들을 찢어발겼고, 의자와 안락의자, 소파들을 박살내더니 궁인들을 추격하기 시작했다. 그러자 주위에 있던 사람들까지 전염이 된 듯 드래곤의 흉내를 내는 통에 식당은 그야말로 아수라장이 되고 말았다.

싸움을 구경하는 이들 속에 드래곤을 유심히 관찰하는 젊은 여자가 있었다. 여자도 똑같이 변신했다. 금빛 점으로 멋 부린 짙은 빨간 비늘에 검은 꼬리와 발, 노란 눈가를 따라 검은 비늘이 둘려 있는 것이 마치 화장을 한 것 같았다. 여자는 타라에게 감탄할 겨를을 주지 않았다. 셈 선생님에게 달려들어 깔아뭉갰던 것이다. 몸을 비틀면서 간신히 빠져나온 파란 비늘의 드래곤은 빨간 비늘의 드래곤에게 결투를 청했다. 사람들은 그 싸움터에서 후닥닥 비켜섰다. 여차하면 도망치겠다는 표시를 팍팍 내면서.

싸움이 새로운 국면으로 접어들면서 마법 경기가 시작되었다. 주문이 사방으로 날아가면서 두꺼비로 둔갑하는 마법사의 수를 헤아릴 수가 없었다. 몇 초 전만 해도 궁인들이 입고 있던 옷 더미에서 민달팽이 수십 마리가 꾸물꾸물 기어나오질 않나. 캥거루, 빨간 뿌익, 이상하게 생긴 작은 동물들이 날카롭게 짖어댔다. 아마도 몇몇은 므르르르 또는 고양이과 동물로 둔갑해 있는 것들에게 삼켜지는 비극적 종말을 알고 있는 듯했다.

옥시아 부인과 칼리브리스 부인은 각자 뒤집혀진 식탁을 앞에 두고 대치중이었다. 현재 상황으로는 머리가 둘이라 주문을 더 많이 읊을 수 있는 타트리스 종족이 유리했다. 드라고쉬 선생님은 가까이 오는 자를 물어뜯을 기세로 뱀파이어의 송곳니를 세우고 있었다. 그러나 타라는 그가 인간의 피를 얼마나 두려워하는지 알고 있었다. 샤먼은 기둥 뒤에 숨어서 그 앞을 지나가는 모든 것에 마법을 걸었다. 이게 웬 말도 안 되는 광기란 말인가.

싸움을 중단시키려고 나서던 타라는 이층 회랑 쪽에서 인기척을 느꼈다. 갈색머리 둘이 그 난장판을 보고 좋아서 펄쩍펄쩍 뛰고 있었다. 타라는 로빈의 팔을 놓으면서 외쳤다.

"체인지라인, 전투복!"

눈 깜짝할 사이에 드레스는 딱 달라붙은 웃옷에 켈트릴 가슴받이와 반바지로 바뀌었고, 팔뚝과 종아리에 보호대까지 착용되어 있었다. 무시무시한 칼들을 달아맨 가죽끈이 엉덩이와 허리에 둘둘 감겼다. 체인지라인은 타라의 머리를 땋아올렸고, 이마에 지휘관의 머리띠를 둘러 놓았다. 로빈은 멍하니 입을 벌린 채 타라를 쳐다보고 있었다.

"무슨 일……?"

돌아서는 타라의 눈빛을 보고 로빈은 소름이 쫙 끼쳤다. 타라의 분노가 자신에 대한 것이 아니었다는 걸 알고서야 로빈이 안도의 숨을 내쉴 때, 타라가 갈랑을 불렀다.

"갈랑! 이리 와서 본래의 크기로 돌아와!"

갈랑은 타라에게 가까이 오기도 전에 제 모습을 되찾았다.

눈 한 번 깜박였을 뿐인데……, 타라는 주문도 필요 없어! 파브리스는 부러운 눈으로 타라를 쳐다봤다.

로빈도 서둘렀다. 전투복을 입었다는 것은 타라가 무슨 일이 일어날 것을 예상하고 있다는 표시가 아닌가. 로빈은 너무 영리한 것이 신경 쓰여서 거처에 두고 온 릴란드릴을 머릿속으로 불렀다. 로빈의 손에 활이 들려지는 사이에 손목에는 팔 커버가 채워지고, 등에는 화살이 가득한 화살집이 매달렸다. 로빈은 검과 단도의 칼날을 확인했다. 그렇게 무장하는 친구들을 보면서 무아노는 예쁜 드레스가 갈가리 찢기는 것이 못내 아쉽지만 야수로 변신했다. 모두 전투를 하러 가는 것이라고 생각한 무아노가 식당 쪽으로 들어가려고 하자, 그르룰도 뒤를 따랐다.

"그르룰, 넌 여기 있어. 이건 명령이야. 무아노, 너도 가지 마!"

트롤은 순순히 복종하는 반면에 무아노는 타라를 향해 눈을 흘겼다.

"왜?" 싸움에 뛰어들고 싶은 욕망으로 근육을 부르르 떨면서 무아노가 물었다.

"네가 다치는 것이 싫어. 네가 그 갈퀴발톱과 송곳니로 누군가에게 상처를 입히는 것도 원치 않아. 무엇보다도 식당 안에 있는 이들은 모두 어떤 마법에 전염되어서 제정신들이 아닌 것 같아. 저 사람들을 좀 봐, 정상이 아냐! 마법이 작용하는 영역 밖에 있거나 연단 위에 있는 이들만 멀쩡해. 그리고 우리 머리 위, 저기 있는 두 명이 주범인 것 같아."

실망한 무아노가 투덜거리자, 눈을 반짝이며 그 싸움판을 관찰하고 있던 그르룰이 흉내를 냈다. 식당 반대편에 있는 마리안나는 완전히 겁에 질려 있었다. 어리석지 않은 여제도 식당에 어떤 마법이 작용하고 있다는 것을 알아차리고 있었다. 여제도 싸움을 선동하면서 계속 부채질하는 범인을 찾고 있었지만 그 위치에서는 회랑에 있는 쌍둥이 남매를 볼 수 없었다.

이글거리는 눈빛으로 훌쩍 갈랑 등에 올라탄 타라는 싸움이 벌어지고 있는 공중으로 날아올랐다. 마법의 주문이 작동하고 있는 지역에 이르렀을 때 갈랑의 몸이 몹시 흔들렸지만, 타라는 그 마법에 효과적인 방패로 맞섰다. 그들은 싸움판에 끼어들고 싶은 유혹을 극복했다. 갈랑의 근육과 갈퀴발톱들이 잔뜩 긴장되어 있었다.

은빛 페가수스에 올라탄 타라는 금방 눈에 띄어서 쌍둥이들은 대번에 알아봤다. 남매의 얼굴이 공포로 일그러졌고, 곧바로 자르의 손이 번쩍였다. 마라가 말리려고 했지만, 두 개의 광선은 이미 타라를 향해 날아가고 있었다. 갈랑이 날렵하게 피한 광선은 그 밑에 있던 유니콘과 여자궁인을 바닥으로 쓰러뜨렸는데 어느새 달팽이 두 마리로 둔갑해 있었다.

쌍둥이들이 달아나려고 하는 순간, 슝슝 날아간 두 개의 화살이 바로 앞의 벽에 꽂히면서 그들은 오도가도 못했다. 로빈의 거리 계산은 아주 정확했다. 타라의 반격도 표적을 놓치지 않았다. 살아있는 돌의 힘과 타라의 분노로 강력해진 광선이 두 아이에게 벼락을 쳤다. 고통 속에서 발버둥치던 아이들은 그대로 기절했다.

마법은 즉시 사라졌다. 싸움을 벌였던 사람들은 얼이 빠져서 아수라장을 둘러보았다. 박살이 난 가구들, 음식물이 묻어 엉망이 된 옷……, 게다가 대부분 희한한 동물로 둔갑해 있었다. 그들은 중얼중얼 변명을 늘어놓으면서 망가진 것들을 수리했다. 묘약을 들고 다니는 샤먼은 레파루스 주문으로 부상당한 이들을 치료했다. 대리석 바닥에 으깨진 음식물을 치우는 소리가 여기저기서 들려왔고, 넘어진 마법사들은 서로 부축하면서 일어났다. 상체는 염소, 하체는 물고기로 둔갑한 옥시아 부인은 머리가 둘 달린 치와와로 변한 칼리브리스 부인의 마법을 푸느라고 진땀을 흘리고 있었다.

드래곤 두 마리는 아직 정신이 돌아와 있지 않았다. 사실, 드래곤으로 변신한 여자는 셈 선생님에게 가혹한 벌을 주는 중이었다. 빨간 비늘의 드래곤이 파란 비늘 드래곤을 넘어뜨리고 공포의 이빨로 목을 조르고 있었다. 정신을 잃은 파란 비늘 드래곤은 옴짝달싹하지 못했다.

얼마 후 빨간 비늘 드래곤이 마지못해서 놓아주었고, 드래곤 두 마리는 인간의 모습으로 돌아왔다. 늙은 마법사는 오만상을 찌푸리면서 목을 주물렀다.

"그 턱뼈 한번 대단하십니다, 아가씨!"

젊은 여자는 정중하게 허리를 굽혔다.

"젊은이의 혈기지요, 셈 선생님. 그리고 내가 불시에 공격했으니까요. 목덜미를 깨무는 것으로 나를 소개한 점에 대해서는 양해해주세요. 나는 샤르맘니쉬라쉬바라고 합니다. 여기서 일어난 일에 대해 설명해주시겠습니까?"

늙은 마법사는 고개를 끄덕였다.

"제국의 후계자 타라틸랑넴을 맞으러 가는데 갑자기, 앞서가는 옥시아 부인보다 기필코 먼저 가야 한다는 생각밖에 안 들었지요. 그다음은 아무것도 생각나지 않소. 모두와 싸운 것밖에는!"

여자는 깔깔대고 웃었다.

"아, 하지만 아주 멋진 싸움이었어요! 얼마나 즐거웠는지 몰라요. 드란보우글리스펜쉬르에서보다도 훨씬!"

셈 선생님의 눈빛이 날카롭게 변했다.

"그럼 우리 행성에서 왔소?"

"네, 내 아버님 샨도우바릴로우바쉬부의 임무를 받고 왔습니다."

얼마나 놀랐는지 늙은 마법사는 딸꾹질을 했다. 샨도우바릴로우바쉬부는 드란보우글리스펜쉬르의 심의회 최고위원이자 현존하는 드래곤 중에서 가장 강력한 드래곤이었다. 동족들이 폐지된 지위와 칭호를 복권하면서 왕으로 추대했을 정도였다. 그의 딸인데 어찌 강력하지 않겠는가! 그녀의 정맥 속에 최고의 피가 흐르고 있는데!

셈 선생님의 태도가 돌변했다.

"아더월드에는 무슨 일로 오셨습니까? 그 이유를 묻는 걸 허락하시겠습니까?"

공주는 잠시 망설였다. 여행의 목적을 함구할 것인가, 밝히고 동족의 반응을 볼 것인가? 그녀는 내숭을 떨고 싶지 않았다.

"물론이죠. 나는 당신을 감시하러 왔습니다."

셈 선생님은 귀가 믿어지지 않는다는 얼굴이었다.

"저를요? 하지만 무슨……?"

"이 행성에서 최근에 일어난 일련의 사건이 악마들을 해방시키는 마지스터란 인간과 관계가 있으며, 그자와 당신이 어떤 관련이 있다는 견해가 있어서요. 아버님은 그자가 우리에게 어떤 위험을 줄 수 있는지 그 정도를 알아보기 위해 나를 보내신 겁니다. 우리는 양심 없는 한 인간 때문에 세계가 위험에 빠지는 걸 용납할 수 없습니다. 그리고 우리는 어떻게 그자가 그런 능력을 갖게 되었는지 알고 싶습니다."

셈 선생님은 할 말이 없었다. 그는 심의회 의견을 거역하고 마법사 수백 명에게 특수 훈련을 시켰었다. 불행히도 마지스터는 그 중 한 마법사였다. 절대로 발각되지 말아야 한다는 생각에서 셈은 마법 훈련을 받는 이들에게 마스크를 쓰게 했고, 그 때문에 마지스터라는 이름 뒤에 숨어 있는 자가 누군지 셈도 전혀 모르고 있었다. 그 일이 밝혀지면 셈은 족히 천 년은 추방될 판이었다.

공주가 말을 이었다.

"그리고 기절한 자르와 마라의 몸을 공중부양하게 만드는 타라를 지켜봤는데 그 어린 인간의 마법도 아주 강력했어요. 그런데 그 소녀에게는 왠지 신뢰감이 가지 않네요."

설상가상이로군! 꾸미고 있는 모든 비밀계획이 수포로 돌아갈 우려가 있었다. 드래곤 마법사는 입술을 실룩실룩하다 공주에게 정중하게 허리를 굽히면서 말했다.

"에헴." 셈은 우직한 척 대답했다. "아더월드에 오신 걸 환영합니다, 샤르맘니쉬라쉬바라 마마!"

"고마워요. 그냥 샤름이라고 불러 주세요."

"기꺼이 그렇게 하겠습니다. 샤름, 매혹적인 이름입니다!"

인간의 모습을 한 드래곤들이 작업에 들어가고 있었다. 바로 뒤에 서 있던 파프니르는 역겨운 표정을 지었다. 흥! 여자는 착각에 빠져 있고, 늙은 마법사는 추파를 던지고! 정말 놀고들 있네. 드래곤들이 주고받는 대화에 도무지 귀가 믿어지지 않는 파프니르가 한눈을 팔다 와장창, 쟁반을 떨어뜨리는 바람에 두 드래곤이 소스라쳤다.

여제와 황제는 파편을 요리조리 피하면서 의식 잃은 자르와 마라를 에워싸고 있는 무리를 향해 다가오고 있었다. 칼은 분명히 처음 보는 아이들인데 어렴풋이 누군가가 떠올랐다. 그러나 쌍둥이 남매가 몸을 움직이는 순간 그 느낌이 사라지긴 했지만 머릿속은 개운치 않았다.

자르가 한쪽 눈을 뜨고 신음했다.

"아이고, 머리야!"

이어서 자르는 자신을 뚫어져라 쳐다보는 타라를 발견했다.

"마라가 괜찮은지 본다고 설마 때려눕히지는 않겠지?"

자르는 감히 용기를 내어 조심스럽게 물었다.

셀레나는 아이들을 보는 순간 잘 아는 사이인 것처럼 친밀한 느낌이 들었다. 그녀는 오다가다 아이들과 몇 번 마주치긴 했지만 그렇게 가까이에서 본 적은 없었다. 마라의 섬세한 얼굴 선과 자르의 넓은 이마와 고집스런 턱은 누군가와 닮은 것 같은데…… 누구지?

"물론이지." 셀레나는 타라에게 겨를을 주지 않고 다정하게 말했다. "마라는 괜찮다. 내 딸이 약간 심했지만 너희들을 해치려는 뜻은 없었단다. 단지 너희들을 붙잡으려고 그랬던 것뿐이야."

타라는 몹시 기분 나쁜 표정을 지었다. 무슨 그런 말씀을! 난 정말 때려눕히고 싶었고, 애들이 의식을 잃었을 때 쾌감을 느꼈다고요! 두 악동이 그동안 내 생활을 얼마나 엉망으로 만들었는데. 아이들이 던지는 불안한 눈길을 보면 앞으로는 공격하기 전에 신중히 생각하려나? 그래, 어디 한번 두고 보자.

아이들이 비칠거리면서 일어서자 셀레나가 얼른 부축했다. 자르는 거만하게 손길을 뿌리쳤고, 마라는 셀레나의 치마폭에 얼굴을 묻고 두 팔로 허리를 감았다. 셀레나는 당황하는 얼굴로 소녀를 끌어안았고, 타라는 질투에 사로잡혔다.

그러자 자르가 마라를 잡아끌면서 모두 들으라는 듯 도전적인 어조로 내뱉었다.

"아버지와 어머니가 이 사건에 대해 아시게 될 거야. 우리가 얼마나 모욕을 받았는지도!"

"너희들은 제4차 세계대전을 일으킬 뻔했다." 그 말을 듣고 여제가 엄하게 말했다. "여기 참석한 대사들은 모두 우리의 보호를 받고 있어. 그런데 이 일로 어느 나라의 대사가 사망이라도 했다면 그 국가는 오무아에 엄청난 보상을 요구할 수 있지. 이번 일보다 훨씬 경미한 사건이었는데 살육전이 일어난 예가 있었단 말이다!"

거만하던 자르가 여제의 선언에 당황하는 것 같았다. 쌍둥이들은 셈 선생님과 샤름 공주가 다가오자 얼굴이 더 창백해졌다. 공격할 생각이 전혀 없어 보이는데도 아이들은 커다란 파충류와 그 힘에 대해 익히 알고 있었던 것이다.

타라가 분통을 터뜨리는데도 쌍둥이들에 대한 처벌은 약했다. 타라는 그 아이들을 궁전에서 가장 어두컴컴한 감옥에 처넣길 바랐지만 그 제안은 받아들여지지 않았다. 쌍둥이들은 한 번만 더 엉뚱한 짓을 저지를 시에는 궁전에서 쫓겨날 거란 위협과 더불어 거처에 감금하는 금족령을 받았다. 망가진 것들에 대한 수리비를 다 갚을 때까지는 쌍둥이들의 은행 계좌도 정지되었다. 돈으로 귀족이 된 빌랭의 남작들은 갑부라서 쌍둥이들은 그까짓 것쯤

하면서 눈 하나 깜짝 안 하는 것 같았다. 그러나 쌍둥이들은 두 번 다시 말썽을 피우지 않겠다는 약속을 해야 했다. 강치로 둔갑한 것 때문에 몹시 화가 난 크사릴이 빌랭에 밀사를 파견하여 부모에게 알리겠다고 말하자, 쌍둥이들이 사시나무 떨 듯 떨었다. 남작들은 난처한 상황을 만드는 이들에게 가혹하기 때문에 엄중한 처벌을 각오해야 했던 것이다. 티라니크 수상은 사건이 종료되었고, 또 아주 중대한 사건도 아니니 그럴 것까지는 없다고 반대했지만, 여제는 신임 친위대대장의 손을 들어주었다.

한 번의 윙크로 식당은 원래의 상태로 돌아왔고(이런 점에서는 그래도 마법이 편리하단 말야.), 축하파티가 시작되었다. 타라는 차분하게 훅 불어서 14개의 촛불을 껐다. 그러고는 수천 개는 되는 것 같은 선물 꾸러미들을 풀었는데 대부분 보석들이어서 황실의 금고를 가득 채우고도 남을 것 같았다. 특히 파프니르의 선물을 풀었을 때는 모두 탄성을 질렀다. 어떤 금속이든 부술 수 있는 초강력 파괴력을 지닌 장갑 한 켤레였는데, 그 가치를 따지자면 작은 나라의 국민총생산과 맞먹을 정도였다. 파프니르는 강철 금고를 으스러뜨리는 시범을 보여 주었다. 파브리스는 생물처럼 꿈틀꿈틀하는 책을 선물했는데 그중 몇 권은 지구에서 가져온 것이었다. 칼의 선물은 어떤 자물쇠라도 열 수 있는 만능열쇠였다(과연 감금되는 것을 죽기보다 싫어하는 소년다운 선물이었다.).

무아노는 은실로 수놓은 파란색 실크 이브닝드레스를 선물했다. 솀 선생님은 드래곤의 이빨 하나를 내밀면서 어떤 독이든 해독할 수 있는 효과가 뛰어난 것이라고 말했다. 여제는 지난해 영토를 확장한 대가로 받았던 땅을 타라에게 주었다. 마지막으로 메델루스의 선물은 살에 닿지 않고 눈앞에 떠 있는 테 없는 선글라스였는데 어떤 빛이라도 여과하는 기능이 있었다. 딸보다 더 좋아서 어쩔 줄 모르는 어머니를 보면서 샐쭉해진 타라는 선글라스를 친구들의 선물과 함께 주머니에 넣었다.

쌍둥이들에게서 해방된 타라는 이젠 정말로 생일파티를 즐겼다. 마지스터와 싸우기 위해 떠날 원정대에 대한 생각이 이따금 떠오르지만 않는다면 아주 신 나는 하루를 보낼 수 있으련만!

3시경, 여제는 물러가겠다고 말했다. 여제가 나가자 드래곤 마법사들이 자리를 떠났다. 타라는 얘기도 나누지 못했는데 나가는 솀 선생님을 섭섭한 눈으로 바라봤다. 타라의 친구들은 여제가 떠난 후에 그 거처로 짐을 옮겨야 하기 때문에 천천히 걸어서 타라의 방으로 돌아갔다.

"휴, 너무 먹었다, 나!" 무아노가 한숨을 내쉬었다.

"나도." 마니투는 크림케이크에게 자기 덩치만큼 커지라는 주문을 걸었노라고 실토했다.

"난 먹는 거라면 당분간 쳐다보기도 싫을 것 같아!" 파브리스도 한마디했다.

6시경, 에프리트가 와서 여제가 작별인사를 하기 위해 기다리고 있다고 알렸다. 타라는 무거운 마음으로 즉시 일어났다.

중앙 뜰 위로 보이는 회랑까지 이르는 길에는 별다른 장애물이 없었다. 바깥더위가 굉장하지만 냉각 주문 때문에 뙤약볕이 약해지면서 엘프 전사들에게 그늘을 드리워 주었다. 타라와 친구들은 난간에 팔꿈치를 괸 자세로 그 놀라운 광경을 구경했다.

여제와 황제는 빈틈이 없었다. 엘프 군대가 궁전의 앞뜰에 집합해 있었고, 페가수스들은 빨리 날고 싶어 안달하고 있었다. 병사들은 은빛 켈트릴 갑옷을 입고 있었고, 평소에는 하얀 페가수스들이 주홍빛으로 변해 있었다. 그런데 몇 마리가 날아오는데 짙은 파란색, 정확하게 하늘빛으로 변했다. 페가수스들은 이륙하는 순간에 작동하는 카멜레온 주문에 걸려 있어서 쉽게 발견되지 않은 일종의 은폐색 보호를 받고 있었다.

군중 속의 한 점에 시선이 꽂힌 타라가 무아노에게 속삭였다.

"샘 외에 다른 스너피가 궁전에 있어?"

"글쎄, 스너피는 좀처럼 볼 수가 없고, 또 굉장히 조심스럽게 행동해. 한 장소에서 둘을 마주치는 일은 거의 없는데, 왜? 우연의 일치라면 모를까. 더군다나 인간들이 많은 데에서는."

"저 아래 자르와 마라와 같이 있는 스너피를 봤어. 어라, 없어졌네! 하지만 있을 수 없는 일이야, 고모가 샘을 데리고 있었고……, 또 그 쌍둥이들은 금족령인데."

무아노는 미소를 지었다.

"여제의 시녀, 마리안나에게 물어봐. 틀림없이 알고 있을 거야."

두 소녀는 오무아 군사의 질서정연한 배치와 효율성에 다시 매료되었다. 관리인들이 세심하게 확인한 식량과 무기를 에프리트들이 사방으로 나르고 있었다. 최고 마구스들은 페가수스의 등 위에서 자기들의 고귀한 엉덩이가 행여 상하기라도 할까 봐 오색이 아롱진 양탄자나 몸에 철썩 달라붙는 안전벨트를 갖춘 안락의자를 준비하고 있었다. 뒤룩뒤룩 살찐 마법사 한 명이 편안한 것이 최고라는 생각으로 침대에 마법을 걸고 있었다. 탄디스 장군은 그 한심하기 짝이 없는 짓거리에 격노했다.

"수많은 악마들의 창자에 걸고! 무엇으로 악마와 싸울 것이오? 베개로 할 겁니까? 당장 그 침대를 빠르게 움직이는 것으로 바꾸시오!"

딴에는 배를 쑥 집어넣고 상체를 쭉 앞으로 내밀면 좀 낫다고 생각한 모양이지만 엘프의 키보다 머리 셋이 더 작은 땅딸보 마법사는 진짜 볼품이 없었다.

"나는 양탄자가 싫소!" 마법사는 항의를 한답시고 날카롭게 소리쳤다. "나는 울렁증이 있단 말이오. 침대는 덜 흔들리잖소!"

"대신 훨씬 더 무거워서 회전을 잘 할 수가 없소." 말대꾸를 좋아하지 않는 장군이 호통쳤다. "전투하는 과정에서 당신이 빨리 날지 못해 주문을 피하지 못하면 내 병사들이 위험에 빠질 수 있단 말이오. 군소리 말고 즉시 실행하시오!"

뿌루퉁한 땅딸보는 포기해야 했다. 타라는 잠시 후, 그 땅딸보가 식량을 검사하면서 말린 고기와 딱딱한 빵과 치즈 앞에서 코를 찡그리던 마법사라는 것을 알아보았다.

혼돈 상태로 보이던 것이 갑자기 완벽하게 질서가 잡히더니 엘프들이 각자 장비를 갖춘 페가수스 옆에 자리를 잡았다. 로빈이 놀랍다는 휘파람을 불면서 손목에 박힌 인식 패스로 시간을 확인했다.

"와, 엄청나게 빠르다. 테러가 일어난 뒤로 정확하게 6시간 만에 준비 완료라니!"

병사들이 일제히 발코니를 향해 돌아섰다. 여제가 방금 등장했던 것이다. 동시에 치켜세운 주먹 800개가 켈트릴 갑옷의 가슴팍 400개를 두드렸다. 빠바박! 가슴 치는 소리가 나자 타라는 심장이 쿵쿵거렸다. 어쨌거나 자기 때문에 엘프들이 싸우다가 죽을지도 모르는 일이 아닌가!

군대의 일부만 원정을 나가는 것이었다. 타라는 황궁의 주력 수비대는 55년의 반란 이후 궁전의 성벽 안, 본대와 연결된 건물들에 주둔해 있다는 것을 알고 있었다. 여제는 수도의 방어태세를 풀지 않고 있었다.

여제가 타라와 친구들을 발견하고 손을 흔들었다. 이어서 군대를 향해 돌아선 여제는 미소를 보냈다. 그녀는 황실의 상징을 나타내는 드레스가 아니라 엘프들과 마찬가지로 비디오게임의 여주인공에게나 어울릴 법한 몸에 꼭 맞는 켈트릴 갑옷을 착용하고 있었다. 허벅지와 팔뚝에 단검들이 고정되어 있고, 등에는 장검을 둘러매고 있고, 땋아 늘인 머리가 폭포처럼 흘러내리고 있었다. 언제나 그토록 아름답던 리스베스가 지금은 굉장히 지엄한 존재로 보였다.

"전사들이여!" 여제는 낭랑한 목소리로 호령했다. "또다시 철천지원수가 흉악한 얼굴을 내밀었다! 이번에는 놈을 가만히 보고만 있지 않을 것이다! 오늘 밤은 놈을 무찌르고 헐떡거리는 놈을 페가수스 뒤에 매달아 팅가푸르 거리에서 끌고 다닐 것이다! 나가 싸울 각오가 되었는가? 제국을 위해 승리할 각오가 되었는가? 제국을 위해 죽을 각오가 되었는가?"

전사들은 한목소리로 외쳤다.

"각오가 되어 있습니다!"

"그럼 적에게 덤벼라!"

여제가 병사들에게 연설하는 동안 마술교관이 발코니 밑으로 페가수스를 데려왔다. 아연실색하는 눈길을 받으면서 발코니에서 훌쩍 뛰어내린 여제는 페가수스의 등에 가볍게 내려앉았다. 이어서 휙 뽑아 휘두르는 검이 햇빛에 번쩍였다. 아더월드 각국으로 여제의 일거일동을 전하기 위해 스쿠프들이 에워쌌다. 얼마 후 시작되는 비밀작전은 비공개로 실행되기 때문이었다.

"앞으로 가! 제국을 위해 우리는 승리한다!"

여제의 페가수스가 날아올랐다.

환호성이 이어지는 가운데 엘프들이 페가수스에 올라탔다. 최고 마구스들이 서둘러서 양탄자들을 이륙시켰다. 양탄자가 휙 하고 날아오르자 필사적으로 붙잡고 늘어지는 최고 마구스들이 보였다.

그런데 날아오른 군대의 모습이 보이지 않았다. 카멜레온 주문이 작동되면서 순식간에 시야에서 사라진 것이었다.

"와, 굉장하다!" 칼이 탄성을 질렀다.

"오래된 트릭이란다." 뒤에서 목소리가 들렸다. "친애하는 나의 이복누님은 군대를 열광시키는 걸 좋아하지. 그래야 병사들이 죽을지도 모른다는 생각을 하지 않고, 또 그들이 싸울 대상에 대해서도 의문을 갖지 않거든. 물론 오래된 적이 누구인지도 알려 주지 않지."

그들이 돌아서 보니 황제가 검정과 주홍의 켈트릴 갑옷 차림으로 서 있었다.

"폐하에게 오래된 적은 누구인데요?" 호기심이 발동한 파브리스가 물었다.

"북부지방 마르케의 백작들, 빌랭의 남작들, 블루대양의 해적들, 마지스터와 그의 음모자들……. 그럴 만한 까닭이 있거든!"

"고모랑 같이 가시는 것이 아니었어요?" 타라가 물었다.

"고모가 먼저 떠나고 나는 몇 분 후에 합류하기로 했다. 너희들에게 알려 줄 황실의 비밀이 있어서 말이다."

그들은 귀를 세웠다. 비밀이 있다는 것은 위험할 수도 있다는 뜻이 아닌가.

황제가 두 손을 들면서 주문을 읊었다.

"*프로텍투스의 이름으로* 비밀은 지켜지고, 아무도 듣지 못할지어다!"

즉시 불투명한 막이 그들을 에워싸면서 궁인들의 눈에 보이지 않게 가려 주었다.

"좋아, 스스세트, 이제 나타나거라."

황제가 허공에 대고 내뱉었다.

칼이 뒷걸음쳤다. 검은 비늘에 초록 줄무늬가 진 도마뱀이 독이빨들을 드러내고 있었던 것이다.

"주인님, 명령만 내리시시시십쇼."

도마뱀이 슛슛거리는 발음으로 말했다.

또? 말하는 도마뱀!

"우리가 보호해야 할 어린 친구들에게 너를 보여주고 싶었다. 고맙다, 스스세트, 이제 나에게는 네가 필요하지 않아."

"옙, 주인님."

자이언트 땅신령이 지워버리는 것처럼 파충류는 좀 전에 나타났을 때만큼 민첩하게 사라졌다.

주변을 힐끔거리던 칼이 톡 나서서 말했다.

"그게 뭐예요? 어디서 나타난 거예요?"

"진비지블은 우리 제국 최고의 비밀병기란다. 영리한 천연 카멜레온이지. 이제부터는 너희들을 악착같이 따라다니는 것이 스스세트의 임무다."

무의식 중에 손가락으로 코를 후비던 칼은 순간적으로 얼굴이 빨개졌지만 아무도 보지 않았다는 것을 확신하고 안심했다.

"그게 궁전 안을 돌아다닌다는 뜻이에요?"

"꼭 그렇지는 않아. 황실을 보호하기 위해 있는 거니까. 필요하면 망설이지 말고 진비지블을 이용하거라. 살아 있는 녹음기라고 할 수 있거든. 도움이 필요할 경우 우리에게 보내 주면 너희들에게 일어난 일을 정확하게 보고 들을 수 있어. 이제는 떠나야겠다. *아눌루스의 이름으로* 이제 불투명 막을 취소한다!"

마법의 보호막이 사라졌다.

황제가 떠나려 할 때 무아노가 불러 세웠다.

"돌아오시지 않으면요?"

황제의 눈썹이 치켜올라갔다.

"뭐라?"

"이 원정은 사냥을 떠나는 것이 아닙니다. 위험한 싸움이에요. 만약 돌아오시지 않으면 어떻게 되는 거죠? 두 분 폐하께서…… 만약에, 아주 만약에 돌아가시기라도 하면?"

산도르는 재미있다는 듯 입을 삐쭉거리면서 대답했다.

"그렇게 되면 타라가 오무아의 새 여제가 되는 거지."

16 장난

*

타라와 친구들은 여제의 거처로 가기 위해 다시 사막을 지나게 되었다. 타라 일행의 보호막 때문에 마법을 느꼈는지 벌레가 호기심 어린 얼굴을 빼꼼 내밀다가 파프니르의 도끼와 빨간 머리를 발견하는 순간 어찌나 빠르게 쏙 들어가는지 모래 허물어지는 소리가 났다. 난쟁이가 나타났다는 소문이 삽시간에 퍼진 것일까, 그 이후로는 개미새끼 한 마리 얼씬하지 않았다.

여제의 거처에서 시녀장 마리안나가 기다리고 있었다. 태풍이 지나간 뒤처럼 응접실이 엉망진창이었다.

"아니, 이럴 수가!" 마니투가 외쳤다. "여기도 공격을 받았소?"

마리안나가 구불구불한 갈색머리를 쳐들고 이마를 닦는데 민망하다는 얼굴이었다.

"네? 아, 그건 아니고요! 여제께서 이틀 여정인데 족히 한 달은 입을 만큼의 옷가지를 챙겨 가시는 바람에 그만 이렇게 되었지요."

그녀가 손뼉을 짝짝짝 쳤다.

"*랑구스의 이름으로* 옷들은 당장 정돈될지어다!"

드레스, 스커트, 바지, 구두, 양말, 스타킹, 속옷, 그 밖에 뭔지 모를 린네르 제품이 즉각적으로 복종했다. 방과 드레싱 룸에 있는 옷장들이 열렸고, 눈 깜짝할 사이에 응접실은 완벽하게 정리되었다.

"휴, 이제 다 됐네요."

마리안나는 한숨을 내쉬었다.

"마리안나, 궁전에 스너피가 또 있나요?"

타라의 뜬금없는 질문에 마리안나는 눈이 동그래져서 아주 태연하게 대답했다.

"샘 이외의 다른 스너피 말인가요? 없습니다만, 왜 그러십니까? 아주 희귀한 종족이라서……."

"그럼 됐어요." 타라는 걱정스러운 얼굴로 말을 끊었다. "내가 잘못 봤나 봐요."

"여제께서 침대를 준비하라고 하셨지요, 마마." 마리안나는 아이들의 놀라는 얼굴을 보고 빙긋이 웃었다. "여제께서는 같이 지내고 싶어할 거라고 생각하셨지요. 그래서 저에게 모든 걸 준비하라는 명을 내리셨습니다."

그녀가 어떤 방을 가리키자 문이 스르르 열리면서 거실의 황금빛과 주홍빛 톤과 구별이 되면서도 조화로운 황금빛과 장밋빛의 화사한 방이 보였다. 정교하게 조각된 가구, 같은 색조의 쿠션들, 닫집 달린 여러 개의 침대가 줄지어 놓여 있었다.

언젠가 타라의 감기에 많은 궁인이 전염된 이후로 여제는 조카딸이 에어컨에 익숙해 있지 않다고 지적하면서 건강에 각별히 신경을 써 주었다. 정원 쪽으로 난 창 밖으로 평화롭게 풀을 뜯어먹는 하얀 사슴들이 보였다. 오색 영롱한 새들이 들락날락하며 손님들에게 구성진 바이브레이션으로 인사를 했다. 방 한가운데에 뜨거운 공기를 식혀 주는 분수를 새로 만들어 놓은 것도 후계자의 건강을 걱정하는 여제의 배려였다.

침대에 뛰어오른 칼은 펄쩍펄쩍 뛰면서 스프링을 시험하기 시작했다.

"와우! 트라비아의 수석조수 기숙사도 이렇게 바뀌어야 해! 장밋빛은 좀 심하게……."

무아노는 칼의 말을 한마디도 놓치지 않으려고 귀를 세우는 마리안나를 고갯짓으로 가리키면서 눈살을 찌푸렸다. 칼은 얼른 딴청을 피우면서 말했다.

"그러니까 장밋빛이 심하게 멋지다고……."

무아노는 하늘을 쳐다보았고, 마리안나는 깔깔대고 웃더니 정중하게 물었다.

"마마, 필요한 것이 있으면 말씀하십시오."

"네, 있어요." 칼이 냉큼 말했다. "실컷 먹었는데도 또 배가 고파요."

"칼!" 무아노가 빽 소리를 질렀다.

칼의 배가 대답 대신 요란하게 꼬르륵 소리를 내서 모두 웃음을 터뜨렸다.

"그럴 것 같았습니다. 드시고 싶은 걸 말씀하시면 주방에 알리겠습니다."

그들은 차례로 주문했다. 타라는 포크로 찍으려는 순간 노란 발이 12개 달린 곤충이 노기 띤 눈초리로 쏘아보면서 접시에서 줄행랑친 뒤로 아더월드의 이국적인 음식을 경계하고 있던 터라 양념 피자와 머핀, 제일 좋아하는 레몬과 체리 맛 콜라 친파프, 꼬마도깨비 파보가 만든 예언의 막대사탕 키디코이를 선택했다. 지구의 음식을 모르는 칼과 무아노도 피자를 주문했다. 마니투와 파프니르는 한 학교 전교생의 배를 채우고도 남을 정도로 많은 과자와 케이크를 주문했다.

도착한 음식들이 서로 먼저 놓이려고 자리싸움을 했다. 피자를 한 입 크게 베어 물던 아이들이 얼른 내뱉었다. 퉤퉤퉤, 궁전의 청결을 담당하는 커다란 쓰레기통들이 바닥으로 떨어지는 음식물을 향해 쏜살같이 달려왔다.

"웩, 무슨 맛이 이래!" 무아노는 입을 닦으면서 외쳤다. "이 피자라는 거 엄청 맛없다! 지구에서는 이런 걸 먹어? 와, 진짜 이상한 사람들이다!"

"잠깐, 이건 제대로 된 피자가 아냐." 파브리스는 자신의 피자를 유심히 살피면서 말했다. "이런 맛이 아니란 말야. 타라, 이 속에 뭘 넣었는데 이럴까?"

"내 도끼에 걸고 말하는데 아무래도 내가 요리사와 대화를 좀 나눌 필요가 있겠어!" 파프니르는 쓸개즙이라도 터뜨린 듯 쓰디쓴 캐러멜을 뱉으려고 애를 쓰면서 말했다.

"아무렴!" 마니투가 찬성했다. "강력한 추궁이 있어야 하고 말고! 그 맛있는 걸 이렇게 형편없이 만들다니! 누가 물 좀 주겠니? 속에서 불이 나는구나!"

마니투는 고추가 들어 있는 키디코이를 와작와작 깨물어먹고 난 뒤에 확확 달아오르는 혀를 늘어뜨리고 있었다. 마니투는 막대사탕의 예언을 읽으면서 우거지상이 되었다. **내 맛을 보고 깜짝 놀랄 것이다!**

로빈은 잠자코 있었지만 얼굴 표정으로 보아 친구들의 생각에 전적으로 찬성하는 것 같았다. 로빈이 물을 가져다 주자 마니투는 정신없이 물을 핥았다.

"이해할 수가 없어요." 마리안나는 어쩔 줄 몰라했다. "이런 일은 정말 처음 있는 일……."

파랗게 질린 그녀는 얼른 모든 음식의 맛을 봤다.

"이런, 세상에나! 끔찍하게 쓰거나 엄청나게 짜네요. 이건 아무래도……."

"또 장난친 거야. 누구의 짓인지 알겠어! 걔들이 나한테 앙갚음하는 거야."

타라는 께름칙한 미소를 머금은 얼굴로 친구들에게 손짓했다.

"나를 따라와!"

"어디 가세요?"

마리안나는 질겁하는 얼굴로 물었다.

"사냥하러요!"

그녀는 두 손을 비틀어 꼬면서 부랴부랴 따라나섰다.

"무슨 사냥인데요?"

"인간 사냥!"

대답과 동시에 문이 쾅 하고 닫히는 바람에 마리안나는 그대로 기절할 뻔했다.

17 아기

*

타라 일행은 쌍둥이들을 찾으려고 궁전을 구석구석 뒤졌지만, 녀석들은 눈에 띄지 않는 것이 상책이라고 생각했는지 어디론가 사라지고 없었다. 야수로 변신해서 늑대처럼 킁킁거리고 다니는 무아노와 마니투는 주방에서 아이들의 냄새를 맡았다. 그러나 그다음부터는 자취가 묘연했다. 어쨌든 쌍둥이들을 이 어처구니 없는 장난의 범인으로 지목한 타라의 확신은 더 굳어졌다. 그들이 씩씩거리면서 거처로 돌아와 보니 마리안나가 불안해서 미치겠다는 얼굴을 하고 있었다.

"잡았습니까?"

"아뇨. 어디에도 없어요. 그 애들 때문에 신경질이 나서 죽겠어요!"

"애들이라면 쌍둥이들 말입니까? 하지만 그 아이들은 방에서 나오지 못하는 걸로 아는데요."

"걔들은 방을 나간 것이 틀림없다고요!" 하고 응수하는 타라는 분을 참을 수 없다는 얼굴이었다.

"진정해, 타라. 알았지? 걔들을 꼭 찾게 될 거야."

이 일로 분노의 마법이 작동할까 불안한 무아노가 달래듯 말했다.

마리안나는 의아한 얼굴로 물었다.

"마마, 왜 가문의 반지를 사용하지 않으시는지요?"

타라는 왼손을 내려다봤다. 여제가 선물로 준 반지였다. 금빛 눈의 주홍빛 공작이 눈길을 보냈다. 이렇게 눈길을 준 것이 백 번도 더 되는데 이제야? 하는 눈빛이라고나 할까.

마리안나는 말을 이었다.

"빌랭 남작의 아이들이 그 몹쓸 장난을 친 것으로 의심하세요? 여제께서는 누군가와 얘기를 하고 싶을 때 반지로 에프리트를 부르셨지요. 에프리트들은 누구든 단번에 찾아낼 수 있습니다."

"타라가 그 아이들과 얘기를 나누고 싶을까 모르겠네요." 칼이 비아냥거렸다. "내 생각에는 타라가 좀 이국적인 대접을 할 것 같아서 말이죠!"

"아직은 쌍둥이들이 범인으로 밝혀진 것이 아니지요." 마리안나는 딱 잘라 말했다. "그리고 무슨 죽을 죄를 지은 것도 아니고요. 아이들을 찾는 즉시 진실의 입을 불러 확인하면 될 겁니다."

타라는 고개를 끄덕였다. 좋은 생각이었다. 고모가 뭐라고 했더라? 반지를 세 번 돌리라고 했어. 반지에서 솟구치는 주홍빛 연기가 응축되더니 커다란 에프리트 형상이 되었다.

"주인님!" 목소리가 쩌렁쩌렁했다. "드디어 불러 주셨군요! 뭘 도와드릴깝쇼? 누구를 죽일깝쇼, 고문할깝쇼? 싹둑싹둑 잘라 놓을깝쇼, 튀겨 놓을깝쇼?"

타라는 흡족한 미소를 지었다. 에프리트가 고모의 시중을 들 때와는 달리 유머를 보여 주기를 내심 바랐는데 눈치 하나는 정말 빠르네.

하급 동족들과는 달리 제6 서클의 에프리트들 중 가장 강력한 우두머리는 양쪽에 효과 만점의 뿔이 달린 머리에 불빛 왕관을 쓰고 있었다. 에프리트의 머리털 구실을 하는 초록 털이 매듭으로 엮여 어깨 위로 늘어져 있고, 주홍빛 손가락 끝의 긴 갈퀴손톱에 놀랍게도 금빛 매니큐어가 칠해져 있었다.

아하, 이제는 악마들이 매니큐어까지 바른단 말이지? 타라의 눈길을 좇던 에프리트는 정말 예리했다.

"갈퀴손톱을 씹지 않으려고 생각해낸 방법입죠." 에프리트는 검은 이빨을 드러내면서 피식 웃었다. "제가 림보에 유행시키고 있는 중이지요. 자, 무엇을 도와드릴깝쇼?"

이빨 상태를 유심히 보던 타라는 림보에 치열교정사는 없나 보네, 하고 속으로 말하면서 얼른 외면했다.

"응, 뭐냐면…… 두 사람을 놓쳤어요. 나를 위해 그들을 찾아주면 좋겠어요."

"놓쳐요?" 에프리트가 노란 눈썹을 치켜올렸다. "이름?"

"자르와 마라. 그들의 성은 몰라요."

"아쉬크트릴." 마리안나가 대신 말했다. "무방비 상태의 어린 애들이니까 겁주면 안 돼요."

"아니, 공격적인 아이들이죠." 타라는 단호했다. "단단히 마음 먹고 조심해야 할 거예요. 아주 영악하니까."

에프리트의 미소가 커졌다.

"악마에게 영악한 것쯤이야! 거, 재미있겠군! 살려서 데려올깝쇼, 죽여서 데려올깝쇼?"

타라는 고개를 쳐드는 유혹을 물리쳤다.

"생포해 줘요."

"확실합니까? 그럼 살려서 데려옵죠."

"이제는 기다리는 일만 남았네요." 마리안나가 결론을 내렸다. "마마, 식사를 주문하겠습니다. 주방에 내려가서 제가 직접 감시할 것이고, 이제부터는 경비병이 무슨 음식이든 맛을 볼 겁니다. 이제 안심하시겠습니까, 마마?"

마리안나가 조용히 물러갔을 때, 문이 셀레나와 메델루스가 왔다고 알렸다. 타라는 순간적으로 긴장했다. 메델루스에 대한 의혹이 아직 사라지지 않은 탓이었다.

메델루스는 메스꺼운 향수를 즐기는 것 같았다. 타라가 심호흡을 하는데 재채기가 나왔다.

"어머나!" 셀레나가 달려왔다. "너 감기 걸렸구나. 샤먼을 불러올게."

"에에에취! 에에에취! 그럴 필요 없어요, 엄마. 메델루스 알레르기라서 이러니까. 에취!"

셀레나는 타라가 머리에 이상이 있는 것이 아닌지 의심하는 눈으로 딸을 살폈다.

"뭐, 메델루스 알레르기? 그게 무슨 뜻이니?"

"에에에취! 엄마, 물러서라고 말해요, 빨리!"

"딸이 뭐라고 하는 거요?" 얼굴이 일그러진 메델루스는 굵은 목소리로 물었다. "나는 사람 알레르기가 있다는 말을 들어본 적이 없는데! 농담이라면 너무 재미없구나, 타라!"

타라는 눈물이 글썽한 눈으로 그를 쏘아봤다. 손수건을 건네는 파브리스에게 고맙다는 미소를 지어 보이는데 타라가 그만 엄청나게 큰 재채기를 하는 바람에 파브리스는 후닥닥 피했다. 메델루스가 불안한 얼굴로 다가서려고 할 때, 멈추지 않는 재채기 때문에 숨이 넘어가게 생긴 친구를 대신해서 무아노가 말했다.

"선생님 때문에 재채기를 하는 것은 맞아요. 타라의 알레르기는 선생님의 향수 때문이니까요."

셀레나는 눈이 휘둥그레져서 킥킥거렸다.

"음, 사실 당신은 너무 지나쳐요, 브래드. 나도 그게 좀……."

최고 마구스의 얼굴이 창백해졌다.

"하지만……" 그가 우물우물 말했다. "셀레나, 난 당신이 이 향수를 좋아한다고 생각했소!"

"그렇다고 몇 리터씩 들이부을 일은 아니죠!" 타라는 또 재채기를 했다. "나가세요! 나가세요, 제발! 내가 완전히 돌아버리기 전에."

메델루스는 의연하게 문 쪽으로 돌아서다 떨떠름한 어조로 말했다.

"샤워하고 옷을 갈아입겠소. 그런데 셀레나, 앞으로는 당신이 직접 말해요. 내가 딸을 해치게 내버려두지 말고!"

그 마지막 말에 깜짝 놀란 경비들이 일제히 검에 손을 올리고 메델루스를 살폈다. 그가 나가자마자, 셀레나가 불러낸 미풍이 잠깐 사이에 향수냄새를 몰아갔고, 여전히 얼굴이 시뻘건 타라는 그제야 자유롭게 숨을 쉴 수 있었다.

셀레나는 아이들 앞에서 향수 문제에 대해 너무 솔직하게 말했던 것이 마음에 걸렸다. 그녀는 '다른 얘기를 하자는' 식으로 딴청을 피웠지만 융통성이라는 것이 없는 칼에게 그것이 통할 리 없었다.

결국 칼이 비꼬듯 말했다.

"그분을 굉장히 사랑하시나 봐요! 향수 때문에 숨이 막히면서도 그분을 기분 나쁘게 하지 않으려고 참으신 걸 보면."

셀레나는 무시하고 넘어가려다가 실토했다.

"사실은 보름 동안 콧구멍을 보호하는 안티오도루스 주문을 걸었단다."

이 말에 아이들은 서로 얼굴을 쳐다보다 뒤집어졌고, 마니투는 웃겨 죽겠다는 듯 머리를 건들건들했다.

갑자기 에프리트가 그들 앞에 나타났다. 좀 전의 기세는 온데간데없고 유머까지 잃어버렸는지 무표정한 얼굴로 타라에게 넙죽 절했다.

"나는 수천 년 동안 최고 마구스 데미데루스의 탁월한 가문을 섬겨왔습니다. 수천 년 동안 나는……."

"내가 알아맞힐게요, 멜." 타라는 말을 끊으면서 에프리트의 이름을 전부 말하지 않았다. "실패했죠?"

에프리트는 놀라는 표정을 지었다.

"어떻게 그걸?"

"그거야 어렵지 않죠. 혼자서 우거지상을 하고 돌아왔으니까요."

"이 행성을 다 뒤졌고, 심지어는 림보에도 가 봤지만 없었어요. 두 아이가 마치 존재한 적도 없다는 듯 증발해버리다니 비정상적인 일입니다."

"저주받은 주문에라도 걸렸나 보지." 마법사 뺨치는 능력을 지녔으면서도 난쟁이 종족이 다 그렇듯이 마법을 믿지 않는 파프니르가 쫑알거렸다. "그 아이들을 보지 못하게 방해하는 것이 뭐죠?"

에프리트는 생각에 잠겼다.

"애들을 보이지 않게 해주는 은폐 주문이라는 것이 있긴 하지만 그걸 작동하려면 특별한 힘이 필요하지요. 아이들의 능력으로는 가능하지 않아요."

어쨌든 그것은 에프리트의 희망사항이었다. 어린 인간들이 그런 능력까지 보인다면 에프리트들의 앞날이 순탄하지 않을 것이기 때문이었다.

타라는 곰곰이 생각하고 있었다.

"그런데 만약 아주 강력한 누군가가 그 아이들을 보호해주고 있다면요?"

"물론 가능하죠. 하지만 그런 평범한 아이들을 누가 도와주려고 하겠습니까?"

"평범한 아이들이 아니에요." 타라는 강조했다. "여기 와 있으면서부터 걔들은 아주 치밀하고 악의적인 교활함을 보이고 있어요. 크사릴이 빌랭으로 수사관을 파견했다는데 그 결과가 아주 궁금해요."

타라는 아직도 메델루스에 대한 생각에 빠져 있는 어머니를 보면서 꾀를 썼다.

"특히 오늘 아침 벌레들의 공격, 촉수들의 공격 때문에 우리가 죽을 뻔한 뒤로는 더욱 그 애들에 대한 의혹이 사라지지 않아요. 보호막과 방패를 무용지물로 만들었던 자는 아주 강력한 마법사가 틀림없어요. 바로 그자가 지금 걔들을 숨겨 주고 있을지도 모르죠."

셀레나는 대번에 반응했다.

"뭐, 공격받아?" 하고 그녀가 외쳤는데 마지막 말은 미끄러지듯 빨랐다.

승리! 타라 2점. 메델루스 0점. 타라가 위험하다는 것을 알게 된 셀레나는 딸과 떨어지려고 하지 않았다. 무아노는 아침부터 일어난 사건들을 차분하게 설명했다. 이야기를 다 듣고 난 셀레나의 두 눈은 공포에 질린 호수 같았다. 그녀는 딸을 와락 안아서 꼭 껴안았다.

"엄마라는 사람이 곁에서 지켜 줄 생각은 안 하고 브래드를 따라 셀렌다에 가 있었으니!" 그녀는 후회 막심한 얼굴로 자책하고 있었다. "오, 신들이시여, 딸이 죽는지도 모르고 나는 희희낙락 노닥거리고 있었으니!"

"저는 괜찮으니까 그만하세요." 타라는 숨을 쉬기 위해 몸을 빼면서 미소를 지었다. "용감한 파프니르가 접근해오는 것들을 모조리 토막을 내버렸어요. 그 함정을 놓았던 자는 그다지 영리하지 않아요. 걱정 말아요, 엄마, 내 친구들이 나를 잘 지켜 주고 있으니까요."

그 말에 더 가슴이 아픈 어머니는 강력하게 주장했다.

"너를 죽이려고 했던 자를 찾아낼 때까지는 너와 함께 지내야겠어."

음식 준비를 시키고 돌아온 마리안나는 셀레나가 여제의 거처에 머무는 것을 반대하지 않았다. 마리안나는 벽에 살구빛 천을 드리운 방으로 안내했다. 닫집 달린 침대 커버에는 오무아의 상징이 금실로 수 놓여 있었다. 여제의 거처는 한 층을 다 사용하기 때문에 셀레나는 창문이 타라의 방 건너편 정원 쪽으로 나 있는 그 방이 마음에 들었다. 누군가가 딸을 공격할 경우 단번에 달려올 수 있었다.

딸에게 일어난 일로 가책을 느낀 셀레나는 목욕재계를 하고 돌아온 메델루스를 건성으로 대했다. 그녀는 떨리는 목소리로 벌레와 촉수들의 공격에 대해 얘기했다. 메델루스는 마치 전혀 놀랍지 않다는 듯 아무런 감정도 내보이지 않았다. 의혹이 거의 확신으로 변한 타라는 순진한 척 말했다.

"엘프들의 나라에서 두 분이 함께 지내셨다면서요. 오전에는 내내 같이 있어서 정말 행복하셨겠어요!"

메델루스는 눈살을 찌푸렸다.

"그렇기도 하고 아니기도 하지. 나는 버섯에게 시달리는 자이언트 강철나무의 싹을 살피고, 엘프들의 샤먼과 치료법을 의논해야 했어. 게다가 셀렌다와 팅가푸르를 왕래해야 했어. 그러니까 유람여행이었다고 할 수는 없지."

이것 봐, 벌레들이 공격했을 때의 알리바이를 증명 못하잖아.

마니투는 증손녀의 꿍꿍이속을 눈치채고 있었지만 메델루스가 범인이라고는 생각하지 않았다. 메델루스는 셀레나를 향해 유감스러운 눈길을 던진 뒤에 물러갔다. 아이들과 개가 주고받는 눈짓을 알아채지 못한 채 그녀는 그가 떠나게 내버려두었다. 마리안나는 야간 방어시스템을 작동했고, 잘 준비를 하기 위해 남자는 남자끼리, 여자는 여자끼리 각각 욕실로 들어갔다. 타라는 진비지블에게 여자들이 들어가는 욕실에 코빼기라도 들이밀었다가는 도마뱀 가방으로 둔갑시킬 거라고 엄포를 놓았다. 어딘가에 있다가 그 메시지를 들은 뚱보 도마뱀이 잠깐 모습을 보였다가 줄행랑쳤다.

타라와 무아노의 흰색 잠옷은 길었지만, 파프니르의 빨간 가죽 잠옷은 어찌나 짧은지 쇼트 팬츠가 보였다. 가로세로가 같은 난쟁이의 몸매가 더 확연히 드러났다. 파프니르가 침대 위, 아래에 가지런히 늘어 놓은 다양한 종류의 무기 때문에 발이 스테이크감 살코기가 되지 않으려면 빙 돌아서 다녀야 했다.

오랫동안 '코만도 파자마' 를 입던 칼이 '닌자' 풍의 파자마를 입고 있었다. 검정 천으로 만든 기모노 스타일이어서 어둠 속에서도 눈에 확 띄었다. 타라는 친구를 보호해주려는 노력이 가상해서라도 칼에게 어떤 평도 하지 않았다.

각자 편안하게 침대에 자리잡은 그들은 잠시 수다를 떨었다. 무아노와 로빈은 사막에서 받았던 공격은 타라 개인이 아니라 제국의 후계자를 노린 정치적인 사건으로 평가했다. 파프니르는 개인적인 예측을 하는 대신 누가 되었든 범인으로 지목되는 놈은 기다려라, 난쟁이의 이름으로 뜨거운 맛을 보여줄 테니! 하는 얼굴이었다. 마니투는 제발 아직은 누구도 증손녀를 공격하지 않게 해달라고 기도했다.

타라는 의심의 여지 없이 메델루스가 범인이라고 생각하고 있었다. 셀레나와 결혼하고 싶은 메델루스에게 열네 살짜리 딸은 정말 골치 아픈 걸림돌이 아니겠는가. 지구에서 타라는 영화에서 그런 이상성격자들을 얼마나 많이 봤던가! 겉으로는 더없이 친절하지만 치아, 코, 귀 모양이 마음에 안 든다고, 또는 유머감각이 마음에 안 든다고 등에 비수를 꽂는 인간들!

마리안나가 밤 인사를 하러 왔을 때 반들반들한 이마에 잡힌 근심 어린 주름을 보고 타라는 물었다.

"걱정이 있어 보여요, 마리안나. 고모와는 통화했어요?"

"궁전 소식이 궁금해서라도 전화하셨을 텐데 아직까지 연락이 없으십니다."

타라는 잠시 망설이다가 살아있는 돌을 집어들었다.

"내가 해볼게요."

"안 됩니다! 여제께서는 그러면 발각될 우려가 있다고 말씀하셨어요."

"할 수 없죠. 그래도 위험을 감수하는 수밖에. 살아있는 돌?"

"예쁜 타라?"

타라는 그 신기한 존재를 이제는 정말 사랑하는 친구처럼 대하고 있었다.

"여제에게 연락해줄래?"

살아있는 돌은 복종했고, 1초도 안 되어 돌이 만들어낸 화상에 먼지로 얼룩진 리스베스의 얼굴이 나타났다.

"타라? 무슨 일이니?" 여제는 조카딸을 알아보고 외쳤다.

"걱정이 돼서요. 마리안나에게 연락하실 줄 알았는데……."

"깜빡했다." 여제는 눈꺼풀을 비비면서 말했다. "마구스들이 나를 미치게 만드는구나. 한 마구스가 양탄자를 조종하다 너무 지친 데다 드래코-티라노사우로스들에게 놀라 심장마비를 일으키는 바람에 벌써 3시간을 지체하고 있구나!"

여제의 눈에 차가운 빛이 지나갔다.

"알겠습니다, 그럼 이만 끊을게요. 힘내세요!"

타라가 얼른 말했다.

"고맙구나. 더는 내게 연락하지 말거라. 내가 할 테니까. 크리스털 볼이 발산하는 마법의 파동을 적들이 포착할 수도 있어."

그것으로 통화는 끝났다.

"으~허~억!" 마니투가 하품을 하면서 말했다. "여제의 기분이 아주 안 좋군! 내일 아침에는 다른 소식이 있겠지. 시간을 더 허비하지 않고 숲을 통과한다면 지금부터 두세 시간 후에는 마지스터의 은신처에 있게 될 거다. 자자, 걱정하지 마!"

마리안나는 억지미소를 지었다. 그 짧은 통화로는 안심할 수 없었던 것이다.

"그 말씀이 옳아요." 그녀는 확신 없이 인정했다. "그럼 평안한 밤 되시고, 좋은 꿈 꾸세요."

"마리안나도 잘 자요."

불빛이 약해지고, 매트리스와 베개가 푹신푹신해지면서 시원한 바람이 불어오자 아이들은 하나둘 잠이 들었다. 타라는 한참을 뒤척이다 기분 좋은 무감각상태에 빠져들었다.

타라는 숨막히는 비명소리를 들었다고 생각했는데 방은 아주 평온했다. 그때 조용히 문이 열리고 친구들 중 하나가 침대로 돌아갔는데 깜깜해서 누구인지는 알아볼 수 없었다. 시트 바스락거리는 소리가 들리더니 이윽고 고요해졌고, 마니투가 코고는 소리밖에 들리지 않았다.

문이 다시 열렸을 때 타라는 잠을 깼고 이번에는 똑똑히 보았다. 달빛이 무아노의 갈색머리를 비췄는데 손에 무엇인가를 쥐고 있었다. 무아노는 그 물건을 머리맡 탁자 서랍에 조심스럽게 집어넣고 나서 침대로 올라갔다. 도대체 친구들이 어디를 갔다 오는 걸까, 그리고 왜 한밤중에?

타라가 다시 혼미한 상태에 빠져들면서 깊은 잠에 들었을 때 이마에서 꼬맹이 붉은 악마가 나타났다.

"젤리소르의 충치여! 내가 어떻게 그런 말을 할 수 있겠어!" 붉은 악마는 분개했다. "주인님은 어떻게 그렇게 놀라운 일을 한담! 여제와 황제를 죽이라고 그들을 없애라는 명을 내리게 하라는데, 내가 그런 걸 어떻게 하냐 말야? 좋아. 일단 소녀의 뇌 속이

나 좀 들여다 보자."

악마는 톡톡 건드리는 것으로 타라의 머릿속에 악몽을 보냈다. 침을 질질 흘리는 괴물로 둔갑한 여제와 황제의 모습에 타라는 미소를 지었다. 그런데 마지스터가 나타나자 타라의 태도가 굳어졌다. 어, 흥미롭네. 둘이 무슨 사이지?

타라는 상그라브들이 악마의 마법을 사용하여 여제와 황제를 사로잡고 그들의 자리를 차지하는 치욕스런 장면을 보았다. 그리고 끔찍스런 악마의 모습을 한 두 군주가 지켜보는 가운데 팅카푸르에서 환영받는 자신의 모습도 보았다.

꿈속에서 타라는 외쳤다.

"안 돼, 안 돼! 여제, 황제, 그들이 아니라……. 그들을 죽여라, 그들을 죽여라!"

꿈속이 아니고서야 어찌 이런 말을 들을 수 있을까. 작은 악마는 교활했다. 시트에 몸이 돌돌 말린 타라가 중얼거렸는데 그 소리가 어찌나 작은지 그놈의 에프리트나 들었을까 누구에게도 들리지 않는 소리였다.

에프리트는 만반의 준비를 하고 기다리고 있었다. 머리맡 탁자에 놓인 황실의 반지가 번쩍거리더니 멜루덴리파쉬랄리반디르가 나타났다.

"주인님, 부르셨나요?" 멜이 속삭였다.

그 방에서 움직이는 사람은 아무도 없었다.

에프리트는 마치 명을 받은 것처럼 고개를 끄덕였다.

"황제와 여제를 죽이라고요? 명을 받겠습니다, 여제 후계자여! 알겠습니다, 복종하지요, 그리고……."

"정당한 복종이라고 생각합니다. 이제 저는 가도 되겠습니까?"

그렇게 말하면서 붉은 악마는 멜에게 넙죽 절했다.

멜의 대답은 단호했다.

"물론 안 되지. 일을 아주 잘했다만 만약의 경우를 대비하여 다시 들어가 있어 줘야겠다. 내가 불러낼 때까지 아무 짓도 말고 거기 죽치고 있어!"

"하지만……."

멜은 한 손을 귀에 올리고 버럭 고함을 질렀다.

"뭐라, 하지만?"

무슨 말을 더 하랴……, 붉은 악마는 몸을 쪼그려서 타라의 머릿속으로 들어갔다.

"행동으로 옮기기 전에 여제가 혼자 있는지 알아 봐야겠군. 우리 동맹군에 화가 미치는 건 원치 않는단 말씀이야."

멜이 중얼거렸다.

멜이 갈퀴발톱으로 단번에 자기 팔을 찔러 상처를 내자 초록색 피가 솟구쳤다. 그러자 멜은 허공에 대고 뭔가를 뿌리는 시늉을 했고, 투명한 막 같은 것이 만들어졌다. 그 표면에 전원 전투 태세에 들어간 여제의 군대가 나타났다. 서둘러야 했다. 피가 멈추면 주문이 작동하지 않는데 여제가 혼자 있지 않으니 때가 아니었다. 멜이 상처를 봉하는 순간 이미지들은 사라졌다. 기다려야 했다. 수세기를 기다려 마침내 잡은 기회인데…… 몇 시간 정도쯤이야.

멜은 사악한 웃음을 흘렸다. 갑자기 바람에 커튼이 휘날렸고, 에프리트는 퇴장했다.

새벽녘, 탁탁 튀는 소리에 타라는 퍼뜩 잠을 깼다. 졸린 눈을 뜨고 멀뚱히 바라보던 타라는 비명을 질렀다. 으악! 방이 불길에 휩싸이고 있었다.

벌떡 일어난 타라는 목재 시종이 건네주는 옷들을 사방으로 던졌다. 머리맡 탁자에 놓인 살아있는 돌을 움켜잡고 타라는 물의 원소를 불렀다. 마법이 쇄도하면서 하얀 머리털이 찌지직거렸다.

"힘을 원해~?" 돌이 머릿속에서 노래하듯 물었다. "힘을 줄게~."

타라와 살아있는 돌의 결합된 힘이 마법을 불러모았다. 돌이 좀 과격한 경향이 있다는 것이 문제였다. 아니나 다를까, 그들이 만들어낸 것은 소나기가 아니라 해일이었다. 허리케인이라고 할까. 거세게 밀어닥치는 물에 방은 완전히 침수되었다. 가까스로 날아오른 갈랑의 울음소리에 놀란 친구들이 벌떡 일어나다가 거센 물살에 픽픽 쓰러졌다. 침대를 향해 헤엄쳐간 블롱딘과 마니투는 가볍게 침대 위로 뛰어올랐다. 반면 코만 빼놓고 물 속에 잠긴 바룬은 파브리스의 도움으로 매트리스 위로 어찌어찌 끌려 올라가긴 했지만 우지끈, 침대 으스러지는 소리가 났다. 흠뻑 젖은 그들은 이게 웬 날벼락이냐는 얼굴로 타라에게 구원의 손길을 내밀려고 일어섰다.

전개되는 마법을 비웃듯 벽에 붙은 불길은 신 나게 춤추고 있었다. 타라는 조심스럽게 벽에 손을 대보았다. 정말 불이 났다면 손을 델 것이 틀림없었다. 그런데 열기가 전혀 느껴지지 않았다. 그 순간 상황을 알아차리고 격분한 타라는 너무 흥분한 나머지 이성을 잃은 듯 궁전이 떠나가라 고함을 질러댔다. 궁전이 마구 흔들거리고 있었다.

궁전이 폭발할 것 같았다. 친구들은 필사적으로 침대를 붙잡고 늘어진 채 상황이 종료되기를 기다렸다. 천장에 아슬아슬하게 매달린 커다란 샹들리에가 언제 머리 위로 와장창 떨어질지 모를 공포 분위기 속에서도 칼은 타라를 쳐다봤다. 물에 빠진 생쥐처럼 홀딱 젖은 타라는 분노로 떨고 있었다. 온몸이 번쩍번쩍할 정도로 타라는 마법으로 가득 차 있었다. 일찍이 본 적이 없는 모습이었다. 그 빛은 살아있는 돌에서 나오는 것이 아니었다. 돌은 머리맡 탁자에 놓여 있었다.

몸에 철썩 들러붙은 잠옷을 내려다보면서 타라는 두 주먹을 치켜올렸다. 새파래진 눈으로 타라는 번개처럼 휙 날아올라서 수영장이 된 방을 내려다봤다. 그 징조가 무엇을 의미하는지 아는 칼은 이를 악물었다.

"모두 꽉 잡아!" 칼이 소리쳤다.

"말라라!" 타라가 고함을 질렀다.

뜨겁고 건조한 광풍이 회오리처럼 방을 휩쓸었다. 그 순간 변신한 무아노는 마니투와 블롱딘을 낚아챘고, 매트리스가 날아오르는 찰나에 주문을 날려서 바닥에 고정시켰다. 그러나 무아노는 그 상태에서 미끄러지지 않기 위해 젖 먹던 힘까지 내야 했다. 파프니르는 내가 꿈쩍하나 봐라, 하는 얼굴로 기둥을 끌어안았고, 그 믿을 수 없는 조르기에 돌이 신음소리를 냈다.

평소에는 그리 강력하지 않은 파브리스의 주문이 단단한 방어막을 만들어 벽에 고정시켜 놓은 것에 로빈은 적잖이 놀랐다. 그럼에도 불구하고 조난당한 가구가 방어막에 부딪힐 때마다 매머드와 로빈은 깜짝깜짝 놀랐다. 다행히 파브리스의 마법이 강력해서 로빈은 도와줄 필요가 없었다. 그러나 무슨 이유인지 매머드가 파브리스 옆에 있기를 거부하면서 자꾸 보호구역을 떠나려고 하는 통에 그 안에 있는 것이 여의치 않았다.

샹들리에에 매달린 갈랑이 항의의 울음소리를 내질렀다. 샹들리에에게 성대가 없어서 소리를 지를 수 없기에 망정이지 표정으로 봐서는 시끄럽다고 같이 소리를 지르면서 갈랑을 떨어뜨릴 기세였다.

눈 깜짝할 사이에 물이 구름으로 응축되더니 바람에 떠밀려나갔다. 밖으로 나간 구름이 정원에 억수같이 비를 뿌리자, 모욕이라도 받은 듯 요정들이 항의하는 소리가 빗발쳤다.

이윽고, 시작되었을 때처럼 갑자기 모든 것이 멈췄다. 타라의 온몸에서 번쩍이던 빛도 마침내 사라졌다. 타라는 쑥대밭이 된 방 한복판에 서 있었다.

그 때, 한데 뭉친 불길이 벽에 메시지를 그렸다. 타라는 치를 떠는 얼굴로 읽었다.

타라, 생일 축하해. 자르와 마라.

글씨는 이내 지워졌다.

파프니르는 코와 귀에 들어간 물을 빼느라고 몸을 이리 틀고 저리 틀면서 투덜거렸다.

"내 어머니의 망치에 걸고 묻는데 타라, 그 불은 대체 뭐야?"

"장난." 타라가 어물어물 말했다.

친구들은 어이가 없는 얼굴로 쳐다봤다. 성격이 불 같은 파프니르가 눈살을 찌푸리면서 폭발했다.

"너 지금 우리에게 장난쳤다고 했냐?"

"어? 아니, 내가 아니고 또 자르와 마라의 짓이라고!" 타라는 얼른 대답했다. " 나 때문에 미안하다. 걔들은 너희들도 여기 있다는 걸 몰랐을 거야."

파프니르가 타라의 대답을 잘못 해석한 것이었다. 난쟁이들은 사과하는 법이 없기 때문에 파프니르는 고개를 약간 숙이는 것으로 그쳤다.

"바룬이 아픈 것 같아." 파브리스는 걱정이 가득한 얼굴로 패밀리어를 들여다보고 있었다.

파리해진 매머드는 두 눈을 감은 채 부들부들 떨면서 신음했다.

"레파루스 주문을 썼는데 효과가 전혀 없어. 의무실로 데려가야겠어."

파브리스는 매머드에게 레비투스 주문을 걸어서 허겁지겁 데리고 나갔다. 친구들은 불안한 눈길을 주고받았다. 마법사와 패밀리어의 관계는 아주 특별한 것이어서 모두들 파브리스의 마음이 어떨지 이해했다.

가구들이 정신을 차리려고 애를 쓰면서 본래의 자리로 돌아오고 있었고, 아이들은 엉망이 된 방에서 황당한 얼굴을 하고 있었다. 무아노는 거울 앞에서 꼼짝하지 않았다. 허리케인으로 너덜너덜해진 잠옷을 쳐다보던 무아노는 흠칫 놀라면서 얼른 손으로 목을 감싸고 기침을 했다.

"감기 걸렸나 봐."

무아노는 머플러로 목을 감고 나서도 두세 번 기침을 했다. 샤먼이 상태를 지켜봐야겠다고 해서 매머드를 의무실에 두고 혼자 돌아온 파브리스는 머플러에 둘둘 감긴 무아노의 목을 보면서도 아무 말도 하지 않았다. 무아노는 파브리스에게 원망스런 눈길을 보냈다. 친구들은 소지품을 정리하느라 정신이 없어서 그들에게 주의를 기울이지 않았다.

마리안나가 문 앞에 나타났다.

"아니, 이게 어떻게 된 것입니까?"

"또 저주받은 마법이죠, 뭐." 파프니르는 툴툴거리는 투로 말했다. "누군가가 방이 화염에 휩싸인 것으로 속여서 타라가 불을 끄려다가 이렇게 됐죠."

"꽃불 말입니까?" 마리안나는 놀란 얼굴로 물었다. "우리는 여제의 생신 다음 날을 그렇게 축하하는 것이 관례입니다. 타라가 여제 후계자이기 때문에 똑같이 한 것이에요."

파프니르의 초록빛 눈이 동그래졌다.

"정말 화재였어요."

"있을 수가 없는 일입니다."

"훨훨 타오르는 노랗고 시뻘건 불길, 이글거리며 혀를 널름거리는 그 불을 여기서는 꽃불이라네, 푸하하하."

칼이 빈정거렸다.

"이 어처구니없는 장난을 친 범인들이 자기들 짓이라는 걸 밝혀 놨는데도요?" 타라도 볼멘소리로 말했다. "바로 여기에다 '생일 축하해, 자르와 마라' 라고 표시해 놓았단 말예요. 마법으로 그 메시지를 다시 나타나게 할 수 있다고 생각하는데 마리안나가 해볼래요?"

타라는 아직 화를 삭이지 못한 터라 손짓 한 번으로 방을 날려버릴 것 같아서 마리안나가 해주기를 바랐다. 그러나 마리안나가 벽 앞에 서자, 다발을 이룬 오색찬란한 별과 멋진 섬광이 일었다.

"바로 이것이 제가 말한 겁니다!" 안도한 그녀의 얼굴이 밝아졌다. "이게 꽃불이에요!"

"그것이 아니에요." 타라가 단언했다. "이 방이 불타는 걸 봤다고요. 그 악동들이 주문을 바꿔치기 한 거라고요!"

마리안나는 듣는 둥 마는 둥 어깨를 으쓱하더니 물건을 정돈하기 시작했다. 그녀가 실내복을 건네자 타라는 신경질적으로 잡아채고는 체인지라인의 불만을 알지만 모른 척하고 걸쳤다. 비밀병기의 존재를 밝힐 것까지는 없지, 뭐.

"정말 기 막혀! 애들도 다 봤는데." 골이 난 타라는 허리띠를 졸라매면서 쏘아붙였다.

"맞아요, 그건 진짜 불길이었어요." 칼이 나섰다. "그래서 물이 얼마나 많이 필요했는데요, 수백 리터의 물이 필요했다고요. 타라, 그 말썽꾸러기들이 너를 해치게 내가 내버려두지 않을게. 이래봬도 내게는 형과 누나가 잔뜩 있어. 날 믿어, 타라. 나 같은 친구를 만나기도 쉽지 않다고!"

"그 말은 그 애들에게 너 같은 형제가 있기가 쉽지 않다는 뜻이지?" 무아노가 놀렸다.

"너 진짜 웃긴다는 거 아냐?" 칼이 응수했다.

마리안나의 표정이 우울했다. 눈치가 빠른 무아노가 그녀의 불안을 간파했다.

"무슨 걱정 있으세요, 마리안나 부인?"

"여제 때문입니다." 시녀장은 근심 어린 얼굴로 시인했다. "아직까지 아무런 소식이 없으십니다. 금지하셨지만 불안해서 연락해봤는데 연결되지 않아요. 여제도 엘프도 장군도 황제도, 연결되는 사람이 아무도 없습니다, 마마."

"내가 해볼게요." 타라는 살아있는 돌을 들고 말했다.

번쩍번쩍하는 돌에서 부드러운 목소리가 흘러나왔다.

"요청하신 번호는 일시적으로 중단되었거나 마법의 중계 영역을 벗어난 지역에 있습니다. 나중에 다시 연결하시기 바랍니다."

마리안나는 초조한 얼굴로 입술을 깨물었다.

"아침부터 계속 이랬어요. 여제께서는 연락하지 말라고 분명히 말씀하셨지만 너무 불안해서 견딜 수 없었지요. 크리스털 볼마저 정지되어 있는 것 같으니, 휴!"

"마지스터의 요새를 포위하고 있는 중일지도 모르오. 그러면 당연히 아무도 응답할 수 없지요." 마니투는 마리안나를 위로했다. "안심해요, 한두 시간 후에는 소식이 와서 승리를 축하하게 될 것이라 확신하오."

"엄마가 우리랑 아침을 들겠다고 했는데 아직 안 오시네요. 마리안나, 가서 알려 주시겠어요?"

"당장 가 볼게요." 뭘 해야 할지 모르던 차에 할 일 생긴 것이 차라리 기쁜 시녀는 쾌활하게 대답했다.

음식이 도착해서 테이블 위로 사뿐히 내려앉았다. 배가 고픈 파프니르와 마니투는 체면 차리지 않고 크루아상, 핫 초콜릿, 잼과 꿀이 줄줄 흘러내리는 빵과자를 게걸스럽게 먹기 시작했다. 로빈이 몸단장을 하는 동안 타라는 체인지라인에게 부탁해서 옷을 갈아입었다. 잠시 후, 그들은 놀란 눈길을 주고받았다.

"이상해." 타라가 눈살을 찌푸렸다. "뭘 하는데 두 사람 다 아직 안 오지?"

고개를 갸우뚱하던 타라가 벌떡 일어났다.

"내가 가봐야겠어."

페가수스가 작은 울음소리를 내면서 날아올랐다. 로빈이 부리나케 쫓아나갔다.

"같이 가!"

그들이 나왔을 때 문 앞에서 보초를 서고 있던 그르룰이 따라갈 태세로 움직였다.

"너까지 갈 필요는 없어. 코앞에 있는 어머니 방에 가는 거니까. 여기 있어, 아무 걱정 말고."

트롤은 이마를 찡그리다가 할 수 없이 복종하면서 구시렁거렸다. 타라의 보디가드 노릇은 참 못해먹을 짓이로군, 하는 표정이었다.

셀레나의 방은 정원 맞은편에 있었다. 타라와 로빈은 복도를 빙 돌아서 문 앞에 이르렀다.

"엄마가 옷 갈아입고 계실지도 몰라. 여기서 기다려 줄 수 있지?"

"그야 물론이지!"

"고마워, 로빈!"

타라가 볼에 가벼운 입맞춤을 해주자, 얼굴이 빨개졌다가 창백해졌다가 다시 빨개진 로빈은 신호등처럼 눈을 깜박거리기 시작했다.

약간 긴장해서 들어간 타라는 방이 텅 비어 있는 것에 깜짝 놀랐다. 방을 한 바퀴 돌았지만 어머니와 마리안나는 흔적도 없었다.

타라가 소리쳤다.

"로빈, 들어와도 돼. 아무도 없어!"

로빈은 그 소리에 소스라치게 놀랐다. 중대한 결심을 하고 있었기 때문이다. 로빈은 자신에 대한 타라의 감정이 어떤 것인지도 모른 채 계속 애만 태우고 있을 수가 없었다. 그런 생각을 하느라 로빈은 문 앞에서 잠시 꾸물대고 있었던 것이다. 타라에게 무슨 일이 생기고 있는지도 모르고…….

타라가 유리창 맞은편 소파에 앉아서 생각에 잠겨 있을 때였다. 밖에서 날아든 마법의 광선이 타라를 습격했다. 광선을 날리는 자를 발견했을 때 타라는 너무 놀라 몸이 굳어버렸고 소리칠 겨를도 없었다. 체인지라인은 안간힘을 써 봤지만 강력한 광선을 막을 수 없었다. 타라는 검은 불 속에 갇혔고, 옆에 있다가 충격을 받은 갈랑도 철퍼덕 주저앉았다. 살아있는 돌은 반짝반짝하다가 빛이 꺼졌다.

방으로 들어간 로빈은 소파에 등을 돌리고 앉은 타라의 옷자락을 보았다. 갈랑은 그 옆에 웅크리고 있었다. 얼마나 완벽한 기회인가, 보고 있으면 오금이 저리는 그 눈부신 쪽빛 눈을 마주볼 필요 없이 고백할 수 있었다.

"흠흠." 로빈은 목청을 가다듬었다. "타라! 내 말을 끊지 말고 들어주면 좋겠어."

타라는 꿈쩍도 하지 않았다.

"사랑에 빠졌을 때 지구에서는 어떻게 하는지 모르지만, 우리 엘프들은 아주 진지해. 알다시피 우리는 너희들 인간과는 다르니까."

로빈은 말을 멈췄다. 이런 멍청하기는! 다르다는 걸 누가 모른다고! 이렇게 서툴러서야! 대체 뭐라고 사랑을 고백하면 타라가 비웃지 않을까? 듣자마자 도망치면 어떡하지? 로빈은 다시 용기를 냈다.

"사실 여자 엘프가 거의 없어서 경쟁이 아주 치열하거든. 그렇다고 아무도 나를 원하지 않아서 별 수 없이 너로 만족한다는 말은 절대 아냐. 지금 나는 영웅이고 여자들에게 아주 인기가 많아."

그 말이 입에서 나오는 순간 로빈은 스스로 따귀를 날릴 뻔했다. 지금 무슨 소리를 하고 있는 거냐고! 로빈은 친구의 침묵이 무엇을 의미하는지 알 수 없었지만, 예사롭지 않은 느낌이 들어서 땀이 줄줄 흘러내렸다. 이것은 인간에게서 물려받은 것이었다. 엘프는 땀을 흘리지 않기 때문이었다. 와, 진짜 힘들다!

"아니, 내가 방금 한 말은 잊어 줘. 여자들은 나를 쫓아다니지 않아. 아예 눈길도 주지 않아. 내가 말하고자 하는 건, 타라, 너를 사랑해. 네가 내 여자친구가 되어주면 좋겠어. 우리 나이가 다르다는 건 알아. 너는 열넷, 난 열일곱, 하지만 나에게는 중요하지 않아. 너는 제일 예쁘고, 제일 똑똑하고, 내가 만났던 여자들 중에서 제일 웃겨. 웃긴다는 것은 이상하다는 의미가 아니라 유머가 넘쳐서 재미있다는 뜻이야. 네가 내 인생에 들어오면서부터 내 심장은 너를 위해서만 뛰고 있어."

끔찍한 침묵이 계속되었다. 갑자기 코고는 소리 같은 것이 들렸다. 로빈은 가슴이 철렁 내려앉았다. 어떻게 한 고백인데 얼마나 형편없었으면 타라가 잠이 든단 말인가!

"타라? 타라? 내 말 듣고 있어?"

타라가 여전히 꿈쩍도 하지 않기 때문에 로빈은 용기를 내어 운명에 맞서기로 결정했다. 로빈은 성큼성큼 걸어서 타라 앞에 섰다.

처음에는 눈을 의심했다. 분명 타라의 드레스였다. 그런데 체인지라인이 덜덜 떨고 있었다. 당황한 로빈은 옷을 들추다가 귀여운 아기의 쪽빛 눈과 마주쳤다.

18 퇴행

*

아기는 쪽빛 눈으로 로빈을 응시하다가 은발 한 가닥을 잡아당겼다.

기겁한 로빈은 머리가죽이 홀랑 벗겨지기 전에 간신히 피하면서 버럭 소리를 질렀다.

"타라! 이런 장난은 웃기지 않아! 너 어디 있어?"

아기는 침을 뽀글뽀글하더니 로빈의 입에 발을 집어넣으려고 애를 썼다. 그 순간 로빈은 가슴이 철렁했다. 이 귀걸이? 어제 타라에게 생일선물로 주었던 귀걸이가 아닌가!

로빈은 자신의 클릭을 손에 쥐고 작동했다. 아기의 귀에 달린 귀걸이는 분명히 타라의 클릭이었다. 앙증맞은 손에 맞게 자동으로 축소된 황실의 반지도 보였다. 옆에 놓인 살아있는 돌은 이상하게도 빛이 사라지고 없었다.

새파랗게 질린 로빈은 아기에게 몸을 숙였다.

"타라?" 도저히 믿기지 않는 얼굴로 중얼거리던 로빈은 다리에 힘이 빠져서 뒤쪽 소파에 털썩 주저앉았다. "오, 조상들이시여! 타라가 아기로 변하다니, 웬 날벼락인가!"

재미있는 놀이였는데 로빈의 얼굴이 없어져서 싫은지 아기가 옹알이를 했다.

문득 생각이 난 로빈이 벌떡 일어나서 외쳤다.

"스스세트! 나타나, 당장!"

독 이빨을 드러낸 도마뱀이 너무 가까이에서 유형화되는 바람에 로빈이 움찔했다.

"스스세트, 네가 보고들은 것을 죄다 말해!"

살아있는 녹음기가 끄덕였다.

"밖에서 광선이 날아옴. 스스세트 타라 바로 옆에 있다 광선 맞고 까무러쳤음. 스스세트 그다음부터는 아무것도 모름! 스스세트 앞으로는 타라에게서 멀리 떨어져 있겠음!"

뚱보 도마뱀은 그렇게 저 나름의 분통을 터뜨리고 나서 사라졌다.

로빈은 고개를 설레설레 저었다. 비밀병기라고 하더니 별것도 아니군.

"어쩌지? 넌 여기 있어, 가서 친구들을 데려올게."

정신 없이 문 쪽으로 뛰어가던 로빈은 다시 홱 돌아왔다.

"아무래도 안 되겠어, 나랑 같이 가자! 소파에서 굴러 떨어질지도 모르겠고, 또 누가 답삭 안아갈지도 모르고."

아기는 순하게 두 팔을 내밀었다. 로빈은 타라의 긴 치마를 배내옷과 아기포대기로 바꿨다. 갑자기 무슨 소리가 나서 로빈은 머리털이 곤두섰다. 갈랑이 깨어나서 머리를 흔들고 있었다. 갈랑은 마치 사용할 줄 모르는 듯 날개를 파닥이더니 다리들이 서로 꼬이자 조그맣게 울음소리를 내다가 양탄자 바닥에 코방아를 찧고 말았다. 갈랑은 로빈이 도와줄 때까지 그 상태로 일어나지 못했다. 어떻게 이럴 수가! 로빈은 그제야 깨달았다. 갈랑도 마법의 광선을 맞고 새끼로 퇴행해 있다는 것을.

로빈은 아기를 안고 포대기 안에 타라의 돌을 집어넣은 다음 다른 한 팔로 갈랑을 안고 셀레나의 방을 나갔다. 로빈은 빨리 가기 위해 정원을 가로질렀다. 하프엘프가 로켓처럼 코앞을 휙 하고 지나갈 때만 해도 와, 뭔데 저렇게 빨라? 하는 얼굴이던 보초들은 소년의 어깨 너머로 아기가 방긋 미소를 보내고, 새끼 페가수스까지 메롱, 혀를 쏙 내밀자 저걸, 잡아? 말아? 하는 표정으로 싹 바뀌었다.

그러나 그들이 반응할 사이도 없이 로빈은 이미 멀리 가 있었다. 거처에 후닥닥 뛰어든 로빈은 숨을 헉헉, 몰아쉬면서 어린 페가수스를 내려놓았다. 페가수스가 휘청휘청거리며 방을 돌아다니는 사이에 로빈은 타라의 옷으로 만든 싸개를 풀어헤치고 아기를 가리켰다.

"어머, 귀여워라. 로빈, 웬 아기야?"

파프니르는 잠자코 아기와 로빈을 번갈아 쳐다봤다.

계속 우울했는데 마침 잘됐다는 듯이 칼이 다가섰다.

"어디서 낳아온 아기인지 설명하시지. 네 아이 맞지?"

"칼!" 무아노가 신경질적으로 소리쳤다.

"내가 뭐? 로빈, 누구 앤지 얼른 불어!"

로빈은 속에서 불이 나는 것 같았다.

"타라!"

"뭐?" 파브리스는 눈이 뒤집어질 뻔했다. "타라의 아기라고? 너 완전 돌았구나!"

로빈은 머리를 세차게 흔들었다.

"아기가 타라라고!"

"그게 무슨 소리야?" 이번에는 칼이 소리쳤다. "차근차근 말해봐. 좀 알아들을 수 있게!"

"누군가가 타라에게 주문을 걸었어. 어려지는 주문! 갈랑도 몇 년을 퇴행했고, 돌도 빛이 사라졌어!"

뒷발을 세우고 유심히 살피던 마니투는 주둥이를 찡그렸다.

"오, 데미데루스여!" 마니투는 뒷발을 내리고 한숨을 내쉬었다. "맞아. 아기 때의 타라가 틀림없구나. 이는 다 났나?"

로빈은 답답해 죽겠다는 얼굴로 쳐다봤다. 이 와중에 치아가 뭐가 중요하다고?

"이가 나는 동안 내내 말썽을 피웠거든." 타라의 증조할아버지가 설명했다.

이번에는 파브리스가 못 말리겠다는 듯 하늘을 쳐다봤다.

"우리는 타라의 이빨에 대해 전혀 관심 없거든요?" 침울한 얼굴로 언성을 높였다. "타라를 지키는 것은 그렇다 쳐도 아기를 돌보는 것은 훨씬 까다롭다고요. 로빈, 마법 능력도 없겠지?"

로빈이 아기를 뚫어져라 바라보자 아기는 초롱초롱한 눈길을 돌려버렸다.

"글쎄, 전혀 모르겠어. 마법 능력은 나중에 나타나는 것이 정상인데."

"하지만 타라는 평범한 아이가 아냐." 칼이 지켜보고 있다가 끼어들었다. "타라의 그 엄청난 능력을 이 아기가 지니고 있다고 생각해봐, 어떤 일이 벌어지겠냐?"

칼이 하는 말에 모두 할 말을 잃은 듯 조용해졌다.

"두고봐야지." 로빈은 딱 잘라 말했다. "우선 체인지라인이 작동하는지 아니면, 주인처럼 퇴행했는지 보자고. 체인지라인! 타라를 위한 기저귀, 옷, 신발을 주겠니?"

다행히 체인지라인은 전혀 손상을 입지 않았다. 아기를 다치게 할까 봐 귀걸이는 로빈이 이미 빼놓은 상태였고, 그 나머지 장신구들과 옷은 하얀 멜빵 달린 장밋빛 조끼와 아기 옷 한 벌, 귀여운 신발, 기저귀로 바뀌었다.

무아노는 로빈에게 감탄했다.

"어머! 꼭 필요한 것들이잖아! 너 어쩌면 그렇게 아기에 대해 잘 알아?"

로빈은 겸연쩍은 얼굴로 설명했다.

"엘프에게는 육아낭이 있어. 아기를 낳는 건 여자 엘프지만 아기가 태어나는 즉시 그 특수주머니에 넣어 데리고 다니는 건 아빠야. 아내가 임신하면 아빠에게 육아낭이 생기고, 젖가슴도 나와서 모유를 보충해주지. 물론 아기가 젖을 뗄 때쯤 둘 다 없어져. 셀렌다에 정착하기 이전에는 유목 생활을 했기 때문에 우리는 이 시스템을 발전시켜왔어. 그래서 남자 엘프는 어린 아기를 돌볼 줄 알아. 내가 하프엘프라고 해서 예외는 아냐."

"다행이다!" 친구가 젖가슴을 가질 수 있다는 걸 알고 맙소사, 하는 표정을 짓고 있던 칼이 외쳤다. "나는 절대 아기를 돌볼 수 없는데 네가 아빠 노릇을 훌륭하게 해낼 거니까."

"타라를 이대로 내버려두면 안 되지!" 정말 유감이라는 얼굴로 로빈이 언성을 높였다. "솀 선생님이 묵고 계신 방이 어디지?"

"에프리트에게 물어보면 돼." 파브리스가 대답했다.

에프리트에게 알아본 결과 드래곤 마법사는 온천장에 가 있었다. 샤름과 함께.

"당장 가자." 로빈이 제안했다.

"솀 선생님이 마음에 드는 여자를 만난 것 같아!" 무아노가 말했다.

"얘들아, 둘이 같이 목욕하고 있는 거 아닐까?" 장난기가 발동한 칼의 눈이 반짝거렸다.

"솀 선생님을 방해하기 전에 우리가 한번 해보자." 파브리스는 진지한 얼굴이었다.

"우리도 목욕하자고?" 칼이 낄낄거렸다.

"지금 농담하고 싶냐, 너는? 타라를 정상으로 되돌려놔야 할 것 아냐? 우리 모두 힘을 합해서 타라에게 걸린 주문을 풀어보자고."

"어쭈구리, 근데 너 그게 위험하다는 생각 안 드냐?" 하고 칼이 응수했지만, 평소에는 조심스럽게 마법을 사용하는 친구가 갑자기 용감하게 나오는 것에 놀란 얼굴이었다.

"칼의 말이 맞아." 무아노는 한술 더 떴다. "우리 다섯 명의 능력을 합한 것보다 셈 선생님이 더 강력해. 무엇보다도 셈 선생님은 악마의 마법에 대해 훤히 알잖아!"

"파브리스, 드래곤 마법사가 없다면 선택의 여지가 없겠지. 하지만 이 아기는 제국에서 가장 소중한 존재야. 위험한 짓은 하지 말자." 곰곰이 생각하다가 로빈이 말했다.

분노로 눈빛이 이글거렸지만 파브리스는 이내 고개를 돌려버렸다. 로빈은 자꾸 머리칼을 잡아당기는 타라에게 신경을 쓰느라고 알아차리지 못했다. 그러나 무아노는 입술을 질끈 깨무는 파브리스를 보면서 싸움이라도 할까 봐, 좀 떨리지만 파브리스 옷깃을 여며 주면서 다정한 눈짓을 보냈다.

"여기 있어, 너는!" 파프니르가 갑자기 소리쳤다. 페가수스가 정원 쪽으로 열린 유리창으로 나가려 하고 있었다. "너 왜 이렇게 극성이야? 가만히 있지 못해?"

날개를 어떻게 사용하는지 마침내 알아차린 페가수스가 날아보려고 애쓰고 있었다. 페가수스가 창문을 통과하기 직전 블롱딘이 달려들어 페가수스의 말총을 물고 늘어졌다. 어린 페가수스는 화가 나서 여우를 깨물려고 했지만 가만히 당하고 있을 블롱딘이 아니었다. 두 동물이 팽팽한 신경전을 벌이는 사이에 파프니르는 얼른 고삐를 단단히 죄었다. 어린 페가수스는 성난 소리를 내지르다 파프니르의 머리 위로 똥을 갈겼고, 화가 머리끝까지 난 파프니르는 여지없이 도끼를 휘둘렀다. 그들은 가까스로 페가수스를 피신시켰다.

아기는 그 광경을 아주 재미있어했다. 까르르, 까르르 웃으면서 아기가 귀여운 손을 흔들었다. 그런데…… 맙소사! 그 손가락들이 파란 빛을 번쩍이더니 마법의 광선이 난쟁이 코 앞을 휙 지나가는 것이 아닌가. 잠시 후 아기는 표적으로 삼을 대상이 없었다. 모두 바닥에 납작 엎드린 채 아기를 살피고 있었던 것이다. 여전히 밖으로 나가려고 안간힘을 쓰는 페가수스를 제외하고는.

"오, 조상들이시여!" 로빈이 말했다. "마법을 사용하고 있어! 이건 있을 수 없는 일이야!"

"천만에!" 칼이 응수했다. "타라잖아! 지금까지 타라에게는 정상적인 일이란 없다는 것을 그렇게 경험하고서도 그런 말이 나오냐, 너는? 패밀리어는 또 어떻고? 페가수스를 패밀리어로 삼은 마법사는 이제껏 한 명도 없었어."

두 발로 머리를 감싸면서 마니투는 딸꾹질을 했다.

"타라가 아기였을 때는 마법 능력이 없었는데! 뭐가 뭔지 모르겠구나."

로빈과 무아노는 아기가 또 광선을 발사할까 봐 불안한 눈길을 주고받으면서 아주 조심스럽게 일어났다. 다행히 아기는 제 발을 잡으려고 애쓰는 중이라서 두 손은 원래의 색깔로 돌아가 있었다.

"로빈의 말이 맞아." 무아노는 타라에게서 눈길을 떼지 않은 채 말했다. "어떤 인간도, 어떤 엘프도, 어떤 난쟁이도 이렇게 아기 때부터 마법을 사용한 적이 없어."

마니투는 검은 머리를 흔들었다.

"두 가지로밖에 정리가 안 되는구나. 첫째, 타라가 광선을 맞고 아기로 퇴행했는데 마법 능력은 사라지지 않았다는 것. 둘째는 아주 끔찍한 건데……."

거기까지 말하고 나서 마니투는 그들을 쳐다봤다.

"유전인자를 조작한 것인가요?" 마니투의 생각을 간파한 무아노가 말했다.

"바로 그거야. 의식을 가진 존재들에게는 엄격하게 금지된 것이지만."

파브리스는 조롱 섞인 탄성을 내지르지 않을 수 없었다.

"아하! 타라가 왜 그렇게 능력이 많은가 했더니! 그게 인위적인 것이었다?"

로빈이 입을 열었는데 그 목소리에서 충격이 느껴졌다.

"더 강력해지기 위해 타라가 유전적으로 조작되었다는 뜻이에요? 하지만 타라의 부모님은 알았을 거 아녜요?"

"그 능력을 은폐했다면 몰랐을 수도 있지!"

아이들과 개는 체인지라인이 못마땅해하거나 말거나 예쁜 멜빵 위로 침을 질질 흘리는 아기를 쳐다봤다.

"셈 선생님을 만나러 가자." 로빈이 아기와 살아있는 돌을 조심스럽게 안으면서 말했다. "셈 선생님은 타라에게 나이도 돌려주고 모습도 돌려주실 거야."

칼이 찬성했다.

"파프니르, 마침 잘됐는데 너도 같이 가서 페가수스의 응가를 씻어내는 게 어때? 네 머리털에서 나는 그 대단한 향기, 장난이 아니거든!"

파프니르가 내뱉는 대답에 무아노는 귀가 화끈거렸지만, 칼은 말장난을 하면서 속에 뭉친 긴장이 좀 풀리는 것 같았다. 스트레스를 푸는 데 유머보다 더 좋은 해결책이 있을까.

오무아의 군주들은 취향이 별나서인지 온천장을 높은 곳에다 개발해 놓았기 때문에 그들은 거의 등산하는 수준으로 기어올라가야 했다. 무아노, 파브리스, 마니투, 파프니르, 칼, 로빈은 호기심이 가득해서 열기가 훅 끼쳐오는 커다란 동굴로 들어갔다. 새, 식물, 물이 환상적인 분위기를 연출하고 있었다. 어찌나 넓은지 수면 위에 떠도는 자욱한 수증기에 잠겨 어디가 끝인지 보이지 않았다.

"오무아에는 수석조수가 더 필요하지 않나? 이곳으로 옮기는 것이 나을 것 같네."

"아, 그러면 넌 안 될 텐데, 토토가 너무 보고 싶어서!" 무아노가 놀렸다.

흉측하게 생긴 동물에게 그처럼 귀여운 이름이 가당키나 하냐는 이유로 친구들은 기회만 있으면 칼을 놀려먹었다. 칼은 입술을 삐쭉 내밀었다. 부모님 집을 지키는 머리가 일곱 달린 히드라에게 그 이름을 지어준 것이 겨우 네 살 때였는데 뭘 알겠어.

그때 뿌연 수증기 속에서 달콤한 목소리가 들렸다.

"샤름, 지구의 시인 샤를 보들레르가 미를 예찬한 구절을 내가 암송할 테니 들어봐요. 에헴."

깊은 하늘에서 내려왔나, 깊은 못에서 솟아났나.
오, 미인이여, 지옥과도 같고 천국과도 같은 그대의 눈빛
선과 악을 어지럽게 뿌리네
그런 의미에서 그대는 술과 닮았구나.
그대의 눈빛에 담긴 노을과 여명
그대는 소나기 머금은 저녁 향기를 풍기네.
그대의 입맞춤은 미약, 그대의 입은 항아리
영웅을 무력하게 만들고, 아이를…… 음, 아이를…….

목소리가 기어들 정도로 작아지는 것을 보면 드래곤의 기억에 구멍이 난 것이 틀림없었다.

"침 흘리게 만들고?" 칼이 메아리가 울릴 만큼 큰 소리로 셈 선생님이 기억하려고 애쓰는 말을 톡톡 내뱉었다. "겁나게 만들고? 파랗게 질리게?"

잠시 침묵…… 드디어 저쪽 끝에서 불쑥 나타나는 비늘 덮인 머리가 콧구멍으로 물을 내뿜으면서 다가왔다. 셈 선생님은 어린 마법사들과 패밀리어들, 사냥개를 알아보고 눈살을 찌푸렸다. 미녀의 마음을 사로잡으려고 한창 열을 올리는 중에 방해를 받았으니 기분 좋을 리 있을까. 성난 드래곤을 보면서 그들은 슬금슬금 뒷걸음쳤다.

"영웅을 무력하게 만들고, 아이를 용감하게 만드는" 하고 마침내 셈 선생님이 끝맺었다. "오, 데미데루스여, 이 궁전에서는 한 순간도 조용히 보낼 수 없는 겁니까?"

옆에 샤름이 나타났는데 빨간 비늘이 반짝였다. 갸름한 얼굴에 번지는 미소로 보아 즐거운 모양이었다.

"저기…… 문제가 좀 생겼어요." 로빈은 여자 드래곤 앞에서 선뜻 말하기를 꺼리고 있었다.

로빈이 조심스럽게 말하거나 말거나 아랑곳하지 않고 셈 선생님은 그 행복한 순간을 무참히 깨트린 아이들이 미워 죽겠다는 투로 내뱉었다.

"어련하겠냐, 무슨 일인지 말해!"

로빈은 궁인들의 눈길을 끌지 않으려고 포대기로 감싸고 있던 타라를 보였다. 셈 선생님은 물에 젖은 눈썹을 치켜올렸다.

"이 아기가 뭐 어쨌다고?" 그는 퉁명스럽게 말했다.

도저히 참을 수가 없는 칼이 나섰다.

"지금 장난치는 게 아니라고요! 그래도 선생님은 아기를 보고 대번에 알아맞힐 줄 알았더니 그것도 아니네요, 뭐. 드래곤들이 강력하다는 것은 두말할 필요가 없다고 정평이 나 있기에……."

방정맞게 입을 놀리던 칼은 하마터면 잘 익은 꼬치구이 신세가 될 뻔했다. 성난 선생님이 콧김을 내뿜는 걸 보면서 눈치 빠른 무아노가 얼른 설명했다.

"그 문제라는 것이 바로 이 아기예요. 얘가 타라거든요!"

물에서 나오던 드래곤은 계단에서 발을 헛디디는 바람에 첨벙 넘어지다 물을 잘못 삼켜 사리가 들렸다. 샤름이 번개처럼 빠르게 달려가서 기침을 해대는 셈의 등줄기를 탁탁 쳐 주었다. 셈의 콧구멍에서 구름 같은 수증기가 풀풀 새나왔다

"뭐, 뭐라고?" 숨을 돌린 셈선생님이 외쳤다. "타라? 하지만……."

"제가 발견했을 때 아기가 되어 있었어요." 로빈이 설명했다.

“갈랑도 어린 새끼로 퇴행했고, 살아있는 돌은 죽은 것처럼 빛이 꺼져 있고요.”

너무 어이가 없어서 턱이 빠져라 입을 벌리던 셈선생님이 얼른 정신을 차렸다. 그는 타라에게는 어쩌면 이렇게 기상천외한 일이 끊이질 않을까 하는 얼굴로 로빈에게 말했다.

“바닥에 내려놓고 그 옷도 벗겨. 어떤 주문이 걸려 있는지 살펴봐야겠다.”

로빈은 체인지라인에게 요와 싸개만 두고 나머지 옷은 사라지게 하라고 지시했고, 살아있는 돌을 타라 옆에 놓았다.

드래곤 마법사가 어찌나 가까이 몸을 숙였는지 수염이 닿자 아기가 얼른 손가락들을 그 콧구멍에 집어넣었다. 이러다 재채기라도 하면 큰일이다 싶은 드래곤 마법사는 꾹꾹 참으면서 손가락을 빠지게 하려고 머리를 흔들었다.

“에헴, 별것은 아닌데 악마의 마법인 것은 확실하군. 의심의 여지 없이 상그라브의 소행인데…… 거 이상하군. 마지스터는 없어졌는데 상그라브가 왜 타라를 공격하지?”

“여제께서 아무 말씀도 하지 않으셨어요?” 칼이 끼어들었다. “마지스터는 돌아왔는데요!”

“뭐라?”

드래곤의 고함소리에 물가에 둥지를 튼 화려한 보벨* 몇 마리가 파드득 날아갔다. 질겁한 사이렌들도 물 속으로 쏙 들어갔고, 아기도 놀라서 딸꾹질을 했다.

"죄송해요." 칼이 한숨을 내쉬었다. "알려드리려고 했지만 선생님이 옥시아 부인과 궁인들을 상대로 싸움을 벌였잖아요. 또 타라의 생일파티가 끝나고 여제와 군대가 출발한 뒤에 선생님을 찾아다녔는데 어디에도 안 계시더라고요."

드래곤 마법사가 목청을 가다듬었다.

"에헴, 샤름에게 멋진 곳을 구경시켜 주고 싶어서 산책하러 나와 있었지. 어떻게 된 건지 자세히 설명해봐. 여제에게서는 아무 얘기도 듣지 못했으니까."

칼은 스너피를 통해 들은 사냥꾼과 마지스터에 대해 빠짐없이 말했다. 얘기가 끝났을 때, 셈선생님은 생각에 잠겼고, 샤름은 불안한 얼굴을 했다.

"나는 이 행성을 조사하라는 임무를 받고 드란부글리스펜쉬르에서 파견되었단다." 샤름은 깜짝 놀라는 아이들을 보면서 침착하게 말했다. "그런데 우리가 예상하고 있던 것보다 훨씬 상황이 나쁘구나. 아더월드에 대한 감시를 너무 젊은 드래곤에게 맡기는 것이 계속 마음에 걸리더니, 결국!"

파브리스는 숨이 막힐 뻔했다.

"젊어요? 선생님이요? 그럼 드래곤들에게는 몇 살이 늙은 건데요?" 대답은 명료했다.

"10만 년 이하는 아직 젊은 거지."

아이들은 전과 다른 눈으로 드래곤을 쳐다봤다.

"그런데 왜 그렇게 늙은 마법사 행세를 하셨어요?" 영리한 무아노가 물었다.

"인간들과 아더월드의 종족들은 일반적으로 경륜을 높이 평가하지." 셈 선생님이 설명했다. "인간의 사이클에 맞추면 내 나이는 삼십대에 해당해. 그래서 나는 존경받을 수 있는 늙은이의 모습을 택했던 거란다." 그는 샤름을 째려보면서 덧붙였다. "이 비밀을 아무에게도 발설하지 않을 것으로 믿었는데 당신이 이럴 수 있소?"

실수를 인정하는 샤름은 면목이 없다는 듯 눈을 내리깔았다.

"그런 깊은 뜻이? 미안해요, 드란부글리스펜쉬르의 정책 수행을 위한 것인지는 정말 몰랐어요. 용서하시지요." 샤름은 사죄하는 뜻으로 긴 목이 다 드러날 정도로 몸을 뒤로 젖혔다.

셈 선생님은 내키지는 않지만 용서한다는 뜻으로 머리를 끄덕이면서 아이들에게 돌아섰다.

칼의 대답은 아주 당돌했다.

"입을 다무는 데 대한 대가는 있는 거겠죠?" 약아빠진 칼이 빙긋이 웃었다.

"결정적인 순간에 네 목숨을 살려주지, 됐니?" 드래곤 마법사는 우거지상으로 말했다.

칼의 미소가 흔들렸다. "예, 알겠습니다. 우리는 아무것도 못 들은 거예요. 계속해서 존경하는 늙은 마법사로 대할게요."

머리를 절레절레 흔드는 드래곤 마법사의 입에서 악마들이 할 법한 푸념이 흘러나왔다. 오, 벤드루크의 창자여! 샤름은 어쩌자고 나를 이런 궁지에 빠트린단 말인가. 어린 도둑이 언젠가는 이 중요한 정보를 써먹고도 남을 아이라는 것을 너무 잘 알고 있는 셈은 한숨을 푹 내쉬었다.

"그럼 아기 문제로 돌아가자. 모두 멀리 떨어져 있어, 이 아기를 변형시킬 거니까."

드래곤 마법사가 주문을 읊으려고 할 때 갑자기 트럼펫이 쩌렁쩌렁 울렸다. 전원 풍경을 투영하고 있던 전광판이 번쩍거리더니 빨간 띠가 나타났다.

긴급 뉴스를 전해드리니 주목하시기 바랍니다!

타트리스족 크리스털리스트가 화면에 나타났는데 헝클어진 머리에 당혹한 표정으로 보아 분위기가 심상치 않았다.

"믿을 수 없는 일이, 끔찍한 일이 일어났습니다, 짐! 방금 녹화된 크리스털 볼을 받았는데요." 첫째 머리가 말했다.

"네, 그렇습니다, 좀." 둘째 머리가 말을 이어받았다. "이 끔찍한 소식은 우리 AM채널1이 단독으로 방송하고 있습니다!"

크리스털리스트가 손짓을 하자 나타나는 상그라브를 보고 모두 기절할 뻔했다. 악마들에게 에워싸인 상그라브는 반사경 마스크를 쓴 채 아주 불편해 보이는 검은빛과 금빛의 돌 옥좌에 앉아 있었다. 그 옆에 있는 사람은 오무아의 여제? 그런데 여제가 양손을 묶인 채 입에 재갈이 물려 있다니! 눈을 내리깔고 있는 여제는 단순히 포로로 붙잡혀 있는 것이 아니라 모든 것을 포기하고 완전 항복한 모습이었다.

그 뒤쪽으로 수를 헤아릴 수 없이 많은 악마로 구성된 군대가 시커먼 벌레처럼 꿈틀거리고 있었다. 마법사 한 명이 그렇게 많은 악마를? 드래곤 두 마리가 으르렁거리는 소리 때문에 상그라브가 선언하는 서두는 거의 들리지 않았다.

안녕! 나는 상그라브들의 보스, 마지스터다. 나는 오무아에 전쟁을 선포한다!

19 선전 포고

*

화면에서 마지스터는 단호하게 외치고 있었다.

"여제는 나의 포로가 되었고, 후계자는 겨우 열네 살이라서 나에게 맞설 수 없다. 내가 얼마나 쉽게 너희들의 여제 후계자에게 접근할 수 있는지 지금부터 내 힘을 보여주겠다."

금발에 섞인 흰 머리털과 쪽빛 눈, 누군지 대번에 알아볼 수 있는 아기의 모습이 나타났다. 드래곤들과 아이들은 심각한 눈길을 주고받았다. 그러니까 타라를 그렇게 만든 범인이 바로 마지스터였던 것이다!

"옛날에 찍은 비디오라고? 천만에! 1시간 전에 촬영한 것이다.

후계자는 이제 너희들을 보호해줄 수 없다. 물론 아기로 둔갑시킨 퇴행 주문을 깨트릴 수는 있다. 그러나 그게 치명적이 된다면? 재미있지 않은가?" 하고 비웃음을 흘리던 마지스터는 돌연 위협적인 말투로 덧붙였다. "앞으로 4일을 줄 것이니 항복하라. 그 기한이 지나면 내 군대가 오무아를 침략할 것이다. 정부가 항복하면 나는 관용을 베풀 것이다. 요컨대 나는 인간들과 싸우는 것이 아니라 드래곤들과 싸우는 것이다. 나에게 덤벼보아라……."

마지스터는 녹화하는 크리스털 볼에 입술이 닿을 정도로 가깝게 대고 독설을 내뱉었다.

"벌레처럼 몰살할 테니!"

우두둑, 마지스터가 손가락 꺾는 소리를 내자 화면이 꺼지고 크리스털리스트가 땀을 닦으면서 나타났다. 둘째 머리 좀이 먼저 말했다.

"마지스터가 우리의 여제를 사로잡은 데 이어서 후계자를 아기로 둔갑시킨 방식에 대해서는 여러 가지 추측이 가능합니다. 우리가 방금 보았던 아기가 정말 후계자라면 말입니다. 한 가지 확실한 것은 8시간 전부터 궁전의 통신국과 여제의 군대는 연락이 두절되어 있다는 사실입니다."

"그 원정은 마지스터를 잡아오기 위한 비밀작전이었던 것으로 알고 있는데요." 짐이 말을 이었다. "그 반대 결과가 일어난 것 같습니다. 적군이 이미 아더월드에 들어왔는지조차 모르고 있는 데다 국경 내 군대의 움직임에 대해서도 전혀 파악되지 않고 있습니다. 현재 우리는 특파원들과 합류하여 여제 후계자 타라틸랑넴의 선언을 기다리고 있습니다. 그 비디오가 속임수였을 뿐, 우리의 여제와 후계자는 잘 지내고 있기를 간절히 바라면서 말입니다!"

그들은 공포에 사로잡혔다.

"이런 상황에서는 후계자를 빨리 정상적인 모습으로 돌려놓는 것이 상책이겠어요!" 칼이 한마디했다.

"무엇보다도" 샤름이 개입했다. "군대를 구성할 정도로 많은 악마들이 어떻게 아더월드에 들어왔는지 알아야 합니다. 만약 마지스터가 데미데루스의 봉인을 뜯고 악마들이 우리 세계로 들어올 수 있는 지각단층의 문을 여는 데 성공했다면? 그 경우라면 정말 엄청난 재앙입니다!"

무아노는 입술을 깨물었다. 무엇인가 수상한 것이 있는데……, 뭔가 언뜻 본 것을 확인하려면 마지스터가 녹화해서 텔레크리스털 채널에 보낸 크리스털 볼을 요청해야 했다.

셈은 터부룩한 눈썹을 찌푸렸다.

"맞는 말씀이오, 샤름. 지구 수문장들에게 지각단층을 둘러싸고 무슨 음모가 꾸며지고 있는 것이 아닌지 확인하라고 지시해야겠소. 우선 이 아기부터……."

셈은 주문을 읊었다. "*레파트란스포르무스의 이름으로* 타라와 갈랑은 즉시 이전의 몸과 정신을 되찾을지어다! 살아있는 돌도!"

주문이 듣지 않을 것이란 불안 속에서 별의별 상상을 다 하고 있는지 그들의 얼굴 표정이 가지각색이었다. 이윽고 타라와 갈랑의 몸이 커지기 시작하자 그들은 안도의 한숨을 내쉬었다.

눈을 번쩍 뜬 타라는 자신을 들여다보는 친구들 때문에 오히려 더 놀라는 얼굴이었다.

"왜? 나한테 무슨 일 있었어? 근데 머리가 왜 이렇게 아프지?"

"우리도 같은 질문을 할게." 불쑥 말해서 타라를 놀래키고 싶지 않은 칼이 대답했다. "뭐 기억나는 거 없어?"

"엄마를 찾으러 갔고, 음…… 그리고는 생각나지 않아."

"너를 공격한 사람은?"

타라는 어리둥절한 얼굴로 쳐다봤다.

"내가 공격받았어?"

"응. 기억 안 나? 선생님이 너에게 걸린 마법을 방금 풀었어."

타라는 기억을 더듬기 위해 눈을 감았다. 어찌할 바를 모르는 갈랑이 다가와서 쓰다듬어 달라고 겨드랑이 밑으로 주둥이를 들이밀었다.

"어휴, 딱따구리가 들어앉아서 뇌에다 구멍을 뚫어놨나 봐, 기억나는 것이 하나도 없네." 상황을 전혀 모르는 타라는 천연덕스럽게 말했다.

사태가 심각한데도 로빈은 안도의 숨을 내쉬었다. 자신의 열렬한 고백을 타라가 전혀 모르는 것이 틀림없었다. 용기를 내어 다음에 다시 한번 멋지게 하면 되는 것이 아닌가!

다시 빛을 번쩍이는 살아있는 돌이 타라와 정신적 교감을 시작했다.

"후유, 기분이 나빠. 힘이 안 나, 생각도 안 나. 이상해!"

"셈 선생님이 우리를 구해주셨대." 타라가 머릿속으로 다정하게 말했다. "네가 회복해서 정말 기뻐."

"하지만 그 주문을 날린 자는 대가를 치른다! 결단코!"

살아있는 돌의 앙심 품은 말투에 타라는 웃음이 나왔다.

로빈이 클릭을 타라에게 돌려주었다.

"나쁜 소식이 있어, 타라. 네가 아기로 둔갑한 뒤에……."

비틀거리면서 일어나던 타라는 흘러내리는 포대기를 얼떨결에 부여잡긴 했는데 기저귀를 차고 있는 자신의 모습에 기절할 뻔했다.

"뭐, 아기? 엄마 방에 있다가…… 아기로 둔갑해? 그리고 기저귀를 찬 이 꼴로 온천장까지 왔고? 그럼 엄마는? 엄마는 어디 계신대? 마리안나는?"

친구들은 서로의 얼굴만 쳐다봤다. 타라를 너무 걱정하느라고 어른들을 까맣게 잊고 있었던 것이다. 게다가 마지스터가 전쟁 선포까지 하지 않았던가.

"내가 말할게." 로빈이 단호하게 말했다. "어떻게 된 것인지는 모르지만 너를 아기로 둔갑시킨 것은 마지스터였고, 여제와 황제 그리고 군대도 포로로 붙잡혀 있어."

타라는 가슴이 철렁하면서 등골이 서늘해졌다.

"말도 안 돼!"

"물론 말도 안 되지. 우리의 예상대로 그자에게 다른 동맹군은 없었어. 소수의 상그라브를 제외하고는. 그가 구성한 군대는 모두 악마들이야. 그래서 여제에게 연락이 안 되었던 거야. 이 모든 것이 네 고모를 납치하고 너에게 전쟁을 선포하기 위한 함정이었어."

타라는 다리가 후들거려서 땅바닥에 털썩 주저앉았다.

"나에게 전쟁을 선포해? 하지만 그는 그러지 못해!"

"그런데 했어. 증거가 있어!" 칼이 대답했다.

칼은 마지스터의 연설을 재방송하는 크리스털 전광판을 가리켰다. 타라는 그 장면을 유심히 살폈다. 카메라가 마지스터의 악마 군단을 집중적으로 비출 때마다 타라는 소스라쳤다. 아더월드의 운명이 자신의 결정에 달려 있었다. 어떤 전략으로 싸우지?

황제의 군대와 싸웠던 기억이 떠올랐다.

타라가 다시 일어나자 체인지라인이 순식간에 청바지, 티셔츠, 농구화 그리고 마법복 차림으로 만들어주었다. 친구들을 향해 돌아서는 타라의 눈빛이 이글거리고 있었다.

"질문이 있는데 두 분 드래곤 마법사들께서 대답해주세요. 우리가 싸우면 이길 가능성이 있나요?"

드래곤 마법사들은 불안한 눈길을 주고받았고, 셈이 말했다.

"솔직하게 말하겠다, 타라. 우리가 악마들과 맞서 싸웠을 때 우리는 패배할 뻔했었다. 참패하지 않았던 것은 오로지 데미데루스를 비롯한 최고 마구스 5인의 힘 덕분이었지. 따라서 그 시절이라면 우리가 승리할 가능성은 없다고 말해야겠지. 그러나 5천 년 동안 상황이 바뀌었으니 단정적으로 승리하기가 더 어렵다고 말할 수는 없다. 너는 네 조상의 힘 못지않게 강력한 힘을 지니고 있고, 또 최고 마구스들도 상당히 진보했다. 우리 세계의 인구도 훨씬 증가했고, 오무아는 단결이 잘 된 제국이 되었다. 따라서 나는 승리할 확률을 반반이라고 본다."

타라는 잠시 생각에 잠겼다가 심호흡을 했다. 그들은 잔뜩 긴장해서 타라의 결정을 기다렸다.

"나도 알아요, 애초에 이 행성에 발을 들여놓지 말았어야 했다는 것을." 타라는 여유 만만했다. "하지만 내가 여기 와 있는 이상 선택의 여지가 없어요. 마지스터와 그 무리를 무찌릅시다. 드란부글리스페쉬르에도 연락해주세요. 드래곤들의 도움을 요청합니다. 드래곤들이 없으면 우리는 버틸 수 없어요."

셈이 승낙했다.

"약속할게, 타라. 우리 병사들에게 알리겠다. 공간이동의 문을 이용하면 이틀에서 나흘 안에 병력을 지원 받을 수 있을 것이다."

"타라, 너 자신 있는 거니? 마지스터가 이끄는 악마 군단과 싸우는 것은 보통 일이 아냐."

전쟁을 한다는 생각만 해도 덜덜 떨리는 마니투는 개들도 근심이 많으면 털이 하얗게 쇠는 것이 아닐까 은근히 걱정하는 얼굴이었다.

타라는 사냥개로 둔갑해 있는 증조할아버지 앞에 섰다.

"1년 동안 여제께서 나에게 되풀이했던 말이 뭔지 아세요?"

"글쎄다." 마니투는 타라의 결연한 태도에 덩달아 숙연한 표정을 지었다.

"최고 권력자는 고독하다고 말씀하셨어요. 고문관들, 친구들, 친척들, 장관들…… 의견을 물을 만한 사람들은 많아도 최종 결정은 늘 혼자 내려야 하는 것이라고. 아니면 제국을 다스릴 수 없다면서 결단력이 없으면 차라리 크라살비 동부지역에 가서 당근 농사나 짓는 게 낫다고 했어요. 자신 있냐고요? 네, 있어요. 마지스터가 강탈이나 유괴로 원하는 것을 훔쳐가게 가만히 구경만 하고 있지는 않겠어요. 그리고 그자는 크게 실수하는 거예요. 나는 황제에게 1년 동안 꽤 많은 전투교육을 받았고, 또 현장에서 다양한 군대와 시뮬레이션 실험도 마쳤거든요. 그래서 이제 나는 어떤 위협에도 대처할 자신이 있어요. 그리고 마지막 전투에서는 내가 이겼거든요. 이번에도 나는……."

"타라!" 무아노가 외쳤는데 목소리가 격양되어 있었다.

"괜찮아, 나한테는 선언할 권한이 있으니까! 상황이 이러니까 나도 어쩔 수 없어!"

"너의 선언을 참견하는 게 아냐." 무아노는 화를 냈다. "네가 또 '나' 라고 했는데 제발 '우리' 라고 말해줘, 부탁이야. 우리는 너를 떠나지 않아!"

"하지만 너희들은 떠나야 해." 타라는 친구의 말에 감동했지만 정치적 문제를 고려해서 대꾸했다. "너희들은 오무아 시민이 아냐! 너희들은 각각 랑코비트, 셀렌다, 히믈리아로 돌아가야 해. 그리고 나는 그 작자와 결판을 내야 하고!"

"싸울 기회를 놓치라고?" 분개한 파프니르는 못 박힌 단단한 손가락으로 도끼를 빙빙 돌리고 있었다. "농담하냐? 난쟁이 국가는 회피하지 않아. 만약 난쟁이들이 오지 않겠다고 하면 그들을 대표해서 나 혼자라도 싸우겠어!"

"엘프들도 네 편이야, 하프엘프 한 명도 포함해서!" 로빈이 맞장구쳤다.

"나는 랑코비트의 이름으로 말할 수는 없지만 너와 같이 있겠어." 무아노도 똑부러지게 말했다.

"나도." 칼은 아주 간단하게 말했다.

"나, 나는 지구인들을 대표하는 것은 아니지만 이 전투에서 너에게 꼭 필요한 사람이 되겠어." 파브리스는 용사 같은 표정을 지었다.

여제와의 모의전쟁에서 친구들이 죽었을 때 느꼈던 고통이 기억난 타라는 친구들을 차례로 쳐다보다가 결국 항복했다. 가능한 한 모든 도움이 필요했고, 또 친구들 없이는 이길 수 없을 것 같았다.

"뒤마의 삼총사가 따로 없네. 일곱 명이라는 것만 빼놓고. 우린 일심동체야. 고마워, 너희들은 진정한 친구들이야."

타라는 그들을 얼싸안았다.

지구 소년 파브리스, 지구 영화를 훤히 아는 칼, 지구에서 살았던 마니투를 제외한 나머지 친구들은 타라가 무슨 말을 하는지 이해하지 못했다. 그러나 타라의 표정이 어찌나 만족스러운지 그들은 설명은 나중에 듣기로 하고 그냥 넘어갔다. 삼총사가 무엇이든 간에.

타라는 황실의 반지를 세 번 돌렸고, 멜루덴리파쉬랄리반디르가 나타났다.

멜은 무슨 심각한 문제가 있는 듯 표정이 좋지 않았다. 아니, 뭔가 자기가 예상했던 대로 풀리지 않는 모양이었다. 눈치 빠른 멜은 주인의 기분을 바로 알아채고 우렁차고 정중하게 말했다.

"네, 주인님. 무엇을 도와드릴까요?"

"원정대에 참여한 장관들과 장군들을 제외한 수뇌부를 모두 소환해." 타라는 인사말도 없이 대뜸 반말로 지시를 내렸다. "그리고 궁전에 있는 최고 마구스들과 마법사들에게 정부의 각 부처, 각 부대, 각 부서 책임자들을 철저히 단속하라고 전해. 1차 전은 적이 이겼고, 2차 전 승리는 우리 것이다. 그리고 나의 어머니와 마리안나……, 그리고 메델루스도 찾아봐!"

위압적인 모습의 에프리트는 레몬빛 눈썹을 치켜 떴다.

"소환, 안전조치, 위치추적. 알겠습니다, 명을 따르겠습니다."

에프리트는 넙죽 절하고 나서 사라졌다.

"응, 알았다. 마지스터가 행정기구를 마비시키지 못하게 미리 국가기관을 보호하고, 군대를 결성해두려는 거구나. 정말 잘했어." 로빈이 타라의 의중을 꿰뚫었다.

타라는 로빈에게 눈을 흘기면서 말했다.

"난 선택의 여지가 없어. 마지스터의 선포가 허풍이기를 바랄

뿐이야. 아니면 사람들이 죽으니까."

타라는 입을 다물고 흰 머리털을 질겅질겅 씹기 시작했다. 그러다가 생각에 잠긴 얼굴로 의문을 제기했다.

"근데 왜 곧바로 공격하지 않을까? 이해가 안 돼. 마지스터는 여제, 특히 이 제국의 군 통수권자인 황제와 그 수하의 명장들, 엘프 군단을 생포했어. 나라면 적에게 준비할 시간을 주지 않고 공격했을 거야. 왜 나에게 나흘이란 시간을 줬을까?"

로빈은 고양이 눈을 찡그렸다.

"타라, 황제의 교육을 받은 효과가 대단하다. 아주 예리했어. 그래. 그건 진짜 이상하긴 하다!"

셈은 고개를 끄덕였다.

"기다리고 있거나…… 뭔가 수작을 꾸미고 있는 것이겠지. 따라서 타라, 그리고 타라가 무력해질 경우에 역시 여제 후계자들인 옥시아 부인과 그녀의 형제자매들을 보호해야 해."

타라는 얼굴을 찌푸렸다. 무력해질 경우라고? 기분이 좀 상하기는 했지만 타라만 표적이 아니라는 것은 맞는 말이기 때문에 불쾌하게 생각할 일이 아니었다.

이왕 온 김에 목욕이라도 하겠다는 파프니르를 온천장에 두고 그들은 여제의 거처로 돌아갔다. 거처 앞에서 보초를 서는 병사들은 작은 무리를 거느리고 결연한 걸음으로 다가오는 후계자를 보고 안심한 얼굴로 차려 자세를 취했다. 셈 선생님이 보초병들을 심문했지만 그들은 아기를 안고 나가는 소년말고는 아무도 보지도 듣지도 못했다고 대답했다. 셈 선생님이 일어난 사건들을 시각화할 수 있는 메모루스 주문에 이어 템푸스 주문을 시도했지만 타라를 공격한 자는 주도면밀했다. 당시의 장면을 지워버리는 주문이 걸려 있어서 아무것도 알 수가 없었다. 드래곤 마법사는 입에 담지 못할 욕지기를 퍼붓기 시작했다. 따발총 쏘아대듯 터져나오는 욕설을 유일하게 알아듣는 칼만 와, 저런 욕이? 나도 언제 써먹어야지, 하는 얼굴로 쳐다봤다.

한편 샤름은 드래곤들의 조국에 연락했다. 드래곤들의 왕은 가능한 한 빨리 지원군을 파견하겠다고 약속했다. 그러나 셈은 느긋한 태도를 보이고 있었다. 최후통첩이 만료되는 나흘째 날까지만 오면 된다면서.

무아노는 텔레크리스털에 연락해서 마지스터의 메시지가 담긴 크리스털 볼 비디오를 넘겨받았다. 무아노는 비디오를 보고 또 보면서 악마들을 유심히 살피고 있었다. 악마의 수가 엄청났기 때문에 드래곤들은 불안에 빠졌다. 데미데루스는 마법사가 불러낼 경우에만 악마가 아더윌드나 지구로 들어올 수 있는 주문을 걸어놓았다. 그 후 5천 년이 흐르는 사이에 인간은 악마를 불러내는 또 다른 방법을 찾아내긴 했지만 대신에 수명이 몇 년 짧아지는 것을 감수해야 했다. 도움을 주는 대신에 악마가 생명을 유지하는 데 필요한 물질을 빨아먹기 때문이었다. 그래서 악마와 결속되어 있는 마법사들이 있었다. 그러나 악마는 일생 동안 단 한 명의 마법사하고만 결속할 수 있었다. 그런데 지각단층을 열지 않고서야 마지스터가 어떻게 그 많은 악마를 집합시킬 수 있었을까? 그것은 도저히 있을 수 없는 일이었다.

팅가푸르는 술렁이고 있었다. 마지스터가 선전 포고를 하고 나서 얼마 후, 수많은 비마가 항복을 요구하는 시위를 벌였다. 그들은 악마를 두려워하고 있었다. 티라니크 수상은 군대를 투입해서 시위대를 해산하기로 결정했다. 타라는 참사가 일어나기 직전에 그 명령을 취소했다. 시위자들을 진압할 수 없게 되자 화가 난 실라르는 항의하면서 티라니크의 결단을 촉구했다. 타라는 명령에 불복하는 실라르를 해임하려다가 생각을 바꾸었다. 그리하여 타라와 수상의 만남은 시작부터 삐걱거렸다. 어리다고 얕보는 태도로 밀어붙이려는 수상과 절대 지지 않고 주장을 굽히지 않는 타라는 팽팽히 맞섰다. 마침내 티라니크가 후계자에게 굴복하는 것으로 결론이 났지만 타라는 본의 아니게 적을 만든 셈이었다.

비마들의 시위는 정부에 혼란을 줄 목적이라고 보기에는 놀라울 정도로 조직적이었다. 크리스털리스트들이 비마에 대해 많은 정보를 전해주고 있지만 타라는 신경 쓰지 않는 체했다. 또다시 누군가가 마법사들과 비마들의 분열을 조장하고 있었다. 타라는 잘못 말려들어서 위험한 게임을 하고 싶지 않았다.

여제의 원정대에 참여하지 않은 장관과 장군이 속속 도착했다. 그들은 열네 살 소녀에게 나라의 운명을 맡기는 것이 떨떠름하다는 얼굴이었고, 타라가 항복할 것이라고 예상하고 있었다.

샤름의 충고대로 타라는 청바지 대신에 우아한 드레스를 입었고, 굽 높이가 10센티미터쯤 되는 구두를 신어 키가 커 보이게 했다. 체인지라인의 도움을 받아 나이가 들어 보이는 화장도 했다. 그르룰은 뒤에서 팔짱을 낀 채 주의 깊게 살피고 있었다. 타라는 어린애로 보이지 않으려고 거울 앞에서 황제의 무표정한 얼굴을 수없이 연습하면서 표정관리에 신경을 썼다.

타라가 결연하게 싸우겠다고 선언하자 가장 놀란 사람은 티라니크였다. 그는 타라를 대신하여 오무아를 통치할 것이라고 확신했는지 자신만만한 얼굴로 번지르르하게 말문을 열었다.

"우리의 후계자는 아직 어리고, 진짜 군대와 대적한 적이 없었습니다. 마지스터가 우리에게 보낸 악마들은 물론 불사신 같은 존재들이지요. 그러나 마지스터는 오무아 국민에게 원한을 품은 것이 아니라 단지 우리를 드래곤들에게서 해방시키려는 것이오. 마지스터에게 복종하고 난관에서 벗어납시다."

회의에 참석해 있는 샤름과 셈은 속이 부글부글 끓었지만 입을 꾹 다물고 있었다. 타라는 심장이 오그라드는 것 같은 느낌으로 국가 수뇌부들을 둘러봤다. 남자, 여자, 인간이 아닌 존재들, 모두 당황하는 것 같았다. 타라는 심호흡을 하면서 일어났다.

"티라니크 선생님이 생각하는 것과는 달리 나는 마지스터와 싸운 적이 있습니다. 그것도 두 번이나. 첫 번째는 드래곤과 엘프 군단과 함께 마지스터의 잿빛 요새를 정복하여 내 어머니를 구해냈지요. 두 번째는 마지스터와 단둘이서 대적했습니다. 나는 그자의 능력을 알고 있습니다. 마지스터가 우리와 동맹을 맺은 드래곤들을 몰아내는 것으로 만족할 것이라고 생각하는 사람은 꿈을 깨십시오. 그자는 이 나라를 점령하여 아더월드의 다른 나라들을 정복하기 위한 교두보를 만들려는 겁니다. 우리 동족들이 그자의 총알받이가 되는 것입니다. 여러분의 자식들이 그자의 병사가 되는 것입니다. 그자는 아주 많은 피를 흘리게 할 것입니다. 그리고 그것은 그자의 피가 아니라 우리의 피라는 걸 아셔야 합니다. 우리가 지금 그자를 막지 않으면 이 행성을 죽음으로 몰아넣는 것입니다. 이 행성 다음으로는 지구를 침략할 것이고, 이어서 드란부글리스펜쉬르를 공격할 겁니다. 마지스터는 드래곤들에게 전쟁을 선포할 겁니다. 여러분이 원하는 것이 그것입니까?"

그 지적에 장관들이 술렁거렸다. 드래곤들의 막강한 힘을 누군들 무시할 수 있을까. 그리고 타라의 말도 옳았다. 피를 흘릴 사람은 그들이지 마지스터가 아니었다. 투표 결과, 만장일치는 아니었지만 대다수가 적과 싸우겠다는 결정을 내림으로써 항복하자던 티라니크의 주장은 묵살되었다.

수상은 마지막 술책을 시도했다. 그는 후계자가 복잡한 행정기구에 적응할 수 있도록 타라의 후견인이 되겠다고 제안했다. 그러나 여제의 사촌 옥시아 부인이 그 제안에 반대했다. 티라니크를 좋아하지 않는 것이 분명했다.

"지금까지 보여준 명석함과 총명함에 비추어 우리의 후계자가 이 나라를 다스리는 데 있어 왜 당신을 거쳐야 한다는 것인지 도무지 모르겠군요!"

타라는 고갯짓으로 고마움을 표시했다. 물론 장관들은 타라가 회의를 시작하기 전에 셈, 샤름, 로빈, 특히 아더월드 전쟁사의 걸어다니는 사전 파프니르에게 특별 교육을 받았다는 사실을 모르고 있었다. 그들의 조언에 따라 타라는 바다로 둘러싸인 오무아의 해상 국경에 대한 경비를 강화하고 예비군을 소집했다. 그리고 행성 전체를 불바다로 만들 필요는 없으니 처음부터 전쟁에 개입하지 말고 사태를 예의 주시해 달라는 입장을 동맹국들에 전달했다. 그러면서도 타라는 공개 회의를 열어 다른 국가들도 원한다면 동참할 수 있게 했다. 찬성, 찬성, 찬성! 그리하여 오무아는 도와달라고 애걸하지 않고서도 우아하게 여러 국가의 원조를 받게 되었다. 드래곤 마법사들과 친구들의 도움으로 이렇듯 발 빠르게 대처한 덕분에 타라는 정국을 안정시킬 수 있었다.

각료들은 더 이상 트집을 잡을 수 없게 되자 타라에게 전권을 주었고, 오무아의 운명이 열네 살 소녀의 손에 놓이게 되었다. 타라는 가슴이 떨리고 무릎이 후들거렸지만 루이 14세도 비슷한 나이에 전쟁을 지휘했고, 잔다르크는 열일곱 살 나이에 오를레앙을 탈환했던 것을 떠올리면서 용기를 냈다. 그런다고 위안이 되는 것은 아니었다. 어느 순간부턴가 갑자기 장관들이 처음으로 "폐하"라고 호칭했을 때 타라는 가슴이 메였다. 평소에 사용하던 '마마' 대신에 '폐하'라는 칭호를 쓴다는 것은 장관들이 은연중에 타라를 여제로 인정한다는 뜻이었다. 타라는 그 마음이 일시적인 것이 아니기를 바랐다.

타라는 사악한 주문에 걸려 아기로 둔갑해 있었음을 밝혔다. 그리고 궁전에 침투해 있는 적을 추적하고 있다는 사실도 밝혔다. 또 마지스터에 대해서는 주눅든 적이 없었으며, 국민과 자신은 악마들과 동맹을 맺을 정도로 비열한 인간과 싸울 만반의 준비가 되어 있다고 천명했다.

각 책임자들은 타라에게 경의를 표하는 뜻에서 확실하고 구체적인 전술을 계획했고, 국방장관 발렌드라를 비롯한 장군들도 서로 질세라 다양한 전략을 세우는 열의를 보였다.

타라는 하품을 하는데 눈이 너무 따가워서 비비려다가 순간적으로 멈췄기에 망정이지 하마터면 검정눈물을 흘릴 뻔했다(눈에 마스카라 화장을 했던 걸 깜빡 잊고 있었던 것이다). 타라는 예상했던 것보다 위기상황을 잘 넘기고 두려움을 극복했다는 생각에 안도의 한숨을 쉬었다. 얼마나 긴장했으면…… 시간을 확인하던 타라는 마지스터의 선전 포고가 있은 지 3시간밖에 흐르지 않았다는 걸 알고 놀랐다.

갑자기 멜이 나타났다. 갈랑이 딸꾹질을 해서 칼이 황급히 비켜섰지만 다행히 콧구멍에서 파란 방울은 나오지 않았다. 주홍빛 에프리트가 넙죽 절했다.

"여제의 시녀장 마리안나와 메델루스 선생님은 행방불명이지만 셀레나 부인은 찾았습니다. 부인은 여제의 거처로 오기 전에 기거하던 방에 있었지요. 주인님이 찾고 있다는 말을 전했습니다."

"거기서 뭘 하고 계셨……?"

숨을 헐떡이며 뛰어들어오는 어머니 때문에 타라는 말을 중단했다. 셀레나가 에프리트를 따라잡을 생각으로 엄청나게 뛰어온 모양이었다.

"어머, 다들 모여 있네. 무슨 일이 생겼니, 타라? 그리고 메델루스 본 사람이 있니? 아침식사를 같이 하기로 했는데 보이질 않는구나!"

그들은 몹시 놀라는 눈길을 교환했다. 이윽고 선생님이 입을 열었다.

"셀레나 부인, 마지스터의 선전 포고를 모릅니까?"

타라의 어머니는 새파래졌다.

"누가 뭘 했다고요?"

"마지스터가 선전 포고를 했어요. 지금 여제가 붙잡혀 있어요, 엄마. 누군가가 엄마에게 기억상실 주문 민투스를 걸은 것 같아요."

타라가 그동안 있었던 일을 자세히 알려 주자, 셀레나는 완전히 혼란에 빠지는 얼굴이었다.

"믿을 수 없어! 오, 맙소사, 놈이 죽은 게 아니었어? 게다가 여제를 붙잡고 있다니! 세상에 이걸 어떡하면 좋아?"

"싸워야지요!" 타라는 딱 잘라 말했다.

유심히 살피고 있던 마니투가 갑자기 셀레나에게 다가서더니 좀 심하게 냄새를 맡았다.

"할아버지, 왜 그러세요?" 셀레나가 물었다.

"킁킁, 킁킁, 냄새가 나. 킁킁. 너 오늘 아침에 어디 다쳤니?"

"모르겠어요, 전혀 기억이 없는데…… 왜 그러세요?" 셀레나는 콧등을 찡그리면서 물었다.

"네게서 피 냄새가 나!"

셀레나는 흠칫 놀랐다.

"피 냄새요? 저한테서요?"

"그래, 네 머리에 피가 묻어 있는 것 같구나. 머리를 건드리니까 냄새가 더 심해. 구두에서도 냄새가 나. 옷에서는 냄새가 안 난다는 건 갈아입었다는 것이고!"

"즉시 확인해봅시다." 셈 선생님이 말했다. "*플루이도레벨루스의 이름으로* 피는 정체를 드러낼지어다!"

샤름이 셈을 쳐다보는데 이건 또 무슨 희한한 주문이람? 하는 얼굴이었다.

어쨌든 주문은 효과적이었다. 마법의 기운이 셀레나의 온몸을 휘돌다 머리털과 구두에서 머무는가 싶더니 이미지가 형성되었다. 타라가 휘청거리는 어머니를 얼른 부축했다. 피를 흘리는 메델루스가 나타났던 것이다. 그 뒤로 언뜻 자르와 마라의 실루엣이 보였다. 아이들의 얼굴 역시 피투성이였다.

20
뱀파이어의 이빨자국

*

“오, 조상들이시여!” 피 묻은 이미지를 보고 마니투가 외쳤다.

“어머나, 맙소사! 이제 기억나요!” 셀레나의 얼굴이 창백해졌다. “아침에 메델루스를 만나러 갔는데 피투성이로 방바닥에 쓰러져 있었어요. 레파루스 주문을 써봤지만 피를 너무 많이 흘렸는지 깨어나지 않았고…… 그리고 욕실에서 옷을 갈아입은 것 같은데…… 그다음은 전혀 기억이 안 나요.”

타라의 얼굴이 새파래졌다. 맹랑한 아이들이라는 것은 알았지만 살인을? 그 정도까지는 아닌 것 같은데……!?

“메델루스는 아직 궁전 안에 있는 것 같아…….” 마니투가 킁킁 냄새를 맡으면서 말했다. “킁킁, 킁킁! 무아노, 나를 도와다오!

블롱딘과 쉬바, 너희들도!"

은빛 표범 쉬바는 시력이 뛰어나지만 후각은 그리 예민한 편이 아니어서 주둥이를 찡그리더니 알았다는 뜻으로 신음소리를 냈다.

야수로 변신한 무아노는 수색을 시작한 지 거의 1분도 되지 않아 메델루스의 방에서 가까운 벽장 앞에서 멈춰 섰다. 이상한 냄새가 진동했다. 벽장을 여는 순간 무엇인가가 굴러 떨어지려 했고 얼떨결에 떠받치던 무아노는 비명을 질렀다. 피가 엉겨붙은 메델루스? 비명소리에 모두 달려왔고, 부상자를 덥석 끌어안는 셀레나의 드레스가 붉게 물들었다. 에프리트는 눈썹 하나 까딱하지 않고 쳐다보고 있다가 사라지기에 앞서 구시렁거렸다.

"에이 씨! 기껏 위험을 무릅쓰고 찾아다녔더니 하필 벽장 안에 있어 가지고! 진짜 체면이 말이 아니군!"

자존심이 상했다는 듯 씩씩거리는 에프리트를 보면서 칼은 웃음을 참을 수 없었다. 그만한 일에 너무 오버하는 것 아냐?

메델루스는 눈뜨고 볼 수 없는 몰골이었다. 아직도 상처에서 피가 나는 것을 보면 셀레나의 레파루스 주문이 전혀 듣지 않은 것 같았다.

"으윽, 어떤 동물이 와작와작 씹어먹다가 뱉어버린 것 같군."
칼이 중얼거렸다.

그러나 로빈은 고개를 흔들면서 복합 주문의 결과로 목에서 서서히 사라지는 핏자국을 가리켰다.

"이건 뱀파이어의 이빨 자국이야! 메델루스는 사냥꾼의 공격을 받은 거였어!"

일순간 모두 표정이 싹 달라졌다. 그렇다면 드라고쉬 선생님의 옛 약혼녀가 궁전에 침투했단 말인가! 최근에 일어난 일련의 사건들, 살인사건까지도 평범한 상그라브의 짓이겠거니 생각하고 있었건만…… 마지스터가 보낸 자객이 여자 뱀파이어 셀렌바라면 문제가 달랐다.

벽장 안쪽에서 신음소리가 들렸다. 또 한 사람이 어둠 속에 쓰러져 있었다. 반쯤 의식을 잃은 마리안나의 몸에도 깊게 할퀸 상처가 있었고, 목에 사냥꾼의 사인이 찍혀 있었다.

레파루스 주문으로 치료를 받자마자 그녀는 정신이 돌아왔다.

"내가 왜……?"

"뱀파이어의 공격을 받았어요." 무아노는 그녀의 목에 발을 올려놓은 채 설명했다.

"배가 고파서 맛 좀 봤나 봐요." 이런 상황에도 농담이 나오는지 칼이 덧붙였다.

마리안나는 부르르 떨었다.

"여자 뱀파이어가 우리 피를 빨아먹었다는 뜻이에요?"

"그렇소." 마니투가 대답했다.

"제가 이해할 수 없는 것은 두 사람 다 아직 살아있다는 거예요." 로빈이 의문을 제기했다.

"의식이 돌아오지 않아!"

셀레나의 목소리는 떨리고 있었다. 메델루스는 그녀의 품에 축 늘어져 있었다. 상처는 아물었지만 어찌나 창백한지 최고 마구스는 송장 같았다. 깨어나기만 했지 마리안나도 상태가 좋은 것은 아니었다.

"너의 주문으로 우리의 피를 수혈하는 게 어떨까?" 타라가 로빈에게 제안했다.

"안 돼." 로빈이 대답했다. "그런 위험을 무릅쓰고 싶지는 않아. 우리가 약해질 수도 있거든. 샤먼에게 치료할 방법이 있을 거야."

"내가 샤먼을 부르지." 하고 말하면서 셈 선생님이 투덜거렸다. "맙소사, 대체 그 여자가 무슨 생각을 했기에!"

"누구요? 샤먼이요?" 파브리스가 어리둥절한 얼굴로 물었다. "'멀리 보는 눈' 샤먼은 남잔데요, 여자가 아니라……."

"샤먼말고 여제 말이다!" 셈은 퉁명스럽게 대꾸했다. "엘프 군단과 최고 마구스 몇 명 정도로 마지스터와 맞설 생각을 하다니 자만했어. 스스로 무덤을 판 거지. 이사벨라 부인에게 지구의 지각단층을 조사해 달라고 했는데 아무 이상이 없다는 거야. 그런데 마지스터가 어떻게 그 많은 악마를 들어오게 했는지 알 수가 없어."

여제를 비판하는 소리가 듣기 싫은 듯 마리안나가 말을 끊었다.

"나는 걱정이 돼서 죽겠어요. 우리가 맞서면 마지스터가 무슨 짓을 저지를지 모른단 말입니다!"

"아무 짓도 못해요." 타라는 딱 잘라 말했다. "마지스터에게는 여제가 필요하니까. 악마의 힘을 지닌 사물에 이르려면 데미데루스의 직계 혈통이 필요하기 때문에 인질로 붙잡아두고 있는 거예요. 따라서 여제는 위험하지 않아요."

무거운 침묵이 흘렀다. 잠시 후 칼이 휘파람을 불었다.

"마지스터가 호시탐탐 너를 납치할 거란 생각만 하다 보니 너의 고모도 악마의 힘을 지닌 사물에 접근할 수 있다는 걸 잊고 있었어. 그럼 이거 장난이 아닌데!"

"지금으로서는 그 사물보다 마지스터의 악마 군단이 더 걱정이다." 셈 선생님이 말했다. "드란부글리스페쉬르에서 원군이 올 때까지는 아더월드에 와 있는 드래곤들이 힘이 되어줄 수는 있겠지. 정찰을 나가야겠다. 마지스터가 군대를 이미 대륙에 침투했다면 어딘가에 숨어 있겠지. 그 소굴을 찾아내야 해!"

"쌍둥이들도 찾아야 해요." 셀레나가 잠시 메델루스에게서 눈을 떼고 부드럽게 말했다. "그 아이들은 뭔가 알고 있을 거예요."

연락을 받고 달려온 샤먼은 메델루스를 응급 처치한 뒤에 의무실로 옮겼다. 또 부상이 심하지 않은 마리안나에게는 약을 먹였다. 아직 몸이 성치 않은 마리안나가 파브리스에게 부축해달라고 부탁했다. 매력적인 시녀가 파브리스에게 몸을 너무 바짝 기대는 것 같아서 무아노는 코를 찡그렸다. 파브리스가 세심하게 배려해주면서 무슨 말인가 건넬 때마다 마리안나는 감탄하는 듯 눈을 크게 뜨면서 그 하얀 목을 흐느적거렸다. 무아노는 씁쓸한 미소를 지었다. 지구소년의 비밀을 안다면 몸을 기대는 게 다 뭐야, 뒤도 안 돌아보고 도망칠걸!

쌍둥이 남매는 자기들의 방에 있었다. 어이없는 얼굴로 들어오는 타라를 보고 자르는 도전적 표정으로 맞는 데 반해 마라는 창백해졌다.

"레벨루스 주문을 걸어보니 최고 마구스 메델루스가 공격받았을 때 너희들이 같이 있었고, 또 너희들에게도 피가 묻어 있었다. 무슨 일이 있었는지 말하라." 셈 선생님이 다그쳤다.

쌍둥이들이 불안한 눈길을 주고받더니 마라가 입을 열었다.

"오늘 아침에 지시를 받기 위해 선생님 방에 갔어요. 우리가 들어갔을 때 선생님은 이미 피를 흘리면서 쓰러져 있었어요. 돌아가셨는 줄 알고 너무 무서워서 우리는 도망쳤어요."

"근데 나는 너희들이 사고가 난 뒤에 왔다는 생각이 안 드는데 어떡하지?" 타라가 일침을 가했다. "너희들을 보호하는 사람이 누구지? 그리고 이유는?"

자르의 눈빛이 이상할 정도로 생기가 없었다.

"마음대로 생각하고, 하고 싶은 대로 해. 우리를 감옥에 집어넣든지 말든지. 그런다고 달라질 건 없으니까."

쌍둥이들은 마치 생명 유지에 필요한 중요한 것을 빼앗긴 듯 기운이 하나도 없어 보였다. 타라는 마음이 내키지는 않았지만 목소리를 부드럽게 바꿨다.

"너희들의 장난으로 파티가 엉망이 된 후에 나의 에프리트 멜에게 너희들을 찾으라고 했는데 어디 있는지 위치를 알 수 없었어. 왜 그랬을까?"

쌍둥이들이 또 불안한 눈길을 주고받았다. 타라는 속으로 말했다. 얘들 좀 보게, 설마 그 정도도 모르고 있었다고 생각하는 것은 아니겠지.

"이 드라크 때문에." 마라가 중얼거리면서 가슴에 늘어진 가문의 메달을 가리켰다.

"그게 뭔데?"

"드라크는 감쪽같이 숨겨 주는 기능이 있지. 남작령의 자식들은 누구나 이 메달을 가지고 있고. 이걸 작동하면 빛이 회절하기 때문에 우리가 보이지 않아. 그래서 특히 쫓기고 있을 때는 꼭꼭 숨을 수 있어. 이건 우리의 마법능력이 아니라 주위에 있는 마법을 이용하는 것이라서 주문보다 훨씬 효과적이야."

타라는 드라크 두 개를 받아 실라르 수하의 친위대원에게 넘겼다. 쌍둥이 남매에게서 더 이상의 정보는 얻을 수 없었다. 풀죽은 얼굴로 동문서답하는 쌍둥이들을 상대하던 타라는 어찌나 약이 오르는지 아이들을 죽이고 싶은 충동이 일어서 심문을 중단했다. 타라는 그 방 앞에 보초 두 명을 세우고 아이들을 철저히 감시하라는 지시를 내렸다.

그들은 회의실로 돌아가서 다양한 대책을 세웠다. 수수께끼는 쌓여만 가고, 또 수많은 목숨이 희생될 것이라는 생각에 타라는 두려움이 엄습하면서 위가 뒤틀렸다. 점심시간이 훌쩍 지났지만 뭔가가 목구멍에 걸려 있는 것처럼 아무것도 넘길 수 없을 것 같았다. 그런데다 음식 생각만 해도 속이 울렁거렸다. 그러나 셈 선생님이 설득했다. 궁인들과 마법사들에게 의연한 모습을 보여줘야 한다면서.

타라가 식당에 들어서자 웅성거림이 커졌다. 걱정이 가득한 얼굴들인데 세 부류로 나뉘었다. 마지스터에게 항복하여 이번 기회에 드래곤들의 콧대를 꺾고 싶은 자들(소수라서 다행이었다), 악마들과 싸우고 싶은 자들, 오무아는 다른 종족들과 동맹을 맺어야 한다고 주장하는 자들. 타라는 혼자서라도 황궁 군대를 이

끌고 나가 마지스터와 싸우겠다고 선언했다. 찬성을 얻지 못한 타라는 속으로 한숨을 쉬면서 내색을 하지 않으려고 노력했다. 셈 선생님은 성공을 거둘 것이라며 거듭 용기를 주었다. 선생님이 전에 없이 용기를 북돋아준다 싶더니 타라는 그제야 이것을 예상한 것이었음을 깨달았다.

타라와 친구들은 드라고쉬 선생님, 칼리브리스 부인, 칼리 부인, 옥시아 부인과 티라니크 수상이 이미 자리를 잡고 있는 식탁에 둘러앉았다. 궁인들이 불안해하지 않게 드래곤 마법사 샤름과 셈은 식탁 양쪽 끝에 자리를 잡았다. 갑자기 칼이 반가워했다. 아는 얼굴을 보았던 것이다.

"여러분, 잠깐만 주목해주세요. 엘레아노라를 소개할게요!"

"누군데그래?" 파브리스가 호기심이 가득한 얼굴로 물었다.

"소용돌이에 휩쓸려갔던 소년의 사촌이야." 타라가 차분하게 설명했다. "그저께 궁전에서 만났는데 칼을 굉장히 원망하고 있는 것 같았어."

칼이 타라 앞으로 소녀를 데리고 와서 소개했다.

"여긴 엘레아노라. 아들을 잃은 충격을 조금이나마 잊을 수 있도록 브란디스의 부모님 집에서 살고 있어. 파시 가문인데 브란디스와 서로 아주 절친한 사이였대."

타라는 파시 가문의 사람들이 오무아에서 유행하는 마법 결투를 없애기 위해 노력하는 평화주의자라는 것을 알고 있었다. 엘레아노라는 시선을 마주치지 않으려고 하면서 타라, 옥시아 부인, 티라니크 선생님 앞에서 아주 뻣뻣하게 허리를 굽히고 나서 한마디도 하지 않고 멀어져갔다.

"행성의 모든 종족을 사랑한다는 파시 가문의 사람치고는 우리를 그리 좋아하지 않는 것 같네." 파브리스도 한마디했다.

"응, 쟤는 우리를 전혀 좋아하지 않아. 하지만 아주 멋진 아이라고 생각해."

칼은 자신이 그렇게 반가워한 이유를 설명할 겨를이 없었다. 옥시아 부인이 식사를 시작하라는 신호를 보내는 순간 식당이 어둠 속에 잠기는 충격적인 일이 일어났던 것이다.

21
뱀파이어의 약혼녀

*

잠시 후, 전기가 들어오자 모두 불안한 눈길로 주위를 둘러봤다. 사람들은 특별히 이상한 점이 보이지 않았기 때문에 단순한 정전사고라고 생각했다. 뱀파이어를 어떻게 대적해야 할지 모르기 때문에 타라는 드라고쉬 선생님 쪽으로 몸을 숙이고 물었다.

"메델루스 선생님이 갈가리 찢기는 중상을 입은 채로 발견되었어요. 마리안나도 공격을 받았고, 두 사람 다 피를 많이 잃었어요."

드라고쉬 선생님은 움찔했다. 아더월드에서 살아있는 존재의 피를 즐기는 것은 한 종족밖에 없었다. 누가 그런 끔찍한 짓을 저질렀는지 그는 알고 있었다. 쾌락 때문에 인간을 갈가리 찢어놓을 수 있는 것은 배신한 뱀파이어밖에 없었다. 자신의 약혼녀. 자신의 인생에서 유일한 사랑, 영원한 저주를 받은 뱀파이어 셀렌바가 바로 그 악명 높은 사냥꾼이라는 것을 알고 있기에 드라고쉬는 괴로웠다.

의혹이 가득한 참석자들의 눈길이 드라고쉬에게 쏠려 있었다. 옥시아 부인은 파랗게 질려서 다그치듯 말문을 열었다.

"드라고쉬 선생님, 여기 뱀파이어라고는 선생님 한 분밖에 없습니다. 뭐라고 말씀을 해보시죠?"

"네, 맞습니다. 내가 아는 한 다른 뱀파이어는 없습니다." 드라고쉬는 노골적인 비난을 받아들이면서 목멘 소리로 대답했다.

"그렇지 않아요." 칼리 부인이 이의를 제기하고 나섰다. "인간의 피 맛을 보게 되면 뱀파이어는 급격한 변화를 감수해야 하지요. 침에 독이 퍼지는 데다 환한 대낮을 견딜 수 없게 되지요. 그런데 이 방은 햇빛이 가득한데 선생님은 전혀 괴로워하지 않고 있어요. 따라서 드라고쉬 선생님은 범인이 아닙니다."

그녀는 몸을 숙이고 혐오감을 흘리는 말투로 계속했다.

"따라서 우리들 중에 피를 빨아먹는 또 다른 뱀파이어가 있는 겁니다. 인간의 피를 먹은 뱀파이어 말입니다!"

궁인들은 대체 누구를 믿어야 하냐는 얼굴로 서로를 쳐다봤다.

상황 판단이 빠른 옥시아 부인이 깔끔하게 사건을 정리했다.

"그러니까 그 흉악한 괴물을 보낸 것이 마지스터란 말이죠? '나에게 저항하지 말라, 아니면 너희들을 죽인다.' , 뭐 그런 협박이란 말이죠? 수법이 아주 혐오스럽군요. 그런 식으로 우리에게서 항복을 받아내려 하다니!"

그녀는 그 말을 마치 마지스터에게 전달하라는 듯이 드라고쉬를 쳐다보면서 말했다. 창백해진 뱀파이어는 자신의 입장을 설명하기 위해서라도 무슨 말이든 할 필요가 있었다.

"나는 배신자가 아닙니다, 부인." 드라고쉬는 침을 삼켰다. "나는 여러분 편입니다. 마지스터는 아주 오래 전부터 싸우고 있는 나의 원수입니다. 그리고 부인의 말이 옳습니다. 그 뱀파이어가 우리의 적이자 나의 적을 위해 일하고 있는 것도 맞습니다. 이 문제는 내가 해결하겠습니다."

다른 사람들은 이 선언의 의미를 이해하지 못했지만 타라와 친구들은 걱정스런 눈길을 주고받았다. 드라고쉬의 약혼녀가 마지스터의 유혹에 넘어가서 인간의 피를 먹고 미치광이가 되었다는 것을 알기 때문이었다. 사피르 드라고쉬는 죄를 저질렀는데도 오랜 세월 동안 약혼녀를 변호하면서 몹쓸 병을 낫게 할 방법을 연구하고 있었다. 그러나 또다시 도저히 용서할 수 없는 끔찍한 죄를 저지른 이상 이제 그는 더 이상 그녀의 죄를 눈감아 줄 수 없었다.

고개 숙인 뱀파이어의 창백한 뺨을 타고 피눈물이 흘러내렸다. 사랑하는 여자를 죽여야 하는 일이었다. 그녀와 나눴던 달콤한 순간들, 함께 거닐던 꽃향기 그윽한 들판, 아들딸 낳아 행복하게 살고 싶었던 꿈을 이제는 정말 머릿속에서 지워버려야 했다. 유혈이 낭자한 메델루스와 마리안나의 이미지를 모두 보았으니 이제 더는 그녀를 감싸 줄 수도, 그 죄를 덮어줄 수도 없었다.

오무아 궁전의 감독관 칼리 부인은 팔 여섯 개를 비비 틀면서 드라고쉬를 쳐다보고 있었다. 부인이 어떻게 해결할 것인지 구체적인 설명을 독촉하려는 순간, 드라고쉬의 얼굴 윤곽이 흐릿해지더니 점점 길어지는 입에서 송곳니가 쑥 튀어나왔다. 궁인들은 후닥닥 뒷걸음쳤다. 그들이 숨을 돌릴 사이도 없이 플록! 하는 소리와 함께 드라고쉬 대신에 검은 늑대가 나타났다. 마니투는 딱한 생각에 털이라도 쓰다듬어주려다가 위협적으로 입술을 젖히면서 슬그머니 비켜섰다. 이왕이면 나도 저런 늑대나 사자로 둔갑할 것이지, 휴! 사냥개 모습을 하고 있는 자신이 새삼 한심하게 느껴졌던 것이다.

늑대는 주둥이를 치켜들고 괴로운 울음소리를 내고는 껑충껑충 층계로 사라졌다.

"세상에, 얼마나 가슴이 찢어질까! 저렇게 멋진데!" 금발 궁녀가 홀딱 반한 것 같은 뉘앙스로 중얼거렸다.

여자의 애인인 듯한 남자가 못마땅한 눈길을 던졌다.

"뭐가 멋지다고 야단이오? 나도 털을 뒤집어쓰고 희한한 소리를 지를 수 있어요. 그게 뭐 그렇게 어려운 일이라고! 어떤 걸로 해줄까요? 표범? 호랑이?"

입맛이 뚝 떨어진 무아노는 드라고쉬 선생님을 뒤따라갈 생각으로 야수로 변신했다.

어떨 때는 인정머리라고는 없어 보이는 셈 선생님이 배가 고픈지 모오오오우우우 살코기 한 점에 대고 주문을 읊었다.

"*두블루스의 이름으로* 이 한 조각의 고기는 내 배를 채워 줄 수 있게 될지어다!"

원하는 양의 스테이크가 나타나기는커녕 접시는 꿈쩍도 하지 않았다. 드래곤 마법사는 눈살을 찌푸리면서 다시 주문을 읊었지만 성과가 없었다. 뒤에서도 불평하는 소리가 났다. 한 최고 마구스가 맥주를 원한다는 주문을 읊었는데 그것도 헛일이었다. 가슴이 철렁! 모두의 머릿속에 의혹이 스쳤다. 하나둘 각자 마법을 시험해보던 최고 마구스들은 아연실색했다. 마법 능력이 없어진 것이었다.

궁전이나 마법의 사물은 이상이 없었다. 최고 마구스들만 그 능력의 원천이 차단되어 있는 것이었다. 뱀파이어와는 달리 셈 선생님은 인간의 모습으로 변신할 수 없었다. 드래곤의 몸이라

선불리 돌아다닐 수가 없게 되어 오도가도 못하는 신세가 되었다. 샤름도 마찬가지였다.

그 자리에서 긴급회의가 열렸고, 장군들, 최고 마구스들, 장관들이 흥분하고 있었다. 타라가 옥좌에 앉자마자 아더월드의 수상 격인 티라니크는 마법 능력이 없어지는 전대미문의 사건이 일어난 것에 힘을 얻었는지 목소리를 높였다.

"마법을 쓸 수 없으니 선택의 여지가 없소. 마지스터에게 항복해야 합니다! 이제 우리는 방어할 능력이 없소이다!"

타라는 분개했다.

"우리는 싸울 수 있습니다! 우리에게는 오무아 군대가 있고, 엘프들은 마법이 아니라 페가수스들과 힘을 합해 싸우면 됩니다."

"그러나 마지스터는 마법을 이용할 것인데 우리는 대응할 수 없으니 모두 죽게 될 것이오! 나는 악마에게 잡혀서 생을 마치고 싶지 않소이다. 항복해야 합니다!"

갑자기 타라의 분노가 폭발했다. 마지스터는 아버지를 죽였고, 어머니를 납치해서 10년 동안 억류했던 인간이었다. 그리고 지금은 오무아 사람들을 노예로 만들려 하는데 그자의 속셈을 알아채지 못하는 티라니크를 보면서 타라는 어찌나 속이 부글부글 끓는지 도저히 참을 수가 없었다. 그 순간 타라의 마법이 폭발했다.

티라니크는 두 손에서 발사된 파란 광선을 맞고 그대로 떠밀리다 벽에 콰당! 부딪혔다. 회의실엔 찬물은 끼얹은 듯 무거운 침묵이 내려앉았다. 타라가 손을 내려다볼 때 모두 일제히 뒷걸음쳤다.

“우와, 타라? 너는 마법을 할 수 있다!” 칼이 외쳤다.

어린 도둑이 주문을 읊었다. 레파루스 주문의 기운이 기절한 티라니크를 휘감자 축 늘어진 수상의 팔이 꿈틀꿈틀 움직이더니 차츰 의식이 돌아왔다.

“나도 되네!” 칼이 마법을 시험해보고 기뻐했다.

어른들만 마법 능력을 잃었다는 것을 깨닫기까지는 오래 걸리지 않았다. 어린 마법사들만 능력을 보존하고 있으니 또 아이들만 악마와 맞서야 한다는 것이 아닌가. 타라는 아더월드가 정말 싫어지려고 했다.

그 소식은 엄청난 속도로 퍼져나갔다. 과연 마지스터가 곧바로 크리스털 전광판으로 메시지를 보냈다.

마법도 안 되고 힘도 없는데 너무 힘들지 않은가? 저주받은 왕홀이 그런 효력을 지니고 있을 줄이야! 5000년이 지났는데도 완벽하게 작동했으니 악마들의 능력은 얼마나 대단한가! 이번에는 어린 마법사 한두 명이 무력해질 것이다. 이제 너희들은 항복하는 일밖에 남지 않았다!

얼굴은 볼 수 없지만 마스크 색깔이 파란색인 것을 보면 마지스터는 쾌재를 부르고 있었다.

때맞춰 복원된 도서관에서 자료조사를 한 결과 저주받은 왕홀은 지각단층 쟁탈 전쟁이 일어났을 때 데미데루스가 악마들에게서 압수한 불길한 물건들 중 하나였다. 왕홀은 악마들이 인간과 드래곤의 마법을 막기 위해 만든 것이지만 미처 사용해보지도 못한 채 데미데루스에게 빼앗긴 것이었다.

마지스터가 그 왕홀을 손에 넣었다는 것은 여제를 왕홀이 있는 곳으로 강제로 끌고 가서 지킴이들과 심판관들을 속이는 데 성공했음을 의미하는 것이었다. 시간이 흐를수록 나라는 점점 공포의 도가니에 빠지면서 파국으로 치닫고 있기 때문에 타라는 장관들이 등을 돌리고 항복을 요구할 것이라고 생각하고 있었다. 공명정대함을 잃지 않고 장관들에게 내 뜻을 따르라고 강요할 수 있을까? 성군과 폭군은 어떤 차이가 있는 것일까?

이런 생각을 하면서 혼자 회의실을 나온 타라는 자연환경 조성을 위해 만든 인공 얼음사막을 가로지르고 있었다. 그 뒤를 따라오다 얼음판에서 그만 꽈당, 미끄러진 그르룰은 허리춤에 늘 차고 다니는 곤봉으로 얼음에 분풀이를 했다. 그런데 얼음이 깨지면서 솟구치던 물이 거의 순식간에 얼음으로 변하는 것이 아닌가. 그 순간 머릿속에서 찰칵! 타라는 깨달았다. 바로 그거였어! 이제 타라는 좀비를 어떻게 죽였는지 알았다. 상황이 상황이니

만큼 지금은 그 사건에 신경 쓸 때가 아니지만 타라는 찜찜하던 수수께끼가 풀린 것으로 일단 만족했다.

녹초가 된 타라는 황금빛 규방에서 잠시 쉴 테니 혼자 있게 해 달라고 부탁했다. 물론 방 밖에서 트롤이 지키고 있었다. 타라는 그 방에 있으면 마음이 차분하게 가라앉아서 좋았다. 유기광물 호박으로 이루어진 벽에 엘프들이 조각해 놓은 꽃, 나비, 새들이 살아 움직이는 듯했다. 도저히 참을 수 없는 울음이 터져 나오고 있었다. 그때 산디아르가 면담을 청했다. 얼른 눈물을 닦으면서 타라는 체인지라인에게 빨개진 코와 눈을 가려달라고 지시했다. 전 친위대장은 들어오자마자 무릎을 꿇었다. 그는 타라를 올려다봤다. 호박에 반사되는 빛 때문일까 타라의 얼굴이 햇빛을 머금은 복숭아 같았다. 산디아르는 타라가 울었다는 것을 알아챘지만 모른 척했다. 그는 타라에 대해 어떤 태도를 취해야 할지 갈피를 잡지 못하고 있었다. 증오심과 존경심 사이?

"수사를 계속하고 있었습니다, 폐하. 그리고 범인이 좀비를 어떻게 죽였는지 알아냈습니다. 무엇이냐 하면……."

"얼음이죠." 타라가 말을 이었다.

"아니, 그걸 언제 어떻게 아셨습니까?" 산디아르는 기절초풍하는 얼굴이었다.

"뻔한 거니까요(타라는 바로 조금 전에 알았다는 것을 밝히지 않았다). 범인은 책장을 고정하는 강철 꺾쇠를 얼음 꺾쇠로 바꿔 놓은 거예요. 그리고 꺾쇠들이 녹아 없어지게 실내공기조절기를 꺼놓았던 것이고요. 물론 그 얼음이 녹는 데 걸리는 시간을 정확하게 계산했고, 그 예정 시간에 좀비를 불러들여서 박살을 냈던 거죠. 사체가 더 늦게 발견되었더라면 물의 흔적마저 완전히 증발했겠지요. 그랬으면 우린 어떻게 된 일인지 추측조차 하지 못했을 겁니다. 불행한 일이지만 황제의 예측이 입증된 셈이죠. 범인은 비마가 틀림없어요. 마법을 사용한 것이 아니니까요."

"꼭 그런 것만은 아닙니다, 폐하. 평범한 얼음이 아니거든요." 산디아르는 예리했다. "우리가 마법 능력을 잃기 전에 시험해 봤는데 그 얼음은 탄성력이 아주 약했습니다. 수거한 꺾쇠를 박아봤는데 힘없이 부서졌지요. 도서관 안에서는 마법을 사용할 수 없기 때문에 우리는 밖에서 열기가 아니라 충격에 견딜 수 있도록 꺾쇠를 마법으로 강화한 뒤에 다시 시험해 보니 꺾쇠가 녹으면서 책장이 넘어졌습니다. 그렇다면 '안티매직' 이라는 조직의 비마들이 마법을 사용한 것이 되므로 폐하의 생각대로 배후에 마법사가 있는 것이 틀림없습니다. 몇 가지 음모가 얽혀 있는 것으로 드러난 이상 수사를 다시 시작해야 합니다. 궁전에 있는 비마 궁인들이 아니라 마법사들을 대상으로!"

타라가 규방을 어찌나 왔다갔다하는지 사그락사그락 주홍빛 드레스자락 스치는 소리가 요란했다. 대형 퍼즐의 새로운 조각이 눈앞에 나타났던 것이다.

"젠릴 장군이 우연히 희생된 것으로 생각하도록 연막작전을 써서 우리를 속이려고 했던 거예요. 흥, 그렇게 호락호락 넘어갈 줄 알고! 산디아르, 아주 중요한 정보를 알려줘서 고맙습니다. 그리고 새로운 임무를 맡기고 싶은데 들어주시겠어요?"

"영광입니다, 폐하!" 갑자기 희망에 부푼 산디아르는 가슴이 두근거렸다.

타라는 그를 찬찬히 살펴봤다. 여제의 총애를 잃게 된 데에는 타라에게도 일말의 책임이 있기 때문에 산디아르가 불만을 품고 있다는 것을 알고 있었다. 그러나 지금은 거대한 궁전 내부에 신뢰할 만한 사람이 절실히 필요한 때였다.

"젠릴의 주변인물을 조사해주세요. 특히 그에게 원한을 품을 만한 사람이 있는지 알아보세요. 지금으로서는 그대를 친위대에서 빼낼 수 없으니까 근무 외 시간에 조사해야 합니다. 비밀리에 아주 신중하게 움직여야 해요. 그대가 음모를 밝혀냈다는 걸 알면 '안티매직' 측에서 가만있지 않을 거예요. 망설이지 않고 죽일 겁니다."

고마워서 어쩔 줄 모르는 산디아르는 가슴을 팍팍 치면서 벌떡 일어났다.

그가 방을 나가자마자 노크 소리가 들렸다. 타라는 한숨을 내쉬었다. 칼이 메델루스의 의식이 돌아왔다는 것을 알려 주었다.

어쨌든 셀레나에게는 좋은 소식이 아닌가. 셀레나는 시들시들한 것이 꼭 좀비 같은 메델루스를 부축하고 모두 모여 있는 회의실로 들어왔다.

셈 선생님이 달려가려고 하다 드래곤의 큰 키 때문에 충동을 억누르면서 메델루스가 절뚝거리며 걸어오기를 기다렸다.

"좀 어떻소?" 셈 선생님이 버럭 소리를 질렀다.

움찔한 메델루스는 양손으로 자기 얼굴을 찰싹찰싹 때렸다.

"아이고 놀래라! 선생, 아프지 않은 데라고는 귀밖에 없는데 꼭 이래야 되겠소?"

"아, 미안하오." 셈이 목소리를 낮추면서 대답했다. "최고 마구스 메델루스, 당신이 하도 걱정돼서 그만. 어찌된 일인지 말해 주겠소?"

"기억나는 것이 전혀 없어요." 메델루스가 조심스럽게 의자에 앉으면서 말했다. "머리에 충격이 있었고 굉장히 추웠다는 것말고는. 얼어죽을 것 같은 냉기라고 할까, 하여튼 그것밖에는 생각이 안 납니다. 깨어나 보니 셀레나가 나를 들여다보고 있더군요. 그래서 내가 사고를 당했다는 걸 알았소. 대체 내가 어떻게 된 건지 누가 좀 알려주시오!"

"뱀파이어에게 좀 물리셨어요." 나서기 좋아하는 칼이 설명했다. "뱀파이어가 끝장을 내지 않았으니 선생님은 정말 운이 좋았죠."

타라는 얼굴을 찌푸렸다. 생각만 해도 올라오는 구역질을 간신히 억누르면서 타라는 대화에 집중하려고 애썼지만 머리가 뱅글뱅글 돌면서 어지러웠다. 뭔가를 놓친 것 같은 느낌이 들었다. 뭘까, 뭐지?…… 잡힐 듯 잡힐 듯하면서 잡히지 않았다.

"셀레나와 샤먼도 그렇게 말하던데…… 대체 뱀파이어가 왜 나를 공격한 거지?"

"아마 배가 고팠겠죠." 칼이 말했다. "선생님의 향수냄새가 싫었을지도 모르고요."

셀레나가 매섭게 노려보자 칼은 천진한 미소를 보냈다.

"뱀파이어가 선생님만 공격한 건 아니에요. 마리안나도 죽을 뻔했거든요." 하고 말하면서 타라는 메델루스를 유심히 관찰했다.

메델루스의 반응은 평범했다. 그는 몸을 부르르 떨면서 괴로운 얼굴로 뒷걸음쳤다. 타라는 연기가 아니라는 것을 느꼈다. 메델루스가 다 죽어가는 소리로 어지러움을 호소하자 셀레나는 딸을 흘겨보면서 그를 다시 의무실로 데리고 나갔다.

메델루스가 공격을 받은 것은 쇼라고 생각하는 타라는 물론 엄살은 아니겠지만 아무래도 그에 대한 의혹을 떨치려야 떨칠 수가 없었다.

그때 얼굴이 일그러져서 뛰어들어온 실라르가 티라니크와 타라 앞에서 주저앉을 듯이 머리를 조아렸다.

"잘못을 저질렀으니 책임을 지고 사임하겠습니다." 그는 네 개의 장검을 내밀면서 말했다. "젠칠라를 각오하고 있으니 뜻대로 처분하십시오."

타라는 한숨을 내쉬었다. 젠…… 뭐라고? 이건 또 무슨 소리야? 타라는 수상의 대답을 들으면서 대충 짐작할 수 있었다.

"관례적인 자살을 하겠다는 것이오? 하지만 이유가 뭐요? 무슨 죽을 죄를 지었기에?"

"쌍둥이들에게서 압수한 두 개의 드라크 중 하나가 사라졌습니다. 메델루스 선생님을 공격한 뱀파이어가 훔쳐간 것 같습니다. 샅샅이 뒤졌는데 발견되지 않는다는 것은 드라크 때문임이 틀림없습니다. 그런 물건을 도난 당했으니 처벌을 받겠습니다. 게다가 우리가 보관하는 물건들 중에서 지구의 권총도 없어졌는데 뱀파이어가 왜 그걸 훔쳐갔는지 도무지 모르겠습니다. 어쨌든 저는 후계자에게 테러를 가했던 범인을 찾는 데 실패한 것입니다."

"어쩔 수 없으니 내가 허락하겠소." 티라니크가 선언했다.

타라가 일어났다. 휴, 번번이 수상을 반대하게 되다니! 정말 이러고 싶진 않은데…….

“그건 안 됩니다.” 타라는 냉랭한 목소리로 끼어들었다. “지금 우리는 나의 고…… 여제와 황제를 잃었고, 또 최고 마구스들은 마법 능력을 잃었습니다. 따라서 한 목숨이라도 헛되이 버릴 때가 아니죠. 나는 당신에게서 친위대 대장의 지휘권을 박탈하고 산디아르를 대장으로 재임명합니다. 당신은 친위대에 남아 있어요. 그것이 잘못을 저지른 데 대한 죗값을 치르는 길입니다. 그리고 죽는 문제에 대해서는 서두를 필요 없습니다. 곧 그럴 기회가 있을 거니까요!”

채찍처럼 날아온 그 마지막 말에 실라르는 침울한 얼굴로 일어났다. 그는 담담하게 고개를 끄덕이면서 장검을 칼집에 넣었고, 절도 있게 돌아서서 무거운 발걸음으로 방을 나갔다. 그 방에 참석해 있던 산디아르가 앞으로 나와서 이 고마움을 어떻게 표현할지 모르겠다는 눈길을 보내며 허리를 굽혔다. 방금 무슨 짓을 했는지 알고 있는 타라는 속으로 통탄하고 있었다. 실라르는 티라니크의 사람, 산디아르는 타라의 사람으로 갈라놓았으니! 두 사람에게 각각 맹목적인 충성심으로 주인을 섬기는 충견이 되라고 강요하는 것이나 다름없지 않은가! 대체 언제부터 이런 모사꾼이 된 거지? 아, 그래, 세상의 미래를 내 어깨에 짊어진 때부터지. 나는 어서 빨리 커야 해.

“권총 얘기는 좀 이상합니다.” 마리안나가 조심스럽게 입을 열었다.

“뱀파이어는 무기란 것이 필요 없는데 말입니다. 어딘가에 숨어 있을 것이라고는 생각하지 않아요. 우리들 중의 누군가로 변신하고 있을지도 모르겠어요.”

마리안나가 부축해 달라는 몸짓으로 파브리스에게 다가섰는데 꼭 교태를 부리는 것 같았다. 무아노의 눈에서 불이 번쩍했다. 타라도 매력적인 마리안나를 주시하고 있었다. 그녀는 너무 자주 파브리스에게 몸을 기댔고, 파브리스는 예쁜 여자가 자기에게 관심을 보이는 것이 좋아 죽겠다는 듯이 싱글벙글했다. 사실 마리안나는 모든 남자, 특히 티라니크에게도 그런 선정적인 몸짓을 하고 있었다. 타라는 회의실을 나오다 두 사람이 얘기하는 모습을 봤는데 그때 마리안나는 나른한 몸짓으로 티라니크의 소매를 만지작거리고 있었다. 타라는 파브리스가 걱정되는 얼굴로 눈살을 찌푸렸다. 그런데 왜 이렇게 불쾌하게 느껴지지?

드라고쉬 선생님은 기진맥진해서 두 시간 후에 회의실에 돌아왔는데 낙심한 얼굴이었다.

“못 찾았습니다.”

타라는 모든 결정을 다음 날 내리기로 결정했다. 산디아르는 대원들을 2교대로 나눠 야간경비를 서게 했고, 모두들 자기 방으로 돌아갔다.

타라는 친구들 없이 혼자서 밤을 보내겠다고 주장했다. 조그만 소리에도, 아주 작은 숨소리에도 잠을 이루지 못할 것이 뻔하기 때문에 타라는 절대적으로 휴식이 필요했다. 셀레나가 같이 있겠다고 했지만 타라는 딸에 대한 사랑과 메델루스에 대한 걱정 사이에서 어찌할 바를 모르는 어머니를 보고 싶지 않았다. 타라는 의무실에 가서 부상당한 메델루스를 지켜 주라고 어머니를 설득했고, 셀레나는 정말 고마워하는 얼굴로 받아들였다. 마리안나가 순진한 건지, 눈치가 없는 건지, 속셈이 따로 있는 건지 같이 밤샘을 하겠다고 제안했다. 셀레나는 조금도 고맙지 않다는 말을 하고 싶었지만 차마 하진 못했다.

칼은 아무리 싫다고 해도 한사코 따라나서는 로빈과 함께 엘레아노라를 찾아다녔지만 잿빛 눈의 소녀는 어디에도 없었다. 아니, 어딘가에 꼭꼭 숨어 있는 것인가? 칼은 마침내 뭐라고 형언할 수 없는 허탈감을 느끼면서 엘레아노라 찾기를 단념했다.

침대에 누운 무아노는 베개에 얼굴을 묻고 끙끙 속앓이를 하고 있었다. 파브리스에 대해서는 도무지 감정 절제가 안 되기 때문에 당혹스러운 상황에서는 어떻게 처신해야 할지 알 수가 없었다. 그렇지 않아도 잘 자라는 말을 하러 갔을 때 더운 날씨에도 깃이 목까지 올라오는 잠옷 차림을 한 무아노를 타라가 이상한 눈으로 보지 않았던가. 레파루스 주문에도 상처가 낫지 않아서 목을 가려야 하는 무아노는 정말이지 조마조마했다. 과연 언제까지 속일 수 있을까?

로빈은 잠을 이루지 못하고 있었다. 랑코비트로 급히 돌아오라는 아버지 망질의 부름을 받았던 것이다. 칼과 무아노도 부모님에게서 똑같은 연락을 받았다. 그러나 그들은 거부하면서 만약 악마들이 팅가푸르를 침략하면 싸움을 피해 공간이동의 문으로 도망치겠다고 약속했다. 물론 로빈도 이 전쟁이 얼마나 위험한지 모르지 않았다. 언제 죽을지 알 수 없는 상황이라서 타라에게 고백을 해야 했다. 속으로 고백할 말을 되뇌고 되뇌면서 로빈은 이번에는 절대 웃음거리가 되지 않겠다고 다짐했다. 솔직하고 직설적으로 표현하면 되는 거야! 하고 싶은 말은 간단했다. 로빈은 그 표현을 백세 번째로 중얼중얼하다 잠이 들었다.

오랜만에 쥐 죽은 듯이 조용한 데다 피곤에 지친 터라 타라는 쉽게 잠들었다. 그러나 아침에 타라의 눈 밑에 진 다크서클은 숙면을 취하지 못했다는 증거였다.

아침식사 후 타라는 긴급회의를 주재했다. 최고 마구스들은 모두 와 있었다. 의무실에 있는 셀레나, 메델루스, 마니투, 샤먼, 그리고 타라의 심부름을 간 마리안나만 빠져 있었다. 수완 좋은 시녀장이 궁전을 돌아다니면서 사람들을 회유하는 능력이 있다는 것을 확인하고 타라는 아침 일찍 크리스털 볼로 연락했었다. 타라는 그녀에게 자르와 마라를 설득해서 실토하게 만들라는 임무를 주었다. 아울러 마리안나 때문에 무아노의 신경이 날카로워져 있다는 것을 알기 때문에 파브리스에게서 떨어뜨려 놓으려는 목적도 깔려 있었다. 그런데 쌍둥이 남매를 설득하는 것이 어떻겠냐고 넌지시 말했던 사람이 마리안나였다는 것을 생각해보면 누가 누구를 회유한 거지?

모두의 관심을 끌려는 듯 셈 선생님이 갈퀴발톱으로 바닥을 찌익, 찌익 긁고 다니자, 화들짝 놀란 옥시아 부인이 눈을 부라리면서 애지중지하는 대리석 모자이크 바닥을 살폈다.

"지금부터 내가 선언을 하겠소."

찬물을 끼얹은 듯 조용해지면서 모든 시선이 일제히 파란 드래곤에게 쏠렸다.

"악마의 왕홀에 대해 깊이 연구한 결과 좋지 않은 정보를 알았습니다. 마지스터가 왕홀을 계속 사용하면 그 빛이 우리 대륙의 초석이 되는 마법의 수정층에 닿을 위험이 있어요. 그렇게 되면 그 충격으로 이 행성이 산산조각날 수도 있습니다!"

모두 간이 콩알만해진 얼굴로 그의 말을 듣고 있었다.

"게다가 우리는 악마 군단이 오무아 대륙으로 들이닥치는 걸 막을 시간이 사흘밖에 없습니다. 그래서 여러분 중에서 세상의 종말이 오기 전에 그 왕홀을 무력화할 수 있는 기발한 아이디어를 가진 분이 있다면 지금 기탄 없이 발표하시오!"

침묵……, 아무도 발언하지 않았다.

"뱀파이어는 변신할 수 있는데 선생님은 왜 안 됩니까?" 한 궁인이 뜬금없이 셈 선생님에게 물었다.

예리한 지적에 다시 조용해졌다.

"좋은 질문이오." 셈이 발언했다. "사피르, 그것은 당신이 설명해야겠소."

뱀파이어는 고개를 설레설레 저었다.

"여러분과 마찬가지로 나도 마법을 할 수가 없어요. 변신하는 것만 제외하고. 변신이 되는 이유는 나도 모릅니다."

그들은 머리를 쥐어짰고, 사방에서 추측이 쏟아졌지만 불행히도 모두 설득력이 없었다. 이윽고 파브리스가 목청을 가다듬으면서 말했다.

"어떤 주문에 대해 들었는데요. 악마의 마법을 퇴치할 수 있는 주문인데 뭐라고 부르는지 그 명칭을 모르겠어요."

"어떤 효과가 있는지 말해봐라." 선생님이 말했다.

"거센 물결 같은 것으로 마법을 무력화해서 파괴하는 것인데……."

혹시나 하는 희망으로 쳐다보는 시선들을 느끼면서 셈 선생님은 잠시 생각에 잠겼다. 잠시 후, 뭔지 알았다는 듯이 비늘 덮인 손가락들로 딱딱 소리를 냈다.

"안니힐루스 주문을 말하는 거 아니니? 5000년 전에 데미데루스가 악마의 마법 공격을 무력화하려고 만든 주문 중 하나인데 내가 그걸 잊고 있었다니, 이렇게 멍청할 수가! 그런데 네가 어떻게 그걸 알고 있는지 놀랍구나."

"1년 전부터 시간이 날 때마다 마법서들을 읽었어요." 파브리스는 자조적인 어조로 덧붙였다. "내 친구들의 마법이 내 마법보다 더 강하기 때문에 책이라도 읽어서 보충하려고요!"

셈 선생님은 파브리스를 유심히 쳐다보다가 말했다.

"즉시 실행에 옮깁시다."

"하지만 셀레나 부인과 메델루스 선생님이 의무실에 계세요. 알려드려야 하지 않을까요?" 로빈이 끼어들었다.

"한시가 급하니까 없는 사람은 나중에 하자. 자, 최고 마구스들은 모두 샤름과 나를 에워싸 주시오. 우리가 마법을 걸어서 여러분을 보호할 겁니다. 그리고 수석조수들의 능력이 필요하다. 타라, 네가 읊어야 하는 주문을 잘 듣거라. '안니힐루스의 이름으로 악마의 마법은 사라지고 최고 마구스들의 능력이 돌아올지어다.' 그리고 너희들이 읊어야 할 주문은 다음과 같아. '트란스페루스의 이름으로 내 능력이 타라의 능력에 더해질지어다.' 내가 신호를 보내면 먼저 수석조수들이 타라에게, 그다음에 타라가 우리들에게 주문을 읊는 것이다."

셈 선생님은 그들에게 생각할 시간을 주지 않았다. 그러나 샤름의 얼굴을 보면서 타라는 굉장히 위험한 주문이라는 것을 느꼈다. 그들은 재빨리 셈 선생님이 말한 대로 자리를 잡았다. 수석조수들은 타라를 에워쌌고, 드래곤들은 타라 앞에, 최고 마구스들은 그들 뒤에서 반원을 이루었다. 주문이 몸에 닿는 순간 타라는 수천 개의 반짝이는 점들이 살을 갉아먹는 것 같은 느낌이 들었다. 살이 스펀지처럼 주변의 마법 능력을 빨아들이고 있었다. 이윽고 눈이 새파래진 타라가 붕 떠올랐고, 두 손에서 물줄기 같은 마법이 드래곤 두 마리를 향해 급류처럼 쏟아졌다.

드래곤들이 한목소리로 고함을 질렀다. 타라가 멈칫하자 마법의 흐름이 약해졌다. 그 순간 드래곤들이 번쩍거리더니 그 몸에서 발사되는 광선들이 최고 마구스들을 후려쳤다. 마치 시간과 공간이 뒤틀어지듯 그들은 온몸이 비틀리는 느낌이 들었다. 그러고는 도저히 있을 수 없는 끔찍한 일이 일어났다.

거대한 파충류 두 마리와 최고 마구스들이 모두 사라지고 만 것이다.

색깔들

*

타라와 친구들은 몇 초 전만 해도 드래곤들과 최고 마구스들이 서 있던 텅 빈 공간을 멍하니 바라봤다. 타라는 그들의 체온이 남은 대리석 바닥을 만져보고 나서 파브리스에게 말했다.

"맙소사! 네 생각에는 그들이……?"

"죽었냐고? 아니!" 파브리스는 태연한 얼굴로 대꾸했다. "그 주문의 목적은 그들을 없애는 것이 아니라 마법을 사라지게 하는 거야. 그리고 그렇게 많은 사람들을 한꺼번에 사라지게 한다는 것은 쉬운 일이 아니지. 그들이 몰살되었다면 잔재가 남아 있어야 하고……."

너무 놀라서 혀를 깨문 무아노는 입 안이 온통 피 맛으로 비릿

했다. 오, 맙소사! 파브리스가 일부러 그런 것이라면? 얼마든지 그럴 수도 있어!

문이 열리고 아연실색한 궁인들이 몰려들었다. 소식을 듣고 달려온 메델루스, 마니투, 셀레나, 샤먼이 그들 속에 끼여있었다. 타라는 일어난 일을 설명했다.

샤먼이 최고 마구스들이 서 있던 자리에 손바닥을 댔다.

"나도 능력이 없어졌지만 아직은 드래곤의 존재와 힘이 느껴져. 그는 죽지 않았어."

모두의 입술에서 안도하는 탄성이 새나왔다.

"어쨌든 아직은 아냐." 샤먼은 냉정했다.

"그럼 모두 어디에 있는 겁니까?" 한 궁인이 물었다.

"요컨대 왕홀이 지닌 힘의 영역을 파괴하려다 실패했다는 것인데……." 생각에 잠긴 메델루스는 혼잣말처럼 중얼거렸다. "그리고 마치 무슨 부작용이 일어난 것처럼 우리 동료들이 어디인가로 감쪽같이 사라졌다? 그렇다면 지금 그들이 어디 있는지 아는 것이 핵심이군. 안니힐루스 주문을 실행하다 행방불명되었다는 얘기를 어디서 들었더라…… 음, 그게…… 아, 맞아! 엘프들의 나라에서 일어난 일이었지. 최고 마구스들과 드래곤들은 잿빛 시간에 갇혀 있는 것이 틀림없군."

타라는 눈을 똥그랗게 떴다.

"뭐, 뭐라고요?"

"아, 미안하다. 네가 아더월드에 대해 아직은 모르는 것이 많다는 것을 또 잊었구나. 시간이 정지되어 있는 차원의 공간이라고 해야겠지. 살아있는 피조물은 잿빛 시간 속으로 갈 수 없어. 포로로 붙잡혀 있는 것이 아닌 한. 생명이 느껴지는 즉시 침입자로 간주되어 영원히 갇히게 되며, 잿빛 시간 속에 붙잡힌 포로는 구해낼 수가 없어!"

무아노는 진지한 얼굴로 말했다.

"그래도 최고 마구스들이 그곳으로 날아갔는지, 떨어졌는지 아무튼 들어가는 문이 있다는 뜻이잖아요!"

"그들을 거기서 구출해낸들 무슨 소용 있겠어!" 메델루스가 대꾸했다.

타라는 흰 머리털을 움켜잡고 질겅질겅 씹기 시작했다. 잿빛? 그 말에 뭔가가 생각나는 듯 갸우뚱하던 타라의 눈이 반짝거렸다.

"색깔들! 잿빛 벌판, 악마들, 색깔들!"

모두들 눈썹을 치켜올리면서 타라를 쳐다보는데 제발 문제를 일으키지 말기를 간절히 바라는 얼굴이었다.

칼은 아주 직설적이었다.

"그럼 그렇지, 네가 언제 발동이 걸리나 했다!"

타라는 기뻐하는 얼굴로 칼을 쳐다봤다.

"바로 그거였어! 색깔들 기억나지? 살아있지만 살아있는 게 아니었던 것, 우리를 붙잡아두려고 했던 그 위험한 색깔들…… 내 마음대로 불러낼 수 있다고 한 것 같은데……?"

눈치 빠른 무아노의 눈이 커졌다.

"그래, 맞다! 근데 그게 사실일까?"

"동작 그만!" 파브리스는 조바심이 나 다그쳤다. "두 사람의 텔레파시는 그쯤으로 끝내고 우리도 좀 알게 해주지?"

"백 번 설명하는 것보다 한 번 보여 주는 편이 낫겠지." 타라는 짓궂은 표정으로 속삭였다. 타라는 드레스 깃을 풀어헤치고 맨살에 박힌 보석을 만지면서 소리쳤다.

"색깔들아! 내가 해방시켜 주었던 색깔들아, 나타나라!"

타라의 목에서 에메랄드, 흑단, 사파이어, 다이아몬드, 금, 루비가 꿈틀꿈틀하다 슛슛 소리를 내며 떨어져 나왔다. 잠시 후…… 아니, 저건? 두꺼워지는 건가? 맙소사! 초록, 검정, 파랑, 하양, 노랑, 빨강의 큰 뱀 6마리가 타라에게 절을 하는 것이 아닌가. 그것도 아주 정중하게.

"이럴 수가!" 어리둥절해 있던 파브리스는 그제야 알아차리고 탄성을 내질렀다. "악마의 성에서 우리를 공격하면서 붙잡아두려고 했는데도 네가 해방시켜줬던 색깔들이잖아! 네 목에 보석으로 박혀 있었고, 그치? 네가 그걸 이런 식으로 불러낼 수 있는지 몰랐어!"

"솔직히 말하면 나도 몰랐어." 타라가 고백했다. "얘들이 우리를 도와줄 수 있을지 그것은 모르지만 잿빛 시간 속에 갇히지는 않을 거야. 진짜 살아있는 것이 아니니까."

"너희들이 제발 잿빛 시간으로 들어가는 문을 열어주기 바란다!" 색깔들이 얼마나 머물러 있을지 모르기 때문에 무아노는 재빨리 불러낸 용건을 말했다.

어린 마법사들은 혹시라도 실패할 경우를 대비하여 체육관에서 주문을 시험하기로 했다. 뱀의 형상을 한 색깔들이 구불구불 미끄러지듯 뒤따랐고, 어떤 색깔에 스쳤다가 한 궁인이 온몸이 빨갛게 변한 뒤로 모두들 가능한 한 멀찍이 떨어지려고 애를 썼다. 게다가 색깔-뱀이 지나간 자리가 무지갯빛으로 변하고 있으니 아무리 예쁜 색이라도 조심하지 않을 수 없었다.

거대한 경기장에 들어서자마자 그들은 투명하고 유연한 힘의 장막을 불러내어 관람석과 격리했다. 이어서 메델루스가 모래 위에 주문을 이미지로 그렸다. 이번에도 타라가 중개역할을 했다. 어린 마법사들이 타라를 에워쌌고 마법을 작동했다. 그림에 정신을 집중하는 타라의 두 손에서 파란 빛이 번쩍였다. 마법 능력이 더해져서 한층 강화되었는데도 뭔가가 폭발하거나 누군가가 동물로 둔갑하는 일은 일어나지 않아서 다행이었다.

잠시 후, 오팔빛 사각형이 희미하게 나타나더니 뒤이어 안개 속 같은 허공이 보였다. 그 잿빛 공간에 생기를 불어넣을 것이란 생각에 흥분한 색깔들은 타라가 지시를 내리기도 전에 그 문으로 뛰어들었다.

그 순간부터는 상황이 정말 이상하게 돌아갔다. 꿀룩, 꿀룩…… 중앙에 난 구멍을 통해 몸뚱이가 둘인 초록 토끼 한 마리와 보랏빛 뱀이 내쫓기듯 떠밀려나왔다. 뒤를 이어 빨간색 디노사우르가 나왔다. 어린 마법사들은 즉시 키가 천장에 닿을 정도의 거인으로 변신해서 만일의 사태를 대비했다.

이어서 나타난 존재는 아더월드 최초의 인간일까……? 아니면 원시인이라고 해야 하나? 어쨌든 세상의 모든 면도칼이 첫눈에 질려버릴 정도로 털이 엄청난 인간이 경호원들의 부축을 받으면서 꽤나 시끄럽게 떠들었다. 그러다 원시인은 눈알이 튀어나올 것처럼 뚫어지게 쳐다보는 마법사들을 발견하고 흠칫 놀랐다.

"아니…… 이게 다 무슨 일이야?" 파브리스는 당황했다.

메델루스는 황당한 얼굴로 그 인간을 뚫어져라 바라보면서 대꾸했다.

"맙소사, 믿을 수 없어!"

"당연하죠. 난생 처음 보는 인종인데요!" 칼이 빈정거렸다.

"믿기지 않는다는 뜻으로 한 말이다. 우리의 선사시대에 존재했던 호모 안테 마지쿠스라는 인류거든.” 메델루스가 덧붙였다. “인간이라기보다는 동물에 더 가까운 유인원이랄까, 어쨌든 수천 년 전에 멸종된 것으로 알았는데!”

모래사장 주변이 술렁거렸다. 몇 년 동안 타라의 목에 박혀서 지내온 색깔들이 너무 기쁜 나머지 빛깔이며 형태, 심지어는 냄새까지…… 아주 기발한 동물 변신술로 좌중을 열광시키고 있었다. 어린 마법사들은 재빨리 우리를 만들어서 공격적인 동물들을 가둬야 했다.

흰색 토가를 걸친 키 작은 남자가 그 문을 통해 내동댕이쳐졌을 때, 타라는 사람들의 반응에 더 놀랐다. 넋 나간 표정으로 모든 사람이 일제히 무릎을 꿇지를 않나, 평소에 버릇이 좀 없는 칼조차 무릎을 굽혀 경의를 표했기 때문에 타라는 누군지 정말 궁금했다. 금발에 어우러진 흰 머리타래? 어? 저 머리는……?!

무아노는 팔꿈치로 옆구리를 쿡쿡 찔러 타라에게 허리를 굽히라는 신호를 보냈다. 그러면서 넌지시 알려주는 이름에 타라는 주저앉을 뻔했다.

“데미데루스! 데미데루스야!”

그 전설적인 최고 마구스는 얼떨떨한 표정으로 주위를 둘러보면서 걸쭉한 목소리로 뭐라고 말했는데 수천 년 동안 언어가 변하고 변했기 때문에 아무도 그 말을 알아듣지 못했다. 타라가 나서서 궁전의 통역 주문을 작동했다.

"세텐리코르와 갈라진 쌍발굽의 이름으로 말하는데 여기가 어디인가?"

셀레나가 일어나서 말했다.

"오무아에 오신 걸 환영합니다, 위대한 최고 마구스여. 5000년 만에 오신 걸 환영합니다!"

"좋아요, 좋아." 데미데루스는 턱을 쓰다듬으면서 말했다. "따라서 모든 것이 예상대로 전개되었다는 것이로다. 그대들이 예정보다 좀 일찍 나를 구출하긴 했지만 위기상황이 발생한 것으로 알겠소. 혈액순환이 정지되어 있었는데 내게 혈색을 돌려준 유색물질이 뭔지 전혀 모르겠소. 공식의례에 따른 것이오?"

셀레나는 데미데루스의 얼굴을 뚫어지게 쳐다봤다.

"어떤 공식의례를 말씀하시는 것입니까? 우리는 갑자기 사라진 최고 마구스들을 찾는 중이었습니다."

데미데루스는 눈을 깜박였다.

"아하? 그렇다면 아주 이상한 일이오. 내가 지금 여기 있는 것이 우연이고, 아더월드는 아무 일 없이 순조롭다는 것이오?"

살아있는 전설을 눈앞에 두고 있다는 사실이 아직 믿기지 않는 셀레나는 마법복을 매만지면서 정신을 바짝 차렸다. 그러고는 파르르 떨리는 손으로 갈색머리를 쓸어넘기면서 심호흡을 했다.

"아니, 우리는 지금 위기에 처해 있습니다. 도움이 절실한 때입니다. 그렇지만 한 가지 설명해주십시오. 예정보다 일찍 구출되었다고 말씀하셨는데 그럼 의도적으로 붙잡혀 있었다는 뜻입니까?"

셀레나의 어조에서 놀라움이 여실히 느껴졌다.

"그렇소." 어리둥절해하는 여자를 보면서 데미데루스는 빙긋이 웃었다. "내가 분명히 지침서를 남겨놓았는데 읽지 않은 모양이오. 갖은 수를 다 써봤지만 지각단층이 닫히지 않았기 때문에 우리는 우선 악마들을 추방하여 우리 세계에 들어오는 것을 영원히 금지하는 조치를 취하였소. 그리고 추후에 일어날 일을 계속 주시하고 있기로 결정했지요. 영생할 수 있는 가장 확실한 방법은 개로 둔갑하는 것밖에 없는데 나는 평생을 네 발 달린 동물로 살아갈 자신이 없었소. 그래서 잿빛 시간 속으로 침투했다가 다시 나올 수 있는 문을 만들어놓았던 것이오."

그 순간 마니투가 딸꾹질을 했다.

"오, 맙소사! 그러니까 해결책이 없다는 말씀입니까?"

데미데루스는 말하는 사냥개를 내려다보다 흥미롭다는 듯 쪽빛 눈을 반짝였다.

"오! 그럼 그대는……."

"영생을 얻긴 했는데 주문이 듣질 않아서 그만 개……."

"그래서 사냥개가 되었군요. 안됐지만 인간으로 돌아오는 방법은 그대가 찾기 바라오."

마니투는 위대한 최고 마구스 데미데루스를 올려다보면서 고개를 끄덕였다.

"그렇게 되길 간절히 바라고 있습니다."

"그건 그렇고, 위기상황이라니 어떻게 된 건지 설명해주겠소?"

"마지스터라는 인간이 마왕과 동맹을 맺었습니다. 악마의 힘을 지닌 사물을 이용하여 초강력 마법을 차지하려는 속셈이지요. 그 때문에 오무아의 여제가 그자에게 붙잡혀 있는 것입니다. 그자는 배신자들로 이뤄진 인간들을 모아놓고 악마의 마법을 연마시켰고, 아더월드를 침략하기 위해 창설한 악마 군단도 이미 들어와 있는 것 같습니다. 지구와 림보 사이의 지각단층은 그대로 밀폐되어 있는데도 불구하고……."

데미데루스가 소스라치듯 놀라 휘청거리자 경호원들이 얼른 부축했다.

"오, 젤리소르의 제물이여! 인간들이 우리 종족을 배신해? 미치지 않고서야 어떻게 그럴 수가! 지구의 지각단층을 통과하지 않고 어떻게 악마 무리를 아더월드에 들여놨단 말이오? 그리고 그자가 내 직계후손을 이용하여 지킴이들과 심판관들을 속였다고 하였소? 그럼 체포해야지요. 지금 당장!"

"말이야 쉽지요." 도저히 입다물고 있을 수가 없는 칼이 끼어들었다. "마지스터는 악마의 사물에 접근할 수 있는 열쇠, 여제와 타라를 이용하고 있단 말입니다. 악마의 힘을 지닌 사물을 감춘 것은 그리 좋은 생각이 아니었어요. 그런 것들은 아주 없애버리는 것이 훨씬 좋았다고요!"

칼의 비난성 발언을 들으면서 데미데루스는 도대체 무슨 말을 하는 건지 영문을 모르겠다는 듯 칼을 쳐다봤다.

"타라? 타라가 누구지?"

타라는 얼굴을 들고 데미데루스를 빤히 쳐다봤다. 아더월드에서 오래 살지 않았기 때문에 타라는 다른 사람들처럼 그에게 경외하는 마음이 느껴지지 않았다.

"저예요." 타라는 한 걸음 앞으로 나오면서 차분하게 대답했다. "여제가 저의 고모가 되시니까 저는 분명히 직계 혈통이 맞습니다. 그리고 직계 혈통은 현재 고모와 저, 우리 두 사람밖에 없습니다. 저를 낳아주신 어머니 셀레나는 이사벨라 덩컨의 딸이자 마니투 덩컨의 손녀이십니다."

데미데루스는 옛날 방식으로 인사하면서 손뼉을 쳤다.

"후계자의 어머니여, 그대의 마법이 빛나기를!"

"제국의 아버지시여, 마법으로 세상을 보호해주시기를!" 셀레나도 데미데루스의 인사법을 흉내내어 우아하게 화답했다.

매료되었다는 뜻인가, 데미데루스의 눈썹이 묘하게 올라갔다.

그 순간 셀레나를 바라보는 데미데루스의 눈길이 예사롭지 않다는 것을 눈치챘는지 메델루스가 예민해졌다.

"나의 후예를 만나게 되어 기쁘구나." 데미데루스는 타라를 머리끝에서 발끝까지 찬찬히 뜯어보면서 말했다. "그런데 놀랍구나, 나의 직계가 두 사람밖에 남지 않았다고 했느냐?"

"악마의 힘을 지닌 사물들을 감췄던 최고 마구스 5인의 후예들은 아주 이상한 사고로 모두 사망했습니다." 오무아 역사에 관심이 많은 무아노가 말했다.

"제 말부터 먼저 들으세요." 셀레나는 무아노의 말을 끊었다. "우리를 도와주십시오. 아더월드의 국민, 모든 종족이 마법 능력을 잃었습니다. 아이들만 마법 능력을 잃지 않았어요. '행성은 왕홀의 힘을 감당하지 못할 날이 오리라.' 는 전설이 있긴 하지만…… 혹시 재앙의 날이 온 것이라면!"

데미데루스의 이마에 근심 어린 주름이 잡혔다.

"불행히도 그건 전설이 아니라 실제로 일어날 수 있는 일이오. 엔디게를 회수해놓지 않았단 말이오?"

"뭐라고 하셨습니까?"

"아하! 그렇다면 가지고 있지 않은 것이로다." 데미데루스는 실망한 어조였다. "악마의 마법을 막을 수 있는 사물이오. 악마의 힘을 지닌 사물을 모두 합하면 감당할 능력이 없지만 일 대 일로 겨루면 해볼 만한데……. 그 배신자들이 왕홀 외의 다른 사물도 가지고 있소? 예를 들어 실루르의 옥좌, 크라에토르비르의 반지, 드레쿠스의 왕관이라든가?"

"아닙니다." 셀레나는 타라를 쳐다보면서 대답했다. "실루르의 옥좌는 마지스터가 접근했을 때 내 딸이 파괴했고……, 방금 말씀하신 다른 사물들은 처음 듣는 말입니다."

옥좌가 없어졌다는 말에 움찔하던 데미데루스는 뜻밖이라는 듯 타라를 다시 쳐다봤다.

"악마의 힘을 상징하는 사물을 파괴했다니 능력이 대단한 것이 틀림없구나."

"혼자서 해낸 일이 아닙니다." 타라는 겸연쩍어하면서 대답했다. "어머니가 도와주셨어요."

"당시 우리는 그것을 파괴할 수가 없었다. 그래서 그 사물들을 감추기로 했던 것인데!"

칼이 처음에 비난했던 것처럼 최고 마구스들이 왜 그 위험한 사물들을 없애지 않고 감춰놓았는지 이해할 수가 없던 타라는 이제야 이유를 알게 되었다. 5인의 최고 마구스는 파괴할 수가 없었던 것이다!

로빈은 불안한 얼굴로 타라를 응시했다. 데미데루스가 방금 한 말에서 그는 두려움을 느끼고 있었다. 아기로 둔갑해 있으면서도 타라가 상식적으로 도저히 이해할 수 없는 마법 능력을 보여 준 이후로 로빈은 타라의 능력이 조작된 것이 아닐까 의심하고 있었다. 타라의 무한한 잠재력은 정상이라고 볼 수 없는데…… 누군가가 타라의 유전자에 장난을 친 것이라면? 대체 누가? 드래곤이 그랬을까? 이따금 셈 선생님이 타라에게 보이는 이상한 태도는 그래서일까? 아니면, 인간이 그랬을까? 이사벨라는 내로라하는 마법사였다. 자신에게 맡겨진 아기를 키우면서 무슨 짓을 했는지 누가 안단 말인가? 로빈은 소리나게 숨을 들이쉬었다. 결론은 철저하게 조사한 뒤에 내릴 일이었다. 일단은 마지스터의 음모에서 살아남는 것이 우선이었다. 한편 오만상을 찌푸리면서 데미데루스의 말을 듣고 있던 타라는 갑자기 머릿속이 번쩍했다. 아, 그래, 옥좌!

"마지스터가 지구의 지각단층을 통과하지 않고 어떻게 악마들을 우리 세계로 들여보냈는지 궁금하실 거예요." 타라는 차분하게 말했다. "내가 정답을 말씀드릴게요."

데미데루스의 눈썹이 치켜올라갔다. 다른 사람들도 모두 긴장해서 타라를 쳐다보고 있었다. 타라는 좀 더 일찍 이런 결론을 끌어내지 못한 것이 짜증난다는 얼굴이었다.

"나를 중개로 옥좌에 접근했을 때 마지스터는 악마의 에너지를 가지려고 했어요. 마지스터는 옥좌와 힘을 주고받았고, 그 결합된 힘으로 문 같은 걸 만들었어요. 그때 문 너머에서 악마 수천 명이 넘어오려고 난리를 치고 있었어요. 지금까지는 한 번도 깊이 생각해보지 않았는데요. 만약 악마의 힘을 지닌 사물들이 림보와 우리 세계를 연결해주는 공간이동의 문보다 더 강력하면 어떻게 되는 거죠?"

백묵가루라도 뿌린 듯 데미데루스의 낯빛이 창백해졌다.

"오, 수많은 촉수가 달린 데크라투스여! 이런 끔찍한 일이!" 데미데루스가 중얼거렸다. "그 사물들을 빼앗았을 때 그 힘이 어찌나 무시무시하게 느껴지는지 우리는 감히 어떻게 해볼 생각도 못하고 여러 곳에 감추는 데만 급급했다. 물의 원소를 위한 아틀랜티드, 흙의 원소를 위한 올림프, 공기의 원소를 위한 월할라에 감추었지. 이어서 지구에 있는 몇몇 지각단층도 봉쇄했고. 그러나 만약 네 말대로 그 사물들이 림보와 우리 세계 사이의 촉매 역할을 한다면 더 이상 림보를 보호해줄 필요가 없다!"

그 말에 무거운 침묵이 흘렀다. 잠시 후, 메델루스가 목청을 가다듬었다.

"현재 마지스터가 손에 넣은 사물은 저주받은 왕홀 하나뿐입니다. 가장 위험한 것이 무엇입니까?"

데미데루스는 잠시 생각에 잠겨서 기억을 더듬었다.

"굳이 순위를 매기자면 실루르의 옥좌가 가장 위험하고, 그루

이그의 검, 드레쿠스의 왕관, 크라에토르비르의 반지 순이오. 그대들이 저주받은 왕홀이라고 하는 브뤽스의 왕홀은 그다음이고, 크뢰의 이중도끼, 브롱스의 갑옷, 즈셀의 방패, 라오르의 창 순이라고 할 수 있소. 그밖에도 센티르의 피리, 멘타르의 볼 등은 그중 힘이 떨어진다고 볼 수 있소."

"마지스터는 브…… 뭐라는 왕홀을 가지고 우리 행성을 폭파시키겠다고 위협하고 있는데 데미데루스는 그게 강력한 것이 아니라네." 칼이 무아노의 귀에 대고 종알거렸다. "그럼 대체 데미데루스는 어떤 걸 강력하다고 하는지 무지 궁금하다."

"그러니까 그 말씀은 마지스터가 악마를 들여놓을 수 있는 방법이 아주 많다는 뜻이네요!" 타라가 탄식조로 말했다.

"꼭 그렇지는 않아. 옥좌, 검, 왕관, 반지라면 몰라도 가지고 있는 것이 왕홀이라면 그리 쉽지는 않다고 봐야지. 그대들이 마법능력을 잃은 것을 보면 왕홀이 작동하고 있긴 한데 두 세계 사이의 문을 열 수 있을 정도는 아니야. 악마들이 림보를 떠날 수 없도록 내가 장치해 놓은 것들과 싸워야 하니까. 내 생각에 마지스터는 다른 것을 이용한 것 같은데……."

점점 더 호기심이 일기 시작한 칼의 눈이 반짝거렸다. 결과가 불 보듯 뻔하다고 해도 칼은 포기할 수 없었다.

"아무래도 네가 나서야 할 것 같아. 일단 엔디게를 회수해서 마지스터를 쓰러뜨리고, 그다음에 악마의 힘을 지닌 사물들을 모두 파괴해버리면 돼. 그렇게만 되면 위험이 없잖아!"

타라의 얼굴이 일그러졌다. 심판관들과의 첫 만남에 대해 정말 안 좋은 추억이 있었다. 그러나 칼의 말이 옳았다. 다른 해결책은 없었다.

그들이 위험한 정도를 예상하는 사이에 색깔들은 잿빛 시간에 포로로 잡힌 존재와 동물을 하나씩 풀어주고 있었다. 그 문으로 샤름이 내던져졌다. 색깔들은 드래곤들과 최고 마구스를 하나둘 구하기 시작했다.

"오, 제발, 살살 좀 해!" 샤름이 외쳤다.

모르긴 몰라도 문틀에 달라붙어 있던 색깔이 장난을 친 모양이었다. 색깔에 입이 있는 것도, 얼굴이 있는 것도 아닌데 그것을 어떻게 아는지 뭐라고 설명할 수는 없지만 타라는 그런 확신이 들었다.

그 바로 다음으로 셈 선생님이 내동댕이쳐지자, 모두들 안도의 숨을 내쉬었다. 다음 차례는 최고 마구스들이었다. 모두 나오자 색깔들이 다시 합체해서 희한한 모양의 보석으로 타라의 목에 박혔고, 잿빛 시간의 문도 닫혔다.

셈 선생님과 샤름은 앞에 서 있는 키 작은 남자를 알아보고 심장마비를 일으킬 뻔했다. 그들은 공손하게 인사했다.

"아, 선생! 우리가 다시 만날 거라고 하지 않았소!"

"이런 기회가 오다니, 오, 신들이시여! 감사합니다. 아울러 약속을 지켜주셔서 몹시 기쁩니다." 데미데루스 편에 서서 악마들과 싸웠던 드래곤이 말했다.

셈 선생님과 최고 마구스들은 데미데루스를 돌아오게 할 수 있는 양피지 문서, 아주 없어진 것으로 알고 있던 양피지가 어딘가에 존재하고 있었다는 사실에 깜짝 놀랐다.

"그 엔디게라는 것에 대해 자세히 말씀해주세요." 옥시아 부인이 말했다. 감금되었던 충격에서 아직 벗어나지 않은 얼굴이었다. "그것이 어디에 있습니까?"

"살테렌스 사막 한복판에 있는 붉은 산에 있소." 데미데루스는 친절하게 알려주었다. "트실이라는 벌레는 침입자들을 물리치는 훌륭한 수단인 데다 당시 살테렌스 종족은 누구를 막론하고 영토에 침투하는 것을 용납하지 않는 사나운 전사들이었기 때문에……."

타라의 심장이 콩닥콩닥 뛰기 시작했다. 지난번 살테렌스에 갔을 때 그곳의 재상과 험악한 언쟁이 오갔던 터라 사이가 좋지 않은데 하필 엔디게라는 것이 그 사막 한가운데에 있을 게 뭐람!

"트실의 공격을 피하는 방법은 있습니까?" 옥시아 부인이 데미데루스에게 물었다.

"5인의 최고 마구스들은 힘을 합해서 만든 방패로 사막에서 버텨냈습니다." 데미데루스를 대신해서 무아노가 거의 책을 읽듯 읊었다. "5인의 최고 마구스들이 붉은 산으로 올라갔지만 그들이 거기서 무엇을 했는지 아무도 몰랐습니다. 용기를 내어 그 산에 접근한 이들도 간혹 있었으나 모조리 살테렌스들에게 붙잡혀서 소금광산의 노예가 되었거나 트실에게 쏘여 사망했습니다. 그리고 그 사막에서는 날아다니는 것이 불가능합니다. 살테렌스 샤먼들이 아주 강력한 주문을 걸어놓았기 때문입니다. 열효율을 빼앗아서 마법을 사용할 수 없게 만든 것입니다. 밤에는 주문이 약해져서 날 수 있지만 아침에는 트실이 공격하기 때문에 조심해야 합니다. 거의 완벽한 함정입니다."

"붉은 산 얘기도 전설이 되었단 말인가? 믿을 수 없는 일이군. 붉은 산은 마법을 사용할 수 없는 곳이기 때문에 지침서에 주의사항을 기록해 두었건만! 엔디게를 찾으려면 그 산에 가야 하는데…… 내 후계자만큼 강력한 마법사는 또 없습니까? 내 말은 그러니까 아직 마법을 사용할 수 있는 사람들 중에서 말이오."

데미데루스의 목소리에서 약간 뿌듯해하는 기색이 느껴졌다.

"아니, 없습니다." 옥시아 부인이 대답했다. "어린 마법사들 중에서는 우리의 타라가 가장 강력합니다. 왜 그러십니까?"

"그 임무를 해낼 수 있는 적임자로 타라가 지목될 것이라고 예상했지요. 다른 사람은 죽어도 타라는 성공할 수 있을 것이오."

여러 가지 뉘앙스의 탄성이 흘러나왔다.

"그건 어림없습니다!" 얼마 전부터 이런 순간이 올 것 같아서 내심 불안해하던 셀레나가 부르짖었다. 그녀는 숨이 막힐 정도로 타라를 꼭 끌어안았다.

"그건 안 됩니다. 후계자는 남아서 오무아를 다스려야 합니다." 이번에는 옥시아 부인이 반대했다. "지금은 전시 상황이라는 것을 다시 한 번 말씀드리는 바입니다!"

"내가 같이 가겠어요!"

동시에 울리는 목소리……, 파프니르, 파브리스, 무아노, 로빈, 칼이 활짝 웃고 있었다.

타라는 어머니와 생각이 같았다. 왜 항상 위험한 일은 나에게 떨어지냐 말야? 타라는 숨을 쉬기 위해 어머니에게서 몸을 빼면서 약간 공격적으로 대꾸했다.

"그러는 조상님은 왜 가지 않으시는데요? 어쨌거나 엔디게를 직접 감추셨고, 작동하는 방법도 아시잖아요!"

"악마의 힘을 지닌 사물 앞에다 엔디게를 놓기만 하면 무력해질 것이다. 최고 마구스들이 마법 능력을 잃었기 때문에 나는 갈 수가 없어. 내가 잿빛 시간 속에 들어가 있을 때 일어난 일이긴 해도 밖으로 나온 이상 나라고 예외는 아니란다. 나는 도움이 되지 못할 거야."

"알겠어요. 그럼 엔디게를 어떻게 알아보죠?" 타라는 체념한 듯 물었다.

"그것이 뭔지 악마들이 낌새도 채지 못하기를 바랐기 때문에 감춰놓았지." 데미데루스는 교활한 목소리로 대답했다. "목걸이 모양인데 한가운데에 빨간 소포르가 있어."

소포르가 뭔지 전혀 모르는 타라는 재차 물었다.

"그건 어떻게 생겼는데요?"

"체면작용을 하는 꽃인데 가운데가 짙은 주홍빛이 도는 빨간 꽃이란다."

"그럼 엔디게에 대한 안전장치는 뭐예요? 암호를 대지 않으면 만지는 자가 즉사한다던가 뭐 그런 주의사항 같은 것이 있을 법한데요?"

데미데루스는 미소를 지었다.

"아니, 특별한 것은 없다. 산허리에서 정상 가까운 쪽에 동굴이 있는데 엔디게는 그 안에 있어. 일단 그걸 발견하면 목에 걸어서 갖고 나오면 돼."

눈물이 글썽글썽해서 한숨을 내쉬는 셀레나는 체념하는 몸짓을 했다. 딸을 사지로 보내야 하는 어머니는 심장이 얼어붙고 있었다. 정말 입에 담기도 싫은 말이지만 그녀는 차라리 마지스터에게 항복하자고 말하고 싶은 심정이었다.

"잘 알겠어요." 타라는 어머니의 절망에 신경 쓰지 않고 결론을 내렸다. "그럼 이제 내가 붉은 산으로 가는 일만 남았네요. 내가 돌아올 때까지 옥시아 부인에게 권한을 위임하겠습니다(티라니크에게는 절대 안 되지!)."

여제의 사촌 옥시아 부인은 타라 앞에서 정중하게 허리를 굽혔지만 너무 불안해서 한마디도 할 수 없었다. 그녀는 후계자가 빨리 돌아온다면 몰라도 악마 군단이 나라를 공격하고 있는 이런 전시 상황에 군주가 되고 싶은 마음이 전혀 없다는 얼굴을 하고 있었다.

"너 혼자서는 안 돼." 칼이 끼어들었다. "내가 같이 갈게."

모두 칼을 쳐다봤다. 칼은 로빈과 파브리스가 흘겨보거나 말거나 자신 있게 말했다.

"나는 위험하지 않아. 내가 금빛 트실에게 쏘인 적이 있다는 걸 너희들도 알잖아?"

"그런데 죽지 않았느냐?" 데미데루스가 깜짝 놀라서 물었다. "해독제라도 발견했단 말인가? 그렇다면 나도……."

"그게 아닙니다." 칼이 그의 말을 끊었다. "몇 분 동안 저는 숨이 끊어져 있었기 때문에 트실의 알이 죽었던 겁니다. 따라서 해독제라고 할 수는 없지요. 금빛 트실에게 쏘인 흉터가 아직 남아 있어서 다른 놈들이 나를 공격하지 않는다는 말입니다."

"그럼 됐다. 내 후계자를 수행하거라. 쉽지 않은 임무라서 혼자 보내기가 망설여지던 참인데 그나마 마음이 놓이는구나."

어른들이 해야 할 일을 아이들에게 맡기는 것이 못마땅한 샤먼이 나섰다.

"하지만 붉은 산 때문에 마법 능력을 사용할 수 없을 때에 트실이 공격하면 어떻게 합니까? 칼은 위험하지 않다고 해도 타라는……."

"그 산자락의 반경 100미터 지점부터는 주문이 걸려 있어서 마법을 사용할 수 없어. 그러니까 반경 200미터 지점에 안티 트란스미투스 주문을 걸어놓은 다음, 100미터와 300미터 사이로 트실을 유인해서 싸워야 한다. 일단 마법이 통하지 않는 지역으로 들어가면 트실은 절대로 그 경계를 넘어오지 않으니까 그때부터는 위험하지 않아."

타라는 데미데루스를 유심히 관찰했다. 엄청 복잡하게 느껴지는데 어쩌면 그렇게 간단하게 말할까? 옛날 마구스들에게 이런 정도는 식은 죽 먹기였다는 것인가?

"방패가 있으면 위험하지 않을 것 같군요." 로빈이 건방지게 말했다. "아주 먼 곳도 아닌데 제가 타라를 수행하겠습니다."

데미데루스는 로빈을 뚫어져라 쳐다봤다.

"트실은 떼거리로 공격한다. 놈들이 방패에 압박을 가하기 시작하면 몇 미터 이상을 버티지 못해. 내 말을 믿게, 엘프, 그렇게 쉬운 일이 아니다."

로빈은 우기려고 했지만 데미데루스는 완고했다. 그는 어린 마법사들 중에서 가장 강력한 마법사만 트실과 싸우는 것을 허락할 수 있으며, 하프엘프가 아깝게 목숨을 잃는 것을 원치 않는다고 덧붙였다.

"트실들이 힘을 못 쓰는 지역으로 넘어간 다음에는 타라가 어떻게 해야 하는지요?" 셀레나가 물었다.

"마법을 쓸 수 없으니 공중부양이 불가능하지요. 또 바람이 어찌나 거센지 페가수스도 견디지 못하기 때문에 타라는 산을 올라가야 합니다."

"산에 올라가본 적이 없는데요." 타라는 너무 놀라서 숨이 막힐 지경이었다.

"타라는 등산할 줄 모릅니다." 셀레나는 한술 더 떴다.

"그렇게 오르기 힘든 산이 아니란다." 데미데루스가 침착하게 말했다. "험악한 산이었다면 우리가 정상까지 오를 수 있었겠니? 도서관에 필요한 자료를 요청하거라. 꼼꼼히 읽고 그 내용을 머릿속에 새기면 노련한 등산가처럼 할 수 있어. 타라, 너는 아주 잘 해낼 것이다. 엔디게가 왕홀의 힘을 이기면 우리에게 마법 능력이 돌아올 것이고 그러면 악마 군단을 쳐부술 수 있다."

"먼저 마지스터가 있는 위치를 알아야 합니다! 특히 인질이 많을 때에는 꼭꼭 숨어 있거든요." 상그라브들의 보스는 위치 추적이 힘들다는 것을 경험상 알고 있는 칼이 말했다.

데미데루스가 빙긋이 웃었다.

"설마 위치탐지기도 없다는 말은 아니겠지?" 데미데루스는 대답 대신에 어리둥절한 눈길을 받았다. "그것도 없단 말이로군. 위치탐지기를 만들어놨었는데…… 물어보는 것마다 없으니 이거야, 원. 불길한 사물을 탐지하는 기구인데 나침반처럼 생겼지. 나침반 눈이 악마의 기운을 느끼고 그 방향을 가리키는데 가까워질수록 빨갛게 변하지."

"그것만 있으면 마지스터를 쉽게 찾을 수 있을 텐데 아쉽네요." 칼이 말했다.

"그것도 너희들이 찾아야 한다. 그러면 더 이상 내가 필요 없을 것이고, 나는 잿빛 시간으로 돌아갈 것이다."

그 황당한 말에 또다시 찬물을 끼얹은 듯 조용해졌다.

"뭐라고 하셨습니까?" 마침내 티라니크가 외쳤다. "돌아가시다니요? 우리를 버리면 안 됩니다. 지금 우리는……."

"아직은 내가 돌아올 때가 아니오. 그렇게 되면 내 계획이 엉망이 되는 것이라 돌아가기로 결정한 것이니 이의를 달지 마시오.

이 위기 상황이 해결될 때까지는 있을 것이니 염려 말고."

티라니크는 이런저런 이유를 들면서 열변을 토하기도 하고, 궤변을 늘어놓으며 우겨도 봤지만 소용없었다. 데미데루스는 저주받은 왕홀을 무력화하고 위치탐지기를 찾는 즉시 잿빛 시간 속으로 돌아가겠다는 주장을 끝까지 고집했다. 악마들이 침략하는 경우를 제외하고는 자신을 부르는 것도 금지했다.

셀레나가 아연실색한 것은 딸의 막중한 임무 때문이었다. 데미데루스의 결정은 안중에도 없었다. 타라가 오히려 어머니를 위로했다. 명색이 오무아의 여제 후계자인데 제국은 물론 아더월드의 운명이 달려 있는 문제를 어떻게 나 몰라라 할 수 있겠냐면서 믿음직하게 어머니를 설득했던 것이다.

데미데루스는 궁전에 잠복하여 마지스터를 돕는 패거리가 눈치채지 못하도록 비밀리에 위치탐지기를 찾기 시작했다. 마침내 찾긴 했으나 기구는 망가져 있었다. 데미데루스는 마법 능력을 잃었기 때문에 기구를 복원하지 못했다. 아니, 마법 능력이 있었다고 해도 불가능했을 것이다. 위치탐지기에 꼭 필요한 재료, 전쟁이 일어났을 때 마왕에게서 뽑았던 눈알 한 개를 지금 같은 상황에서 어떻게 구한단 말인가.

한편 아더월드의 여러 나라는 크리스털리스트들을 통해 마지스터의 협박에 굴복하지 않겠다고 선언했다. 악마의 사물을 사용하여 행성이 폭발하면 어차피 다 죽는 것이니 왕홀을 사용하든 말든 마음대로 하라고 마지스터에게 통보한 셈이었다. 마지스터는 가타부타 답을 주지 않고 있었다. 그 와중에 엎친 데 덮친 격으로 쓰나미를 동반한 지진이 일어났고, 동맹국들은 오무아에 군사를 파병하지 못하고 있었다. 지진이 일어난 지역들을 돕기 위해 어린 마법사들의 능력이 총동원되었다. 다행히 오무아는 지진대에 속해 있지 않아서 다른 나라를 도울 수 있었다. 난쟁이들의 야금술을 배우기 위해 몇 년째 히믈리아에 파견중인 무아노의 부모님은 지진의 충격으로 광산이 붕괴할 위험이 있어서 난쟁이들이 산을 떠나지 않을 수 없게 되었다고 알려왔다. 무아노는 부모님과 난쟁이들이 피신한다는 소식에 안심했다. 난쟁이들은 마지스터가 한때 소굴로 삼았던 잿빛 요새가 있는 거인들의 나라로 이주를 시작했는데 그 속도는 굉장히 느렸다. 고집쟁이 난쟁이들이 마법을 이용한 이동을 거부했기 때문이었다.

칼과 타라는 살테렌스까지는 공간이동의 문을 이용하고, 붉은 산까지는 트란스미투스 주문을 이용하기로 계획을 세웠다. 살테렌스의 카샤는 아침 일찍 비밀리에 찾아가기로 했다. 타라는 여제의 거처에서 혼자 떠날 채비를 하고 있었다. 이제는 엎질러진 물이라서 돌이키려야 돌이킬 수가 없는 상황이었다. 무슨 수를 써서라도 재상을 설득하여 임무를 완수하는 길밖에 없었다. 막중한 책임 때문에 타라는 심장이 오그라드는 느낌이 들었다.

타라는 장비를 확인했다. 피켈, 망치, 아이젠, 장갑, 마구, 밧줄, 갈고리, 접착 스프레이, 파프니르가 선물한 초강력 장갑, 칼의 만능열쇠, 살아있는 지도, 메델루스가 선물한 선글라스, 살아있는 돌을 포함해서 모두 체인지라인 주머니에 넣었다. 이어서 책을 집어들고 한 문장 한 문장 기억에 새겼다. 피켈 사용법, 바위의 종류, 산의 함정에 대해서도 다시 한번 꼼꼼히 확인했다. 몇 시간 만에 타라는 산악전문가가 되어 있었다. 지구에 가서 이런 등산 교본이 있다고 말하면 오른팔을 내어주고라도 서로 이 책을 가지려고 난리를 칠 것이었다. 아더월드에는 초등, 중등, 고등 과정의 학교는 없었다. 학교라고는 오직 대학교만 존재하는데 마법사들이 지식을 실습하고 실행하는 곳인 만큼 대학교의 개념이 지구와는 사뭇 다르다고 할 수 있었다.

좀비 살인범에 대한 수사가 어디까지 진행되었을까, 타라는 이런저런 생각을 하다 깜빡 잠이 들었다. 얼마나 잤을까, 번쩍 눈을 뜨던 타라는 자신을 응시하는 로빈의 크리스털 눈과 마주쳤다. 침대에 걸터앉아서 타라가 일어나기를 기다리고 있던 로빈이 말했다.

"얼마나 곤히 자는지 업어가도 모르겠어. 산디아르에게 보안 조치를 강구하라고 지시해야 하는 것 아닌가?"

"이리 가까이 와봐." 하고 타라가 속삭이는데 그 멋진 쪽빛 눈이 어둡게 느껴졌다.

로빈은 당황했다. 그는 타라가 혼자 있는 때를 이용해서 고백을 하러 온 것이었는데 준비해왔던 말이 마치 구멍 뚫린 통에서 물이 새듯 머릿속에서 도망치고 있었다. 로빈은 타라의 예쁜 입술을 내려다보면서 몸을 숙였다. 이건 대화하기 편안한 자세가 아닌데…….

"자동방어 시스템!" 타라가 침대에서 벌떡 일어나면서 외쳤다. "내 허락 없이 5미터 이내에서 나를 건드리려고 하는 자는 누구든 붙잡아서 안기부장이 올 때까지 꼼짝 못하게 하라. 5, 4, 3, 2…… 1!"

오, 맙소사! 벽에 딱 붙은 로빈은 아연실색한 얼굴을 하고 있었다.

타라가 마지막 1을 외치는 순간 산디아르가 친위대원 둘을 데리고 헐레벌떡 들어섰다.

"폐하, 괜찮으십니까?" 질겁한 안기부장이 네 개의 칼날을 번쩍이면서 매서운 눈초리로 주위를 둘러봤다.

"괜찮아요. 만일을 대비해서 로빈과 내가 연습한 거예요." 타라는 거침없는 어조로 대답했다. "자동방어 시스템 주문의 효능을 시험해보려고요. 이제 그만 가셔도 됩니다."

타라가 손짓을 하자 로빈은 천천히 바닥으로 미끄러졌다.

산디아르는 군대식으로 경례하면서 말했다.

"그럼 저는 돌아가서 보초를 서겠습니다, 폐하. 여기 있는 하프엘프 로빈 망질 외에 난쟁이 파프니르, 글로리아 다빌, 두 명의 드래곤 마법사, 어머니 셀레나와 사냥개 마니투가 폐하의 원정길에 동참하겠다고 청했으나 살테렌스의 카샤가 거절했다는 소식을 알려드립니다."

그 순간 타라는 가슴이 뭉클했다. 비늘과 두꺼운 가죽을 뒤집어쓴 파충류라고 해도 마법 능력이 없는 상태에서는 트실의 공격을 막지 못하기 때문에 동참하겠다는 것은 드래곤들이 목숨을 내놓는다는 뜻이었다. 친구들과 어머니에 대해서는 그럴 것이라고 예상했기 때문에 타라는 카샤에게 전갈을 보냈었다. 그러나 카샤는 칼과 타라 이외의 다른 인물은 누구도 원치 않았다.

산디아르는 정중하게 인사를 하고 방을 나갔다. 타라는 미소 띤 얼굴로 돌아봤지만 로빈은 웃지 않았다. 타라의 미소가 일그러지다가 사라졌다. 장난을 쳤다고 화가 났단 말이지? 로빈이 다가와서 타라를 심각한 표정으로 바라봤다. 어머, 얘가 왜 이래? 내 이빨 사이에 시금치라도 꼈나? 코에 뾰루지가 났나?

로빈이 고백할 각오로 입을 여는 순간…… 칼이 여우 블롱딘을 데리고 요란하게 들어왔다.

"안녕? 내가 방해했나?" 칼은 속으로 쾌재를 올렸다. 아하, 요것 봐라! 로빈의 얼굴이 빨개지는 것을 보면 방해한 것이 맞네, 뭐!

타라는 칼을 노려보는 로빈의 입술에서 무언의 욕설을 간파하고 약간 놀랐다.

"나는 준비가 끝났으니까 언제든 출발할 수 있다는 걸 알리려고 왔는데 너는? 너는 타라에게 무슨 할 얘기가 있었는데?" 칼이 로빈에게 물었다.

"행운을 빌겠다는 말을 하러 왔지. 그리고 신중하게 행동하라는 말을 하려던 참이었어." 로빈이 중얼거리듯 말했다.

"타라는 그 말이 무슨 뜻인지 몰라! 타라와 신중은 영 안 어울리거든! 하지만 걱정 마라, 내가 있으니까. 내가 타라를 지켜 줄게. 아주 애지중지……."

"그래, 알았다, 알았어. 타라가 준비되면 공간이동의 문까지 배웅할게." 고백할 수 있는 절호의 기회를 또 놓친 로빈은 절망적인 심정으로 대답했다.

"샤워하고 나올게." 타라가 말했다.

욕실로 들어간 타라는 이상한 소리가 들려서 다시 문을 열었다가 로빈이 칼의 목을 조르는 광경을 보았다. 칼은 미친 듯이 웃느라고 방어하지 않고 있었다. 싸우는 것이 아니라서 안심한 타라는 조용히 문을 닫았다. 몇 분 후 타라가 나와 보니 체인지라인이 준비해놓은 의상은 거의 갑옷 수준이었다. 긴 금발을 땋아서 틀어올리고 팔뚝과 종아리, 가슴에 번쩍거리는 보호대까지 착용하자 타라는 딴사람처럼 보였다.

"우와! 정말 멋지다, 타라!" 칼이 잿빛 눈을 반짝이면서 탄성을 질렀다.

"정말?" 타라는 멋쩍은 얼굴로 대꾸했다. "체인지라인이 철벽 전투복으로 내놓은 야심작인 모양이야. 나는 좀 그렇긴 한데…… 어쩌겠어, 체인지라인은 명색이 프로인데!"

타라가 어디로 떠나는지 모르는 궁인들은 갑옷 차림의 후계자를 호기심이 가득한 눈으로 쳐다봤다. 타라가 지금 얼마나 겁이 나는지, 얼마나 토하고 싶은 심정인지 그들이 알았다면 절대로 지나는 길목에 다가서지 않았을 것이다.

셀레나는 공간이동의 문 대합실에서 기다리고 있다가 눈물이 글썽해서 타라를 품에 안았다. 그 순간 타라는 용기가 꺾이면서 다리에 힘이 빠졌다. 그러나 로빈의 불안한 눈길과 마주치자 얼른 정신을 차렸다.

"걱정하지 마세요, 엄마. 다 잘될 거예요."

"그럴 수가 없구나. 너는 사지로 떠나는데 나는 그저 구경만 하고 있어야 하다니! 이를 어쩌면 좋아! 오, 사랑하는 내 딸!"

타라는 분위기를 바꿀 만한 말을 하지 않을 수 없었다.

"아들을 보내는 것이었다면 어땠을지 생각해보세요."

셀레나는 애써 미소를 지어 보였다.

"더 나빴을 거라고 생각하니?"

"당연히 더 나쁘죠. 남자애들은 무모하잖아요. 그런데 나는 신중하거든요. 그래서 말인데요. 이번 여행에서는 내 이름을 '신중' 이라고 부르기로 했어요."

로빈의 얼굴이 밝아졌다. '신중' 은 내가 당부했던 말이잖아!

"사랑한다, 타라. 빨리 돌아와."

그렇게 말하고 나서 셀레나는 물러섰다. 타라가 기다리고 있는 갈랑 등에 올라타자, 칼도 올라탔다. 갈랑은 예상을 하고 있었는지 두 사람이 탔는데도 끄떡하지 않았다. 칼은 섭섭하지만 블롱딘을 오무아에 두고 떠나기로 했다. 트실이 블롱딘을 공격할 때 보호해줄 힘이 없기 때문이었다.

셈 선생님과 샤름, 옥시아 부인, 티라니크 선생님, 데미데루스가 성공을 빌었다. 증손녀를 지켜 줄 수 없다는 것에 상심한 마니투는 뿌루퉁해 있었다. 타라와 함께 다정하게 떠나는 칼이 부러워서 눈길도 주지 않고 있던 로빈은 타라가 칼보다 키가 더 큰 것을 보고서야 마음이 좀 누그러들었다. 정말이지 타라는 로빈을 미치게 만들고 있었다. 타라가 돌아오면 이번에는 무슨 일이 있어도 고백하겠어! 이렇게 굳은 결심을 하고 나서야 로빈은 다정한 얼굴로 작별인사를 나눴다. 처음으로 친구들 없이 위험에 맞서야 하기 때문일까, 타라는 이상하게 허전한 느낌이 들었다. 칼은 타라가 안심하도록 자신감이 넘치는 미소를 지어 보였다. 칼은 모두에게 물러서라는 신호를 보내고 나서 마법을 할 수 없는 칼리 부인을 대신해서 외쳤다.

"살테렌스의 수도 살라에 있는 카샤의 궁전으로!"

그리고 그들의 모습이 사라졌다. 마치 누군가가 지우개로 지워버린 듯이.

23
살테렌스의 카샤

*

그들은 카샤의 궁전에서 유형화되었고, 재상 일파봉이 맞아주었다.

타라가 먼저 갈랑 등에서 내려왔고, 칼이 뒤따랐다.

"수행원 없이 오셨습니까, 폐하?" 일파봉이 부드럽게 물었다.

명색이 능력 있는 도둑으로 훈련을 받았던 몸인데 칼이 그 말 속에 숨은 경멸의 뜻을 간파하지 못했을까.

"무슨 일로 왔는지 아실 텐데요!" 칼은 거침없이 말했다. "아더월드를 구하는 중요한 일인데 모든 영광을 우리만 차지하길 바라는 것은 아니겠지요?"

일파봉의 동그란 귀 두 개가 젖혀지고 주둥이는 실룩거리는데 입 밖으로 말은 나오지 않았다.

어린 도둑은 주변을 유심히 살피고 있었다. 칼은 아더월드에 존재하는 통치자들의 궁전을 모두 연구했기 때문에 카샤의 궁전도 훤히 알고 있었다. 약탈 종족 살테렌스는 강렬한 색을 좋아했다. 건물 외부는 뜨거운 열기를 반사하도록 흰색인데 반해 내부는 오색찬란했다. 초록과 노란 벽, 빨강과 파랑, 황금빛 바닥과 천장, 흰색과 은색 가구들, 그 모든 것에 황금빛 파동 같은 것이 일렁였다.

그들은 마침내 장엄한 접견실에 이르렀다. 카샤는 궁인들과 경비병들에게 에워싸여서 한 신하와 이야기하고 있었다. 살테렌스의 상징인 이빨로 소금 덩어리를 물고 있는 초록 벌레가 옥좌를 내려다보고 있었다.

오무아의 여제 카샤는 직무대행이라도 대화를 얼른 중단하고 빨간 양탄자가 깔린 계단을 내려와서 국빈인 타라를 맞았다. 카샤는 타라의 양 팔뚝을 잡으면서 외쳤다.

"장봉! 장봉!"

타라는 웃어야 할지 말아야 할지 난감했다. '장봉' 이라면 프랑스어로 햄을 뜻하는데 지금 이 상황에 햄을 달라고 할 리는 없고……. 이 궁전은 통역 주문이 작동하지 않나? 하고 생각하던 타라는 이 뚱땡이 살테렌스가 기선제압 차원에서 고의적으로 헷갈

리게 하려는 수작이라는 것을 알아차렸다. 타라는 위기를 넘길 수 있었다. 작년에 칼을 구해야 하는데 마법을 사용할 수 없을 때 무아노가 머릿속에 20개국의 언어를 입력해 준 것이 기억났다. 그중 하나가 아닐까? 기억력 주문을 작동했는데…… 야호! 무아노가 머릿속에 넣어준 통역주문이 가동하면서 원하는 정보를 주었다.

카샤는 스와힐리어로 말하고 있었다. 스와힐리어는 아프리카 중남부 국가들과 특히 마사이족이 사용하는 부족어와 아랍어가 섞인 지구의 언어였다. 그러니까 살테렌스 언어는 지구에서 건너온 스와힐리어가 어원인 모양이었다. '장보' 는 스와힐리어로 '안녕' 을 뜻하는 인사말이었다.

"장보, 아 바리 가니?" 타라는 정중하게 답례했다.

"므수리 사나, 아셈프테!" 하고 카샤가 축하의 말을 건넸는데 이방인이 스와힐리어 아니, 살테렌스어를 아는 것에 아주 놀라는 눈치였다.

"자, 따라오세요, 그 험난한 길을 안내해줄 길잡이를 소개해드리지요." 카샤는 아주 자연스럽게 오무아 언어로 바꿔서 말을 이었다.

카샤는 옥좌 옆에 서 있는 키다리 살테렌스 앞으로 타라를 데려갔다. 타라는 깜짝 놀랐다. 궁전에서 여제의 인공사막을 관리

하는 살테렌스가 아닌가! 그는 차가운 미소를 흘리면서 말했다.

"충고하신 대로 황궁의 사막으로 데려갈 어린 벌레들을 수집하러 왔습니다, 폐하. 깊은 사막으로 가야 하니 제가 길잡이가 되어 드리겠습니다. 제 이름은 트렌디르입니다."

"장보 트렌디르." 타라는 의젓하게 인사했다.

그렇게 인사를 나누는데 카샤가 끼어들었다.

"지체 없이 떠나시오. 우리 행성은 오래 견디지 못할 것입니다. 폐하, 이런…… 도움을 청한 이유는 모르겠으나 도와드리게 되어 기쁩니다."

"나는 어떤 도움도 청하지 않았는데요." 오무아가 살테렌스에 빚을 졌다는 말을 듣고 싶지 않은 타라가 응수했다. "나는 마지스터의 위협을 받고 있는 아더월드를 구하기 위해 막중한 임무를 띠고 온 겁니다. 그런데 이 일을 도와주는 것이라고 생각한다면 출발하기 전에 이 사실을 아더월드의 모든 나라에 알려야겠습니다."

유효 적절한 엄포였나? 카샤는 때가 때인 만큼 타라가 다른 통치자들을 만날 시간이 없다는 것을 뻔히 알면서도 어떻게 전개될지 모르는 이런 전시 상황에서 자칫 오무아의 동맹국에서 제외되는 위험을 무릅쓸 수는 없었다. 카샤는 죽을죄를 졌다는 시늉을 하면서 공손히 그들을 궁전 마당으로 안내했다.

타라는 트렌디르가 알려주는 대로 트란스미투스 주문을 읊었고, 몇 초 후 그들은 사막에 도착했다. 이글거리는 초록빛 사막이 광활하게 펼쳐져 있었다.

"산은 왜 안 보이죠?" 타라는 보호막을 작동하면서 말했다.

"그래서 길잡이가 필요한 것이지요." 트렌디르가 설명했다. "산은 모래바람에 가려져 있습니다. 견고한 방패를 만들어서 따라오세요. 자칫 실수했다가는 죽음입니다. 우리의 방어 시스템으로는 폐하를 보호할 수가 없거든요. 모쪼록 조심하십시오!"

대번에 먹이 냄새를 맡은 트실들이 산발적으로 타라와 페가수스를 공격했다. 칼은 트실이 공격하지 않을 것이라고 확신하면서도 도저히 마음이 놓이지 않는지 금빛 트실에게 쏘인 흉터를 봐란듯이 드러내놓고 있었다. 벌레들이 트렌디르와 자기를 본척도 하지 않자, 칼은 타라와 갈랑이 걱정되었다. 거의 눈에 보이지 않는 트실들이 방패에 부딪혔다가 후드득 떨어졌지만 끈질기게 다시 들러붙었다. 잠시 후에는 벌레가 어찌나 새까맣게 붙었는지 페가수스와 타라는 파란 섬광만 번쩍일 뿐 형체가 거의 보이지 않을 정도였다.

살아있는 생명체를 해치는 것이 내키지 않는 타라는 정말 트실을 죽이고 싶지 않았다. 그러나 선택의 여지가 없게 된 타라는 방패의 기능을 강화했다. 이번에는 멋모르고 덤벼들던 놈들이 지글거리는 소리를 내며 타죽었고 눈 깜짝할 사이에 수백 마리가 똑같은 신세가 되었다. 그때부터는 타라와 갈랑에 대한 공격이 현저하게 줄어들었다.

전진할수록 물이 많아지는 것을 보면 분명 산이 가까이 있다는 것인데 구름밖에 보이지 않았다. 굽이도는 시냇물을 따라 수생식물이 군락을 이루고 있었다. 이윽고 보이지 않는 경계를 넘어선 것일까, 화가가 그려놓은 것 같은 산이 갑자기 모습을 드러냈다.

빛 바랜 진흙처럼 붉은 갈색이려니 상상했더니 산은 눈이 부실 정도로 반짝이는 주홍빛이었다. 하얀 구름 왕관을 쓴 파란 하늘에 웅장한 산이 뚜렷이 드러났다.

"와, 대단하다!" 칼이 산을 보면서 감탄했다.

"진짜 아름답다!" 타라도 입을 다물지 못했다.

"물 마르 타그 쿨로그!" 트렌디르가 산을 가리키면서 거들먹거리는 어조로 말했다.

"물 마르…… 어쩌고저쩌고는 이름이 좀 너무 거창하네요." 근사한 산에 감동한 칼이 지적했다.

살테렌스는 피식 웃었다.

"사실은 착각에서 붙여진 이름이지. 수백 년 전에 우리나라를 관통하는 트실 강의 수원을 찾아 나섰던 마법사가 있었어. 그 탐험가는 용케 트실 벌레를 피해 산 반대편 숲 속 마을에 이르렀지. 그는 마을사람들에게 산을 가리키면서 '저게 뭡니까?' 하고 물었고, 사람들은 '물 마르 타그 쿨로그!' 라고 대답했지. 그는 그것이 산의 이름이라고 생각하고 지도에 그렇게 기록했지."

무슨 말인지 이해하지 못한 칼은 트렌디르가 이걸 농담이라고 하는 건가, 하는 얼굴로 시큰둥하게 물었다.

"그래서요?"

"마을사람들은 '뭐긴 뭐야, 산이지!' 라고 대답한 것이었어."

칼은 눈살을 찌푸렸다.

"그러니까 산 이름으로 알았던 그 말이 '뭐긴 뭐야, 산이지!' 란 뜻이란 말예요?"

"그렇지." 트렌디르는 천연덕스럽게 대꾸했다.

눈이 마주친 칼과 타라가 그제야 웃음을 터뜨리자 트렌디르도 덩달아 배꼽을 잡았다.

그들이 웃음을 그치자 트렌디르가 말했다.

"여기서 헤어져야겠습니다. 나는 벌레를 수집하러 가야 하거든요. 폐하, 그럼 행운을 빌겠습니다!"

타라와 칼은 어리둥절한 얼굴로 물었다.

"우리랑 같이 가는 것이 아니었어요?"

"저 산의 주민들과 협약을 맺었지요. 살테렌스 종족은 비마법 지역을 넘을 수가 없습니다. 용감한 이방인들이 이따금 위험을 무릅쓰긴 하지만 살아서 돌아온 이가 단 한 명도 없었다는 걸 알아두십시오."

타라는 깜짝 놀랐다.

"주민들이라니? 누구 말이죠? 데미데루스는 저 산에 누군가 살고 있다는 말을 하지 않았어요. 산지기가 있다는 말은 없었다고요!"

"5000년 전에는 그랬을지 모르지만 지금은 상황이 다릅니다." 트렌디르는 차분하게 대답했다. "그리고 아무도 없다면 산에 올라간 탐험가들과 과학자들이 왜 모조리 행방불명이 됐을까요? 어쨌든 우리 조상들은 분명히 누군가와 협약을 맺었습니다."

반박의 여지가 없는 논리적인 추론이었다. 칼은 마법복에서 아이젠과 밧줄을 꺼냈다.

"너보다는 내가 산을 더 잘 타니까 내가 올라갈게. 기어오르기는 도둑들이 받는 필수과목이거든."

"산을 기어올라가겠다고?"

어린 도둑의 대답은 간결했다.

"아니, 암벽을 타겠다고."

"응, 그래? 그럼 같이 가야지."

타라는 칼과 같이 와서 다행이라고 생각했다. 그들은 트렌디르와 작별인사를 나누고 나서 성큼성큼 산으로 향했다. 타라는 방패가 없어지는 것이 느껴졌다. 마법이 통하지 않는 지역에 막 들어섰으니, 데미데루스의 말대로라면 트실이 따라오지 않는 지역이었다. 이제부터는 아무런 방어력이 없기 때문에 타라는 제발 벌레들이 그 관례를 지키기만 빌 수밖에 없었다. 얼마 후, 깊은 생각에 잠겨 있던 칼이 마침내 입을 열었다.

"문제가 있어, 타라."

칼의 어조가 어찌나 심각한지 타라는 걸음을 멈췄다.

"마지스터가 고모를 억류하고 있고, 최고 마구스들의 마법 능력을 없어지게 했다는 것, 행성을 파괴하겠다고 위협하고 있다는 것, 우리에게 전쟁을 선포했다는 것, 그리고 방금 추가된 사항, 자기들의 땅에 발을 들여놓는 자는 모조리 죽인다는 붉은 산의 주민들과 맞서 싸워야 한다는 것말고 뭐가 또 있는데?"

칼은 타라가 말할 때마다 하나하나 손등으로 아니라는 시늉을 하고 있었다.

"아니, 아니, 전혀 다른 거야. 훨씬 더 심각해."

타라는 어안이 벙벙했다.

"너는 예쁘고, 여자야." 칼이 아주 진지한 얼굴로 타라를 쳐다보면서 말했다.

"그래, 그거야 맞는 말이지. 그리고 예쁘다는 말은 칭찬으로 알게." 친구가 무슨 말을 하려는 것인지 전혀 감이 잡히지 않는 타라가 장난치듯 대꾸했다.

"그러니까 너는 여자의 마음을 잘 알 거야."

"물론 남자들의 마음보다는 잘 알겠지."

"내가…… 사랑에 빠졌어."

으응? 이건 또 무슨 말이야? 그리고 칼이 누구를 좋아한다는데, 왜 약간 서운한 마음이 들지? 그 야릇한 감정에 타라가 놀라고 있을 때, 칼이 고백했다.

"엘을 사랑하고 있어!"

"엘? 그 여자가 누군데?"

"엘레아노라!"

너무 어이가 없어서 타라는 아무 말도 할 수 없었다. 칼은 타라가 엘레아노라를 기억하지 못하는 것으로 생각하고 설명했다.

"너도 아는 애야. 내가 너한테 소개했었거든. 브란디스의 사촌. 나를 싫어하는 애 말야! 고개를 들 때마다 그 잿빛 눈으로 나를 뚫어져라 쳐다보는데 얼음장같이 차갑고, 지옥의 불만큼 뜨거웠어. 그 눈빛 때문에 나는 아주 미칠 것 같아!"

칼이 저런 말을? 사랑을 하면 시인이 된다더니! 타라는 당혹스러웠다.

"나는 엘레아노라를 잘 몰라. 딱 두 번 봤는데 우리를 좋게 생각하지 않는 것 같았어. 근데 그 애를 사랑한다고?"

타라를 쳐다보는 칼의 표정이 처량하다고 해야 할까, 딱하다고 해야 할까.

“정말 이상해! 과자나 소시지를 먹고 싶을 때처럼 그 애가 자꾸만 생각나는 거 있지.”

“에헤, 칼!”

“응?”

“좋아한다면서 그 애를 소시지나 과자에다 비유하면 안 되지.”

“거봐, 내가 이 모양이라니까. 나는 정말 여자 사귈 줄을 몰라. 웃기거나 놀래줄 수는 있는데 여자의 마음에 드는 방법을 모르겠어. 그러니까 네가 가르쳐 주라.”

타라는 눈이 똥그래졌다.

“내가? 하필 왜 나야?”

“아는 여자가 너밖에 없는데 그럼 어떡해?”

타라는 하늘을 쳐다보면서 한숨을 쉬었다.

“그래, 좋아. 뭘 알고 싶은데?”

“여자들은 어떤 선물을 좋아해? 어떤 면에 끌리지? 외모? 생각? 너는 남자친구가 어떻게 해주는 것이 좋아? 놀래주는 것, 웃기는 것, 어떤 것이 마음에 들어?”

“맙소사, 하나씩 물어봐야지, 그걸 다 한꺼번에 어떻게 대답하니? 그리고 내가 좋아하는 걸 그 애도 좋아한다고 할 수도 없는데.”

“상관없으니까 대답해줘. 부탁이야.”

정말 이런 이야기는 좋아하지 않았지만 타라는 어쩔 수가 없었다.

"외모? 중요하지. 하지만 처음에만 그래. 나중에는 얼마나 똑똑하냐, 얼마나 용감하냐, 뭐 그런 것들이 더 끌리거든. 그리고 나는 깜짝 이벤트 같은 걸 좋아해."

"그래? 그럼 선물은?" 칼은 집요했다. "여자들은 비싼 물건을 좋아하지?"

타라는 웃음을 참았다.

"물론 좋아하겠지. 하지만 중요한 것은 그게 아냐. 비싼 것이 아니라도, 예를 들어서 장미 한 송이, 머리핀 한 개라도 마음이 담긴 선물을 좋아해. 나의 경우는 내 생일을 잊지 않고 기억해줄 때 감동해. 그건 나한테 관심이 있다는 표시니까. 내가 잘 지내고 있는지, 행복한지 걱정해줄 때도 감격해. 관심이 너무 지나친 것도 문제지만 또 너무 무관심하면 그것도 별로야. 그리고 나는 실망했더라도 상처를 주지 않으려고 겉으로는 표 내지 않아."

"야호! 그래 바로 이거야, 넌 정말 로맨틱하다!" 칼은 보물이라도 발견한 듯이 호들갑을 떨었다. "그런데 좀 너무해. 정말로 원하는 것이 뭔지 말해주지 않으면 남자들이 그걸 어떻게 알아? 우리에게 텔레파시 능력이 있는 것도 아닌데. 좋아, 그건 그렇다 치고 네 취향은 어떤 타입인데? 키가 커야 돼, 작아야 돼? 아니면 중간? 금발? 갈색머리?"

칼이 키가 작고 갈색머리라서 약간 난처하지만 타라는 그냥 솔직하게 말하기로 했다.

"나보다는 키가 커야 하고 이왕이면 파란 눈에 금발이면 좋지."

대번에 침울해지는 칼을 보면서 타라는 표현을 바꾸었다.

"하지만 갈색머리도 멋있어. 아더월드에서 살면서부터 긴 머리도 마음에 들긴 해. 지구에서는 말총머리나 머리띠를 매고 다니는 남자애들을 꼴불견이라고 생각했거든. 그리고 예의바르고 세련된 남자가 좋아. 옷차림은 아무래도 상관없어. 여기는 마법 덕분에 옷이야 원하는 대로 얼마든지 입을 수 있으니까."

타라는 이상형을 말하면서 문득 자신이 로빈을 묘사하고 있다는 것을 깨달았다. 누구를 두고 하는 말인지 뻔히 드러났다. 다행히 칼은 자기 문제에 골몰하고 있어서 알아채지 못했다. 가는 동안 내내 칼은 질문을 퍼부었는데 어찌나 거북한지 타라는 얼굴이 빨개져서 답변을 거부하기 일쑤였다. 특히 입맞춤에 대한 질문은 정말 비난받아 마땅했다. 누구와 입을 맞춰본 적도 없지만 그런 것에 대해 얘기하고 싶은 마음도 전혀 없기 때문에 타라는 퉁명스럽게 잘라버렸다.

"혀가 뭐 어쩌고 저쩨? 칼, 너 진짜 밥맛이다. 대꾸할 가치도 없다고 생각해. 그런 것은 네 여자친구하고나 해!"

다행히 그들은 산허리에 이르렀고, 칼은 질문을 중단했다. 타라가 목을 조를 기세였기 때문에 산이 칼의 목숨을 구해준 것이나 다름없었다.

그들은 고개를 쳐들고 데미데루스가 묘사했던 장소를 찾기 위해 눈을 가늘게 떴다. 데미데루스의 말대로 올라가기가 그리 힘들어 보이지 않았다. 칼은 밧줄로 상체와 어깨를 둘둘 감아서 허리춤의 갈고리에 단단히 묶었다. 높지 않은 위치라서 아직은 바람이 불지 않았기 때문에 칼은 힘을 비축하기 위해 첫 번째 암벽까지는 페가수스를 타고 올라가기로 했다. 도움을 줄 수 있는 것이 기쁜 페가수스는 어서 올라타라는 표시를 했다.

"밧줄을 잘 봐. 이렇게 하면 그렇게 힘들지 않을 거야. 내가 하는 걸 잘 보고 있다가 올라와, 알겠지?"

"실은 데미데루스가 왜 나를 혼자 보내지 않았을까 궁금해. 이 정도의 산을 올라가는 데 네가 전혀 필요 없는데 말야."

"이런 원정길에는 둘이 다니는 것이 더 나으니까. 일반적으로 나는 혼자서 일하는 걸 좋아하는데 솔직히 말해서 이 산에 있다는 정체불명의 주민들 때문에 좀 불안해. 그래도 페가수스와 네가 있어서 든든하다."

"이 등산을 '칼리반 달 살란과 즐거운 친구들의 모험' 이라고 이름 붙이는 것이 어떨까?" 타라가 장난스럽게 말했다.

"오, 예! 그거 아주 재밌네. 자, 가자, 갈랑!"

갈랑과 칼은 산중턱에 위치한 암벽을 향해 날아갔다. 아무런 예고 없이 갑자기 일어난 광풍이 갈랑의 날개 밑으로 불어닥쳤다. 중심을 잃은 갈랑은 전진하려고 안간힘을 다했지만 칼과 갈랑은 강력한 소용돌이로 변한 바람에 빨려들었다.

타라가 고함쳤다.

"안 돼애애애! 칼! 갈랑!"

타라가 아무리 소리쳐도 소용돌이에 휩쓸려 찌그러지는 칼과 갈랑만 보일 뿐 대답은 들리지 않았다.

24 이파니 종족

*

타라는 겁에 질렸다. 본능적으로 마법을 작동했지만 손에서 파란 광선이 나오지 않았다. 타라는 그제야 붉은 산에서는 광파 충돌이 일어나기 때문에 마법이 금지되어 있다는 것이 기억났다. 패밀리어와 친구를 잃게 생겼는데 구경만 하고 있어야 하다니!

절벽에 부딪혀 으스러지려는 찰나에 느닷없는 회오리바람에 휩쓸린 칼과 갈랑이 마치 장난감 요요처럼 휘말려 올라갔다. 간신히 현기증을 이겨낸 갈랑은 소강 상태를 이용해서 갈퀴발톱으로 칼을 낚아챘고, 공중에서 곤두박질치는가 싶더니 용케 함정을 벗어나 기적처럼 착륙했다.

타라는 흐느껴 울면서 갈랑의 목에 달려들었다.

"갈랑! 얼마나 걱정했는지 몰라. 너에게 무슨 일이 일어났다면 난 죽었을 거야! 칼은 괜찮아?"

기절한 칼은 이마에 달걀만 한 혹이 나고, 오른쪽 허벅지에 상처가 난 것을 제외하면 중상은 아닌 것 같았다. 타라는 친구의 셔츠를 찢어서 상처에 응급처치를 했다. 날개 하나가 찢어져서 날 수가 없게 된 갈랑의 부상이 오히려 더 심각했다.

"내가 빨리 갔다올게." 패밀리어의 부상이 마음 아픈 타라가 말했다. "넌 여기서 쉬고 있어. 아니면 나는 암벽까지 올라가지 않을 거야. 너의 고통을 생각하면 정신이 산만해져서 그래."

갈랑은 복종한다는 뜻으로 드러눕더니 다친 날개를 펼쳐서 부드러운 이불처럼 칼을 덮어주었다. 타라는 안도의 숨을 내쉬며 과감하게 피켈을 움켜잡고 산을 오르기 시작했다. 출발하기 전에 숙지한 지식을 활용하면서 난코스로 접어든 타라는 정신을 집중하며 발 밑이 수백 미터의 낭떠러지라는 것도, 몸에 묶은 밧줄이 자이언트 거미의 점액이라는 것도, 페가수스가 없어서 날아갈 수 없다는 것도 생각하지 않으려고 애를 썼다. 무엇보다도 마법을 사용할 수 없다는 것을 생각하지 않았다.

갈고리는 잘 걸리는데 밧줄은 말을 듣지 않으려고 하는 것 같았다. 그러나 얼마 후 타라는 있는지조차 모르던 근육이 여기저기서 당기는데도 등산하는 기쁨이 느껴졌다. 산꼭대기에서 무슨 일이 생길까, 계속 공포에 떨고 있었다면 산을 오르는 기쁨을 느꼈을 리 없었다.

갑자기 뒤에서 기척을 느낀 타라는 등골이 오싹했다. 조심스럽게 고개를 돌리던 타라는 빤히 쳐다보는 이상한 존재를 발견하고 심장이 멎을 뻔했다.

검은 뿔 두 개가 삐죽 솟은 얼굴을 제외한 온몸에 빨간 털을 뒤집어쓴 존재가 천천히 날개를 흔들고 있었다. 얼굴은 여자, 몸은 동물, 거기에 새의 날개가 달린 혼혈인종이었는데 한쪽 눈은 하늘빛보다 더 파랗고, 또 한쪽 눈은 죽음이 느껴질 정도로 새까맸다.

아주 이국적인 모습의 혼혈인종이 목청을 가다듬으면서 말을 건넸다.

"으흠, 으흠……, 여기서 뭘 하는 거지?"

붉은 산에서는 마법을 사용할 수 없지만 무아노가 타라의 머릿속에 입력해놓은 통역 주문은 완벽하게 작동하고 있었다. 혼혈인종이 사용하는 언어는 오무아의 고어에서 유래된 파생어였기 때문에 타라는 대답할 수 있었다.

"산을 오르고 있어요."

"그래서 묻는 것이다." 혼혈인종의 입가에 미소가 번졌다. "여기는 입산이 금지된 곳이다."

타라는 한숨을 내쉬면서 정면돌파하기로 결정했다.

"알고 있어요. 그러나 꼭 필요한 것이 산꼭대기에 있어서 오무아의 여제 신분에 어울리지 않는 행위를 하면서까지 올라가고 있습니다." 타라는 직무를 수행 중이기 때문에 아무런 거리낌이 없다는 투로 응수한 것이었다.

그러자 혼혈인종이 깔끔하게 눈썹을 정리한 것처럼 가느다란 눈썹을 치켜 떴다.

"여기서는 어떤 권력도 통하지 않으며, 그 누구에게도 입산을 허락하지 않는다. 여기는 우리의 터전이며, 우리의 생활이 공개되는 것을 원치 않는다. 따라서 미안하지만……."

타라가 대응할 겨를도 없이 혼혈인종은 날카로운 갈퀴발톱으로 밧줄을 가차없이 잘라버렸다. 시야에서 벗어나 있어도 텔레파시로 타라와 연결되어 있는 갈랑은 불안한 울음소리를 내면서 다친 날개를 거세게 퍼덕였지만 날 수가 없었다.

"안 돼요! 그럼 내가 떨어져요!" 밧줄이 끊어지면서 갈고리에만 의지하는 위기 상황을 맞은 타라가 소리쳤다.

"그게 목적이다." 혼혈인종이 대꾸했다. "죽어야 말을 못하니까."

타라는 오른발이 미끄러지는 순간 고함을 질렀다.

"체인지라인! 파프니르의 장갑을 줘, 빨리!"

체인지라인이 복종했고, 주머니 안에서 초강력 장갑이 튀어나왔다. 번개같이 빠르게 장갑을 낀 타라는 암벽을 격파해서 잡고 매달릴 만한 구멍을 만들었다.

"흥미롭지만 그래봐야 소용없다. 너는 살아남을 수 없어, 어린 인간아!"

"나는 그냥 인간이 아니에요!" 질겁한 타라가 소리쳤다. "오무아 제국의 후계자, 여제의 후계자예요! 내 으스러진 몸이 이 산자락에서 발견되거나, 내가 없어지면 오무아 제국이 나를 죽인 이들을 벌하기 위해 이 산을 박살낼 거예요!"

타라를 흔들어서 떨어뜨리려고 하던 혼혈인종이 동작을 멈추고 눈살을 찌푸렸다.

"그런 거짓말에 속아서 너를 살려줄 것 같으냐?"

"이 반지를 봐라!" 타라가 피켈을 쥐고 있는 손을 가리키면서 위엄 있는 말투로 소리쳤다. "가문의 반지다! 이것은 황족만 지닐 수 있는 것이다. 내 마음대로 강력한 에프리트를 불러낼 수 있다. 자, 그럼 지금 부를까?"

혼혈인종이 물러섰다.

"에프리트? 악마? 안 된다, 부르지 마라. 내가 도와주겠다."

혼혈인종은 암벽에서 타라를 떼어내고 몇 번의 강력한 날갯짓으로 데미데루스가 얘기했던 동굴 입구에 조심스럽게 내려놨다.

무릎이 꺾이고 다리가 후들거리는 타라는 우선 옷의 먼지를 터는 것으로 감정을 추스를 시간을 벌고 나서 고개를 들었다. 혼혈인종은 가냘픈 손을 비비 틀면서 탄식했다.

"오, 에프리트의 깃털이여, 어찌합니까! 하필 왜 내가 보초를 설 때 나타났느냐?"

"나는 아무도 살지 않는 산이라고 생각했다!"

"우리가 살고 있는 산이다." 혼혈인종은 짤막하게 대답했다. "내 이름은 셀리팔이고, 이파니 종족이다. 너는?"

타라는 솔직하기로 결정하고 위엄을 부리는 말투로 외쳤다.

"나는 타라틸랑넴 탈 바르미 압 산타 압 마루 탈 덩컨이고, 오무아 국민이자 오무아의 여제 후계자다."

이파니족 혼혈인종은 어린 인간의 말이 진실이라는 것을 느꼈다.

"나 혼자서 결정할 일이 아니다. 회의를 소집하여 너를 어떻게 할지 결정하겠다."

혼혈인종이 머리를 쳐들고 귀청을 찢을 듯한 괴성을 지르자, 암벽의 우툴두툴한 부분에서 혼혈인종이 하나둘 튀어나왔다. 남자가 여자보다 키가 작았고, 모두 빨간 털북숭이라서 주변과 구별이 되지 않았다. 보호색 위장술이 완벽했다.

그들은 예리한 창과 칼로 무장하고 있었다.

"셀리팔?" 그들 중 하나가 털이 장밋빛이 될 정도로 창백해져서 외쳤다. "무슨 일로 긴급회의를 소집했느냐? 그리고 이 인간은 왜 여기 이러고 있지? 왜 죽이지 않았느냐?"

"위대한 족장이시여, 그럴 생각이었으나 이 인간이 말하기를 자기가 오무아의 여제 후계자랍니다. 이 인간과 같이 온 일행 둘이 저 밑에 있고, 이들을 이곳으로 안내하고 돌아간 살테렌스도 있었습니다. 혹시 보복할지도 모르기 때문에 섣불리 죽일 수가 없었습니다."

족장이 타라를 향해 돌아서서 말했다.

"우리 산에는 무슨 일로 왔느냐? 우리는 이방인을 몹시 싫어한다!"

"성가시게 해서 미안합니다." 타라는 정중하게 대답했다. "그러나 아더월드의 여러 나라를 위해 중대한 사명을 띠고 여러분이 지키고 있는 것을 찾으러 온 것입니다."

족장이 타라를 쳐다보는데 미친 사람을 대하는 눈빛이었다.

"우리가 지키고 있는 것? 우리는 지키고 있는 것이 없다!"

영화를 너무 많이 봤나, 왜 이들이 엔디게를 지키고 있을 것이라는 엉뚱한 생각을 했을까? 말을 이미 뱉었으니 어쩔 수 없었다.

"가운데에 빨간 소포르 꽃이 박힌 목걸이를 지키고 있지 않으세요?"

그런 목걸이에 대해서는 들어본 적이 없는 족장이 이번에는 타라를 정말로 정신병자로 확신하는 분위기였다.

"셀리팔?"

"네, 족장님?"

"나는 이 미친 인간이 오무아의 후계자라고 생각하지 않는다. 내가 허락할 테니 죽여라!"

"알겠습니다, 족장님."

셀리팔은 창을 세우고 타라를 향해 한 걸음 앞으로 나섰다.

그 순간 타라의 머릿속에 들어앉은 붉은 악마가 기겁했다. 타라가 죽으면 나도 죽는 거잖아! 붉은 악마는 가만히 있을 수 없었다. 이파니족의 머리에 난 뿔을 보면서 붉은 악마는 피식 웃었다. 붉은 악마가 눈을 한 번 찡긋하자 타라가 갑자기 의식을 잃고 헝겊인형처럼 쓰러졌다.

죽이라는 소리에 놀라서 어린 인간이 기절한 것이라고 생각한 셀리팔이 심장에 창을 내리꽂으려는 순간 붉은 악마는 여봐란듯이 타라의 머리에서 빠져나왔다. 셀리팔은 후닥닥 물러섰다. 악마를 알아본 셀리팔이 어찌나 호들갑스럽게 비명을 질러댔던지 이미 멀어져가던 동족들이 쏜살같이 돌아왔다.

"악마다!"

모두의 얼굴에서 공포를 읽을 수 있었다.

붉은 악마는 그들을 찬찬히 뜯어본 후에 조롱했다.

"인간과 악마 사이에서 태어난 자식들! 이 잡종들아! 내 생각이 틀리지 않다면 너희는 두 종족 몰래 숨어서 사는 놈들이다."

넙죽 엎드린 족장이 덜덜 떨면서 말했다.

"우리를 불쌍히 여기시어 제발 살려주십시오. 뭐든 원하시는 것을 말씀만 하십시오."

붉은 악마는 목욕하고 싶다는 말이 튀어나올 뻔했지만 얼른 정신을 차렸다. 지금은 그딴 말을 할 때가 아니지, 휴, 망신당할 뻔했네.

"나는 너희들이 이 소녀에게 복종하기를 바란다. 이 소녀가 찾는 물건을 너희들이 찾아주기 바란다. 에프리트들이 이 행성을 정복하기로 결정했는데 선수를 치려는 멍청이가 있어서 이 소녀를 도와주기로 하였다! 자자, 서둘러라!"

이파니들은 즉시 복종했다. 타라를 구해준 생명의 은인인 붉은 악마가 추측한 대로 이파니들은 서로 적대적인 두 종족간의 원치 않은 자식들이었고, 종족 말살을 면하기 위해 산에 숨어 살고 있었다. 인간과 악마가 어찌나 앙숙인지 마주쳤다 하면 죽여야 직성이 풀릴 정도로 서로 사이가 험악하기 때문이었다.

그래서 이파니들은 산에 들어오는 불청객을 발견하는 즉시 모조리 제거하는 것으로 자기들에 대해 절대로 발설하지 못하게 해왔던 것이다.

의식을 잃었기 때문에 타라는 데미데루스가 내린 임무라는 것이 이파니 종족의 도움 없이는 불가능한 일이라는 것을 알아채지 못했다. 이파니들은 엔디게를 쉽게 찾았다. 데미데루스가 묘사한 대로 가운데에 빨간 소포르 꽃이 박힌 황금 목걸이는 동굴에 숨겨져 있었다.

타라는 셀리팔의 품에 안긴 채로 깨어났는데 발 밑은 수천 미터의 낭떠러지였다.

타라가 깨어나기만을 기다렸다는 듯이 셀리팔이 즉시 허공으로 몸을 날렸다.

"내 목 좀 놔줘요, 이러면 숨을 쉴 수가 없잖아요!" 목이 졸린 셀리팔이 애원조로 말했다.

"어떻게 된 거죠?"

"기절하셨어요." 셀리팔은 붉은 악마가 미리 시킨 대로 설명했다. "찾으신다는 물건을 우리가 찾았습니다. 하지만 우리가 이 산에 살고 있다는 것을 아무에게도 발설하지 않겠다는 약속을 해주시기 바랍니다. 그리고 그 물건은 당신의 페가수스에게 넘겨주어야 합니다. 페가수스는 그 물건을 숨겨두고 있다가 사용해야 하는 순간이 올 때까지 그 장소를 혼자만 알고 있어야 합니다."

왜 기절했었는지 그 이유를 모르는 데다 여러 가지로 이해가 안 가는 설명이었지만 타라는 선택의 여지가 없었다. 더구나 셀리팔에게 안겨 허공을 날고 있는 상황인데 죽을 생각이 아니라면 어떻게 약속을 하지 않을 수 있단 말인가.

절벽 밑에 이르자 셀리팔은 부들부들 떨면서 타라를 바위 위에 내려놨다.

"우리는 계속 감시할 겁니다. 그러니까 우리가 말한 대로 하시고, 우리의 협약을 지켜주세요. 그러면 모든 일이 잘 될 것입니다."

그렇게 말하고 나서 셀리팔은 타라에게 고맙다는 말을 할 겨를도 주지 않고 날아올랐고, 눈 깜짝할 사이에 사라졌다. 타라는 눈살을 찌푸렸다. 위에서 이상한 일이 일어나긴 했었는데 아무리 생각해도 셀리팔이 창을 치켜세우던 것 다음부터는 기억나지 않았다. 석연치 않은 느낌에 타라는 어깨를 으쓱했다. 그러나 찾으러 왔던 것을 일단 얻었으니 이 수수께끼는 나중에 풀기로 했다.

내려가는 데는 시간이 별로 걸리지 않았다. 타라가 도착했을 때 칼은 깨어나 있었다.

"너 성공했구나!" 반가워서 소리치던 칼이 신음소리를 냈다. "아이고, 머리야!"

"그러니까 소리지르지 마. 일단 레파루스 주문을 할 수 있는 곳으로 빨리 내려가자. 그리고 오무아로 돌아가야지."

출발하기에 앞서서 타라는 목걸이를 갈랑에게 맡기면서 왕홀을 무력화하는 순간이 올 때까지 어딘가에 숨겨놓으라는 임무를 주었다. 마법을 사용할 수 있는 지역으로 들어서자 타라는 칼과 갈랑을 돌볼 수 있었다. 경계를 넘어서자마자 트실이 공격해왔기 때문에 쉽지 않았지만 타라는 방패 두 개로 갈랑을 보호하면서 치료할 수 있었다. 얼마 후 그들은 트렌디르와 합류했고, 타라는 트란스미투스 주문을 읊었다. 그들은 무사히 살라의 궁전에 도착했고, 다시 오무아로 향했다.

산디아르와 칼리 부인이 대합실에서 그들을 반가이 맞이했다. 후계자가 엔디게를 갖고 돌아왔다는 소식은 삽시간에 퍼졌고, 로빈, 파프니르, 파브리스, 무아노, 셈과 샤름, 궁인들이 달려와서 환호했다. 자르와 마라를 설득하는 일에 전념하느라고 마리안나는 최근에 일어난 일을 모르고 있었다. 그녀는 데미데루스가 돌아온 것에 대해 특히 자세히 알고 싶어했고, 저주받은 왕홀을 무력화하는 사물이 존재한다는 것을 알고 몹시 놀랐다. 딸이 죽을 뻔했다는 사실에 어이가 없고 기가 막힌 셀레나는 타라를 끌어안고 놓아주려고 하지 않았다. 또 한 가지 소식이 기다리고 있었지만 타라는 이제 웬만한 일에는 놀라는 기색도 보이지 않았다. 친위대원 둘이 자르와 마라를 끌고 들어왔다.

"쌍둥이 남매의 신원을 조회하러 빌랭에 갔던 요원들이 아주 흥미로운 정보를 갖고 돌아왔습니다." 산디아르가 자르와 마라를 가리키면서 말했다.

쌍둥이들이 불안한 눈길을 주고받았다.

"아, 그래요? 어떤 정보인데요?" 마라는 시치미를 뚝 떼고 물었다.

"아쉬크트릴 남작은 너희들이 누구인지 전혀 모르겠다고 하셨다. 아내 셋과 아들딸 열둘을 두었으나 쌍둥이는 없다면서!"

"우리를 조사했다고요?" 이번에는 자르가 물었다.

"당연한 일이지. 이제 더 이상의 거짓은 통하지 않는다. 너희들의 정체가 뭐야? 무슨 이유로 남작의 자식 행세를 했는지 말해!"

눈길을 주고받던 남매는 문 쪽을 쳐다보고 도망칠 희망이 전혀 없다는 것을 확인한 듯 기가 좀 죽는 것 같았다. 마침내 마라가 심호흡을 하더니 떨리는 목소리로 말했다.

"우리는…… 고아예요. 부모님이 누구인지도 모른 채 빌랭의 거리에서 동냥으로 살았어요. 어느 날 우연히 주르스탈을 통해 아쉬크트릴 남작이 자식 둘을 오무아로 보낼 거라는 사실을 알게 되었고 우리는 그 자리를 가로채기로 했어요. 그래서 우리는 민투스 주문으로 남작의 자식 두 명과 수행원, 최고 마구스 두 명의 기억을 잃게 했죠. 그들이 없으면 오무아에서 그 아이들을 알아볼 사람이 아무도 없으니까요. 그들에게는 가짜 기억을 입력해 놓았고요. 제발 우리를 빌랭으로 돌려보내지 마세요. 남작이 우리를 죽일 거예요."

타라는 쌍둥이들을 관찰하고 있었다. 그 이야기는 거짓이 분명했다. 아이들이 어떻게 어른으로 구성된 수행원과 최고 마구스들까지 그렇게 감쪽같이 속일 수 있단 말인가? 저 아이들 뒤에 누가 있는 거지? 아이들은 무엇인가를 숨기고 있었다. 배후인물이 있는 것이 틀림없었다.

옥시아 부인이 눈살을 찌푸렸다. 아이들을 좋아해서 궁전에는 아이들이 많을수록 좋다고 생각하는 여자였다. 그래서 부인이 쌍둥이들을 빌랭으로 돌려보내는 것은 결코 바람직한 일이 아니라는 말을 하려는 순간 마리안나가 가로채듯 끼어들었다.

"여제께서 계셨다면 마법 능력이 뛰어난 고아 남매를 내쫓지 않으셨을 겁니다. 이런 처지의 아이들을 위한 장학기금 제도가 엄연히 존재하고 있으니 쌍둥이들을 오무아에서 교육시키는 것이 좋겠습니다."

시녀 신분인 마리안나가 대담하게 나서는 것에 모두들 의아해 하긴 했지만 그 의견에는 대부분 동의하는 분위기였다. 마리안나의 손에 이끌려 나가면서 쌍둥이들이 흘겨봤지만 타라는 입술을 깨물었다. 여제의 권한으로 아이들을 가능한 한 멀리 보내고 싶은 것이 솔직한 마음이었지만 꾹 참았다.

쌍둥이들 문제로 1시간이 흘렀다. 나라의 운명이 걸린 중요한 물건 엔디게를 페가수스에게 맡겼다는 것을 알고 장관들이 화가 나 있었지만 타라는 혼혈인종들과의 약속을 지키기 위해 주장을 굽히지 않았다. 지칠 대로 지친 타라가 회의 도중에 어찌나 요란하게 하품을 하는지 장관들은 모른 척할 수가 없었다. 힘든 임무를 마치고 돌아온 타라가 쉬어야 한다는 데에 이의를 달 사람이 누가 있겠는가. 타라가 일어나는 순간 모두 기립하자 타라는 고관들에게 앉으라는 손짓을 했다.

"몇 시간만 쉬었다 오겠습니다. 그리고 무슨 일이 생기면 주저 없이 와서 깨우세요."

보디가드 그르룰이 거처로 향하는 타라를 뒤따랐다. 타라가 편히 쉬라고 지시하자 트롤은 투덜거리면서 복종했다. 마침내 혼자 있게 된 타라가 체인지라인에게 잠옷을 부탁할 때 파브리스가 숨을 헐떡이면서 뛰어들었다.

"타라! 이젠 말할 때가 되었어!" 파브리스가 다소 과장된 목소리로 외쳤다.

약간 놀란 타라는 이마를 찌푸렸다. 파브리스는 덤벼들 듯 다가와서 타라를 소파에 앉혔다.

"나 자고 싶어. 부탁인데 좀 쉬게 해줄래?" 기운이 없는 타라가 말했다.

"쉿! 일단 내 얘기부터 들어! 지금까지는 내 마법 능력이 향상되지 않아서 나도 정말 힘들었어. 그렇지만 이젠 달라. 이젠 됐단 말야. 우리 같이 아더월드를 정복하자. 이제부터는 너도 무아노처럼 내 말에 복종해! 아더월드에서 가장 뛰어난 너희 둘만 있으면 나는 무적이야. 사랑하는 너희 둘이 내 아내가 되면 우리의 미래가 얼마나 영광스럽겠어?"

"파브리스! 너 술 같은 것 마셨니? 그래서 머리가 이상해진 거 아냐?" 타라는 걱정스런 목소리로 말했다.

파브리스는 타라를 똑바로 쳐다보지 못하고 시선을 피하면서 다시 흥분했다.

"그런 농담하지 마, 비위에 거슬리니까!"

건성으로 듣고 있던 타라는 문득 뭔가를 깨달은 듯 벌떡 일어나서 세 걸음 뒤로 물러섰다.

"그래, 그거야! 수수께끼!"

파브리스는 어리둥절해서 쳐다봤다.

"수수께끼가 뭐?"

"이제 그만 연극을 끝내시지! 수수께끼에 미친 너를 보니까 수수께끼가 풀리고 있거든! 패밀리어를 의무실에 두고 돌보지 않는 것도, 예전에 비해 너무 자신만만하게 나서는 것도 수상하더니! 안니힐루스 주문을 생각해내서 최고 마구스들을 몰살할 뻔한 것도 너였어! 따라서 넌 파브리스가 아냐! 그래서 말도 안 되는 소리를 지껄이고 있는 거야. 당신…… 사냥꾼이지? 드라고쉬 선생님의 약혼녀 뱀파이어이자 마지스터의 오른팔인 사냥꾼?"

일순간 놀라는 것 같던 파브리스의 얼굴이 이상하게 변하기 시작했다.

"무슨 소리! 사냥꾼이라니? 너를 사랑한다고 말하는데 고작 한다는 말이 내가 뱀파이어라고? 그것도 여자 뱀파이어라니! 우리 둘 다 대화하는 공부 좀 해야겠다! 나는 사냥꾼이 아냐. 훨씬 가공할 인물이라고!"

타라는 친구의 얼굴이 일그러지다가 주둥이가 흉측하게 변하는 모습을 보면서 공포에 질렸다. 송곳니들이 삐죽삐죽 나오고 귀는 뒤로 젖혀지고 이마가 사라졌다. 온몸이 빳빳하고 짧은 털로 뒤덮이더니 갈퀴발톱이 손가락의 연한 살을 뚫고 나오면서 피가 흘렀다. 고통스러운지 그는 비명을 질러댔다. 엉덩이와 골반이 불거져 나오고, 허벅지 근육과 살이 부풀어오르면서 마법복이 뜯어졌다.

영화에서 남자가 늑대로 변신할 때 여자들은 왜 하나같이 빨리 도망치지 않고 지켜보고 있다가 잡아먹히는지 이해할 수가 없더니 타라는 이제 그 이유를 알았다. 두려워서인지, 홀려서인지 발을 떼려야 뗄 수가 없었다.

파브리스에게 무슨 일이 생긴 것이 분명했다. 무엇인가가 파브리스로 둔갑해 있는 것이었다. 상당히 공격적인 털북숭이 동물이라……. 지난번 타라와 맞서 싸운 뒤로 여자 뱀파이어가 변신술을 바꾼 것이 아닌 한 사냥꾼은 아니라는 것인데…….

새로 생긴 척추 때문에 똑바로 설 수가 없는지 엉거주춤 웅크리고 있던 괴물이 몸을 세웠다.

"어떠냐? 나쁘지 않지?" 괴물이 송곳니를 드러내면서 으르렁거렸다.

"화장실에 가서 거울 좀 보고 오시지!" 하고 차갑게 내뱉는 타라의 두 손에서 파란 빛이 번쩍였다. "너는 누구냐? 내 친구 파브리스를 어떻게 했어?"

"그 어린 파브리스? 그 애송이? 그 겁쟁이? 그 용기 없는 꼬마 파브리스? 걔는 죽었어!"

25 파브리스 박사와 아무개 씨

*

타라는 가슴이 찢어지는 것 같았다. 눈물을 뚝뚝 흘리면서 울부짖는 타라의 두 손에서 파란 빛이 점점 더 강렬해지고 있었다.

"네가 죽였지? 내가 친구의 원수를 갚아 주겠다!"

괴물이 주문을 읊으려고 했지만 타라는 그럴 겨를을 주지 않았다. 주문을 읊지 않고 생각만으로 실행하는 방법을 단련해온 타라의 마법이 먼저 작동했다.

그러나 회심의 일격은 표적을 살짝 빗겨서 벽을 관통했다. 마침 방으로 들어서던 무아노가 괴물을 향해 날아가는 광선을 방해했던 것이다. 그러고는 굉장히 놀랐는지 대번에 야수로 변하면서 외쳤다.

"타라! 멈춰!"

타라는 무아노가 그렇게까지 놀라는 것이 이상했다. 밤에도 깃이 목까지 올라오는 잠옷을 입고 있더니 왜 계속 답답하게 목을 가리고 있을까, 아무래도 점점 더 수상한 생각이 들었다. 파브리스에게 무슨 일이 생겼고, 그 영향으로 무아노가 괴물의 목숨을 구해준 것이라면? 뱀파이어에게 물리면 독성이 있는 침 때문에 꼭두각시처럼 뱀파이어의 조종을 받는다는데 혹시 무아노도?

타라는 눈치채지 못하게 마법의 강도를 조절하고 있었다. 무아노를 죽이려는 것이 아니라 무력하게 만들 생각으로 타라가 두 손을 뻗는 순간 놀랍게도 야수가 괴물에게 달려들었다. 괴물과 야수는 나뒹굴면서 격렬하게 싸웠다. 갈퀴발톱들의 현란한 움직임에 털이 사방으로 날아다니는데 우열을 가리기 힘든 막상막하의 대결이었다. 야수는 키가 훨씬 크고, 괴물은 훨씬 공격적이었다. 그런데 타라가 보기에 야수는 다치지 않게 하려고 애쓰는 반면에 괴물은 싸움을 맘껏 즐기는 것 같았다. 야수의 금빛 털이 이내 붉게 얼룩졌다. 무아노가 지고 있었다. 저대로 지고 말 것인가? 그럼 그렇지, 어느 틈에 반격을 시도한 야수가 괴물을 벽에 내동댕이쳤다. 콰당! 괴물의 눈에 별이 그려지는 틈을 타서 야수가 이번에는 가차없는 발길질로 괴물을 때려눕혔고, 타라를 향해 돌아섰다. 야수가 토해내는 숨소리가 꼭 대장간의 풀무 소리 같았다.

의심스러운 눈으로 쳐다보는 타라의 두 손이 번쩍거리고 있었다.

"무아노? 너 괜찮아? 무슨 일 있는 거지? 이놈이 파브리스를 죽였다는 걸 알면서 왜 목숨을 살려주는 건데?"

"파브리스니까." 무아노는 힘없이 대답했다.

타라의 눈이 동그래졌다.

"파브리스라고? 하지만……."

"내가 다 설명해줄게. 일단 레파루스 주문으로 치료부터 해주면 좋겠어."

방어자세를 취하던 타라는 꿈쩍도 않는 야수를 보면서 레파루스 주문을 작동했다. 상처가 아물자 야수는 널브러진 괴물을 안아서 침대에 눕혔다. 그러고는 아무런 설명 없이 밧줄로 괴물을 묶기 시작했다. 그런데 발부터 묶는 실수를 저지르고 말았다. 야수가 고개를 드는 순간 괴물이 권총을 들이대고 있었으니!

"요건 몰랐을 거다!" 괴물이 빈정거리듯 내뱉었다.

야수도 놀라고 타라도 놀랐다.

"나한테 꼭 필요한 무기라서 말야." 괴물이 거들먹거리면서 말했다.

"우리의 친구 실라르의 방에서 훔쳤지. 이렇게 요긴하게 써먹을 때가 있을 줄 알았지 내가. 자, 어서 나를 풀어!"

무아노가 꾸물거리자 괴물이 고함을 질렀다.

"당장!"

무아노는 체념한 듯 갈퀴발톱으로 밧줄을 끊었다. 그러고는 뒷걸음쳐서 권총 위협을 받고 있는 타라 옆에 섰다.

괴물이 침대에서 펄쩍 뛰어내리면서 말했다.

"와, 이거 기분 괜찮네! 이제부터는 내가 세상에서 가장 강력한 마법사와 랑코비트에서 가장 무시무시한 야수를 조종할 수 있게 됐어. 무아노, 내가 확인해 봤는데 너의 조상인 최초의 야수는 너보다 훨씬 키가 작더라! 너희들이 나의 멋진 병기가 될 줄이야! 야호! 이젠 모든 것이 내 손아귀 안에 있다!"

야수와 괴물의 싸움을 지켜보면서 뇌를 빠르게 회전하던 타라가 드디어 입을 열었는데 아주 싸늘한 목소리였다.

"그런데 파브리스, 아까 우리를 둘 다 사랑한다면서 우리와 결혼하고 싶다고 말했지? 무아노도 알고 있어?"

"뭐라고?"

야수의 눈에 질투의 불꽃이 튀었고, 괴물은 어쩔 줄 몰라 쩔쩔매면서 목청을 가다듬었다.

"어, 그게 그러니까 내가 아까 한 말은……."

"어이가 없어서 말이 안 나온다!" 심한 모욕을 받은 무아노가 소리쳤다. "이런 사기꾼을 친구라고 생각했으니!"

그것은 타라가 전혀 예측하지 못했던 반응이었다. 사기꾼? 화가 머리끝까지 난 야수는 괴물이 보지 못하게 그 앞을 가로막고 서서 타라에게 입술만 벙긋거리는 것으로 무언의 신호를 보냈다.

"지금!"

그러고는 무아노가 재빠르게 바닥에 엎드려 주자 타라는 마법의 광선을 날릴 수 있었다. 번개를 맞은 괴물은 쿵! 그 자리에서 쓰러졌다.

"휴!" 타라는 이마를 닦으면서 물었다. "무아노, 괜찮아?"

무아노는 권총을 빼앗아서 서랍에 넣고 열쇠로 잠그면서 다부지게 말했다.

"자존심이 상한 것만 빼고는 다 괜찮아. 약을 먹어야 돼. 내가 준비하는 동안 포쿠스 주문으로 마비시켜 놔."

"무슨 약?"

"바보 같은 짓을 저지른 얘와 나를 고칠 약!"

타라는 점점 이해할 수가 없었고, 특히 가시가 돋친 것 같은 어조가 마음에 걸렸다.

"무아노, 도대체 무슨 일인지 이젠 설명해줄래?"

"내 부탁부터 먼저 들어줘. 필요한 것을 가져온 다음에 전부 말해줄게."

무아노는 타라의 대답을 듣지도 않고 이미 나가고 없었다. 타라는 한숨을 쉬면서 무아노의 부탁대로 파브리스를 마비시켰다. 궁금해서 미칠 지경인 타라는 파브리스가 깨어나기만 기다리고 있었다. 파브리스가 몸은 움직이지 못해도 말은 할 수 있기 때문이었다.

무아노는 냄비 하나와 유리병을 잔뜩 들고 돌아왔다. 그리고 불의 원소를 불러서 벽난로에 불을 지폈고, 악취가 나는 초록색 액체를 냄비에 부었다.

타라는 인내심에 한계를 느낀다는 얼굴로 내뱉었다.

"이제 처음부터 다 말해. 아니면 털북숭이 두꺼비로 만들어버리겠어!"

무아노는 시선을 마주치지 않으려고 애쓰면서 황당무계한 이야기를 시작했다. 파브리스는 작년부터 흰색, 회색, 검은색…… 색깔로 구분하는 온갖 종류의 마법서, 마법에 관련된 것이면 원고뭉치든 양피지 문서든 책이든 할 것 없이 닥치는 대로 탐독했다. 그러다 보니 누구도 관심을 갖지 않아서 먼지만 뽀얗게 쌓인 양피지 문서에나 존재하는 거의 알려지지 않은 주문, 잊혀진 주문을 발견하게 되었다. 친구들에 비해 마법 능력이 떨어지는 것이 늘 불만이던 파브리스는 인위적으로 마법 능력을 향상하기로 결심했다.

"그게 가능해?" 타라가 호기심이 동하는 어조로 물었다.

"묘약과 주문을 사용하면 가능한데 누군가 도와줘야 해. 나를 찾아와서 도움을 청하더라고. 몇 달 동안 둘이서 같이 연구를 했어. 네 생일파티를 하는 날 최종 실험을 했지. 저녁을 먹기 전에 파브리스는 마지막 묘약을 마셨고, 잘 되어 가는 것 같았어. 그런데 한밤중에 와서 나를 깨우는 거야. 너무 고통스러워해서 밖으로 나갔어. 묘약이 역효과를 내는 거라고 생각하고 있는데 파브리스가 괴성을 질러대더니 변신을 하는 거야. 눈 깜짝할 사이에 우리가 좀 전에 싸웠던 괴물로 변하더라고."

무아노는 눈물을 뚝뚝 흘리면서 고개를 떨구었다.

"지킬 박사와 하이드 씨가 생각나네. 내가 지금 스티븐슨의 소설을 읽고 있는 건 아니겠지……!?" 너무 어이가 없다는 얼굴로 잠시 혼잣말을 중얼거리던 타라는 얼른 무아노를 쳐다봤다. "그래서?"

"그러더니 내 목을 깨물었어. 나를 죽일 수도 있는데 내가 자기 여자친구라서 살려 주는 거라면서 이빨자국만 남기더라고. 그러고는 다시 파브리스로 변신하더니…… 나한테 키스를 하는 거야."

"어머머……." 타라는 얼굴이 빨개졌다. "정말 파브리스가 그런 짓을 했단 말야?"

"그건 진짜 파브리스가 아니라 그를 대신하는 존재였어!" 무아노는 퉁명스럽게 말했다. “나는 꼭두각시가 된 것처럼 복종하면서 일단 방으로 돌아온 뒤에 약병을 숨겼어.”

그래, 맞다. 타라는 무아노가 침대로 돌아와서 무엇인가를 서랍에 넣는 것을 보았던 기억이 났다. 그리고 비명소리 같은 것을 들었던 기억도 났다. 잠결에 잘못 들은 것으로 알았더니, 맙소사!

“구제할 방법은 한 가지밖에 없어.” 무아노가 말을 이었다. “원래 그 약은 무해한 것이 정상인데 파브리스에게는 위험한 약이 되었잖아. 그래서 어떻게 된 일인지 이유를 찾다가 마침내 알아냈어.”

“그게 뭔데?”

“나였어.” 무아노는 한숨을 쉬었다. “틀림없이 내 눈썹이나 머리카락 한 가닥 아니, 야수의 털이 혼합물에 떨어졌던 거야. 칼을 탈옥시킬 목적으로 오무아 궁전에 있는 사람들을 잠들게 하려고 만들었는데 내 털이 떨어졌기 때문에 폭발성 데스트룩투트로 변했던 물약 기억나지? 그때와 비슷한 일이 일어난 거야. 내 온몸은 저주받은 야수의 낙인이 찍혀 있어. 그래서 털이든 머리카락이든 들어가는 순간 혼합물이 변질되었고…… 파브리스 역시 일종의 야수로 둔갑했던 거야. 파브리스와 패밀리어의 관계가 깨진 것도, 바룬이 아픈 것도 그 때문이야.”

그동안 계속 의문으로 남았던 많은 일이 이제야 명확해졌다.

"평소에 그렇게 신중한 파브리스가 안니힐루스 주문을 생각해 낸 것도 그렇고, 태도가 갑자기 거만해진 것도, 패밀리어에 대한 태도도 그렇게 표가 났는데 파브리스의 모습을 하고 있다는 이유로 전혀 의심도 하지 않았어! 내가 좀 더 일찍 알아챘어야 했는데!"

"누구도 알아챌 수 없었어. 네가 의심을 하는 순간 파브리스도 그 상황에 맞춰서 대응했을 테니까. 그리고 나는 치료할 방법을 찾는 중이라서 아무 말도 하고 싶지 않았어. 재료를 모두 준비하려면 시간이 많이 걸리기 때문에."

그렇게 중대한 일을 숨겼던 것에 대한 친구의 설명이 미흡하다는 생각에 타라는 경계를 늦추지 않으면서 이상한 식물과 곤충, 정체불명의 물질을 초록색 액체에 집어넣는 친구를 잠자코 지켜봤다.

"이제 됐어. 묘약의 효능을 없앨 수 있어." 혼합물을 휘저으면서 무아노가 말했다.

"윽! 너 정말 이걸 파브리스에게 먹이고 싶어?" 타라는 고약한 냄새를 풍기며 냄비에서 부글부글 끓는 액체를 보면서 말했다. "걔가 너한테 한 짓에 비하면 이건 너무 약한 벌이야!"

무아노는 고백을 시작한 뒤 처음으로 얼굴을 들고 타라의 눈을 쳐다봤다.

"선택의 여지가 없어. 나를 도와주고 모든 신에게 빌어 줘."

무아노와 타라는 혼합물이 식기를 기다렸다. 그사이에 깨어난 괴물이 생전 들어보지 못한 온갖 욕설을 내뱉고 있었다. 무아노가 마침내 준비된 약을 움켜잡고 다가서자 괴물은 한 방울도 넘기지 않기로 작정한 듯 머리를 세차게 흔들었다.

"안 돼, 난 다시 겁쟁이가 되고 싶지 않아. 마법 능력도 떨어지고, 힘도 없는 얼간이가 싫단 말야!"

타라는 성난 얼굴로 괴물 앞에 버티고 섰다.

"파브리스는 내가 아는 애들 중에서 가장 용감한 소년이야. 걔는 자신의 능력이 우리들보다 좀 약하다는 걸 잘 알면서도 나를 위해 위험을 무릅쓰고 맞서 싸웠어. 그리고 무시무시한 자이언트 거미의 수수께끼에 과감하게 도전해서 우리 목숨을 구해줬어. 또 그 근육질 몸은 어떻고. 너는 걔 따라가려면 한참 멀었어. 파브리스에 비하면 넌 아무것도 아냐!"

타라가 쏟아내는 칭찬에 어리둥절한 괴물은 멍하니 입을 벌리고 있었다. 무아노는 그 틈을 타서 얼른 약을 괴물의 아가리에 부었고, 눈 깜짝할 사이에 몸과 손발에도 발라주었다. 숨이 막히는지 괴물이 아가리를 다시 벌리는 순간 무아노는 나머지 약을 마저 쏟아넣었다. 약을 꿀꺽 삼킨 괴물이 또 욕설을 내뱉을 때 타라는 덜덜 떠는 파브리스의 몸을 담요로 덮어주었다.

"고마아아아워." 파브리스는 이를 악문 채 말했다. "실패애애애하는 거 아냐? 으흐흐, 추우우우워 주우우욱겠어!"

"충격 때문이야." 인간의 모습으로 돌아온 무아노는 파브리스의 이마를 토닥이면서 말했다. "약이 듣고 있다는 증거야. 이것 봐, 정상으로 돌아오고 있잖아."

그 순간 엄청나게 큰 울음소리가 쩌렁쩌렁 울렸다.

파브리스가 갑자기 머리를 쳐들었다.

"바룬이야! 분명해. 잃었다고 생각했는데 다시 느껴지고 있어!"

파브리스는 친구들을 보면서 외쳤다.

"당장 만나러 가야겠어!"

"담요를 걸치고 갈 수는 없지" 하고 말하면서 타라는 주문을 읊었다. "*아빌루스의 이름으로* 내 친구에게 당장 옷을 입혀라!"

화려한 턱시도를 입고 있는 자신의 모습에 놀란 파브리스가 이건 아니지! 라는 뜻으로 머리를 설레설레 젓자 타라는 어깨를 으쓱했다. 청바지와 티셔츠를 생각했는데 어찌된 영문인지 모르겠다는 타라의 말을 들으며 파브리스는 돌아서서 나가려다 무아노를 바라봤다.

"우리 나중에 얘기 좀 하자." 파브리스는 무아노의 눈을 똑바로 바라보면서 말했다. "나였던 괴물이 한 말이 다 거짓말은 아냐. 너무 소심해서 너에게 고백하지 못했는데 지금은 어리석었다고 생각해. 그러니까 우리 나중에 대화를 좀 해야 된다는 거 알지? 그리고 나를 용서해줘. 전부 다. 사과할 것이 너무 많아."

그렇게 말하고 나서 파브리스는 방을 나갔다. 무아노는 농익은 토마토처럼 빨개져서 중얼거렸다.

"무슨 뜻으로 하는 말이지?"

타라는 하늘을 쳐다보고 나서 미소를 지었다.

"무슨 뜻이긴? 너를 좋아한다는 뜻이잖아! 이번 일로 너희 둘 다 하마터면 죽을 뻔했지만 내 생각에는 그 위험 때문에 사랑한다는 걸 깨달은 것 같아."

타라는 사랑에 빠져본 적이 없기 때문에 아니, 사랑에 빠질 겨를이 없었기 때문에 사랑이 뭔지도 모르지만 영화나 드라마를 통한 간접경험이 충분해서 그 정도는 알 수 있었다.

무아노가 배시시 웃었다.

"그렇게 생각해? 걔가 좋아한다고? 나를?"

"네가 아니면 그럼 누구겠어? 너는 어떤데?"

긴 한숨을 토해내는 무아노의 어깨가 축 늘어졌다.

"모르겠어. 남자애들은 정말 복잡해. 금방 사람을 깨물어놓고서 또 언제 그랬냐는 듯이 키스를 했어. 그걸 어떻게 생각해야 해?"

타라는 콧등을 찡그렸다.

"음…… 깨물었다는 것 말야, 너의 목을 물었던 건 괴물이지 파브리스가 아니었잖아. 정상적인 상황이 아니었으니까 그건 너무 심각하게 생각하지 마. 솔직히 말해서 나는 걱정할 일이 많아서 남자에게 신경 쓸 겨를이 없어. 하지만 파브리스와 네가 커플이 되는 건 찬성이야. 파브리스는 나의 가장 오랜 친구고, 너는 나의 가장 친한 여자친구잖아. 난 환상적인 커플이라고 생각해."

"질투하는 건 아니지? 나는 네가……."

"뭐, 질투?"

타라는 어이없는 얼굴을 했다.

"농담하니? 파브리스는 그냥 친구야. 난 걔를 이성으로 생각해 본 적이 없어. 오히려 베티…… 무아노, 저기, 내 말은……."

말이 목구멍에 걸린 듯 더는 나오지 않았다. 맙소사, 내가 무슨 말을 한 거야? 타라는 엉뚱한 말을 내뱉은 방정맞은 입을 때려 주고 싶은 심정이었다.

"괜찮아, 타라. 파브리스가 너희들의 친구 베티를 좋아했다는 거 나도 알고 있어."

"하지만 파브리스는 이제 아더월드에서 살아! 그리고 예쁜 무아노, 너를 좋아하고 있고!"

"인간의 모습을 하고 있을 때는 내가 얼마나 한심하게 느껴지는지 몰라. 소심한 데다……, 네 덕분에 나았지만 나는 언제 또다시 말을 더듬게 될지 몰라. 파브리스 앞에서는 입이 얼어붙는단 말야. 그래서 걔는 내가 자기를 좋아하지 않는다고 생각해. 그리고……."

타라는 무아노를 뚫어져라 쳐다보면서 말을 끊었다.

"그럼 말하지 말고 곧바로 입을 맞춰. 그다음에 누가 더 말을 못하는지 확인해봐!"

무아노는 인상까지 쓰면서 아주 진지하게 뭔가를 생각하더니, 눈썹 하나 까딱 않는 타라를 쳐다보면서 말했다.

"알았어, 나 가볼게."

"어디 가는데?"

"파브…… 아니, 바룬이 괜찮은지 보러."

아하! 바룬, 당연히 바룬과도 잘 지내고 싶겠지……. 타라는 웃음을 참느라고 입술을 깨물었다.

"암, 가봐야지! 그럼 이따 보자! 그리고 내 안부도 전해줘!"

쏜살같이 뛰어나가던 무아노가 눈이 동그래져서 홱 돌아봤다.

"왜? 바룬에게 안부 전해달라는데!" 하고 소리치는 타라는 금방이라도 웃음이 터질 것 같은 얼굴이었다.

무아노는 혀를 쏙 내미는 타라를 뒤로하고 의무실을 향해 달려갔다. 파브리스는 무아노가 들어온 것을 알아채지 못하고 있었다. 파브리스가 매머드를 끌어안고 연신 사과의 말을 늘어놓으면서 후회하는 동안에 파란 매머드는 목이 터질까 걱정이 될 정도로 환호성을 내지르고 있었다.

그 모습을 지켜보는 무아노는 심장이 벌렁거렸다. 파브리스는 어쩌면 저렇게 매력적일까! 눈 위로 흘러내리는 금발, 긴 속눈썹, 깊은 눈, 무아노는 파브리스의 모든 것이 멋있었다. 그런데 쟤는 나를 어떻게 생각할까? 예쁘다고? 귀엽다고? 못생겼다고?

무아노는 불안했다. 파브리스가 아까 한 말이 단지 기적의 약을 만들어준 것에 대해 고마운 마음을 표현한 것이었다면? 사랑에 빠진 것이 아닌데 혼자 착각한 것이라면? 무아노가 슬그머니 도로 나가려고 할 때 무심코 고개를 들던 파브리스가 반기는 얼굴로 불렀다.

"글로리아!"

무아노는 깜짝 놀랐다. 모두들 별명을 부르는데 왜 갑자기 내 이름을 부르는 거지? 새삼스럽게 내가 왕족 혈통이라는 것을 강조하는 이유가 뭘까? 신분 차이라는 핑계로 자기는 나를 좋아할 수 없다는 것을 인식시키려는 건가?

무아노가 이런저런 생각으로 혼란스러워하고 있을 때 파브리스는 매머드를 놓아주고 다가왔다. 파브리스는 다정한 눈길을 보내면서 무아노의 손을 잡았다.

"네가 나를 살려줬어. 이 고마운 마음을 어떻게 표현해야 할지 모르겠어. 타라가 나를 스테이크로 만들려고 했는데 당연하다고 생각해. 내가 한 짓을 생각하면 그것도 과분하지!"

파브리스가 무아노의 손을 잡은 손가락에 힘을 주고 있었다. 그러나 한 가지 생각밖에 없는 무아노가 속삭이듯 물었다.

"왜 나를 글로리아라고 불렀어?"

파브리스의 눈이 뚱그래졌다. 전혀 뜻밖의 질문에 파브리스는 눈살을 찌푸렸다. 아직 원망하고 있는 건가? 파브리스는 얼른 손을 놓고 물러섰다. 그런 몹쓸 짓을 해놓고서 무아노가 좋아해줄 거란 생각을 하다니!

"왜냐하면 넌 영광스러운 글로리아고, 랑코비트를 지키는 강력한 야수니까. 나는 네 별명이 싫어. 참새는 너와 전혀 어울리지 않아. 글로리아, 네 이미지는 오히려 독수리라고!"

파브리스가 보내는 찬사의 눈빛에 무아노는 숨이 멎을 것 같았다. 영광스러운 이미지, 용맹한 독수리의 이미지로 보고 있다니!

무아노가 아무런 반응을 보이지 않았기 때문에 파브리스는 영영 마음을 돌이킬 수 없게 된 것이라고 생각하고 고개를 떨구었다. 사실 무아노는 뭐라고 대답하고 싶었지만 감정이 복받쳐서 아무 말도 할 수 없었다. 타라가 뭐라고 했지? 더는 생각하지 말기로 하고 무아노는 파브리스에게 다가섰다. 그러고는 그의 얼굴을 들어올리고 까치발로 서서 입을 맞추었다. 그 순간은 세상이 멈춘 것 같았다. 눈을 뜨고 있던 무아노는 불시에 입맞춤을 당해 사팔눈이 된 파브리스를 보면서 얼른 눈을 감고 속으로 빌었다. 안 돼, 오, 제발! 지금은 절대로 웃으면 안 돼……!

무아노는 한 걸음 물러서서 눈을 떴다. 아무 말도 못한 채 멍하니 쳐다만 보고 있던 파브리스가 그제야 내뱉었다.

"와!"

무아노가 뭐라고 하기 전에 파브리스는 몸을 숙이고 입을 맞췄다. 그것이 무엇보다도 효과적인 답변이라고 생각한 듯이…….

파브리스가 무아노-독수리-글로리아에게 온갖 사과의 말로 용서를 빌고 또 빌면서 입맞춤을 퍼붓는 동안 타라는 아무도 낌새를 채는 일이 없도록 핏자국을 없애고 있었다. 자꾸만 안도와 기쁨이 섞인 웃음이 나서 혼자 깔깔대고 웃다가 눈물까지 흘렸다. 타라의 기분을 알아챈 살아있는 돌도 덩달아 탁자 위에서 번쩍거렸다.

타라는 심호흡을 하면서 얼굴을 닦았다. 그 사건은 완전히 정신 나간 짓이었지만 두 친구의 러브스토리에 대해서는 축하해주지 않을 수 없었다. 파브리스가 여자 뱀파이어가 아니어서 얼마나 천만다행인가! 잠시나마 목숨을 잃을까 두려움에 떨지 않았던가. 생각에 잠겨 있던 타라는 어머니가 방에 들어왔을 때 소스라치게 놀랐다.

"타라, 안 자고 있었니?"

무슨 일이 있었는지 설명한다는 자체가 부질없는 것 같아서 타라는 짤막하게 대답했다.

"생각할 것이 좀 있었어요. 이제 막 자려던 참이었어요."

셀레나는 이마를 찌푸리긴 했지만 꼬치꼬치 묻지는 않았다.

"나는 잘 자라는 말을 하려고 온 거야. 그리고 네가 아주 자랑스럽다는 말도 해주고 싶구나. 네가 여제 후계자라서 하는 말이 아냐. 너는 나의 소중한 딸이고 내 삶의 전부야. 그런 너에게 사랑한다는 말도, 보고 싶다는 말도 못한 채 10년이란 세월을 헤어져 살았어. 내가 얼마나 너를 사랑하는지!"

타라는 행복한 미소를 지었다.

"고마워요, 엄마. 나도 사랑해요."

어머니는 피곤한 딸을 배려하는 마음에서 마지못해 돌아섰다. 문을 열던 셀레나는 믿을 수 없는 광경에 붙박인 듯이 섰다. 방문 앞을 지키는 보초 두 명이 보거나 말거나 메델루스와 마리안나가 열렬하게 포옹하고 있었던 것이다.

사냥꾼

*

타라는 어머니의 괴로움을 생각하면서 그런 아픔을 주는 남자에게 격분했다. 타라는 할 수만 있다면 방문을 닫고 시계바늘을 돌려 몇 초 전의 일을 싹 지워버리고 싶었다.

보초 둘은 무표정한 얼굴로 차려 자세를 취하고 있었다. 메델루스의 품을 벗어난 마리안나가 방으로 들어오자 최고 마구스는 마치 꼭두각시처럼 따라 들어왔다. 마리안나는 교태를 부리면서도 거북한 기색은커녕 아주 뻔뻔해 보였다. 게다가 메델루스는 그들에게 끈적거리는 미소까지 흘리면서 외쳤다.

"빅뉴스를 알려주러 왔지요. 나는 마리안나와 결혼하기로 했소!"

너무 놀란 셀레나는 딸꾹질을 했다. 1년을 쫓아다니면서 구애하던 남자가 하루아침에 다른 여자와 결혼을 한다는데 어떻게 놀라지 않을 수 있겠는가! 마치 머릿속에서 모든 것이 뒤죽박죽이 되는 듯 셀레나는 이성적인 행동이 불가능했다. 그토록 온화하던 여자가 고함을 지르면서 마리안나에게 달려들었다.

"도대체 무슨 짓을 한 거죠? 어떻게 홀려 놨기에? 저 사람은 내가 아는 메델루스가 아니에요!"

기습을 피하지 못한 마리안나가 쓰러지자 셀레나는 타고 앉아서 따귀를 갈겼다. 그러나 불행히도 마리안나는 금세 정신을 차렸고, 셀레나의 두 손을 움켜잡더니 예상 밖의 힘으로 제압했다.

메델루스가 개입해서 두 여자를 떼어놓으려는 순간 타라는 심술궂은 미소를 지으면서 마법을 작동했다. 메델루스는 광선이 날아오는지도 모르고 있다가 엄청난 통증을 느끼면서 쓰러졌다. 얼마나 순식간에 일어났는지 넘어질 때의 충격 방지를 위해 득달같이 달려온 소파가 허탕을 칠 정도였다.

타라는 살벌하게 싸우는 두 여자에게 정신을 집중하고 있었다. 마리안나가 유연한 몸놀림으로 셀레나를 넘어뜨리는데 그 힘이 놀라웠다.

"오 예! 예쁜 사냥감이 제법 발톱을 세우네!"

"어머니를 놓아줘요, 아니면 후회할 거예요!" 타라는 냉랭한 목소리로 소리쳤다.

마리안나가 타라의 번쩍이는 손을 쳐다보면서 슬금슬금 피하는 반면에 아직 분이 풀리지 않은 셀레나는 벌떡 일어났다. 그 순간 무심코 넘길 뻔했던 마리안나의 말 중에서 뇌리에 박힌 말이 되살아났다. 예쁜 사냥감……? 상황 파악이 되는 것 같았다.

"엄마, 물러서요. 어서요!"

그 목소리가 어찌나 다급한지 셀레나는 자동적으로 복종했다.

타라는 두 손으로 마리안나를 겨냥하면서 심호흡을 했다.

"그 말투가 이상해. 마리안나는 내 어머니에게 사냥감이라는 표현을 쓸 리 없어. 안 그런가 사냥꾼?"

셀레나는 타라 뒤에서 숨을 돌리고 있었다. 입술을 깨무는 것으로 보아 마리안나가 당황한 것이 역력했다.

"에잇, 썩은 인간!" 마리안나는 으르렁거렸다. "보스가 실망하겠지만 할 수 없지."

별안간 갈색 눈이 핏빛으로 변하고, 우윳빛 살이 창백해지고, 색이 엷어지던 머리털이 은빛 폭포를 이루었다. 드레스 대신에 검정 가죽바지, 근육질 어깨와 개미허리를 드러낸 민소매 티셔츠 차림, 그러고는 얼굴이 일그러지면서 광대뼈가 불거지더니 여자 뱀파이어 셀렌바의 냉기가 묻어나는 얼굴이 나타났다. 마리안나가 마지스터의 심복인 사냥꾼이었다니!

셀렌바는 흉포한 고양이처럼 기지개를 켜더니 아주 당당하게 말했다.

"어휴, 이제 살 것 같네. 이 변신은 정말 짜증났었는데!"

"마리안나를 어떻게 했죠?" 타라는 가슴을 졸이면서 소리쳤다.

"아주 맛있더군." 여자 뱀파이어는 아무렇지도 않게 대답했다.

"그 말은 그녀를……."

"그래, 죽였어. 꽤 반항적이었지만 피는 양이 아주 많고 과일 맛이 나는 게 아주 훌륭했지."

너무 화가 난 타라는 흰 머리털이 찌지직거리면서 마법이 강해지고 있었다. 그러나 셀렌바가 선수를 쳤다. 한 손으로 메델루스를 가볍게 들어올린 셀렌바는 다른 한 손의 갈퀴손톱으로 메델루스의 목을 후벼팔 기세였다.

"가만히 있어, 아니면 이자의 목을 따버릴 테니까. 레파루스 주문 따위로는 이 얼빠진 머리통을 영영 붙이지 못하게 해줄까, 엉?"

타라는 꼼짝하지 않았다. 그러자 여자 뱀파이어는 약간 부드러워졌다.

"암, 그래야지. 엔디게를 이리 내놔, 그러면 내가……."

"잠깐!"

셀레나의 외침에 휙 날아오르던 뱀파이어가 동작을 멈췄다.

"왜 마리안나를 죽이고 메델루스를 공격했죠? 메델루스에게 왜 그랬어요? 원하는 것이 뭐예요?"

"나의 보스가 당신에게는 이상할 정도로 쩔쩔매는 것 같단 말야. 내 생각에는 보스가 당신을 사랑하는 것이 분명해!"

타라는 위가 뒤집히는 것 같았다. 셀레나도 토할 것 같은 얼굴을 하고 있었다.

"내가 도저히 눈꼴이 시어서 봐 줄 수가 있어야지." 셀렌바는 이글거리는 눈빛으로 으르렁거렸다. "그래서 당신을 폭탄으로 제거하려고 했는데 운 좋게 잘도 피하더군."

"그럼 '안티매직'이라며 메시지를 남겼던 범인이 당신이란 말예요?" 타라가 외쳤다. "그 테러도 전부 다 당신이 저지른 것이었고요?"

"그 멍청한 비마들은 마법사를 시기하고 있어서 조종하기가 아주 쉬웠지!" 뱀파이어가 거만하게 말했다. "그리고 안티매직 단체는 이미 존재하고 있었고, 나는 그 조직책 중 하나일 뿐이야. '안티매직'을 이용해서 비마들과 마법사들을 갈라놓고 적으로 만드는 일은 식은 죽 먹기였지. 네 어머니와 너를 없앨 틈을 노렸는데 아주 과잉보호를 받고 있더군. 트롤은 좀처럼 너를 떠나지 않았고, 메델루스는 셀레나에게 찰싹 붙어다니고……. 그래서 일을 꾸밀 필요가 있었지. 보스의 눈에 사고로 보여야 했으니까.

너희들의 목을 부러뜨리거나 피를 빨아먹으면 간단한데 말야!"

그 순간 알아차린 타라가 말했다.

"사고요? 질투 때문에? 그러니까 당신은 마지스터를 사랑하기 때문에 내 어머니를 죽이려고 했군요!"

"사랑한다기보다는 그를 갖고 싶은 거지. 그의 능력도 아울러서. 범인이 나라는 걸 보스에게 들키지 않으려면 네 어머니의 연인과 너의 보디가드 그르룰을 먼저 없애버리는 것으로 혼선을 주는 것이 상책이었어. 분명히 숨이 끊어졌다고 생각하고 벽장 안에 넣었는데 메델루스는 예상보다 질긴 놈이더군. 그래서 나의 완벽한 알리바이를 위해 메델루스 곁으로 돌아가서 나도 공격을 받은 것으로 꾸몄는데 너희들이 감쪽같이 속더군!"

"당신이 궁전에 어떻게 들어왔는지는 알아요." 타라가 외쳤다. "그 희귀하다는 스너피가 또 보여서 이상하다고 생각했는데 그게 당신이었어요!"

셀렌바는 어쭈! 하는 얼굴로 쳐다봤다.

"제법이구나!"

셀레나가 무슨 말인지 전혀 이해하지 못했기 때문에 타라가 설명했다.

"원정 채비를 하는 동안 고모가 스너피를 데리고 있었어요. 그런데 얼마 후 자르와 마라도 스너피와 같이 있더라고요. 궁전 안에는 스너피가 하나밖에 없기 때문에 그건 진짜가 아니었던 거죠. 따라서 셀렌바가 스너피의 모습으로 궁전에 침투해 있다가 어느 순간부터 마리안나 행세를 해왔던 거예요. 자르와 마라는 알고 있었죠?"

"아니, 그 아이들은 나를 스너피의 친구로 여기고 거리낌없이 도와줬지." 셀렌바는 아주 경멸하는 듯한 어조로 대답했다.

그러나 표정을 주시하고 있던 타라는 애써 시선을 피하는 셀렌바를 보면서 쌍둥이들에 대해 뭔가 숨기는 것이 있다는 확신을 가졌다.

"그다음에는 메델루스를 유혹하는 연기를 했는데 타라, 너의 예리한 관찰력에는 정말 두 손들었다. 내 정체를 알아내다니! 그 점에 있어서는 보스의 생각에 동의해야겠어. 인생에서 너처럼 껄끄러운 존재는 처음 봤다고 하더니 그 말이 맞네."

"지구에서 스머글들에게 가짜 메시지를 보냈던 것도 당신이었죠?" 타라는 내친 김에 조목조목 들춰내겠다는 얼굴로 셀렌바를 쳐다봤다.

"아, 그거? 솔직히 말해서 네가 그렇게 쉽게 함정을 벗어날지는 정말 몰랐어."

타라는 대꾸도 않고 재차 물었다.

"사막에서 벌레가 공격한 것도, 퇴행 주문을 날렸던 것도 다 당신이 한 짓이죠?"

밤파이어가 눈썹을 찌푸렸다.

"사막이라니?"

"여제의 궁전에 있는 사막에서 벌레들이 공격해서 나와 친구들이 죽을 뻔했어요."

셀렌바는 뱀파이어의 송곳니를 드러내고 웃었다.

"네가 나보다 적이 많은가 보다. 아니면 나의 적이 다 죽었던가! 어쨌든 사막 사건은 내가 모르는 일이다."

타라가 놀라는 얼굴을 하자 셀렌바는 빈정거렸다.

"그러나 여제의 거처에서 퇴행하는 레베르수스 주문을 날려서 너를 아기로 둔갑시킨 것은 나야. 너를 무력화하는 것이 얼마나 쉬운지 모든 사람에게 보여주기 위해 촬영까지 했지. 그리고 네가 나를 봤기 때문에 민투스 주문으로 기억을 지워버렸고. 자, 이제 네가 찾아온 물건을 내놔. 엔디게를 가져가면 나의 보스가 얼마나 기뻐할지! 메델루스를 살리고 싶다면 어서 내놔."

생각에 잠겨 있는 동안에도 타라의 손에서는 계속 파란 빛이 번쩍이고 있었다.

"그런데 나는 그러고 싶지 않거든요!"

처음으로 셀렌바가 당황했다.

"뭐라고?"

셀레나는 눈썹 하나 까딱하지 않았지만 타라는 어머니의 몸이 뻣뻣하게 굳는 것을 느꼈다.

"내 엄마랑 결혼하고 싶어하는 남자인데 당신 같으면 좋아할 수 있겠어요?" 타라는 경멸하듯 내뱉었다. "그러니까 목을 부러뜨리든 피를 다 빨아먹든 난 관심 없으니까 당신 마음대로 해요!"

거짓말인지 아닌지 간파하는 능력이 있는 뱀파이어는 타라가 진지하게 말하고 있다는 것을 알았다. 꼬마에게 당하고 있다는 것에 화가 나는지 뱀파이어는 휘파람을 불었다. 인질을 잘못 골랐다는 것이 아닌가. 어머니를 인질로 삼는 건데!

뱀파이어가 내려놓자 메델루스는 톱밥으로 속을 채운 인형처럼 푹 고꾸라졌다.

이윽고 위험하고 강력하고 날렵한 뱀파이어가 타라 앞에 마주 섰다. 타라의 파란 광선에 대응할 시커먼 불빛이 뱀파이어의 손에서 번쩍였다. 마지스터의 공범들은 늘 불의 힘을 이용했다. 저주받은 왕홀의 힘은 아직 없는 것 같았다.

"좋았어. 네가 상대할 가치가 있는지 어디 한번 볼까?" 셀렌바는 결투를 신청하듯 말했다.

그러나 타라는 흉악한 뱀파이어와 싸우고 싶은 생각이 전혀 없었다.

타라는 마법의 빛을 껐다. 등 뒤에 서 있는 어머니는 숨을 죽였고, 뱀파이어는 움찔하더니 불쾌한 미소를 흘렸다.

"마노 아 마노? 맨손으로 대적하시겠다? 꼬마야, 약아빠진 것이 아니라면 넌 용기가 없는 거야."

갈퀴손톱을 세운 뱀파이어가 분명히 타라에게 달려들었는데…… 정작 벽에 딱 붙어 있는 것은 뱀파이어가 아닌가.

죽일 듯이 달려들던 뱀파이어의 모습이 어찌나 끔찍했던지 타라는 아직도 두방망이질 치는 가슴을 가라앉히면서 어머니에게 말했다.

"자동방어 시스템 주문을 걸었어요. 5, 4, 3, 2, 1, 얍!"

정확하게 들이닥친 산디아르와 친위대원들이 벽에서 떨어지려고 미친 듯이 날뛰는 여자 뱀파이어를 발견하고 눈이 휘둥그레졌다. 그들은 검을 빼어들고 조심스럽게 뱀파이어를 에워쌌다.

소식을 듣고 칼에 이어서 파프니르, 로빈, 자르와 마라까지 헐레벌떡 뛰어왔다. 여자 뱀파이어는 몸을 뒤틀고 있었다. 그런 상황에서 마법을 사용하리라고는 전혀 예상하지 못한 친위대원이 한눈을 파는 사이에 여자 뱀파이어는 자기 손을 깨물어서 허공에 피를 뿌렸는데 그것은 이런 위급한 상황이 발생했을 때 도망칠 수 있는 트란스미투스 주문과 같은 효력이 있었다.

바로 그때 뛰어드는 검은 늑대에 떠밀린 쌍둥이들은 뱀파이어의 발치로 굴러갔다. 드라고쉬 선생님이 마침내 약혼녀를 찾은 것이었다. 드라고쉬와 셀렌바가 맞붙어 싸우기 시작했고, 타라, 칼, 페가수스가 합세하는 사이에 쌍둥이들도 얼른 일어났다. 그러나 셀렌바의 마법은 이미 작동하고 있었다.

셀렌바의 주문에 걸려든 여섯 명이 모두 사라졌다. 그리고 셀렌바의 갈퀴손톱에 걸려서 타라의 귀에서 떨어지는 클릭 소리가 로빈의 가슴에 비수처럼 꽂혔다.

마지스터

*

악몽 속에서나 볼 법한 풍경에 심한 현기증을 느끼는 타라의 얼굴에 흉측하게 생긴 기형의 악마들이 달려들었다. 셀렌바는 트란스미투스 주문으로는 먼 거리를 이동할 수 없기 때문에 공간 이동의 문을 이용하여 남은 거리를 벌충하고 있는 것이 분명했다. 혹시 지옥에 있는 문인가?

어디로 가는지 의문을 가질 사이도 없이 그들이 유형화된 곳은 상그라브들이 우글우글했다. 전혀 예상하지 못했던 일인지 상그라브들이 시끌벅적했다. 셀렌바가 여러 사람을 데리고 온 것도 처음 있는 일이거니와 악착같이 목덜미를 물고 놓아주지 않는 검은 늑대까지 달고 왔으니 어찌 놀라지 않을 수 있을까. 누가 경악하거나 말거나 두 뱀파이어는 데굴데굴 구르면서 치열하게 싸웠다. 뱀파이어의 모습으로는 불리하다는 것을 깨달은 셀렌바도 돌연 늑대로 변신해서 옛 약혼자에게 맞섰다. 자르와 마라는 어리둥절한 표정으로 싸움을 구경하고 있었다. 타라와 칼, 갈랑은 눈짓 신호로 상그라브들을 공격하기 시작했다. 타라의 초강력 광선이 잿빛 복장의 마법사 두 명에게 벼락을 쳤다. 칼도 한 명을 마비시켰고, 갈랑은 넷째 놈을 갈기갈기 찢어놓았다. 뒤늦게 정신을 차린 상그라브 열 명이 마지스터가 보내주는 악마의 마법으로 강화한 방패를 세우고 페가수스의 갈퀴발톱과 칼의 광선에 맞서기 시작했다.

그러나 타라의 광선도 그렇게 만만할까? 안전하다고 생각하던 상그라브들은 타라의 광선이 종잇장처럼 방패를 뚫고 들어오자 기겁했다. 상그라브 여섯 명이 바닥에 쓰러지자, 칼은 공간이동의 문을 작동할 준비를 하고 있었다. 그러나 거의 검정에 가까운 마법복 차림의 상그라브가 자르를 인질로 붙잡고 목에 칼날을 들이대면서 외쳤다.

"동작 그만! 타라, 당장 멈추지 않으면 이 아이를 죽이겠다!"

타라는 낯익은 목소리에 홱 돌아섰다. 마지스터!

상그라브들의 보스는 자르의 머리채를 뒤로 잡아당겨서 목에 칼날을 대더니 한 줄로 쭉 그었고, 새빨간 피가 새나왔다.

"손을 내려라, 타라. 그리고 엉덩이를 바닥에 붙이고 앉아! 냉큼 앉지 않으면 이 아이의 숨통을 끊어버리겠다!"

타라는 아더월드를 구하느냐, 친구의 목숨을 구하느냐 둘 중에서 하나를 선택해야 하는 악몽을 자주 꿨다. 그런데 지금은 그 대상이 그토록 얄미워하던 자르이기 때문에 상황이 더 좋지 않았다.

반사경 마스크가 검은색으로 변하고 있다는 것은 아이를 죽일 준비가 되어 있다는 표시였다. 타라는 마지스터가 인정사정 없는 냉혈한이라는 것을 잘 알고 있었다. 아무리 싫어하는 아이라도 목숨이 달려 있는 문제인데 무슨 선택을 한단 말인가. 타라는 고개를 떨구면서 털썩 주저앉았고 두 손을 내렸다. 상그라브들이 즉시 달려와서 타라의 두 손을 뒷짐지어 묶었다. 칼도 오랏줄에 묶였고, 꼼짝 못하게 된 페가수스는 낙담한 신음소리를 냈다.

타라가 항복하는 사이에 드라고쉬와 셀렌바의 싸움은 끝이 나 있었다. 아무리 강력하다고 해도 셀렌바는 드라고쉬의 분노를 당해낼 수 없었다. 여자의 모습으로 돌아온 셀렌바는 의식을 잃고 누워 있었고, 드라고쉬는 두 손으로 목을 조르고 있었다. 그러나 사랑하는 여자를 죽이려는 순간 마지스터가 절묘한 타이밍으로 발사한 광선을 맞은 드라고쉬는 비틀거리다 셀렌바의 몸 위로 쓰러졌다. 상그라브들이 드라고쉬를 무력하게 만들었지만 셀렌바의 의식은 돌아오지 않았다. 타라는 내심 안도했다. 셀렌바가 깨어났다면 즉시 마지스터에게 엔디게에 대해 말했을 것이고, 그렇게 되면 사태는 걷잡을 수 없게 되는 것이었다.

이윽고 방에 등장한 인물은 피비린내가 진동하는 살육의 현장을 보고 우뚝 멈춰 섰다. 타라는 숨이 멎을 뻔했다. 예의 당당하고 멋진 모습으로 서 있는 사람은 오무아의 여제였다! 타라는 어리둥절했다. 고모는 포로로 붙잡혀 있는 사람으로 보이지 않았다. 마지스터가 어떻게 홀려놓았기에?

여제는 격분한 얼굴로 타라를 노려보고 있었다.

"타라! 이렇게 놀라울 수가! 그래 너의 비열한 과업을 완수하러 온 것이냐? 황제와 나를 제거했다고 생각했겠지!" 여제는 증오에 가득 차 있었다. "나의 옛 에프리트 멜루덴리파쉬랄리반디르는 네가 내린 임무를 이행하려고 애를 썼으나 제 6서클의 에프리트가 감히 마왕과 마지스터의 능력을 합한 마법을 이길 수는 없지. 멜은 우리의 털끝 하나 건드리지 못했고, 우리를 공격하라고 지시한 자의 이름을 불었어. 그게 너였다는 것을 알고 나는 정말 실망했다, 타라."

타라는 뒤통수를 세게 맞은 것처럼 얼떨떨했다. 고모가 무슨 말을 하고 있는 거지?

"저는 그런 지시를 내린 적이 없어요. 그게 도대체 무슨 얘기예요?"

여제는 타라를 쏘아보고 있었다.

"부인해 봐야 소용없다. 멜이 한 말은 반박의 여지가 없으니까! 내가 가문의 반지를 갖고 있지 않아서 마지스터가 불러내긴 했지만 멜은 나한테 거짓말을 할 수 없어. 나는 드래곤들과 마지스터의 싸움에는 관심이 없다. 마지스터가 드래곤들을 물리치기 위해 악마의 힘을 지닌 사물이 필요하다고 하면 나는 기꺼이 도와줄 거야. 네가 꾸미는 역모에서 나를 구해준 마지스터에게 협력하기로 결정했다. 그래서 악마의 힘을 지닌 왕홀을 빼냈다. 이제 제국의 적은 너야!"

타라는 귀를 의심했다.

"설마 농담이겠죠? 이 행성에서 가장 큰 인간의 제국을 다스리는 분이 어떻게 미치광이에게 협력하겠다는 말씀을 하세요? 아더월드를 불바다와 피바다로 만들 작정이세요? 마지스터가 악마 군단을 이끌고 오무아를 침략하겠다고 위협했던 걸 잊으셨어요?"

분노에 사로잡힌 여제는 타라가 하는 말을 듣지 않았다.

"그런데 네가 미치광이라고 부르는 그는 나를 죽이려고 하지 않았다. 타라, 너는 내 혈통을 이어갈 자격이 없다. 따라서 여제 후계자 자격을 박탈한다."

화가 치밀기 시작한 타라는 눈을 찡그리면서 조근조근 침착하게 말을 내뱉는데 소름이 끼칠 정도로 냉랭했다.

"지긋지긋했는데 차라리 잘됐네요! 나는 그런 신분 따위에 아무런 미련이 없습니다. 내가 후계자가 되고 싶다고 한 적이 있었나요? 잊으셨나 본데 나를 찾아온 사람은 고모예요. 그리고 나는 하늘에 맹세코 그 에프리트 멜에게 고모와 삼촌을 죽이라는 지시를 내리지 않았어요. 이제 겨우 열네 살짜리가 제국을 돌본다는 것 자체도 생각할 수 없는 일인데 고모를 구하겠다고 여기까지 와서 기껏 이런 소리나 듣다니 기가 막힙니다! 마지스터와 합세하여 오무아에 악마들을 들여보내고 싶다면 그렇게 하세요. 내가 기꺼이 두 분을 상대해 드리지요!"

여제는 거만하게 훑어봤다.

"나는 사실에 의거하여 판단한다. 그리고 엄연한 사실이다. 배은망덕한 조카딸아, 안녕. 너는 나를 상대할 기회가 없을 것이다. 너는 마지스터의 감옥에서 썩다가 죽을 것이고, 모든 사람의 기억에서 잊혀질 테니까!"

그렇게 말하고 나서 여제는 성난 걸음으로 방을 나갔다. 타라는 마지스터를 향해 돌아서서 분노로 숨이 막힐 것 같은 목소리로 물었다.

"당신……! 내 고모에게 무슨 짓을 한 거죠? 더러운……."

"쯧쯧, 욕설은 안 돼! 네 고모가 한 말은 엄연한 사실이야. 십중팔구 너의 명을 받은 멜이 여기까지 와서 그녀를 죽이려고 했으니까. 그래서 네가 여제와 황제를 없애라는 지시를 내렸다는 걸 알았지!"

"당신이 아니고요? 당신이 내 에프리트를 복제해서 내 고모를 속인 것이 아니고요?"

"천만에! 그랬다면 산도르와 리스베스가 대번에 가짜라는 걸 간파했을 테지." 마지스터는 아주 흡족한 얼굴로 비아냥거렸다. "그들 역시 최고 마구스라는 것을 잊지 마라. 속이기 쉬운 사람들이 아냐. 너와 계속 노닥거리고 싶지만 정복해야 할 제국과 굴복시켜야 할 행성 문제로 나는 바빠서 그만 가봐야겠다."

마지스터는 병사들에게 타라, 칼, 드라고쉬의 몸을 수색하라고 지시했다. 그들은 칼의 옷에서 온갖 종류의 잡동사니가 끝도 없이 줄줄이 나오자 혀를 내둘렀다. 드라고쉬 선생님의 찢어진 주머니에는 약병 몇 개가 전부였고, 타라의 마법복에서는 오래된 껌 한 통과 휴지밖에 찾지 못했다. 타라는 회심의 미소를 감추기 위해 머리를 숙였다. 체인지라인이 타라의 소지품을 감쪽같이 숨겼던 것이다!

자르와 마라가 눈을 반짝이면서 꼼짝 않고 지켜보고 있었다. 마지스터는 멋지게 퇴장을 하려다가 갑자기 멈춰 섰다.

"아, 잊을 뻔했구나! 자르! 마라! *인생은 대중 앞에서 연기하다 고독 속에서 끝나는 부조리한 연극과 같은 것.*"

이 밑도 끝도 없는 말에 두 아이의 태도가 돌변했다. 벌떡 일어난 아이들이 차갑고 거만한 얼굴로 마지스터의 양쪽에 가서 섰다.

"이번 작전에서 가장 중요한 역할을 맡은 요원 둘을 소개한다는 걸 깜빡했구나." 마지스터는 장갑 낀 손으로 아이들을 가리켰다. "나의 희망들이지. 자르? 마라?"

"네, 아버지?" 쌍둥이들이 동시에 대답했다.

소년은 황당해서 쳐다보는 타라와 칼에게 혀를 쑥 내밀었다.

"너희들의 이부형제인 타라 덩컨을 소개한다."

쌍둥이들이 마지스터의 자식이라는 것을 알았을 때 타라는 자기 아들인데도 목에 칼을 들이댔던 것을 생각하자 속이 울렁거려서 다 토할 것 같았다. 그러나 이부형제라는 말에는 어떤 반응도 할 수 없었다.

"그런 어처구니없는 말은 집어치우시죠!" 칼은 참견을 안 하려야 안 할 수가 없다는 얼굴로 끼어들었다.

"그런데 사실인데, 어쩌지? 자르와 마라는 셀레나가 낳은 아이들이거든!"

거짓말에 민감한 타라의 귀는 마지스터의 말이 거짓이 아니라고 확인해주었다. 타라는 구토를 억누르면서 말했다.

"그럼…… 당신과 내 어머니가?"

"네 어머니는 아주 아름다운 여인이야. 그리고 10년이란 세월은 포로로 있기에는 너무 긴 세월이지!"

"하지만 당신은 내 아버지를 살해했어요!"

"그래서?" 마지스터가 태연하게 응수했다. "너에 대한 사랑 때문에 나를 떠나긴 했지만 1년 전에 네가 내 요새에서 탈출시키지 않았다면 그녀는 기꺼이 남았을 것이다. 네 어머니를 가두고 있는 사람은 너야. 그녀에 대한 네 사랑에 붙잡혀 있는 거니까. 그러나 오래 가지 못할 것이다. 내가 오무아의 주인이 되면 즉시 그녀를 아내로 맞을 거니까. 그래서 지금 너를 살려주는 거야. 악마의 힘을 지닌 사물에 접근하는 데 더 이상 네가 필요하지 않는데도. 하지만 조심하거라. 조금이라도 말썽을 일으키면 그땐 가차없이 너를 제거할 거니까. 그리고 네가 없어도 셀레나는 자르와 마라를 위안 삼아 살아갈 거니까 걱정할 것 없지!"

타라가 할 말을 잃어버린 듯 아무 말도 하지 않자 칼이 대신 나섰다.

"하지만 걔들이 자식이라면 부인이 왜 알아보지 못하죠? 전혀 모르는 아이들처럼 대하셨는데요!"

타라의 가슴속에서 한 가닥의 희망이 고개를 드는 순간, 마지스터가 싹둑 잘라버렸다.

"네 어머니에게 아메모루스 주문을 걸어놨거든. 물론 쌍둥이들에게도. 혹시 붙잡혀서 심문을 받을 때 아이들이 모든 걸 발설

할 위험이 있고, 그러면 오무아에 소중한 인질을 갖다바치는 셈이 되는데 당연하지. 그래서 네 어머니는 쌍둥이들이 자기 자식이라는 걸 기억하지 못하고, 나를 위해 오무아에서 동정을 살펴왔던 아이들도 어머니가 누군지 기억하지 못해. 쌍둥이들에게 걸어놓은 아메모루스 주문을 잠깐 풀어줄 때는 이렇게 읊으면 되지. *'인생은 대중 앞에서 연기하다 고독 속에서 끝나는 부조리한 연극과 같은 것.'* 네 어머니에 대한 주문은 물론 달라. 그건 그렇고…… 내 사냥꾼도 열쇠가 되는 또 하나의 문장을 사용해서 쌍둥이들이 알아낸 모든 정보를 빼낸 다음에는 다시 그들의 기억에서 그 문장을 지워버렸지. 그래서 아이들은 자기들이 무슨 짓을 했는지도 모르고 있어. 내 작전은 완벽했지! 아무도 그 아이들이 나를 위해 일하고 있는 것을 눈치 채지 못했으니까!"

그 때 마라가 끼어들었는데 그 목소리가 불안했다.

"아버지, 타라가 우리와 형제라면서 왜 저렇게 꽁꽁 묶어놨어요? 우리의 적이 아니잖아요?"

상그라브의 마스크가 오렌지빛으로 물들고 있는 것은 화가 났다는 표시였다.

"타라는 우리의 적이야. 벌써 여러 차례 우리의 일을 방해해왔어. 타라를 해롭지 않은 아이라고 생각하면 안 돼. 나는 저 아이 때문에 1년 동안 마왕의 노예로 살았다. 다행히 악마의 림보에서는 시간이 빠르게 흘러갔고, 예정보다 한 달 빨리 석방되긴 했다만 거기서 사는 동안 내내 나는 내가 당한 만큼 그대로 저 아이에게 갚아 주리라 다짐했다. 그럼에도 타라를 살려둔다는 것은 큰 관용인 줄 알아야지!"

마라는 아버지의 마스크를 쳐다보고 나서 입을 꾹 다물었다.

마지스터가 흡족해 하면서 나가자 상그라브들이 칼과 타라, 갈랑, 여전히 의식이 없는 드라고쉬 선생님을 감옥으로 끌고 갔다. 그들은 줄지어 있는 감방들 앞을 지나쳤다.

건물은 스너피가 묘사했던 것과는 전혀 달랐다. 그러니까 그들은 스너피가 갇혀 있는 저택에 있는 것이 아니었다. 눈에 보이지 않는 잿빛 돌로 지은 감옥, 창문이란 것도 없어서 어디에 와 있는지 짐작조차 할 수 없었다. 그들은 오무아의 오지 아니면 아더월드의 어디인가에 끌려와 있는 것일지도 몰랐다.

감옥은 이상하게도 자물쇠가 문 꼭대기에 있어서 공중부양을 해야 자물쇠를 채우거나 열 수 있었다.

상그라브들은 타라 일행을 한 사람씩 감방에 가둔 다음, 의식이 없기 때문에 묶여 있지 않은 드라고쉬 선생님을 제외한 모두의 오랏줄을 풀어주고 말없이 나갔다. 타라와 칼은 가슴을 졸이면서 쇠창살을 살피다가 히믈리아 광산에서 생산된 철로 만든 것이라서 마법이 통하지 않는다는 것을 알았다. 자물쇠가 있는 데까지 오르고 싶지만 공중부양을 할 수도 없었다. 그들은 정말로 옴짝달싹 못하는 궁지에 빠져 있었다.

타라는 낙담한 얼굴로 주저앉았다. 자르와 마라가 마지스터의 자식이라는 것만으로도 엄청난 충격인데 어머니의 배신은 그야말로 심장에 비수를 꽂는 것이나 다름없었다.

"엄마가 어떻게 그럴 수가 있어! 아버지를 죽인 남자하고!" 타라는 탄식했다.

"싫다는 여자를 사랑하고 있는 나도 정말 뭐라고 할 말이 없다." 칼은 친구의 아픈 마음을 조금이라도 달래주고 싶은 마음에 애써 미소를 지으면서 말했다. "그런데 말야, 마지스터의 말을 곧이곧대로 믿을 수는 없을 것 같아. 거짓말일 수도 있고, 정말 파렴치하게 네 어머니를 강제로……."

결코 꺼내기 쉽지 않은 말까지 했지만 타라는 아무런 반응을 보이지 않았다. 의기소침해서 멍하니 앉아 있던 타라는 땀이 흘러내리자 손수건을 꺼내기 위해 무의식적으로 주머니에 손을 넣었다. 그런데 꺼내든 것은 손수건이 아니었다. 체인지라인이 현재 상황에 훨씬 유용한 것을 건네준 것이었다. 만능열쇠! 칼의 눈이 휘둥그레졌다.

"타라! 그걸 어떻게 감췄어?"

타라는 한숨을 내쉬면서 시큰둥하게 말했다.

"내가 아니라 체인지라인이 감춘 거지. 드디어 이 연장을 시험해볼 때가 왔네!"

다시 용기를 내고 일어난 타라는 머리 위 높이 있는 자물쇠를 관찰했다. 어떻게 올라가지? 최근에 등산을 해본 경험으로 자신감이 생긴 터라 창살을 타고 올라갔지만 기름을 입힌 철이라서 계속 미끄러졌다. 타라가 만능열쇠를 주머니에 도로 집어넣고 대신 파프니르가 준 장갑을 꺼냈는데 그 표정이 결연했다.

"이 파괴력 장갑의 성능은 어떤지 볼까?"

타라는 두 손으로 창살을 움켜잡고 힘을 주기 시작했다.

그 힘에 창살이 약간 삐걱거리는 소리를 내긴 했지만 히믈리아의 철은 끄떡도 하지 않았다. 화가 치민 타라는 한 발 물러서서 주먹으로 금속을 내리쳤고, 그 소리가 메아리쳤다. 그 순간 강력한 빗장이 휘어지는가 싶더니 금세 본래의 형태를 되찾았다.

"안 되네. 왜 이러지? 파프니르는 강철 식탁을 박살냈었는데. 붉은 산도 견디지 못했고!"

"여긴 감옥이잖아. 이런 종류의 충격에 대응할 수 있게 만들어졌다고 봐야지."

장갑을 집어넣으면서 철퍼덕 주저앉는 타라의 눈시울이 붉어지더니 닭똥 같은 눈물이 뺨을 타고 흘러내렸다.

"오, 타라, 울지 마, 제발!" 가까이 가서 위로해줄 수 없는데 우는 것을 보고 있자니 칼은 가슴이 아팠다. "난 우는 건 못 봐. 돌아버린단 말야!"

"미안해, 너무 지쳐서 그래!" 타라는 딸꾹질을 했다. "그리고 나는 여자야. 나한테도 울 권리가 있잖아! 안 그래?"

타라의 말에 칼은 웃지 않을 수 없었다.

"남자도 울 권리가 있어. 하지만 난 우는 것이 싫단 말야."

"그래도 정신건강에는 좋아. 울고 나면 스트레스가 확 풀리거든." 타라가 더 크게 훌쩍였다. "근데 귀를 다친 것 같아, 많이 아파. 그 여자 뱀파이어가 우리를 끌고 오면서 내 클릭을 강제로 빼앗았거든."

"로빈과 의사소통할 수 있는 귀걸이 말야? 그럼 살아있는 돌은?"

"내가 끔찍한 싸움을 하다 이렇게 감옥에 갇힌 줄도 모르고 쿨쿨 자고 있겠지, 뭐. 머리맡 탁자 위에 올려놨으니까 아직 거기 있을 거야."

"아이고, 그럼 희망이 없는 거네. 난 엘프 군단이 곧 들이닥칠 거라고 기대하고 있었는데! 레파루스 주문으로 귀를 치료해주면 좋겠는데 거리가 너무 멀어서 안 되겠어. 조금만 참아!"

칼은 고개를 끄덕이며 하염없이 눈물을 흘리는 친구를 그저 바라보고 있을 수밖에 없었다. 도저히 참을 수가 없는 칼은 다시 타라에게 말을 시켰다.

"이제 우리 어떡하지?"

잠자코 있던 타라가 갑자기 고개를 쳐들고 옷소매로 코를 닦자 체인지라인이 구시렁거렸다.

"마지스터를 만나야겠어."

깜짝 놀란 칼이 눈을 희번덕거렸다.

"마지스터를? 왜?"

"여제에게 내 무죄를 증명해줄 수 있는 사람은 마지스터밖에 없어. 뭔가 잘못되었다는 것을 여제에게 알려야 해. 그게 우리를 따라왔다면 방법이 있을 것 같은데!"

"누구?"

타라는 주위를 살피느라고 대답하지 않았다.

"스스세트? 나타나 줄래?"

타라의 감방에 뚱보 도마뱀이 나타났을 때 칼은 깜짝 놀랐다.

"주인님?"

"이렇게 나타나 줘서 정말 기뻐." 타라는 안도의 숨을 내쉬었다. "들리는 것을 녹음해서 여제에게 그대로 보고하는 것이 네 임무지?"

"나는 듣고, 녹음하고, 보고하는 것 맞음." 도마뱀이 대답했다.

"창살을 통해 나갈 수 있지?"

"나는 보이지 않음, 마법으로도 볼 수 없음." 도마뱀이 그렇게 말하면서 갑자기 사라졌다.

타라는 창살 너머 감옥 복도에 나타나는 도마뱀을 보면서 미소를 지었다.

"좋았어! 마지스터와 내가 하는 얘기를 듣고 녹음해서 여제에게 빠짐없이 보고해주기 바라는데, 할 수 있지?"

도마뱀이 두 갈래로 갈라진 혀를 날름거리더니 방금 타라가 한 말을 그대로 재생했다.

"마지스터와 내가 하는 얘기를 듣고 녹음해서 여제에게 빠짐없이 보고해주기 바라는데, 할 수 있지?"

타라의 눈이 등잔만해졌다.

"와, 진짜 대단하다! 완벽해! 다시 보이지 않는 모습으로 돌아가 있어. 마지스터를 부를 거니까."

스스세트가 모습을 감추자 타라는 소리를 질렀다.

"마지스터! 마지스터와 얘기하고 싶어요!"

타라의 고함소리를 들은 상그라브가 보스에게 알렸다. 눈 깜짝할 사이에 나타난 마지스터가 딴에는 부드럽게 한답시고 내뱉는 목소리에 타라는 소름이 끼쳤다.

"그래, 꼬마야. 나한테 하고 싶은 말이 뭐지?"

타라는 가슴속에서 폭발할 것 같은 혐오감과 경멸감을 억제하기 위해 심호흡을 하면서 침착하게 말했다.

"사실을 알고 싶어요. 고모를 어떻게 한 거죠? 이 자리에 고모가 없으니까 사실대로 말해줄 수 있죠?"

"뭐라? 알고 싶다? 그걸 물어보려고 감히 나를 불러? 나는 낭비할 시간도 없거니와 너에게 대답해야 할 의무도 없다. 다시 한번 이런 일로 나를 방해하면 가만두지 않겠다. 알았니?"

전혀 예상하지 못한 반응이었다. 어어, 시작도 못하고 이렇게 끝나면 안 되는데……. 타라는 태도를 바꿔 얼른 공손하게 말했다.

"당신은 정말 뛰어난 분이세요. 그래서 정말 어떻게 하신 것인지 알고 싶은 것뿐이에요."

"그러니까 네가 바보라는 거야. 나는 사실을 말한 것인데!" 마지스터는 잘난 척을 했다. "아주 절묘한 타이밍이었어! 네가 나보다 훨씬 위험인물이라는 것을 네 고모와 삼촌에게 설득하는 데 결정적인 도움을 줬으니까."

타라는 덜컥 겁이 났다. 스스세트가 지금 떠나버리면 여제의 확신은 더욱 굳어지는데……!

"내가 멜에게 그런 지시를 내리지 않았다는 것을 알고 계시잖아요. 나는 정말 무슨 일인지 모르겠어요."

"내 짐작이 맞았군." 마지스터는 이제야 알았다는 듯이 고개를 끄덕였다. "고모와 삼촌을 좋아하지 않는다고 해도 너는 성격상 핏줄을 적대할 수 없는 아이인데 어쩐지 이상하더라니. 그렇다면 더 생각해보나마나 뻔한 얘기로군!"

"뻔하다니요?"

"네가 멜루덴리파쉬랄리반디르에게 당했다는 얘기지!"

타라는 반지를 내려다봤다.

"하지만…… 어떻게? 멜은 가문의 반지를 소지하고 있는 사람을 해칠 수 없어요."

마지스터는 대답하지 않았지만 파란색으로 물드는 마스크를 보면서 타라는 그가 웃고 있다는 것을 느꼈다.

"아? 그럼 해칠 수도 있나 보죠?"

"대개 이런 마법의 반지와 결속된 에프리트는 그것을 소지하는 사람에게 무조건 복종해야 하는 주문에 걸려 있지. 여제가 반지를 너에게 인계하면서 보호 주문을 읊었을 텐데?"

타라는 기억을 더듬었지만 고모가 가문의 반지를 선물로 주면서 특별한 의식을 행한 기억이 없었다.

"모르겠는데요."

"그럼 확인해 봐야지. 에프리트를 부르거라."

"하지만 이 감방은 히믈리아의 철로 지은 것이라 마법을 쓸 수 없어요. 그런데 어떻게 멜루덴리파쉬랄리반디르를 부를 수 있겠어요?"

"너의 마법은 안 통해도 내 마법은 통하지. 불러내, 내가 허락할 테니. 그러나 에프리트를 이용해서 나를 공격할 생각은 하지 않는 게 좋아. 놈은 독 안에 든 쥐니까."

내가 너무 표를 냈나? 에프리트에게 마지스터를 공격하라는 지시를 내릴 참이었는데! 타라는 풀죽은 얼굴로 반지를 세 번 돌렸다. 주홍빛 구름이 일어나더니 멜이 허공에 떠 있었다.

"아야! 여기 왜 이렇게 비좁아?" 감방의 천장이 꽤 높은 편인데도 머리를 부딪히자 멜이 툴툴거렸다.

에프리트는 노란 눈썹을 찌푸리면서 예리하게 주위를 둘러봤다.

"감옥? 투옥되셨어요, 주인님? 즉시 석방해……."

"천만에! 넌 그럴 수 없어. 너에겐 그런 능력이 없으니까!" 마지스터가 조롱하듯 외쳤다. "자, 네 주인이 묻는 말에 대답이나 해! 시작해라!"

에프리트는 마지스터를 쳐다보고 나서 입술을 최대한 비틀어서 타라에게 속삭였다.

"간수가 있을 때 저를 부른 것은 좋은 생각이 아니었습니다요, 주인님. 저자가 떠나길 기다리는 것이 좋겠습니다요?"

그러나 타라는 장단을 맞춰줄 기분이 아니었다.

"네가 정말 여제와 황제를 죽이려고 했어? 누가 너에게 그런 명을 내렸지?"

주홍빛의 뚱땡이 에프리트가 움찔했다.

"누가 그런 말을 했습니까?" 에프리트는 일단 성난 목소리로 시작했다.

"마지스터가." 타라는 차분하게 말했다. "이제 설명해봐, 멜!"

"저, 저는 아무 짓도 하지 않았어요." 에프리트는 딱 잡아뗐다.

타라는 털썩 주저앉았다. 만사 끝장이었다. 고모에게 무죄를 증명할 길이 없었다.

그때까지 잠자코 있던 칼이 불쑥 마지스터에게 말을 거는 바람에 그들은 깜짝 놀랐다.

"작년에 납치했던 수석조수들을 감염시키는 데 사용했던 악마의 마법, 그 거시기 능력이 아직 있으세요?"

무례한 소년을 돌아보는 마지스터의 마스크가 오렌지빛으로 물들고 있다는 것은 요놈 보게? 하면서 반은 호기심이 동하고, 반은 화가 났다는 표시였다.

"아무렴, 네가 '거시기' 라고 하는 마법이 여전히 건재하고 말고. 그건 왜 묻느냐?" 마지스터는 퉁명스럽게 내뱉었다.

"타라가 자꾸 이상한 행동을 해서요. 지금까지는 주의를 기울이지 않았는데 만약 림보의 마법이 작동중이라면……."

"어허, 타라, 허튼수작하지 말라고 경고했었지?" 칼의 생각을 알아차린 마지스터가 말했다.

마지스터가 마법복을 펼쳐 보이자 근육질 상체에서 빨간 원이 벌떡거리고 있었다. 타라는 자신도 모르게 뒷걸음쳤다. 마지스터의 가슴에서 갑자기 새나오는 끈적끈적한 검은 연기가 살찐 뱀처럼 타라를 향해 다가오고 있었다. 타라는 감방의 창살에 막혀서 더는 피할 수가 없는데 연기는 점점 위협적으로 가까워지고 있었다.

"칼, 너 자신 있는 거야?" 공포에 질린 타라가 소리쳤다.

"솔직히 말하면 없어."

"뭐?"

"어차피 확률은 반반이잖아."

"칼, 여기를 살아서 나가면 가만 안 둘 거야!"

타라는 더는 한마디도 할 수 없었다. 단숨에 덮친 검은 연기가 몸 속으로 스며들고 있었다. 그런데 갑자기 보이지 않는 어떤 힘에 떠밀려나듯 후퇴하는 것이 아닌가.

"으흠……." 마지스터는 흥미롭다는 듯 지켜보고 있었다. "악마의 마법을 무력화하는 것은 네가 아니다. 에프리트 멜루덴리파쉬랄리반디르, 방금 일어난 일에 대해 논리적으로 설명해 보실까?"

에프리트의 눈빛이 무섭게 이글거리고 있었다. 갑자기 달려든 에프리트는 그 커다란 손으로 타라의 목을 휘어잡아서 번쩍 들어올렸다.

"우리를 당장 석방하시오! 아니면 타라를 죽이겠소. 나는 당신에게 타라가 필요하다는 걸 알고 있소. 그러니까 당장 풀어주시오!"

그러나 마지스터는 발로 돌바닥을 탁탁 걷어차기만 할 뿐 눈도 깜짝하지 않았다.

"그러든지." 마지스터는 무관심한 어조로 말했다.

"뭐라고요?"

멜과 칼, 타라가 동시에 지르는 탄성에 마지스터는 몹시 즐거워했다.

"나는 더 이상 타라가 필요하지 않아! 내게는 여제가 있고, 또 아주 협조적이거든. 타라는 나를 지겹게 방해한 아이인데 없애준다니 희열이 느껴지는군."

마지스터는 팔짱을 끼고 기다렸다.

에프리트는 어찌할 바를 모르고 있었다. 마지스터가 장난으로 하는 말이 아니라는 것을 알고 있었다. 그때 팔 밑에서 뭔가 움직이는 것을 느낀 에프리트는 조르고 있던 타라의 목을 풀었다. 타라의 머리에서 꼬맹이 붉은 악마가 나오고 있었다. 칼은 경악을 감출 수 없다는 얼굴이었고, 기세가 등등하던 마지스터조차 뒤로 물러섰다.

"어휴, 나오니까 살 것 같네." 붉은 악마가 허공에 앉은 자세로 숨을 내쉬었다. "근데 여기는 웬 사람이 이렇게 많아!"

"아니, 무슨 이런 일이? 어떻게?" 타라는 더듬더듬 말하면서 목을 문질렀다.

붉은 악마는 불쾌한 얼굴로 벌떡 일어나더니 냉랭한 어조로 내뱉었다.

"네가 자고 있을 때 여제와 황제를 죽이라는 명을 내리게 만든 악마가 바로 이 몸이다. 네가 악마의 힘을 지닌 왕홀을 무력화하는 사물을 찾으러 그 빌어먹을 산으로 갔을 때 결정적인 순간에 이파니 종족 앞에 나타나서 네 목숨을 구해준 악마가 바로 이 몸이다. 네가 전혀 눈치 채지 못하게 너를 조종하고 있던 악마가 바로 이 몸이다! 그래도 생명의 은인인데 존경심까지는 아니라도 고맙다는 표시 정도는 해야 하는 것 아닌가?"

타라는 격한 반응을 보였다. 타라의 손이 후려친 공기에 충격을 받은 악마는 쇠창살에 부딪혀 나가동그라졌다. 그래도 성이 차지 않는 타라가 비명을 내지르는 붉은 악마에게 재차 달려드는 순간 마지스터는 얼른 멜과 붉은 악마를 감옥에서 끌어냈다.

"아까 뭐라고 했더라? '악마의 힘을 지닌 왕홀을 무력화하는 사물' ? 그게 무슨 소리지?" 마지스터는 일부러 꾸미는 것인지 아주 차분하게 물었다.

"기가 막혀! 저 계집애가 미쳤나 봐! 목숨을 구해 줬더니 은혜를 이렇게 갚다니! 나쁜 계집애!" 아직도 핑글핑글 도는 눈으로 붉은 악마가 욕설을 뱉었다.

으르렁거리면서 창살 앞으로 다가오는 타라를 보면서 악마는 후닥닥 물러섰다. 도저히 안 되겠다는 듯이 마지스터가 손짓을 하자 멜과 붉은 악마는 또 하나의 감방에 갇혔다.

"악마의 힘을 지닌 왕홀을 무력화하는 사물이 무슨 소리냐고 내가 물었다!"

"타라가 데미데루스를 만났을 때……."

"뭐라고?" 마지스터는 숨이 넘어갈 것 같은 목소리를 냈다. "어디서? 어떻게?"

마지스터는 미처 자르와 마라에게 물어볼 시간이 없었고, 여자 뱀파이어는 아직 깨어나지 않은 것이 틀림없었다.

"데미데루스는 수천 년 동안 잿빛 시간 속에 갇혀 있었어요." 수다쟁이 붉은 악마가 또 조잘거렸다. "타라가 데미데루스를 잿빛 시간에서 구출했고, 그는 타라에게 왕홀의 힘을 제압하기 위해 만든 사물이 있는 곳을 알려줬어요. 타라는 그것을 찾으러 무시무시하게 높은 산에 갔다가 죽을 뻔했죠. 그러나 어디에 감췄는지는 몰라요. 산에 있는 존재들이 그것을 타라가 보관하고 있는 것을 원치 않았거든요."

"그럼 누가 알고 있어? 어서 말해!" 마지스터가 고함을 질렀다.

"나를 석방하면 즉시 말해주죠. 나는 내가 할 일을 했을 뿐이에요. 당신이 나의 주인에게 원한을 품고 있든 말든 그건 내 문제가 아니에요."

멜이 초록색 불길을 내뿜으면서 붉은 악마에게 갈퀴발톱을 들이대는 것으로 분노를 표시했다.

"이런 지렁이만도 못한 놈……."

마지스터는 할 수 없이 붉은 악마를 감방에서 끌어냈다. 마법을 사용할 수 없는 에프리트는 그저 쳐다보고 있을 수밖에 없었다.

"좋아, 좋아, 좋아!" 마지스터는 꼬맹이 붉은 악마를 뚫어져라 쳐다보면서 점잖게 말했다. "우리 협정을 맺자. 내게 정보를 주면 석방해주겠다."

"아뇨, 먼저 풀어주세요. 그러면 정보를 줄게요."

"근데 한 가지 문제가 있어. 내가 너를 믿지 못한단 말이지. 놓아주는 즉시 너는 도망치고도 남을 놈이라서 당장은 그럴 수가 없지, 암, 안 되고 말고!"

그 위협적인 어조에 붉은 악마는 부들부들 떨었다.

"한 가지 해결책이 있긴 하다." 마지스터가 덧붙였다. "잔혹한 데트리토르의 마법에 걸고 정보를 주는 즉시 너를 석방하겠다고 맹세하지. 내가 맹세를 지키지 않으면 데트리토르가 나를 죽일 것이다. 어떠냐?"

"그건 마음에 드네요." 붉은 악마가 동의했다. "맹세의 주문부터 읊으세요, 그러면 알고 싶어하는 것을 말해줄게요."

"*잔혹한 데트리토르의 이름으로* 내가 여기 있는 붉은 악마를 석방하지 않으면 악마의 마법은 즉시 나를 죽일지어다."

붉은 악마는 고개를 끄덕이고 나서 간교한 웃음을 흘리면서 말했다.

"타라의 패밀리어가 알고 있어요. 그 사물을 찾아준 종족이 날개가 있는 페가수스에게 맡기는 것이 가장 안전하다고 주장했어요. 그래서 페가수스가 그 사물을 맡게 되었지요. 하지만 페가수스는 말하지 않을 거예요."

타라는 조마조마했다. 붉은 악마가 스스세트에 대해서도 발설한다면? 그러나 붉은 악마는 그것으로 충분하다고 생각했는지 한마디도 덧붙이지 않았다.

격분한 마지스터는 붉은 악마에게 당장 꺼지라고 소리쳤다. 어쨌거나 약속은 약속이니까 붉은 악마는 뒤도 돌아보지 않고 줄행랑쳤다. 마지스터는 멜도 악마의 세계 림보로 쫓아버리고 나서 축소된 크기로 감방에 쭈그리고 있는 갈랑을 향해 돌아섰다.

"페가수스! 네 주인과 네가 내 계획을 방해할 뭔가를 찾은 모양이지? 그래서 말인데 한 번만 더 내 앞길을 막아서면 앞으로는 내가 무슨 짓을 할지 몰라. 너희들 명심해!"

마지스터가 멀어져갔다.

"칼, 스스세트가 출발했겠지?" 타라는 불안해서 죽겠다는 얼굴로 속삭였다. "너를 붙잡아둘 감옥은 아직 만들어지지 않았다고 했잖아. 지금이 입증할 때야."

"하지만 내 연장을 모두 빼앗겼잖아! 아무것도 없는데 내가 무슨 수로 저 자물쇠를 부수겠어. 좀 기다려봐. 쉿, 누가 온다!"

덜덜 떨고 있는 그들의 눈앞에 나타난 사람은 마지스터가 아니라 마라였다.

마라는 타라의 감방 앞에 서서 진지한 표정으로 쳐다봤다.

"내 동생의 목숨을 구해줬어. 우리를 미워하면서 왜 살려줬지?"

타라는 이를 악물면서 대답했다.

"마라, 윤리라는 말의 뜻을 아니? 신의, 도덕은 무슨 뜻인지 알아? 마음에 안 드는 사람이라고 죽게 놔두지는 않아. 마음을 곱게 쓰지 않으면 지옥에 가거든!"

"안 돼. 지옥에는 악마와 나쁜 인간만 우글우글해. 그리고 난 지옥에 가기 싫어."

마라의 천진한 대답에 낱말 공부를 시키는 것으로는 안 되겠다는 표정을 지으면서 타라는 허리를 숙여 마라의 얼굴 높이로 키를 맞추었다.

"우리를 도와줄 수 있겠니? 마라, 마지스터가 나쁜 짓을 하고 있다는 거 알지? 내가 왔을 때 네 동생의 목에 칼을 들이대는 것

봤지? 그리고 셀렌바가 메델루스를 공격하는 것도 봤지, 응?"

마라의 얼굴이 겁에 질린 표정으로 변했다.

"끔찍했어. 송곳니로 목을 깨물었고 배도 물어뜯었어. 아주…… 재미있어 하면서. 우리는 아버지와 늘 떨어져서 지내다 1년에 한 번만 만나. 우리의 마법 능력을 평가하러 오시거든. 난폭하고 무섭지만 우리를 돌봐줬어. 우리는 엄마가 셀레나라는 걸 모르고 아니, 잊고 있었어. 오무아에서 지내는 동안 그렇게 못된 짓을 했는데도 우리를 많이 사랑해주셨어. 우리가 같이 살 수 있을까? 용서받을 수 있을까?"

타라는 차마 말하지 못할 것이라고 생각한 칼이 끼어들었다.

"네가 우리를 나가게 해주면 확실해. 하지만 너희 아버지가 타라를 죽이게 내버려둔다면 어머니가 어떻게 하실 것 같니?"

마라는 고개를 떨구고 피가 날 정도로 입술을 깨물었다.

"하지만 그건 배신이잖아. 아까 도덕이 어쩌고 윤리가 어쩌고 했잖아. 내가 아버지를 배신하면 내 윤리는 어떻게 되는데?"

타라는 속으로 뜨끔했다. 마라는 아주 영리한 아이였다. 타라는 아이의 입장을 전혀 생각하지 않고 섣불리 말했던 것을 후회하면서 말했다.

"그래, 네 말이 맞다. 너에게 이런 어려운 일을 부탁하는 것이 아니었는데. 우리가 알아서 할게. 어서 나가, 너희 아버지 오시기 전에."

마라는 뭐라고 덧붙이려고 하다가 목이 잠겼는지 그냥 뛰쳐나갔다. 정말 잘한 것이었다. 금세 마지스터가 검은 가방을 든 상그라브 한 명을 데리고 들이닥치는 것을 보면서 타라는 가슴이 철렁했다. 상그라브가 가방을 열었을 때 타라는 기절하는 줄 알았다. 공포의 고문기구들이 잔뜩 들어 있었다. 두 상그라브는, 마비를 시켰는데도 죽을힘을 다해 발버둥치는 갈랑을 끌어내어 타라 앞에 세웠다.

상그라브는 페가수스의 갈퀴발톱을 조심조심 피하면서 다리를 묶었다. 그러고는 보스 앞에 허리를 숙인 채 분부를 기다렸다. 마지스터는 타라를 쳐다보면서 말했다.

"이 친구는 고문이 전문이야. 진실의 입에게 맡기려고 했으나 오지 않겠다고 거부해서 이 친구에게 도움을 청했지. 크레뉴스, 타라틸랑넴과 패밀리어 갈랑을 소개하겠네. 이 페가수스가 내가 가져야 할 물건을 숨기고 있어. 그러니까 그걸 어디다 숨겨놨는지 페가수스가 타라의 정신 속으로 전하게 만들어야 하네."

공포에 사로잡힌 타라는 손발의 감각이 없어지면서 마비되는 느낌이 들었다. 이어서 페가수스의 공포가 타라의 정신 속으로 전해져오고 있었다. 타라는 말할 용기가 없었다. 입을 열면 토할 것 같았다.

"당연히 너는 아무 말도 안 하고 싶겠지? 자, 그럼 너의 페가수스는 어떤지 볼까? 너보다 말이 많을까, 적을까? 크레뉴스, 시작하게."

타라의 비명이 입술을 넘기도 전에 크레뉴스는 갈랑의 여린 콧구멍에 고문기구를 쑤셔 넣었다. 뿜어 나오는 피, 크레뉴스의 마스크가 보랏빛으로 물들고 있다는 것은 만족스럽다는 뜻이었다. 참을 수 없는 고통 때문에 페가수스와 타라가 동시에 질러대는 비명소리에 두 상그라브는 깜짝 놀랐다. 코에 구멍이 뚫리는 느낌에 타라는 주저앉았고, 갈랑의 고통은 진정되어 보였다.

그러나 그것으로 끝난 것이 아니었다. 갈랑이 꽁꽁 묶인 상태에서 너무 심하게 발버둥친 탓인지 우지끈, 하는 불길한 소리가 들렸다. 다리 하나가 부러진 것이었다. 점점 커지는 갈랑의 고통이 전해져오고 있었다.

"멈춰요!" 타라는 울먹였다. "멈춰요! 내…… 내가 말할게요."

두 상그라브가 동시에 타라를 향해 홱 돌아섰다. 그래서 칼과 타라만 갈랑의 콧구멍에서 뭔가가 나오는 것을 볼 수 있었다. 그건 피가 아니라 파란 물방울이었다. 갈랑이 느끼는 공포만큼 엄청나게 빠른 속도로 방울이 커지고 있었다. 눈이 똥그래진 타라는 재빨리 무릎을 꿇었다.

"타라, 내 앞에서는 꿇어 엎드릴 필요 없다!" 마지스터가 거드럭거렸다.

피로 얼룩진 방울은 이제 페가수스의 키를 넘을 만큼 커져 있었다.

페가수스가 재채기를 하는 순간 타라와 칼은 납작 엎드렸다. 마지스터와 크레뉴스는 알아차릴 겨를이 없었다. 펑! 엄청난 폭발의 풍압에 튕겨나간 두 남자는 감방의 창살에 부딪혔다가 기절한 것인지, 죽은 것인지 그대로 널브러졌다. 타라는 후자이기를 간절히 바라고 있었다.

"타라, 괜찮아?" 칼이 일어나면서 속삭였다.

그러나 타라는 너무 아파서 대답할 수가 없었다. 갑자기 무슨 소리가 나서 칼은 소스라쳤다. 마라가 돌아온 것이었다. 의식을 잃고 바닥에 쓰러진 아버지를 발견하고 마라는 눈이 똥그래졌다.

"너희들이 아버지를……?" 마라는 도저히 입 밖에 낼 수 없다는 듯 말꼬리를 흐렸다.

"그랬을 수도 있고." 칼은 정직하게 대답했다. "하지만 네가 우리를 나가게 해준다면 우리를 살려주는 거야. 너희 아버지가 죽은 것이 아니라면 깨어나서 노발대발하겠지. 그리고 우리를 모두 죽이겠지!"

마라는 고개를 끄덕였다.

"틀림없이 그럴 거야. 하지만 나는 아무것도 해줄 수 없어. 열쇠가 없어.”

적의 딸에게 탈출할 수단을 털어놓은 것이 잘하는 짓인지, 아닌지 고민하던 칼은 결단을 내렸다.

“타라가 가지고 있어. 타라, 만능열쇠를 얘한테 줘.”

타라는 몽롱한 상태에서 창살을 통해 열쇠를 내밀었다. 열쇠를 움켜잡은 마라는 어떻게 해야 할지 망설이고 있었다. 칼은 생각할 겨를을 주지 않았다.

“빨리 해야 돼! 공중부양으로 올라가서 저기 자물쇠에 그 열쇠를 집어넣기만 하면 돼. 아주 간단해.”

결정을 내렸는지 마라는 붕 날아올랐고, 마법의 열쇠를 자물쇠 구멍에 집어넣었다. 찰칵 하는 소리가 나더니 칼의 감방이 열렸다. 쏜살같이 날아오른 칼이 마라에게서 열쇠를 빼앗아 의식이 없는 드라고쉬 선생님과 타라의 감방을 열었다. 타라는 갈랑에게 달려갔다. 감방 밖에서는 마법을 쓸 수 있기 때문에 타라는 갈랑에게 레파루스 주문을 날렸다. 썰물처럼 밀려오는 고통 때문에 비틀거리는 타라는 금방이라도 쓰러질 것 같았다.

멀찍이 서서 입술을 깨물다가 손톱을 깨무는 마라는 몹시 초조해 보였다. 마침내 마라가 말했다.

“우리도 데려가. 자르는 싫다고 했지만 나는 너희들을 풀어주고 싶었어. 그리고 어머니를 만나고 싶어.”

"너는 아주 용감했어, 마라." 하고 말하면서 칼이 몸을 숙여 뺨에 입맞춤을 하자 마라는 너무 놀라 눈을 뒤집을 뻔했다. "물론 데려가야지. 너의 까다로운 동생도 같이. 여기 두면 마지스터가 자르에게 무슨 분풀이를 할지 모르는데 당연히 데려가야지."

마라는 불안한 미소를 짓고 나서 쓰러져 있는 두 상그라브를 향해 돌아섰다. 크레뉴스의 목이 아주 희한하게 꺾여 있는 것을 보면 사망했다는 표시였다. 마지스터는 움직이지 못하고 있을 뿐 심장은 세차게 뛰고 있었다. 칼은 잠시 망설였다. 강한 유혹이 일었지만 의식 없는 사람을 죽일 수는 없었다. 칼은 마지스터를 감방으로 끌고 가서 꽁꽁 묶었다. 칼은 마스크를 들춰보려고 했지만 꿈쩍도 하지 않자 포기했다. 더는 지체할 수 없기 때문에 칼은 감방 문을 잠그면서 짜릿한 희열을 느꼈다. 이번에는 마지스터가 갇혀서 감방의 맛을 느낀다고 생각하니 절로 웃음이 나왔다.

"칼! 마라는 괜찮아? 너도 괜찮고?" 타라가 갈랑을 살피면서 물었다.

"물론이지." 칼은 활짝 웃으면서 대답했다. "아까보다는 확실히 좋지. 아까는 정말 마지스터가 갈랑을 죽이는 줄 알았어!"

"나도." 타라는 아직 충격에서 벗어나지 못한 얼굴이었다. "나는 돌아버릴 뻔했어. 누가 오기 전에 빨리 도망치자."

"그녀는 죽었니? 내가 영원한 고통에서 내 사랑을 해방시키는

데 성공했니?"

그들이 깜짝 놀라서 돌아보니 드라고쉬 선생님이 힘겹게 일어나서 감방을 나오고 있었다.

"셀렌바요?" 타라는 동정하는 목소리로 대답했다. "아뇨, 아직 살아 있어요. 선생님이 먼저 마지스터에게 당하는 바람에……."

뱀파이어의 창백한 뺨을 타고 흘러내리는 핏빛 눈물 때문에 타라는 더는 말을 잇지 못했다.

"얼마나 고민하다 내린 결정이었는데 또 실패했다니……." 드라고쉬 선생님의 목소리에 힘이 하나도 없었다. 그는 비칠거리면서 주위를 살폈다.

"어떻게 된 일이니?"

"갈랑이 마지스터를 때려눕혔고, 자기를 고문했던 크레뉴스라는 상그라브를 죽였어요." 칼이 설명했다. "대단한 페가수스예요. 선생님 뒤에 있는 감방에 마지스터를 가둬놨어요."

뱀파이어의 빨간 눈에서 희망의 빛이 이글거렸다.

"마지스터를? 그러니까 독 안에 든 쥐라고? 내가 죽이게 해다오, 부탁이다!"

뱀파이어가 허락해달라고 간청을 하다니, 타라는 깜짝 놀랐다.

"우리는 시간이 없어요. 지금은 빨리 여기서 나가는 것이……."

"누가 오기 전에, 그 말이지?" 등 뒤에서 냉기가 묻어나는 목소리가 들렸다.

등골이 서늘해져오는 느낌에 타라는 천천히 돌아섰다. 눈부시게 아름다운 여인, 오무아의 여제가 서 있었다.

28
저주받은 왕홀

*

타라는 심장이 멎는 것 같아서 본능적으로 마법을 작동했다. 그러나 고모는 공격하려는 기색이 없었다. 그저 아름다운 모습으로 서서 타라를 지그시 쳐다보고 있었다.

"방금 스스세트를 통해 놀라운 대화를 들었다."

타라는 경계하는 얼굴로 이마를 찌푸렸다.

"그럼 제가 고모를 죽이라는 명을 내리지 않았다는 것을 이제는 아셨나요? 마지스터가 고모를 설득하려고 여러 가지로 겹친 나쁜 상황을 교묘하게 이용했을 뿐이라는 것도 아셨나요?"

여제는 실수를 사과할 필요가 없는 것이 관례였지만 이번 경우에는 달리 방법이 없었다.

"내가 너를 잘못 판단했다. 네가 공명정대하고, 권력에 관심이 없는 아이라는 것을 먼저 생각했어야 했는데. 사과한다."

행성에서 가장 강력한 나라의 여제가 정중하게 허리를 굽히는 모습을 보면서 타라와 칼은 기절할 뻔했다. 여제는 고통스러워하는 드라고쉬 선생님을 못 본 것인지, 보고도 모른 척하는 것인지 눈길도 주지 않고 타라에게 말했다.

"마지스터가 나를 이용하여 오무아를 공격하기 전에 도망쳐야 해. 공간이동의 문은 4층에 있고, 그 바로 옆방에 저주받은 왕홀이 있어."

"잠깐 기다리세요. 갈랑, 엔디게가 어디 있는지 말해줘. 이제는 가져와야 해."

"그게 무슨 말이니?" 여제는 참지 못하고 물었다.

"엔디게는 데미데루스가 왕홀의 힘을 무력화하기 위해 만들어 놓았다는 기구예요. 페가수스가 숨겨 놨거든요."

아연실색한 여제는 잠자코 지켜보고 있었다. 갈랑이 머리를 마구 흔드는데 부정의 뜻이 담겨 있는 것 같았다.

"아니라고? 그게 무슨 뜻이야? 찾으러 가는 것이 싫다는 거야, 뭐야?"

또다시 갈랑은 머리를 흔들다가 목덜미를 쭉 빼면서 딸꾹질 같은 소리를 냈다.

불안해진 타라와 여제, 칼은 바짝 긴장했다. 그러나 갈랑의 콧구멍에서 파란 물방울은 만들어지지 않았다. 갈랑은 토악질하고 있었다.

그래서 타라는 갈랑에게 새처럼 삼켰던 것을 게워낼 수 있는 모이주머니가 있다는 것을 알았다. 어디도 안전한 곳이 없다고 판단한 갈랑은 엔디게를 제 몸 속의 모이주머니에 보관하고 있었던 것이다.

갈랑의 입에서 타액으로 끈적거리는 황금 목걸이가 툭 튀어나왔다. 타라는 거부감을 누르고 재빨리 목걸이를 집어들고 태피스트리로 닦았다. 마지스터의 것인데 더럽히면 좀 어때!

"넌 천재야, 갈랑. 이제 계획을 바꿔야겠죠?"

"뭐라고?" 복도를 살피고 있던 여제가 물었다.

"이젠 도망칠 수 없죠. 먼저 왕홀을 찾아서 무력화하고 파괴해야지요. 그리고 오무아로 돌아가는 거예요."

여제는 고개를 끄덕였다. 타라의 말이 옳았다. 악마의 힘을 지닌 사물을 없애는 것이 우선이었다.

그들이 줄지은 감방을 지나쳐가면서 카무풀루스 주문을 작동하려는 순간 갑자기 조그만 목소리가 들렸다.

"예쁘고 친절하고 위대한 타라!"

한 감방 창살 너머로 꾀죄죄한 누더기 차림의 상태가 영 안 좋은 스너피가 보였다.

털북숭이 스너피는 송곳니를 드러내며 활짝 웃더니 애원했다.

"불쌍한 쯔너피를 구해주세요. 쩨빨 뿌탁입니다! 쩌도 함정에 빠졌던 겁니다! 쩌는 쩡말 몰랐씁니다. 마지스터가 불쌍한 쯔너피를 이용한 거예요!"

타라가 쳐다보자 여제는 고개를 끄덕이면서 인정했다. 마지스터는 의도적으로 스너피를 도망치게 내버려둔 것이었다. 쌍둥이들 덕분에 마지스터는 궁전에서 일어나는 일을 자세히 알고 있었고, 여제를 맞이할 만반의 준비를 하고 있었다. 그 함정은 완벽했다. 스너피가 전하는 잘못된 정보를 듣고 여제가 군대를 이끌고 출정하자마자 원정대에 침투해 있던 셀렌바가 리스베스와 산도르를 공격하여 생포했던 것이다. 스너피는 감옥에서 오리지널을 만나 합체하고 나서야 자신이 마지스터의 장난감이 되었다는 사실을 알았다.

만능열쇠를 가지고 있는 칼은 스너피를 겨냥해서 욕설에 가까운 핀잔을 내뱉은 뒤에 풀어주었다.

"고맙씁니다! 고맙씁니다! 불쌍한 쯔너피를 살려주셨씁니다! 지금 빨리 숲 쪽 멀리 떠나쪄야 합니다!"

마음 아프지만 타라는 스너피에게 잘못을 뉘우치게 할 필요가 있었다.

"우리는 도망칠 수 없어, 지금은. 우선 최고 마구스들의 마법 능력을 방해하는 왕홀을 찾아서 없애야 하거든. 그리고 너는 우리와 같이 있어야 돼. 네가 간수들에게 발각되거나 붙잡히면 즉시 감방의 상태를 확인하러 왔다가 경보를 울릴 테니까."

"또망치지 않아요?"

"응. 따라와."

불안한 침묵 속에서 스너피는 복종했고, 기회가 나는 대로 도망치기로 마음먹었다. 장다리들과 지내는 것은 정말이지 이것으로 충분했다.

카무플루스 주문 덕분에 그들은 방해를 받지 않고 통로를 나와 여제의 방이 있는 층계를 올라갈 수 있었다. 상그라브들은 여제 앞에서 정중하게 허리를 굽혔고, 여제는 자연스럽게 고개를 까딱했다.

그들은 경비가 삼엄한 방문 앞에 이르렀다. 칼과 타라는 왕홀이 있는 방이라고 생각하고 있는데 여제는 모른 척하면서 방을 지나쳤다. 얼마 후, 보초 넷과 멀리 떨어진 곳에 이르자 여제는 나직한 목소리로 설명했다.

"그 방에 산도르가 갇혀 있어. 내 동생은 협력하기를 거부했고, 마지스터는 그가 필요 없기 때문에 가둬버렸지. 내가 동생의 말을 들었어야 했는데! 너는 절대로 우리를 죽이라는 지시를 내릴 아이가 아니라고 말했는데 나는 너무 화가 나서 그만…….”

타라는 도저히 믿기지가 않았다. 황제가 변호를 해줄 정도로 나를 믿어주었다니! 이유 없이 싫어하면서 그렇게 무례하게 굴었는데!

“삼촌을 구출해야지요?” 양심의 가책을 느낀 타라가 속삭였다.

“너무 위험해. 왕홀부터 처치하자!”

왕홀이 있는 곳은 경비가 삼엄했다. 건물 꼭대기에 위치한 방이었는데 이상하게 생긴 악마 둘이 지키고 있었다. 호랑이 몸뚱이에 머리가 셋이고 뱀 모양의 갈기를 단 악마들이 어찌나 강렬한 빛을 번쩍이는지 몇 초 이상은 쳐다볼 수가 없었다. 눈이 너무 시어서 눈물까지 난 타라가 속삭였다.

“들어가는 방법을 아세요?”

“아니. 내가 회수하자마자 마지스터가 왕홀을 저 방에 넣었어. 난 들어가 보지도 못했어. 상그라브 군대가 알아채지 못하게 저 놈들을 감쪽같이 처치해야 하는데…….”

선글라스가 있으면 좋겠다고 생각하던 타라는 메델루스가 준 선물이 기억났다. 체인지라인의 주머니에서 찾은 선글라스를 쓰고 타라는 흡족한 미소를 지었다. 눈이 부셔서 쳐다볼 수도 없던 괴물이 한 무더기의 밧줄로 보였다.

“칼! 문지기나 함정에 대해서는 네가 전문이잖아. 나보다는 네가 안경을 끼고 살피는 것이 낫겠어."

눈을 비비고 있던 칼은 기꺼이 안경을 꼈다. 칼은 악마들을 한참 관찰했다.

"어어, 저거는…… 리냐르동이잖아!"

"역시 알아보는구나. 근데 그게 뭐야?"

여제와 드라고쉬 선생님, 마라와 스너피도 처음 들어본다는 표정을 짓고 있었다.

"그러니까 저 괴물들은 실제로 존재하는 것이 아니라 그냥 방어주문이야. 저기 밧줄 더미 보이지?"

"그게 어떻게 보이겠어? 안경 쓴 사람은 넌데."

"아 참, 그렇지! 미안해. 뭐냐하면 접근하는 침입자를 결박하고 목을 조르는 밧줄인데 괴물로 보일 뿐이라는 얘기야. 침입자는 괴물이 공격해오는 것으로 믿고 싸우지만 사실은 그냥 위험한 밧줄에 불과해. 그리고 보이지 않기 때문에 결국은 그 밧줄에 목이 졸려서 죽게 돼."

"과연 빈틈이 없네. 그럼 어떻게 처치해야 하는지도 알아?"

칼의 대답은 아주 간결했다.

"전혀."

"철석같이 믿었는데…… 좀 실망이다."

칼은 좀 억울하다는 표정을 지었다.

"저런 종류의 주문은 아직 공부하지 않았단 말야. 굉장히 강력하기 때문에 기초교육에는 포함되지 않는 고난이도 주문이라고. 하지만 이론적으로는 알아. 리냐르동 주문은 마법에 의존하기 때문에 그 원천을 차단하면……."

"그러니까 두 괴물을 없애거나 꼼짝 못 하게 하면 되는 거지?" 타라가 다부지게 말했다. "해보자. 손해보는 것도 아닌데."

그들이 숨어 있는 복도에서 타라는 마법의 그물을 던졌다. 리냐르동은 다가오는 그물을 곧바로 알아채고 으르렁거리는 소리를 냈다. 한 놈이 일어나서 발을 내밀었고, 그러기를 기다리고 있었다는 듯 마법의 그물이 쩔꺽 들러붙었다. 괴물이 벗어나려고 몸을 흔들수록 그물은 착 붙어서 마법을 빨아들이기 시작했고, 공포의 비명을 질렀다. 그 소리에 놀란 나머지 한 놈도 도와주려고 다가왔다가 같은 신세가 되고 말았다.

타라는 1년 전에 싸웠던 영혼 약탈자의 촉수들을 모방했을 뿐이었다. 타라는 밧줄을 볼 수 없기 때문에 칼이 마법기운이 떨어지는 것에 놀란 괴물들이 미친 듯이 공격자를 찾고 있다는 신호를 타라에게 보내주고 있었다. 타라는 두 번째, 세 번째 그물을 던졌다. 리냐르동은 점점 더 끈끈이 그물에 걸려들었고, 그렇게 강력하던 빛이 약해지고 있었다. 타라가 조종하는 파란 그물에 갇힌 동물 형상의 몸뚱이들이 빛을 거의 잃어갈 때쯤 칼이 조심스럽게 다가갔다. 침입자를 느끼고 공격하기 위해 밧줄이 꿈틀거리기는 했지만 이미 힘을 잃은 뒤였다.

열쇠로 잠겨 있었지만 만능열쇠를 가지고 있는 칼에게는 문을 여는 것쯤은 아무런 문제가 되지 않았다. 그때 마라가 동생을 데리고 곧 돌아오겠다면서 붙잡을 사이도 없이 사라졌다. 칼은 마지못해 가게 두었지만 혹시나 하는 의혹에 이맛살을 찌푸렸다.

방 한복판의 별 문양 안에 놓인 가구를 제외하고 특별한 방어시스템이 설치되어 있지는 않은 것 같았다. 타라와 스너피는 소름이 쫙 올랐다. 칼은 전문가의 눈으로 예리하게 방 안을 훑어보고 있었다. 왕홀은 운모처럼 광채가 요란한 돌 받침대 위에 놓여 있었다.

왕홀은 까만 나무로 되어 있었고 그 목재에 조각된 흉측한 악마들이 광란의 춤을 추고 있는데 눈알처럼 박힌 루비는 핏빛 광채를 발하고 있었다. 거기서 물결처럼 퍼지는 악마의 힘이 행성으로 독물이라도 흘려보낼 기세였다.

타라는 별 문양 안으로 들어가지 않으려고 주의하면서 왕홀을 향해 엔디게를 휘둘렀다. 모두 초조한 얼굴로 타라를 에워싸고 있었지만, 아무런 변화도 일어나지 않았다.

"뭐야, 작동하지 않잖아!" 타라는 투덜거렸다.

"잠깐, 잘 봐!" 칼이 속삭였다.

빨간 소포르 꽃 속에서 빛이 홍겨운 불꽃처럼 일어나는가 싶더니 빨간색의 강렬한 광선으로 돌변해서 왕홀을 후려쳤다. 루비 눈알이 빛을 잃고 시커멓게 변했다. 여기까지 오는 데 겪어야 했던 일들을 생각해서라도 스펙터클한 장면을 기대하고 있던 타라는 약간 실망했다.

"고모, 드라고쉬 선생님, 능력이 돌아왔는지 빨리 확인해 보세요!"

드라고쉬 선생님은 가만히 있었지만 여제는 기꺼이 응했다. 두 손을 들던 여제는 번쩍거리는 보랏빛 불꽃을 보고 기뻐했다.

"돌아왔어!"

"그럼 지금부터 우리 둘이서 왕홀을 파괴하는 거예요!"

여제는 깜짝 놀라는 얼굴을 했다.

"하지만…… 그건 불가능해! 우리의 마법으로는 악마의 힘을 지닌 사물을 파괴할 수 없어."

"타라의 마법으로는 돼요!" 칼이 끼어들었다. "타라, 능력을 보여 줘!"

"고모는 가능한 한 차가운 얼음 광선을 날리세요." 타라는 고모에게 지시를 내렸다. "실루르 옥좌에 써먹었던 방법이거든요. 그럼 저는 가장 뜨거운 불의 광선을 날릴게요. 왕홀은 틀림없이 견디지 못할 거예요."

여제는 약간 의심스러운 표정이었다. 손에서 강렬한 빛이 이글거리자 그녀는 주문을 읊었다.

"*글라쿠스의 이름으로* 내 앞에 있는 왕홀은 냉동이 될지어다!"

마법의 불꽃이 얼음 광선으로 변해서 뜨겁지도 차갑지도 않은 왕홀을 후려쳤다. 여제는 오무아의 최고 마구스들 중에서 가장 강력했다. '마법의 여제' 라는 칭호를 괜히 가지고 있는 것이 아니었다. 이어서 타라가 불의 광선을 날렸고…… 잠시 후 왕홀이 신음했다.

왕홀이 꿈틀거리자, 여제는 정말 대단한 아이야, 하는 눈길로 타라를 쳐다본 다음, 입술을 질끈 깨물면서 마법의 강도를 높였다. 왕홀은 여제의 광선을 맞고 얼어붙는 것 같더니 타라의 광선을 맞자 불길에 휩싸였다. 냉기와 열기의 극심한 온도 차이를 견딜 수 없는 왕홀은 경련을 일으키다…… 펑! 폭발했다.

그런데 문제가 생겼다. 핵폭탄이 터지는 것 같은 엄청난 소리와 더불어 천장에 뻥 뚫린 구멍으로 이상한 잿빛의 하늘이 보이고 있었으니……. 그들은 질겁한 얼굴로 서로를 바라봤다.

"빨리 도망치는 것이 상책이에요." 칼이 말했다. "폭발 소리에 놈들이 알아챘을 거예요."

바로 그 순간 칼의 말에 맞장구를 치듯 복도가 소란스러웠다.

"빨리, 타라! 오른쪽 벽을 허물어!" 여제가 외쳤다.

타라는 즉시 실행했다. 두꺼운 벽이 무너지면서 공간이동의 문이 드러났는데 보초 둘이 쓰러져 있었다. 그들은 문 한복판으로 뛰어들었다. 칼이 이동의 왕홀을 집어들고 태피스트리에 갖다대려는 순간 타라가 외쳤다.

"칼, 잠깐! 자르와 마라를 기다려야 해! 그리고 산도르를 구출해야지!"

바로 그때 쌍둥이들이 문간에 나타났는데 그 뒤로 마지스터가 아이들의 어깨를 움켜잡고 있었다. 타라는 즉시 아이들과 마지스터를 가르는 방패를 만들었다. 그러자 마지스터가 공격했고, 겁에 질린 쌍둥이들이 후닥닥 물러섰지만 타라의 방패는 잘 버티고 있었다. 격분한 마지스터의 고함소리를 듣고 들이닥친 상그라브들이 일제히 타라를 공격했다. 죽을 힘을 다해 싸우는 타라의 이마에 땀이 맺혀 있었다.

"오래 버틸 수 없어요!" 타라는 이를 악물고 말했다. "도망쳐요! 나는 여기 남아서 내 동생들을 보호해야 해요."

"그건 안 된다!"

여제는 일고의 가치도 없다는 듯 칼에게서 빼앗은 이동의 왕홀을 태피스트리에 대고 외쳤다.

"팅가푸르의 황궁으로!"

그들은 무지갯빛 속에 휩싸였다. 그리고 타라가 마지막으로 본 것은 배신당하는 얼굴로 바라보던 마라의 슬픈 눈빛이었다.

팅가푸르에 도착했을 때 타라는 너무 화가 나서 여제에게 달려들 뻔했다. 어리둥절해서 쳐다보는 경비병들 앞에서 타라는 소리쳤다.

"나는 아이들을 데리러 돌아가겠어요! 마라가 없었으면 우리는 탈출할 수 없었다고요!"

"내가 구출했을 것이다." 여제는 침착하게 응수하면서 부리나케 달려온 각료들에게 인사했다. "그리고 결정은 내가 내리는 것이지 네가 아니다. 나는 너를 구하기 위해 내 동생인 황제를 저버렸어. 거기 있었으면 너는 힘 한번 제대로 써보지도 못하고 죽거나 붙잡혔을 거야. 그리고 그건 아무 가치가 없는 희생이야. 지금 바로 갈까? 마지스터가 어디 있는지 장소를 알면 당장 말해. 내가 군대를 이끌고 당장 따라갈 테니까. 어떡할래? 아무런 대책도 세우지 않은 채 개죽음을 당하러 달려갈까?"

모두 맞는 말이 아닌가? 반박할 여지가 없는 고모의 말에 타라는 무슨 말을 하려다가…… 입을 다물었다.

"마지스터가 우리와 싸울 생각이면 몇 시간 내에 공격해올 것이다. 자, 그럼 15분 후에 회의실에서 만나자."

그렇게 말하고 나서 여제는 타라에게 대답할 시간도 주지 않고 사라졌다.

타라는 눈물범벅이 되어 뛰어오는 어머니를 보는 순간 다시 분노가 치밀었다. 그러나 궁인들 앞에서 할 얘기가 아니었다. 쌍둥이들을 지켜 주지 못한 가책과 배신한 어머니에 대한 실망 때문에 타라는 셀레나의 포옹을 건성으로 받았다.

셀레나는 걸어가면서 질문을 퍼부었고, 칼이 그간에 있었던 일을 얘기했다. 일단 거처에 들어가자 타라는 어머니 앞에 딱 버티고 서서 눈을 뚫어져라 쳐다봤다. 마지스터가 거짓말한 것이기를 간절히 바라면서 타라는 넌지시 읊었다.

"인생은 대중 앞에서 연기하다 고독 속에서 끝나는 부조리한 연극과 같은 것!"

타라는 이 문장을 들려주면 아메모루스 주문이 풀리면서 어머니의 얼굴이 변할 것이라고 기대했지만 아무런 변화가 없었다. 어머니의 기억상실을 풀어주는 문장은 따로 있는 것이 분명했다. 셀레나는 어리둥절해서 딸을 쳐다봤다.

"타라, 왜 그런 말을 하니?"

"이 말을 듣고 기억나는 거 없어요?"

셀레나는 걱정스러운 표정으로 이마를 찌푸렸다.

"내가 뭘 기억해야 하는데?"

타라는 더는 말할 수 없어서 털썩 주저앉았다. 타라는 칼에게 신호를 보냈고, 칼이 바통을 이어받았다. 좀 전에 쌍둥이들에 대해서는 일부러 한마디도 하지 않았던 칼이 조심스럽게 말을 꺼냈다.

"덩컨 부인, 부인에게 타라 이외의 아들과 딸이 있었다는 것을 알았습니다. 자르와 마라, 그 쌍둥이들이……."

셀레나는 무슨 말인지 전혀 알아듣지 못했다.

"너희들 지금 무슨 말을 하는 거니?"

"마지스터가 자르와 마라는 두 사람 사이의 자식들이라고 고백했어요. 따라서 그 쌍둥이들은 내 이부동생들이라고요!" 타라는 가슴을 짓누르는 죄책감과 불안을 떨쳐버리고 싶은 마음에 쏘아붙이듯 말했다.

셀레나는 하얗게 질린 얼굴로 벌떡 일어났다.

"나와…… 그의 자식? 말도 안 돼! 거짓말이야!"

칼이 조심스럽게 끼어들었다.

"처음에 아이들을 봤을 때부터 이목구비가 너무 비슷해서 이상하다는 생각이 들었어요. 정말 부인을 많이 닮았어요."

마치 다리가 부러진 것처럼 셀레나가 휘청거리자 안락의자가 득달같이 달려왔다. 그녀는 떨리는 손으로 이마를 짚었다.

"난 그 애들에 대한 기억이 없어. 어떻게 내가 내 자식을 몰라볼 수가 있단 말이니? 아니, 존재 자체까지 잊어버릴 수가 있단 말이니? 마지스터, 그 작자가 나를 이렇게 만들어놓다니!"

타라는 괴로워하는 어머니를 보면서 가슴이 아팠다. 그러나 지금으로서는 아무것도 해줄 수 없었다.

“나는 회의에 참석해야 해요. 같이 갈래요?” 타라는 어머니를 안아주고 나서 말했다.

셀레나는 고개를 저었다.

“아니, 난 생각 좀 할게. 먼저 가렴. 난 나중에 갈게.”

타라와 칼은 드라고쉬 선생님, 스너피와 함께 회의실로 향했고, 왔다는 소식을 듣고 정신 없이 달려오는 파프니르, 무아노, 로빈, 파브리스와 하마터면 충돌할 뻔했다. 친구들은 쌍둥이들에 대한 얘기를 전해듣고 자기 일처럼 가슴 아파했다. 로빈은 듬직한 팔로 타라를 감싸주었고, 파프니르는 자기가 거기 있었다면 문제의 인간을 도끼로 작살냈을 것이라면서 분개했다. 무아노는 다정하게 미소를 지어 보이는 파브리스의 손을 잡는 것으로 만족했다. 타라는 다정한 친구들을 보면서 안도의 한숨을 내쉬었다. 위기에 처한 어려운 상황 속에서도 두 친구가 사랑을 확인하고 다정한 커플이 되었다는 것이 타라에게는 그나마 위안이 되었다. 사라지는 모습을 구경만 하고 있어야 했던 로빈이 그때의 충격에서 벗어나지 못한 얼굴로 너무 다정한 미소를 보내는 바람에 타라는 당황하면서 얼굴이 빨개졌다.

회의실에 들어섰을 때, 타라는 이미 전시 태세에 들어가 있음을 알았다. 드래곤들이 약속한 지원군이 아직 도착하지 않았다는 것에 여제는 몹시 불안해하는 얼굴이었지만, 셈 선생님과 샤름의 표정은 태평했다. 오무아 제국은 신속하고 침착하게 전쟁 준비를 했다. 거대한 탕즈 강이 관통하는 오무아의 평원에 인간과 비인간으로 구성된 군대를 정렬했고, 마법으로 함정과 견고한 보루도 충분히 만들었다.

모든 준비를 끝내자마자 정찰대가 적군이 들어왔다는 소식을 보내왔다. 악마들은 독을 품고 들어오는 썩은 밀물처럼 도시를 조금씩 포위해 들어오고 있었다. 페가수스에 올라탄 타라와 벨에 올라탄 리스베스는 구보로 한 바퀴를 빙 돌면서 전사들의 사기를 북돋았다. 저토록 아름다운데, 한 사람은 아직 어리고, 또 한 사람은 한창 젊은 나이인데 죽기라도 한다면…….

마지스터의 군대는 수적으로 훨씬 우세했다. 침만 떨어져도 그 밑의 풀밭이 새까맣게 타버리는 가공할 핏빛 말에 올라탄 상그라브가 일시적 휴전을 알리는 파란 깃발을 쳐들고 방어선까지 전속력으로 달려와서 고함쳤다.

"항복을 권고한다! 복종하면 목숨을 살려줄 것이다. 거부하면 이 도시는 쑥대밭이 되고, 너희들은 악마의 식사시중을 드는 노예가 될 것이다!"

엘프 군단 뒤에 집결한 인간 병사들이 잠깐 술렁거렸지만 아무도 꿈쩍하지 않았다. 오무아의 군사는 여제의 답변을 듣고 있다가 그대로 합창했다.

"마지스터는 트라둑의 똥보다 못한 놈이다! 너희들은 뼈저린 응징을 받게 될 것이다. 악마들에게 림보로 돌아가는 편이 나을 것이라고 말하라. 여기서는 오직 죽음과 절망에 부딪칠 것이니!"

상그라브는 침을 탁 뱉었다.

"그렇다면 죽음이다!"

그렇게 말하고 나서 상그라브는 악마 군단을 향해 내달렸다. 데미데루스는 잿빛 시간으로 아직 돌아가지 않고 자신의 직계 후손들 옆에서 괴물들을 관찰하고 있었다. 데미데루스는 미심쩍은 듯 고개를 갸우뚱하면서 무아노에게 말했다.

"아무래도 이해가 안 되는구나. 도저히 있을 수 없는 일이야!"

위험을 무릅쓰고 너무 무리하게 정탐하던 정찰대가 포위되었고, 엘프 군단은 내친 김에 용맹하게 공격에 들어갔다가 전멸했다. 전사들이 분개하면서 돌진 채비를 할 때 무엇인가가 태양을 가렸다. 미친 새 떼가 날아오듯 화려하게 등장한 드래곤들이 하늘에서 포효했다. 마침내 원군이 도착한 것이었다. 셈 선생님과 샤름에게 이륙할 겨를도 주지 않고 드래곤들은 곧장 악마 군단을 향해 돌격했다. 악마와 드래곤이 뒤범벅이 되어 싸우는데 마법 광선에는 마법 광선으로, 갈퀴발톱에는 갈퀴발톱으로 맞서는 생각보다 질서정연한 싸움이었다. 그러나 강력하고 엄청난 능력에도 불구하고 드래곤이 악마에게 밀리고 있는 것이 분명했다. 여제는 군대에 만반의 준비를 하고 대기하라는 명을 내린 상태였다. 전사들은 동맹군의 상황을 살피고 있다가 결정적인 순간에 돌격해야 했다. 그 순간 무아노는 숨이 멎을 뻔했다. 야수의 눈이 인간이나 엘프의 눈으로는 볼 수 없는 것을 보았던 것이다. 바로 저거였어! 똑같은 상황이 반복되고 있잖아! 공격 신호를 위해 나팔이 금속 뺨을 부풀리고 있을 때, 무아노는 질풍처럼 빠르게 사령관의 텐트로 뛰어들었다.

"모두 멈춰요! 함정이에요! 악마들을 건드리면 안 돼요! 드래곤들을 불러들이세요, 빨리요!"

여제가 못마땅한 얼굴로 무아노를 볼 때, 타라가 나팔수에게 명을 내렸다.

"공격 중지 신호를 보내라, 당장!"

쩌렁쩌렁한 나팔 소리에 페가수스들이 우뚝 멈춰 섰다. 전사들도 놀라운 자제력으로 드래곤들을 저버리고 뒤로 물러났다.

"글로리아 공주, 공주의 판단이 아주 정확한 것이기를 정말 바란다." 여제는 거의 비장한 얼굴로 말했다.

"악마들은 진짜 저기 있는 것이 아니에요. 몇 놈밖에 없어요. 아무리 많아 봐야 상그라브들이 불러낸 백 명 정도에 불과해요. 그러니까 나머지는 전부 일루전, 즉 환영이라고요! 제 말을 믿으세요! 판타스무스 주문이에요. 가공할 정도로 강력한 것이지만 환영일 뿐이니까 대처할 방법은 있어요. 엘프들이 공격하면 드래곤처럼 죽게 될 거예요. 받은 공격을 되돌려주는 것이 판타스무스 주문의 속성이거든요! 게다가 공격자의 마법을 흡수해서 환영이 유형화한다는 것이 문제예요. 다시 말해서 진짜 악마가 아닌 것들은 상대를 죽이고 빼앗은 마법으로 유형화한 것에 지나지 않아요!"

여제는 미심쩍은 얼굴이었다.

"그걸 어떻게 확신하지?"

"제가 똑똑히 봤으니까요! 야수의 눈은 인간의 눈보다 훨씬 날카롭습니다. 선전 포고를 하면서 마지스터가 보냈던 크리스털 볼에서도 이미 저는 비정상적인 것을 포착하고 있었어요. 그리고 오늘은 데미데루스 옆에서 드래곤들의 공격을 관찰하고 있다가 싸우는 놈과 상대의 마법을 빼앗는 놈의 차이점을 식별할 수 있었죠."

"글로리아 공주, 이 일은 공주의 말에 나의 제국을 걸어야 하는 중대사야. 따라서 그것으로는 충분하지 않다. 환영을 어떻게 꿰뚫어볼 수 있지?"

그 말이 타라의 뇌를 후비고 들어왔다.

"아, 맞다! 바로 그거였어!" 타라가 외치는 소리에 모두의 시선이 쏠렸다. "좀비를 죽인 것은 '안티매직' 이 아니라 마지스터였어요! 여자 뱀파이어가 비마 조직 뒤에 숨어서 살인을 교사했던 거예요. 젠릴 장군이 상그라브 군대가 가짜라는 것을 단번에 알아볼 것이기 때문이었죠. 좀비는 환영을 꿰뚫어볼 수 있으니까요. 그래서 마지스터는 좀비를 제거한 것이었어요. 그리고 하필이면 왜 좀비가 살해되었는지 의문을 갖지 않도록 비마들에게 책임의 화살이 돌아가게 꾸몄던 것이고요."

그때 갑자기 "전진!" 하는 소리가 쩌렁쩌렁 울렸다.

그 소리에 모두 텐트 밖으로 뛰어나갔다. 마지스터가 오무아 사람들의 공격을 유도하기 위해 수를 쓴 것이었다. 두 번째 악마 군단이 전진하고 있었다.

반신반의하는 표정으로 괴물 군단을 살펴보던 여제는 후계자의 말을 믿기로 결정했다. 그 결정은 모두의 목숨을 내걸고 하는 모험이었다.

"아무도 움직이지 말라!" 여제는 군대에 명했다. "저것은 함정이다. 판타스무스 주문에 걸려 있다! 드래곤들에게 알려라! 싸움을 중단하라고!"

도시를 향해 전진하는 악마 군단을 보면서 천상의 군단은 초인적인 용기로 물러서지 않고 있었다. 소름끼치게 생긴 괴물들이 엘프 군단에 달려들었는데…… 어이없게도 물처럼 통과했다. 한순간에 환영은 사라지고 평원은 텅 비어 있었다. 아니, 정확하게 말하면 드래곤들이 뿜어내는 불길을 피하려고 안간힘을 쓰면서 촉수를 덜덜 떠는 악마 백 명과 당황한 상그라브 백 명밖에 없었다.

타라는 온몸에 마법의 힘이 가득 채워지기를 기다렸다가 새파래진 눈으로 공중부양을 했다. 타라는 1초도 걸리지 않아서 마지스터를 찾아냈다. 화가 나서 얼굴이 일그러진 마지스터는 수하의 장교들, 자르와 마라와 함께 있었다. 타라는 쌍둥이들이 무사한 것을 보고 안심하다가 자칫 집중력을 잃을 뻔했다. 그러나 타라는 얼른 정신을 차리고 마지스터 바로 앞으로 불의 광선을 날렸다. 콰광!

"당신이 나한테 무슨 짓을 했는지 모르지는 않겠지? 내가 아버지의 원수를 갚겠다!"

마지스터는 상그라브들을 갈가리 찢어발기고도 남을 엘프 군단을 이끌고 거대한 새처럼 날아오는 타라를 보면서 역부족이라는 것을 깨달았다. 그는 타라의 마법이 더 강력하다는 것을 알고 있었다. 부하들이 죽거나 말거나 마지스터는 트란스미투스 주문을 작동했고 분노와 절망이 반반씩 섞인 괴성을 지르며 사라졌다. 마라는 따라가려고 하는 자르를 못 가게 붙잡았다. 타라가 땅에 내려서고 엘프들이 아직 떠나지 못한 상그라브들을 공격하자, 자르는 포기했다.

타라가 달려가서 어깨를 감싸려고 하자 마라는 신음소리를 냈다.

"마라? 왜 그래, 다쳤니? 난 너희들이……."

"괜찮아. 여제가 너희들을 구출했다고 말했더니 도망치는 걸 막지 않았다고 나를 회초리로 때렸어. 난 네가 우리를 버렸다고 생각했는데……."

"버린 거 맞아." 자르는 냉기가 묻어나는 목소리로 말했다. "그런데 또 아버지를 따라가지 못하게 막았으니 이제 우리는 진짜 큰일났단 말야."

타라는 그 말에 아무런 대꾸도 하지 않고 레파루스 주문으로 마라를 치료했다.

"나하고 같이 가자. 내가 우리 어머니에게 데려갈게. 절대로 너희들을 내치지 않으실 거야."

두 아이는 서로를 쳐다보다가 얼른 타라 옆에 섰다.

승리를 하고 돌아온 그들은 열광적인 환영을 받았다. 그중에서도 무아노는 영광스런 영웅으로 대접받았다. 무아노는 뛰어난 관찰력으로 엄청난 인명 피해, 그것도 오무아를 위해 충성을 다하는 드래곤들의 희생을 막지 않았던가. 파브리스는 무아노가 자랑스러워서 환호성이라도 지르고 싶은 것을 가까스로 참고 있는 얼굴이었다.

그들은 승리의 기쁨 속에서 마침내 타라의 옛 거처로 들어갔다. 셀레나와 메델루스, 그리고 스너피도 따라왔다. 쌍둥이들이 달려와 안기자 꿈에도 생각 못하고 있던 셀레나는 약간 당황하는 얼굴이었다.

경비병이 크리스털 볼을 들고 들어왔다.

"여제께서 사막의 감시카메라에 찍힌 비디오 판독 결과를 알려 드리라고 하셨습니다. 카무플루스 주문을 분석하다가 범인의 이미지를 확보했습니다."

타라는 소름이 쫙 돋았다. 그 사고를 까맣게 잊고 있었다니!

칼이 더 조바심을 쳤다.

"그거 나한테 주세요!"

칼이 크리스털 볼을 전광판에 접속하자 이미지가 나타났다.

크리스털 볼이 줌 렌즈로 영상 조절을 하면서 빠른 속도로 사막의 출구를 향해 넘어가고 있었다. 한순간 화면이 정지되었고, 실루엣이 보였다. 타라는 숨을 죽이고 있는 어머니를 느꼈다. 이미지가 점점 명확해지자, 메델루스가 일어났다. 타라는 당장에라도 마법을 작동할 기세로 메델루스에게서 눈을 떼지 않고 있었다. 그가 범인이라는 것이 거의 확실해지고 있지만 그래도 신중을 기할 필요는 있었다.

그러나 메델루스는 도망치려는 것이 아니라 너무 궁금해서 화면 앞으로 다가서는 것이었다.

이제 이미지는 아주 또렷해졌다. 그것은…… 엘레아노라의 얼굴이었다.

29
엘레아노라

*

칼은 비명에 가까운 소리를 내질렀다.

"아냐!"

칼은 비디오 앞에 무릎을 꿇었다.

"그럴 리가 없어, 엘레아노라가 아냐! 오, 제발!"

무아노도 어이가 없는 얼굴을 했다.

"파시 가문이잖아? 파시 가문의 사람은 절대로 살인 같은 것은 하지 않아."

"엘레아노라는 파시 가문 사람이 아냐."

로빈은 엘레아노라가 입고 있는 옷을 가리키고 있었다.

"내가 보기에 저건 면허 받은 도둑의 복장이랑 너무 비슷해. 액

세서리도 그렇고 저 동작 좀 봐! 여자로 바꿔놓은 칼이라고 하면 딱 좋겠어."

로빈의 말이 맞았다. 엘레아노라는 고양이처럼 날렵하고 유연하게 움직이고 있었다. 허리띠에 주렁주렁 달아맨 단도며 갈고리, 몇 가지 연장도 파시 가문과는 도무지 어울리지 않는 물건들이었다.

칼은 가슴을 쥐어뜯으면서 괴로워하고 있었다. 놀란 친구들이 다가오자 칼은 얼굴을 들고 눈물을 닦았다.

"내가 아주 흥미진진한 도둑 모험담을 들려줘도 그렇게 시큰둥하더니 이제야 이유를 알겠어. 자기도 도둑이었으니!"

"비디오 테이프로 보니까 틀림없는 도둑이네. 우리가 감쪽같이 속았어!" 무아노가 인정했다. "근데 엘레아노라가 왜 타라를 죽이려고 하지?"

타라는 잘 알지도 못하는 소녀가 왜 자기를 죽이려고 했는지 이유가 너무 궁금해서 직접 물어보기로 마음먹었다.

멜루덴리파쉬랄리반디르가 배신한 뒤로 에프리트를 모두 추방했기 때문에 그 거대한 궁전에서 누군가를 찾는 것이 그리 쉬운 일은 아니었다. 친위대원들의 도움으로 엘레아노라를 찾아냈는데 소녀는 궁전 안에 숨어서 새로운 테러 준비를 하고 있었다.

칼은 자기만 타라와 함께 방에 들어가겠다고 했지만, 스너피는 고향으로 떠나기 전에 후계자에게 해야 할 아주 중요한 이야기가 있다면서 꼭 타라 옆에 있어야 한다고 주장했다.

로빈은 타라와 칼이 자꾸 단짝이 되는 것 같아서 내키지 않았지만 굴복했다. 대신 이상한 소리가 나면 즉시 뛰어들어갈 수 있도록 문 밖에 있기로 합의했다.

갈랑과 로빈은 엘레아노라가 도망칠 경우를 대비하여 문 앞에서 보초를 섰다. 잠시 후 셀레나와 메델루스, 파프니르, 파브리스, 무아노, 마니투와 산디아르까지 합류하면서 1개 소대가 보초를 서는 모양새가 되었다. 타라와 함께 납치되지 않았던 것을 왕따 당한 것으로 여기는지 계속 화가 나 있는 그르룰이 쌍둥이들을 지키고 있었다.

칼과 타라, 스너피가 방에 들어가자, 엘레아노라는 고양이처럼 민첩하게 돌아서서 차갑게 쏘아봤다.

"마마께서 무슨 일로 오셨습니까?"

"왜 나를 죽이려고 했지?" 엘레아노라에게 틈을 주지 않으려고 즉시 마법을 작동한 타라의 손에서 파란 빛이 번쩍였다.

갈색머리 소녀는 잠시 당황했지만 이내 침착해졌다.

"나는 아무 짓도 안 했습니다."

"거짓말하지 마!"

칼이 경멸조로 소리치면서 크리스털 볼을 침대 위로 던졌다.

"전광판에 접속해서 그 장면을 설명해봐."

엘레아노라는 잠시 머뭇거리다 크리스털 볼을 집어들고 전광판에 연결했다. 소파 위의 대형 화면에 도끼로 벌레를 내리찍는 파프니르의 모습이 보이자 엘레아노라는 안도하는 것 같았다. 그러나 자신의 얼굴이 보이는 순간 어깨를 축 늘어뜨렸다.

"이래도?" 칼이 물었다.

엘레아노라가 서슬 퍼런 눈빛으로 홱 돌아보는 바람에 칼은 흠칫 물러섰다.

"거듭 단언하는데 나는 후계자를 죽이려고 하지 않았어."

"확실한 증거가 있는데도?" 칼이 소리를 버럭 질렀다.

"진실을 말하고 있는 거야." 사태를 깨달은 타라가 말했다. "엘레아노라가 노린 것은 내가 아니라 너였어!"

너무 놀란 칼의 입에서는 아무 말도 나오지 않았다.

그러자 엘레아노라가 허리를 굽히면서 말했다.

"역시 이 얼간이보다는 훨씬 예리하십니다, 마마. 칼리반 달 살란은 내 사촌 브란디스를 죽였어요. 따라서 칼리반은 살아 있을 가치가 없는 인간입니다. 여제께서 감옥에 넣었으나 탈옥했고, 결국은 특별사면을 받았지요. 내 사촌의 혼령이 사형을 선고했는데도 불구하고 말입니다! 그래서 나는 사촌을 대신하여 정의의 심판을 내리기로 결심했죠. 이런 썩어빠진 놈을 살게 놔두느니 차라리 내가 죽는 편이 나으니까요."

칼과 타라는 눈길을 주고받았다. 물론 칼은 무죄였지만, 견해에 따라서는 그 흉측한 삼촌을 제거하기 위해 여제가 꾸민 책략에서 비롯된 모든 일이 얼마든지 부당한 처사로 보일 수 있었다.

이 혼란을 틈타서 엘레아노라는 옷 속에서 무언가를 꺼냈다.

"마마에게는 미안합니다."

엘레아노라는 갈고리 두 개를 빙빙 돌리다 슝슝, 그들을 향해 날렸는데 어찌나 빠른지 대응할 겨를이 없었다. 그러나 스너피는 자신을 살려준 후계자가 위험하다는 것을 알고 무작정 타라 앞을 가로막았고…… 갈고리는 그대로 스너피의 심장에 꽂혔다.

칼은 고통의 비명을 질렀다. 엘레아노라의 움직임을 읽은 칼이 가까스로 피하기는 했지만 갈고리는 어깨에 꽂혀 있었다. 주저앉는 칼을 보면서 실패했다는 것을 깨달은 엘레아노라는 트란스미투스 주문을 작동해서 사라졌다. 타라는 스너피에게 달려가서 얼른 갈고리를 뽑았지만 상처가 보통 심각한 것이 아니었다. 타라는 딸꾹질을 억누르며 레파루스 주문을 읊었다. 상처는 순순히 아물었지만, 스너피는 숨이 넘어갈 듯 헐떡거리고 있었다.

그때 문이 열려서 타라는 소스라치게 놀랐다. 활을 둘러맨 로빈에 이어 셀레나와 메델루스가 불쑥 들어왔다.

칼에게 달려간 셀레나가 레파루스 주문을 읊으려고 하자 칼이 막았다.

"안 돼요. 독 묻은 갈고리였어요. 피를 흘려야 독이 빠져요. 나는 이런 종류의 독에 면역이 되어 있어서 괜찮을 거예요. 몇 분 지나면 레파루스 주문으로 치료할 수 있어요."

칼이 하는 말을 들으면서 가슴이 철렁한 타라는 아랫입술을 깨물었다.

"난 레파루스 주문으로 빨리 샘을 치료해야 한다는 생각밖에 없었어. 치명상을 입은 상태였거든. 칼, 내가 한 치료 때문에 스너피가 죽는 건 아니겠지?"

칼은 오만상을 찌푸리면서 몸을 일으켰다.

"나 때문이야. 전부 다 내 잘못이야. 그런 애인지도 모르고 사랑에 빠진 내가 문제지. 하마터면 너를 죽일 뻔했어. 그리고 스너피도 죽게 생겼고. 정말 미안해!"

칼이 하는 이상한 말을 들으면서 예민해진 로빈은 눈썹을 찡그렸지만 잠자코 있었다.

스너피가 경련을 일으키다 눈을 떴다.

"이짱해." 스너피는 헛소리를 하고 있었다. "쭈워, 떠워, 아니 쭈워."

타라의 뺨을 타고 눈물이 주르륵 흘러내렸다.

"정말 미안해. 너를 데리고 들어오지 말았어야 했는데! 레파루스 주문을 쓰지 말았어야 했는데……. 나를 살리겠다고 내 앞을 가로막지만 않았다면……!"

스너피는 한 발을 들어서 타라의 뺨을 쓰다듬었다.

"쯔너피가 후계자를 위해 죽는다는 것은 영광이야."

"하지만 난 네가 죽는 걸 원치 않아!"

궁전의 통역 주문이 스너피가 모국어로 말할 수 있게 작동하기 시작했다. 숨이 가빠져서 간간이 끊어지긴 했지만 스너피의 말은 유창하고 정확해졌다.

"꼭 해야 할…… 아주 중요한…… 얘기가 있어. 장다리가 아니, 마지스터가 했던 말인데…… 전해야 할지…… 망설였어. 그러나 이젠 알아. 말해야 한다는 것을. 비밀을 폭로해야 한다는 것을!"

타라는 스너피에게 몸을 숙였고, 다른 사람들도 불안한 얼굴로 가까이 다가섰다.

"샘, 무슨 얘기인데?"

스너피의 목소리는 금방이라도 꺼질 것처럼 작아졌다.

"쌍둥이들!"

"그건 이제 비밀이 아냐. 그 아이들이 누군지 우리 모두 알고 있어!"

"그게…… 아냐. 마지스터에게 납치될 당시 타라의 어머니는 이미 임신 2주였어! 따라서 자르와 마라는 너의 친동생들이야. 셀레나와 단비우의 아들과 딸이라고!"

에필로그

*

그 말에 셀레나가 벌떡 일어났는데 그 눈빛이 희망으로 반짝이고 있었다.

"단비우의 자식들이라고? 마지스터의 자식들이 아니라?"

"네." 스너피가 대답했다. "부인이 그 아이들을 키우셨어요. 아이들이 5살이라는 어린 나이에 마법 능력을 보이자, 마지스터는 앞잡이로 이용하기 위해 악마의 마법을 감염시켰어요. 그러나 그게 실수였지요. 마지스터는 아이들을 이용하여 악마의 힘을 지닌 사물을 훔치려고 했어요. 그러나 아이들이 악마의 마법에 감염되어 있었기 때문에 심판관들과 지킴이들은 아이들을 알아보지 못했지요. 그래서 아이들에게서 악마의 마법을 제거한 뒤

아주 깨끗이 지워지기를 바라면서 5년을 기다렸어요. 그러나 그 잔재 때문에 아이들은 위험한 아니, 치명적인 장난을 치고도 눈 하나 깜짝하지 않았지요. 그러자 마지스터는 아이들의 정체가 발각될까 봐 노발대발했어요."

타라의 가슴을 짓누르고 있던 돌덩이가 한순간에 사라졌다.

"내 친동생들이라니!"

안도하는 빛이 역력한 셀레나는 다리가 후들거려서 자리에 앉아야 했다.

"그런데 난 아무것도 기억나지 않아! 어떻게 이럴……?"

"마지스터는 부인이 아이들에게 미치는 영향이 너무 긍정적이라고 했어요. 그래서 마지스터는 부인에게 민투스보다 훨씬 강력한 기억상실 주문 아메모루스를 걸었던 거예요. 아이들에게도 똑같은 주문을 걸어놨고요. 아이들은 마지스터가 아버지인 줄 믿고 있어요."

스너피의 폭로는 도저히 상상도 할 수 없었던 일이라서 타라와 셀레나는 아연실색했다.

스너피는 신음소리를 냈고, 목소리는 더 힘이 없었다.

"이제…… 이제 또 한 가지 중요한 말을 해야 해. 마지스터, 마지스터가 누구인지 알아!"

타라의 눈이 휘둥그레졌다.

"뭐라고?"

"아스토펠 밭에 넘어졌을 때 후각을 잃었어. 하지만 마침내 후각이 돌아왔거든. 그리고 그 장다리의 냄새를 맡았어. 그는 바로……."

스너피의 숨이 멎었다. 스너피는 말을 하려고 안간힘을 다했지만…… 갑자기 머리가 푹 기울어지더니 반짝거리던 두 눈이 빛을 잃었다.

타라는 하염없이 눈물을 흘렸고, 셀레나는 스너피를 품에 안고 오열했다. 스너피는 끝내 비밀을 말하지 못한 채 숨졌다.

모두 슬픔에 잠겨 있을 때 밖에서 요란한 소리가 들렸다. 주방에 있는 공간이동의 문 앞에 최고 마구스들과 황제, 엘프 군단이 잠든 상태로 돌아와 있었다. 산도르 황제의 어깨에 단검이 꽂혀 있었다. 샤먼이 달려와 칼을 뽑았고, 진찰한 결과 황제는 의식을 잃은 것뿐이었다. 피를 많이 흘리긴 했지만 다행히 생명에는 지장이 없는 상태였다.

단검에 쪽지가 매달려 있었다. 타라 앞으로 보낸 것이었다.

그것은 잠시 연기되었을 뿐이다. 곧 다시 만나자! 상그라브들의 보스 마지스터.

그들이 깨어났지만 모두 기억상실 주문에 걸려 있었고, 황제만 노발대발한 마지스터가 자신의 어깨에 단검을 꽂았다는 것을 기억했다. 여제도 타라도 그 이상한 메시지의 뜻을 정확하게 파악하지 못하고 있었다.

그러나 그 메시지 때문에 분위기가 어두워지지는 않았다. 위기를 잘 넘기고 멋지게 승리한 날을 기념하기 위한 축제일까지 선포되었다. 마지스터가 참패했다는 소식은 삽시간에 아더월드의 모든 나라로 퍼졌다. 타라는 상그라브들이 재기하기는 힘들 것이라고 확신했다.

타라는 여제의 거처에서 고모 리스베스와 핫 초콜릿을 마시면서 말했다.

"제가 이해할 수 없는 것은 그자의 논리예요. 설사 오무아가 항복해서 마지스터가 권력을 잡았더라도 국민은 그에게 군대가 없다는 것을 금방 알아챘을 거예요. 그러면 국민이 반역을 일으키지 않았을까요?"

여제가 일어섰는데 그 뒤에 마리안나 후임으로 시녀장이 된 브리안나가 서 있었다. 그녀는 웬만한 보디가드 못지 않은 근육질 체격에 키가 큰 금발이었다.

"네가 아직 우리 국민을 모르는구나. 그들은 절대로 반역을 일으키지 않아. 오무아 사람들은 정부에 이의를 제기하는 법이 없단다."

타라는 어이가 없었다.

"이의를 제기하지 않아요? 왜 그런 법을 만들어놨어요?"

"우리 세계에서는 지구에서 일어나는 그런 정치 문제는 존재하지 않는다는 것을 잊지 말거라. 여기는 진실의 입들이 있어서 부당한 일이 일어나지 않게 미리 방지할 수 있고, 마법으로 많은 것을 만들 수 있는 세계야. 우리는 천성이 관대해서 여기서는 돈이 없어도 얼마든지 살아갈 수 있어. 따라서 정부의 수뇌가 바뀌는 것을 중대사로 생각하지 않아. 국민은 마지스터를 환영했을 것이다."

타라는 반신반의하는 얼굴로 고개를 끄덕였다. 어쨌든 상그라브들의 보스가 궤변을 늘어놓으면서 눈속임하는 수를 썼다가 패배했다는 사실이 중요했다.

얽히고 설킨 사건의 진위를 가려서 음모자들을 잡아들이는 데 며칠이 걸렸다. 타라는 텔레크리스털에 출연하여 담화문을 발표했다. 타라는 마지스터가 자신의 목적을 달성하기 위해 '안티매직' 조직에 잠입하여 비마들을 선동한 배후인물이었으며, 마지스터의 심복인 여자 뱀파이어 셀렌바가 테러를 지휘한 행동대원이었다고 폭로했다. 그러나 타라는 여자 뱀파이어가 그 기회에 셀레나를 제거하려고 했던 일은 밝히지 않았다. 그것은 다음에 마지스터와 대적할 때에 사용할 비밀 병기로 남겨둬야 했기 때문이다. 타라는 마지스터가 그토록 믿는 심복이 명을 어기고 자신이 남몰래 사랑하는 셀레나를 죽이려고 했다는 것을 알면 어떻게 나올지 궁금했다.

마법사들을 원치 않는다고 주장했던 비마들은 그제야 철저하게 농락 당하고 속았다는 것을 깨닫고 노발대발하면서 상그라브들을 향해 차마 입에 담지 못할 욕설을 퍼부었다.

산디아르는 여제와 타라에게 악마의 공격에서부터 마리안나의 죽음에 이르기까지 모든 사건을 꾸몄던 마지스터의 공범은 정부의 고위층 마구스라는 추측을 내놓았다. 여제는 산디아르에게 수사를 맡기면서 반드시 이 모든 음모를 꾸민 범인의 신병을 확보하라고 지시했다. 타라는 좋은 생각이 있었지만 잠자코 있었다. 의혹이 확인되면 그때 나서도 늦지 않을 것이라고 생각하면서 타라는 산디아르가 누구의 영향도 받지 않고 직접 범인을 찾아내기를 바랐다.

대대적인 범인 수색작전으로 인한 공포의 일주일이 지나자, 여제는 질서 유지를 위해서는 악마가 절실히 필요하다는 것을 깨닫고 추방했던 에프리트들을 다시 불러들였다. 오랜 세월 동안 황실을 지켜왔던 보디가드 멜은 다른 에프리트로 교체되었고, 반지에는 반드시 새 주인을 위한 보호주문을 읊어야 한다는 규정이 추가되었다. 최고 마구스들은 권력 찬탈을 시도했던 멜에게 1000년 동안 림보로 추방하는 선고를 내렸고, 아울러 몇 가지 금

기사항을 준수한다는 조건으로 아더월드를 자유롭게 활보할 수 있는 특권도 박탈했다.

불의의 사고로 사망한 이들, 특히 스너피의 장례 문제도 신경을 써야 했다. 오무아 정부는 스너피의 장례식을 성대하게 치르기로 결정했다. 타라의 목숨을 구한 국가 영웅이기 때문에 스너피의 장례는 오무아의 황족에게만 지내주는 소멸식으로 치러졌다. 스너피의 영혼은 감동적인 의식을 행한 공원에 영면하게 되는 것이었다. 그리고 샘 덕분에 스너피들은 어디를 가나 더 이상 도둑이 아니라 영웅으로 환영받게 되었다. 스너피들은 샘에게 감사하는 뜻으로 그의 냄새를 자기들의 메시아 반열에 올렸다. 그리고 그의 냄새를 신전에서 보존하고 길이길이 숭배하기로 했다.

타라의 유전자가 조작되었을지 모른다는 의혹을 품은 뒤부터 계속 불안한 로빈은 회의를 소집했다. 로빈이 최근에 관찰했던 것들을 공개했을 때 셈 선생님과 이사벨라 덩컨 부인이 어찌나 불편해하는지 정말 뜻밖이었다. 불안해서일까, 아니면 죄의식 때문일까? 후계자의 유전자가 조작되었을지도 모른다는 것을 알고 여제는 몹시 걱정하면서 정밀검사를 실시하고 철저하게 조사하라는 명을 내렸다. 한편 타라는 걱정거리가 많았다. 우선 셀레나와 메델루스의 결혼문제를 매듭지어야 했다. 충격에서 벗어나지 못한 셀레나는 마지스터에게서 완전히 자유로워질 때까지는 당분간 메델루스와 결혼하지 않겠다고 선언했다. 의붓아버지 문제로 머리가 아프던 타라는 어머니의 재혼이 일단 연기되었기 때문에 마음이 한결 가벼워졌다. 그러나 여자 뱀파이어가 마지스터와 어머니에 대해 했던 말이 머리에서 떠나지 않았다. 셀레나를 억류하고 있던 그 오랜 세월 동안 무슨 일이 있었을까? 마지스터가 기억상실을 풀어주는 문장을 읊었을 때 쌍둥이들은 왜 과거를 기억하는 것이 아니라 마지스터가 아버지라는 것만 기억하는 것일까? 어머니의 기억상실을 풀어주는 문장은 무엇일까? 그런데 셀레나의 기억상실을 풀어줘야 하는 것일까?

셀레나가 메델루스와 행복하게 지내면서 정신적, 육체적 상처를 서서히 치유하고 있는 것 같아서 타라는 어머니의 행복을 깨트리고 싶지 않았다. 그리고 어머니는 많은 것을 잊고 있는데 기억을 되살리게 해서 상처를 건드릴 필요는 없을 것 같았다.

타라는 자르와 마라를 궁정에 공식적으로 소개하는 자리에서 쌍둥이들에게 제국의 합법적인 왕자와 공주에 걸맞은 교육을 시키기로 결정되자 아주 기뻐했다.

그러나 자르와 마라는 그 사실을 모르고 있었다. 후계자가 남매에게 신분을 발설하는 자는 달팽이로 둔갑시켜서 버터와 마늘을 곁들인 요리로 만들어버릴 것이라고 불호령을 내렸기 때문이었다. 그 위협은 결실을 이루었다. 초대를 받은 쌍둥이들은 용맹한 로빈, 재치가 넘치는 칼, 영리한 무아노, 드래곤들로 구성된 수행원단을 거느리고 행사장으로 향했다.

자르와 마라를 위해 마련한 의식은 성대했다. 무늬가 전혀 없는 흰색 마법복을 입은 쌍둥이들이 타라가 유모 겸 보디가드로 내어준 그르룰을 거느리고 전진하자, 2열 종대를 이룬 친위대가 머리 위로 검을 세운 채 호위했다. 패밀리어들도 다양한 울음소리로 그들을 맞이했다. 팡파르가 울려 퍼지자, 영문을 모르는 자르와 마라는 너무 놀라 말문이 막힌 얼굴을 하고 있었다.

갈랑은 타라 뒤에서 화려한 단집처럼 날개를 펼쳐 주고 있었고, 타라는 장난기 있는 미소를 머금은 채 고모 옆에서 얌전히 기다리고 있었다. 여제는 조카딸이 꾸민 술책의 결과를 흥미롭다는 듯 지켜보고 있었다.

거대한 접견실이 대만원이었다. 쌍둥이들이 전진할수록 트럼펫과 금관악기 소리, 다양한 종족의 숨소리 외에는 어떤 속삭임도 들리지 않았다. 시간이 좀 오래 걸렸다. 접견실이 워낙 넓기도 하지만 아이들이 옥좌에 가까워질수록 공포에 사로잡혀서 걸음이 느려지고 있어서였다. 이상한 생각이 드는지 아이들이 타라를 의심하는 눈치가 역력했다.

그제야 타라가 일어나서 두 팔을 벌리고 위엄 있는 어조로 거창하게 말문을 열었다.

"여제 폐하, 황제 폐하, 여러 나라에서 오신 친애하는 대통령, 수상, 대사, 종교 지도자 여러분, 오무아의 국민과 아더월드의 국민 여러분! 귀를 기울여 주십시오! 우리는 오늘 우리 제국과 우리가 가장 사랑하는 여제를 구한 이들의 공덕을 찬양하기 위해 이 자리에 모였습니다(마니투가 작성해준 것이라서 타라도 다분히 과장된 글이라고 생각하고 있었다). 오늘 우리는 이 자리에서 우리를 위해 목숨을 내걸고 싸운 용맹한 드래곤 마법사들, 충성스러운 칼리반 달 살란, 파프니르, 로빈 망질, 파브리스 드 브주아지롱, 스너피 샘, 글로리아 다빌 공주를 열렬하게 환영하고자 합니다. 또 동시에 믿을 수 없는 놀라운 소식, 우리 황실을 기쁘게 하는 뜻밖의 가족을 축하하는 자리이기도 합니다."

타라가 손짓을 하자, 자르와 마라의 마법복에 백 개의 금빛 눈을 가진 주홍빛 공작이 나타났다. 타라는 일어나서 크리스털 전광판 앞에 몰려와 있을 군중도 들을 수 있게 목소리를 더 높였다.

"오무아 국민이여, 내 남동생 자르와 여동생 마라를 소개합니다. 이들은 제국의 왕자와 공주이고, 오무아의 황제였던 단비우와 그의 아내인 랑코비트의 셀레나의 아들과 딸입니다!"

기쁨의 환호성 속에서 타라는 알 수 없는 허탈감을 느꼈다. 파랗게 질린 쌍둥이들은 모래사장에 올라온 물고기처럼 입을 벌린 채 가쁜 숨을 몰아쉬고 있었다. 타라는 기쁨의 눈물을 글썽이는 어머니와 고모의 눈길과 마주치면서 벅찬 감동을 느꼈다. 그러나 행복과 슬픔이 교차하고 있었다. 이제는 오무아의 미래가 전적으로 자신에게만 달려 있지 않게 되었기 때문에 타라는 앞으로 해야 할 일을 차분히 구상하고 있었다.

축제는 며칠간 계속되었다. 아직 얼떨떨한 자르와 마라는 어머니를 졸졸 따라다녔다. 타라는 심사숙고하면서 계획을 세우고 있었다.

되찾은 후계자들을 축하하는 축제가 끝난 다음 날, 로빈은 마음을 고백하기로 굳게 마음먹고 아침에 타라를 찾아갔다. 타라는 여제의 명으로 오전 중에 유전자 검사를 받을 예정이었고, 로빈은 동행해 준다는 구실로 단둘이 있는 기회를 잡았다.

로빈은 이번에는 무슨 일이 있어도 눈을 똑바로 쳐다보면서 사랑을 고백하리라 다짐하고 있었다. 자기보다 훨씬 용기가 없다고 생각하던 파브리스가 무아노에게 마음을 고백했는데 못할 것이 뭐란 말인가! 그러나 로빈이 응접실에 들어갔을 때 타라가 보이지 않았다. 깜짝 놀란 로빈은 방마다 찾아다녔다. 욕실 양탄자가 약간 젖어 있다는 것은 타라가 몇 시간 전에 샤워를 했다는 것인데……. 로빈은 눈살을 찌푸렸다. 한밤중에 샤워를?

복도로 나온 로빈은 에프리트를 불러서 타라의 위치를 파악하라고 지시했다. 에프리트가 성과 없이 돌아오자 로빈은 점점 초조해졌다. 로빈은 황급히 여제의 방으로 달려갔다. 소식을 들은 여제의 얼굴이 하얗게 질렸다. 그들은 궁전을 샅샅이 뒤졌지만 타라는 어디에도 없었다. 게다가 산디아르까지 와서 두 번째 드라크마저 도난당했다는 보고를 했다. 셀레나, 이사벨라, 셈, 샤름, 칼, 무아노, 마니투, 파브리스, 파프니르, 모든 궁인이 나서서 팅가푸르를 발칵 뒤집었지만 타라를 찾을 수 없었다.

후계자가 온데간데없이 사라진 것이었다.

4권에서 계속……

아더월드의 용어 해설

☞ **아더월드**_ 아더월드는 지구 표면적의 1.5배에 이르는 마법 행성으로 태양 주위를 자전하며, 하루 26시간, 1년 454일, 14달, 7계절(카일로스, 보탄트, 트레보, 파이초, 플루초, 모인초, 살탄)로 이루어져 있다. 위성으로는 두 개의 달 마딕스와 타딕스가 아더월드의 주위를 돌고 있으며, 춘 · 추분에 조수간만의 차가 몹시 크다.

아더월드의 산들은 지구의 산보다 훨씬 더 높으며, 채굴되는 광물은 대체로 마법의 폭발성이 있어서 추출하는 것이 상당히 위험하다. 지구(육지29%, 바다 71%)보다 바다가 차지하는 비율은 적으며(아더월드 : 육지 45%, 바다 55%), 그중 두 개의 바다는 민물이다.

아더월드를 지배하는 마법은 동물상과 식물상과 마찬가지로 기후에도 영향을 미친다. 그로 인해 계절은 예측하기가 아주 힘들다.(아더월드에서는 한여름에도 폭설이 내려 1미터나 되는 눈에 덮일 수 있다!)

아더월드에는 인간, 난쟁이, 거인, 트롤, 뱀파이어, 땅신령, 꼬마도깨비, 엘프, 유니콘, 키마이라, 타트리스, 드래곤 등 수많은 종족들이 살고 있다.

아더월드의 나라들과 종족

간디스_ 거인들의 나라로 수도는 제오폴. 세력 있는 그로아르 가문이 통치하며 흑장미 섬과 황무지 늪이 있다. 문장은 '주문방지' 돌로 쌓은 벽에 아더월드의 태양이 올라앉은 형상이다.

드란보우글리스펜쉬르_ 드래곤들의 왕 샨도우바릴로우바쉬부가 통치하는 행성. 지능이 높은 거대한 파충류인 드래곤은 마법 능력을 타고나서 어떤 형상으로든 변신할 수 있으며, 대체로 인간으로 변신해 있다. 마법사들 편에 서서 림보의 악마들과 싸우고 있다. 세계의 영토를 점령하기 위해 악마들과 대립하면서 드래곤들은 지구의 마법사들과 충돌하는 순간까지는 알려져 있는 모든 세계를 정복했었다. 끊임없이 악마들과 싸워야 하는 드래곤들은 지구인 마법사들과 전쟁을 벌인 뒤에 동맹을 맺는 것이 유리하다는 결론을 내렸다. 지구를 지배하겠다는 계획은 포기했지만, 마법사들이 지구를 지배하는 것도 인정할 수 없는 드래곤들은 지구의 마법사들에게 아더월드에서 더 많은 마법사들을 양성하고 훈련시키자고 제안했다. 수년 동안 드래곤들을 경계하면서 고심한 끝에 지구의 마법사들은 결국 그 제안을 받아들이고 아더월드에 정착하였다.

☞ **랑코비트**_ 인간이 지배하는 가장 큰 왕국으로 수도는 트라비아. 왕국의 문장은 은빛 초승달 아래 금빛 뿔의 하얀 유니콘이다. 왕 베어와 왕비 티타니아가 통치하고 있으며, 타라와 어머니 셀레나의 조국이다.

☞ **림보**_ 악마의 세계로 악마들의 영역. 림보는 서클이라고 불리는 여러 세계로 나뉘어져 있으며, 서클에 따라 악마들의 능력과 학식이 차이 난다. 제1, 2, 3 서클의 악마들은 거칠고 아주 위험하다. 제4, 5, 6 서클의 악마들은 마법사들과 정해진 조건에서

서로 도움을 주고받는다(마법사는 필요한 것을 악마에게서 얻을 수 있으며 악마의 경우도 마찬가지다). 제7 서클은 마왕이 군림하는 서클이다.

림보에 사는 악마들은 저주받은 태양이 제공하는 악마의 에너지를 먹고산다. 다른 세계로 가기 위해 림보를 나갈 경우엔 생명력이 강한 존재의 살과 정신을 먹어야 한다.

전 세계를 침략하던 중 갑자기 나타난 드래곤들과의 전쟁에서 패배한 뒤로 악마들은 림보에 갇히게 되었고, 마법사나 마법 능력이 있는 존재의 긴급 요청이 있어야만 다른 행성으로 갈 수 있게 됐다. 악마들은 이런 활동범위 제한이 견디기 힘들어서 끊임없이 해방될 방법을 모색한다.

☞ **멘탈리르**_ 보우 대륙 동쪽의 광활한 평원이며 유니콘들과 켄타우로스들의 나라. 유니콘은 생김새와 크기가 말과 같고, 이마에 나선형 뿔이 하나 있으며 발굽은 갈라져 있고 털은 흰빛이다. 지능이 떨어지는 유니콘도 간혹 있지만, 대부분은 영리하며 그 지능은 드래곤들의 지능에 견줄 수 있다. 유니콘의 이 특성을 어떤 종족의 지능이나 동물의 지능으로 분류하기는 힘들다.

켄타우로스는 반은 남자나 여자의 형상, 반은 말의 형상을 하고 있는데 두 종류가 있다. 상반신은 인간, 하반신은 말의 형상을 한 켄타우로스와 상반신은 말, 하반신은 인간의 형상을 한 켄타우로스. 켄타우로스가 어떤 마법에 걸려 있는 것인지는 알 수 없으나 소금이나 향유 같은 생필품을 얻기 위해서가 아니면 다른 종족들과 섞이기를 싫어하는 까다로운 종족이다. 사납고 거칠어서 영역을 침범하는 이방인들을 발견하면 가차없이 화살을 쏘아댄다. 켄타우로스의 샤먼 부족은 평원에서 하얗고 파란 맹독성 개구리 플로프들을 잡아 그 등을 핥는 것으로 미래를 점친다고 전해진다. '찌르레기 대전' 이 벌어지는 동안 켄타우로스들이 엘프들에게 몰살되었다는 것은 이 방법이 100퍼센트 믿을 만한 것은 아닌 듯하다.

☞ **산티보르**_ 텔레파시 능력이 있는 식물성 존재인 진실의 입들이 사는 얼음 행성.

☞ **살테렌스**_ 살테렌스들의 나라로 수도는 살라. 나라의 문장은 파란색의 투명한 소금을 물고 곧추서 있는 커다란 벌레.

왕은 없고 위대한 카샤라고 불리는 족장과 재상 일파봉이 통치하며 여러 부족으로 나뉘어져 있다. 노예제도를 주장하는 종족으로 사자와 표범의 잡종인 두 발 동물이다. 침투할 수 없는 사막에서 숨어 지내다 마법의 소금광산을 약탈한다.

☞ **셀렌다_** 엘프들의 나라로 수도는 세보른. 문장은 대각선으로 시위를 메운 두 개의 활 위로 보이는 은빛 보름달.

엘프들은 마법사들과 마찬가지로 마법에 재능이 있다. 겉모습은 인간이며 뾰족한 귀와 고양이의 눈처럼 동공이 수직으로 움직이는 크리스털 눈, 은발이 특징이다. 아더월드의 숲과 평원에서 살며 가공할 만한 사냥꾼이다. 엘프들은 전투와 싸움, 상대를 유인하는 온갖 종류의 게임을 좋아하기 때문에 그들의 에너지를 적절히 이용하기 위해 경찰국이나 안기부에 고용된다. 하지만 엘프들이 옥수수나 마법의 귀리를 경작하기 시작하면 아더월드의 종족들은 불안해한다. 그건 엘프들이 전쟁을 시작할 거란 뜻이기 때문이다. 실제로 전시에는 사냥할 겨를이 없기 때문에 엘프들은 곡식을 재배하고 가축을 기르며, 일단 전쟁이 끝나면 예전의 생활로 돌아간다. 또 다른 특성으로 아이들이 걸어다닐 수 있을 때까지 수컷 엘프들은 배에 달린 육아낭 같은 작은 주머니에 아기를 넣고 다닌다. 여자 엘프는 남편을 다섯 명 이상은 가질 수 없다. 엘프는 거의 죽지 않기 때문에 아이들이 별로 없다. 하프엘프 로빈은 혼혈이라는 이유로 엘프들에게 따돌림을 받고 있다.

☞ **스몰컨트리_** 땅신령, 꼬마도깨비 파보, 요정, 고블린의 나라. 수도는 스몰. 문장은 원 안에 도안한 꽃, 새, 거미. 땅신령은 파란

색, 꼬마도깨비는 초록색, 고블린은 회색, 요정은 여러 가지 색.

땅신령들은 작달막하고 단단한 체구에 털은 오렌지색이다. 돌을 먹고살며, 난쟁이들과 마찬가지로 광부들이다. 그들의 털가죽은 고성능 가스 탐지기이다. 털이 곤두서면 별 탈이 없지만, 털이 내려앉는 순간부터 땅신령은 광산에 가스가 있다는 걸 알아채고 도망치기 때문이다. 또한 알 수 없는 이유로 인해 땅신령들만 '진실의 입' 들과 교감할 수 있다.

스몰컨트리의 익살꾼들인 꼬마도깨비 파보들은 키디코이라는 막대사탕을 만들어낸 이들이다. 착시 현상을 일으키거나 일시적으로 보이지 않게 할 수도 있으며 금을 좋아해 비밀주머니에 숨겨둔다. 그 주머니를 찾아낸 자는 두 가지 소원을 빌 수 있고, 귀한 금을 회수하려면 반드시 그 소원을 들어줘야 한다. 하지만 꼬마도깨비들은 반대로 해석하는 데 선수여서 예측불허의 결과가 나올 수 있으므로 소원을 비는 것에는 항상 위험이 따른다.

☞ **오무아_** 인간이 지배하는 가장 큰 제국으로 수도는 팅가푸르. 제국의 문장은 100개의 금빛 눈을 가진 주홍빛 공작이다. 타라의 고모인 여제 리스베스틸랑넴 탈 바르미 압 산타 압 마루와 삼촌인 황제 산도로 탈 바르미 압 마르치 압 브레비스가 통치하고 있다. 제국을 설립한 최고 마구스 데미데루스의 후손들이다.

☞ **크라살비**_ 뱀파이어들의 나라로 수도는 우르라. 나라의 문장은 천문관측 위에 무한을 상징하는 누운 8자와 별이 올라앉은 형상이다.

뱀파이어는 총명하고, 인내심이 많으며 학식이 깊다. 수명이 아주 길고, 수학과 천문학에 몰두하며, 대부분의 시간을 명상하는 데 보내면서 삶의 의미를 추구한다.

아더월드의 뱀파이어는 동물의 피를 먹고살기 때문에 가축을 키운다. 브르르르아아아, 모오오오우우우, 지구에서 수입한 말, 염소, 양 등. 하지만 몇몇 피는 금지되어 있다. 유니콘이나 인간의 피를 먹으면 미치게 되며, 수명이 절반으로 줄기 때문이다. 반면에 뱀파이어에게 물리면 독이 퍼지게 되며, 뱀파이어에게 물린 인간은 그들의 노예가 된다. 게다가 독성 피가 전이되면 뱀파이어가 되는데 이 경우의 뱀파이어는 파괴적이고 악독하기 때문에, 저주에 희생된 뱀파이어는 동족은 물론 아더월드의 모든 종족에게 쫓겨다닌다.

☞ **크랑카르**_ 트롤들의 나라로 수도는 크리아. 나라의 문장은 나무꼭대기에 몽둥이가 걸려 있는 형상이다. 트롤은 거대한 몸집에 납작한 이빨이 있는 초록빛 털북숭이로 채식주의지만, 고기를 흡수할 경우 식인귀가 될 수 있다. 먹고살기 위해 나무를 마구

죽이며(이것이 엘프들의 울화를 치밀게 한다), 쉽게 자제력을 잃어버리는 성향이 있어서 한 번 성질이 나면 닥치는 대로 짓뭉개버리기 때문에 평판이 나쁘다.

☞ **타트란**_ 타트리스, 카흠보움, 타츠보움의 나라로 수도는 시티빌. 문장은 양피지 위에 놓인 직각자, 컴퍼스, 크리스털 볼.

타트리스는 머리가 둘인 특성을 가지고 있다. 관리 능력이 뛰어난 데다 신체적 특성 덕분에 행정관이나 정부 고위층에서 일하고 있다. 타트리스들은 오로지 일을 중요하게 여기면서 헛된 꿈을 꾸지 않는 현실주의자들이다. 타트리스들은 꼬마도깨비 파보들이 즐겨 놀리는 대상 중 하나며, 이 장난꾸러기들은 유머가 결핍된 종족이라는 소리를 듣지 않기 위해 수세기 동안 끈질기게 타트리스 종족을 웃기려고 애쓰고 있다. 게다가 파보들은 웃기는 데 성공한 자들 중에서 1등에게는 상까지 수여하고 있다.

카흠보움은 빨간 눈과 촉수들이 있는 노란색 덩어리 모습을 하고 있으며 주로 도서관 사서로 일한다. 타츠보움은 촉수로 놀라운 멜로디를 연주하는 음악가들이다.

☞ **히믈리아**_ 난쟁이들의 나라로 수도는 미나트. 대장장이 씨족이 통치하고 있다. 나라의 문장은 지하 광산의 전쟁용 모루와

쇠망치.

키와 몸통 폭의 길이가 똑같은 단단한 체구가 난쟁이들의 신체적 특징이다. 아더월드의 광부, 대장장이로 활동하고 있으며, 뛰어난 금속 가공업자, 보석 세공인도 거의 난쟁이들이다. 성격이 몹시 까다로운 것으로 알려져 있으며, 마법을 싫어하며 아주 길고 복잡한 노래를 즐겨 부른다.

아더월드의 동물상과 식물상 및 속담

간다리_ 대황에 가까운 식물이며, 꿀처럼 단맛이 난다.

갬볼_ 마법에 흔히 사용되는 파란 이빨의 설치류 동물. 그 살과 피에 마법이 침투하지 못할 정도로 땅을 깊이 파고 들어간다. 건조시키면 딱딱해졌다가 가루처럼 변하며, '갬볼 가루' 는 마법을 실행하기 힘들게 만든다. 몇몇 마법사들은 갬볼 가루를 식용하기도 하는데 그것은 그 가루가 환각 증세를 일으키기 때문이다. 갬볼 가루 복용은 아더월드에서 엄격하게 금지되어 있으며 위반할 경우 엄중한 처벌을 받는다.

☞**글로우톤**_ 털북숭이 동물. 길게 늘어나는 특성이 있어서 목을 조르는 밧줄로 사용한다.

☞**글루릅스**_ 머리가 아주 갸름한 초록색과 갈색의 도마뱀으로 호수와 늪에서 서식한다. 식욕이 왕성하며, 물 속에서 숨을 쉬지 않고 몇 시간을 견딜 수 있어서 목을 축이러 오는 순진한 동물을 잡아먹는다. 물가의 은신처에 굴을 파 놓고 살며, 호수 바닥의 구멍 속에 먹이를 숨겨 놓는다.

☞**드래코-티라노사우루스**_ 뱀과 공룡의 잡종. 드래곤의 사촌이지만 지능은 많이 떨어지며, 날개가 작아서 날지 못한다. 가공할 만한 포식동물로, 움직이는 것뿐만 아니라 움직이지 않는 것조차 닥치는 대로 잡아먹는다. 오무아 제국의 따뜻하고 습한 숲에서 살며, 이 지역은 관광 개발이 불가능하다.

☞**디스쿠타리움**_ 지구와 아더월드, 드란부글리스펜쉬르, 악마들의 림보와 관련된 모든 책, 영화, 예술작품에 관한 정보를 조회할 수 있다. 디스쿠타리움에서 나오는 목소리는 어떤 질문에도 못 하는 답변이 거의 없다.

☞ **마누릴**_ 마누릴의 하얀 싹은 즙이 많아서 아더월드 사람들이 즐겨 음식에 곁들여 먹는다.

☞ **모오오오우우우**_ 뿔은 없고 머리가 둘 달린 고라니. 머리 하나가 먹을 때 다른 하나는 포식동물들을 감시한다. 이동할 때는 게처럼 옆으로 걷는다.

☞ **므르모움**_ 나무들이 숲 모양으로 거대한 군락을 이루고 있어서 따기가 아주 힘든 과일이다. 므르모움나무는 접근하는 것이 있으면 괴상한 소리를 내면서 땅 속으로 파고들기 때문에 붙여진 이름이다. 아더월드에서 산책을 하다 보면 므르모움나무 숲이 통째로 사라지고 벌판만 남는 아주 놀라운 광경을 목격할 수 있다.

☞ **미암**_ 크기가 복숭아만 한 빨간 체리.

☞ **보디 드라이어**_ 바람의 원소를 이용한 무형물로 욕실에서 주로 사용한다.

☞ **발분**_ 거대한 고래로 붉은 색이며 지구의 고래보다 두 배로

크다. 발분은 잊지 못할 멜로디의 노래를 부르며, 젖이 아주 풍부하다. 발분의 젖으로 만든 버터와 크림은 영양가가 높은 인기 식품이어서 물에 사는 트리톤과 사이렌들과 육지에 사는 거주자들 사이에 무역 교류의 대상이 되고 있다. 노래를 아주 잘 부를 때 '발분처럼 노래부른다.' 는 말로 칭찬한다.

☞ **발로르키데_** 꽃이 아주 화려한 기생식물. 이름은 개화하기 전의 노란빛과 초록빛의 봉우리에서 따온 것이다. 성장속도가 아주 빨라서 몇 계절 만에 나무 한 그루를 죽일 수 있으며, 뿌리로 이동해서 그다음 나무를 공격한다. 그래서 아더월드의 나무들은 발로르키데들이 들러붙지 못하게 부식시키는 물질을 분비하는 것으로 생존경쟁을 벌이고 있다.

☞ **베에에_** 아름다운 흰 털 양. 마법 행성의 변화무쌍한 계절에 대한 적응력이 뛰어나서 몇 시간 만에 털이 빠지거나 털을 자라게 할 수 있다. 그래서 털 깎는 시기에 사육자들이 그 특성을 이용해서 날씨가 갑자기 더워졌다고 하면 베에에들은 즉시 털을 홀랑 벗어버린다. 아더월드에서 '베에에처럼 순진하다.' 는 표현을 쓰는 것은 여기서 유래한 것이다.

☞ **벤드룩_** 림보의 여러 우상 중 하나인 벤드룩은 생김새가 어찌나 흉측한지 다른 우상들조차 그 끔찍한 모습에 두려움을 느낄 정도다. 벤드룩은 내장이 몸 밖으로 나와 있어서 먹을 때 소화되는 과정을 구경할 수 있다.

☞ **보벨_** 앵무새와 유사한 아더월드의 화려한 새.

☞ **불사르딘_** 공격을 받으면 몸이 팽창하는 특성을 가진 일종의 정어리. 껍질은 칼이 들어가지 않을 정도로 아주 질기다. 그래서 아더월드에서 파괴되지 않는 것을 보면 '불사르딘 같다.' 고 말한다.

☞ **브르르르아아아_** 거인들의 나라 간디스에서 생산하는 엄청나게 큰 소. 털은 숱이 아주 많아서 거인들이 그 털가죽으로 옷을 지어 입는다. 몹시 공격적이어서 움직이는 것이 있으면 뭐든 덤벼든다. 제 그림자를 쫓다가 녹초가 된 브르르르아아아를 보게 된 것은 그 때문이다. 흔히 고집불통인 사람을 '브르르르아아아 같다' 고 표현한다.

☞ **브르리르_** 흰빛과 금빛이 어우러진 고양이과 동물로 다리가

여섯 개. 특히 브르리르를 사랑하는 오무아 제국의 여제는 이 동물들이 궁전에 갇혀 있다는 생각을 하지 않도록 주문을 걸어 놨다. 그래서 브르리르들에게는 가구와 침대의자가 나무와 편안한 바위로 보인다. 브르리르에게는 궁인들이 안 보이며, 궁인들이 쓰다듬어주면 바람에 털이 살랑살랑 흩날리는 것이라고 생각한다.

☞**브릴_** 브릴의 싹 요리는 아더월드에서 아주 인기가 높다. 브릴은 히믈리아에 있는 마법의 산골짜기에서 자라며 난쟁이들이 그 싹을 수확해서 아더월드의 상인들에게 비싼 값으로 판다. 게다가 히믈리아에서는 브릴을 잡초로 여겨 먹지 않기 때문에 난쟁이들은 이 불로소득에 즐거운 비명을 지른다.

☞**블루릅스_** 갈색 가죽배낭 같은 모습으로 흙 속에 숨어 있다가 접근하는 곤충을 잡아먹는 식물. 어린 블루릅스들이 흰개미처럼 어미 블루릅스에게 물과 먹이를 공급하며, 다 크면 둥지를 떠나 다른 데에 뿌리를 내리고 흙 속으로 파고들어간다. 아더월드에서는 궁지에서 헤어날 기회가 전혀 없을 때를 가리켜 '블루릅스 둥지에서 헤맨다.' 고 표현한다.

☞**블를_** 대부분 물 속에서 생활하다 번식기에 물 밖으로 나오는

날개 돋친 물고기. 색이 아름다워서 수영장 장식용으로 쓰인다.

☞**블리르**_ 금빛 자두. 지구의 자두와 아주 흡사하며 더 달콤하다.

☞ **비마**_ 비마법사를 축약한 것으로 비마는 마법 능력이 없는 인간들을 가리킨다.

☞ **비즈즈즈**_ 빨간색과 노란색의 커다란 벌. 지구의 벌들과는 달리 비즈즈즈는 독침이 없다. 독극물을 분비해서 잡아먹으려고 달려드는 포식동물을 독살하는 것이 비즈즈즈의 방어수단이다. 비즈즈즈들이 아더월드의 마법 꽃에서 생산하는 꿀은 그 어떤 꿀에도 비길 데 없는 맛이다. 아더월드에서는 '비즈즈즈 꿀처럼 달콤하다.' 는 표현을 자주 사용한다.

☞**빠그락-땅콩**_ 땅콩이 벌어질 때 나는 독특한 소리 때문에 붙여진 이름이다. 이 땅콩에서 짜내는 기름은 향이 좋아서 아더월드의 유명한 주방장이나 숙련된 가정 주부들이 주로 애용한다.

☞**빨간 바나나**_ 색깔을 제외하고는 지구의 바나나와 똑같다.

☞ **뿌익**_ 이 장소에서 저 장소로 자신의 몸을 물리적으로 전송할 수 있는 꼬리가 둘 달린 빨간 쥐. 천적은 똑같은 능력을 지닌 초록색 귀의 오렌지색 뚱보 고양이 므르르르이다.

☞ **사카트**_ 맹독성의 공격적인 빨갛고 노란 곤충으로 아더월드에서 특히 좋아하는 꿀을 생산한다. 미식가들인 난쟁이들만 사카트의 애벌레를 먹을 수 있다. 다른 종족이 먹었을 경우에는 애벌레의 딱지가 인간이나 엘프의 소화액에 용해되지 않기 때문에 배 속에서 벌떼를 분봉할 위험이 있다.

☞ **샤먼**_ 아더월드에서 의사 역할을 하는 치료사. 마법사는 누구나 상처를 낫게 하는 레파루스 주문을 사용할 수 있기 때문에 돌볼 병자가 그리 많지는 않다.

☞ **샤트릭스**_ 일종의 하이에나. 검은색이며, 독이 든 이빨을 사용하는 아주 공격적인 동물로 밤에만 사냥한다. 길들일 수 있어서 오무아 제국에서 샤트릭스들을 문지기로 이용한다.

☞ **소포르**_ 향기로운 꽃들이 탐스러운 식물. 최면작용을 하는 꽃가루로 곤충과 동물을 함정에 빠트린다. 곤충이나 동물이 잠

들면 꽃가루를 뿌려서 번식을 도와주는 매개체로 삼는다. 소포르 주변에서 육식동물이 보이는 것은 그 때문이다.

☞ **스너피**_ 생김새는 여우 같지만 두 발로 걸어다니며 누더기를 걸치고 옆구리에 배낭을 매고 다닌다. 닭이나 스파슌을 훔치기 때문에 아더월드의 농부들이 아주 싫어한다. 제 몸을 복제하는 특성이 있어서 감옥에 갇혀도 탈옥할 수 있다.

☞ **스쿠프**_ 아더월드의 기술로 생산되는 날개 달린 작은 카메라. 스쿠프는 지능을 가지고 있어서 촬영한 영상을 크리스털리스트에게 전송한다.

☞ **스트리둘**_ 지구의 메뚜기에 해당된다. 몹시 파괴적이어서 구름처럼 떼를 지어 이동할 때는 삽시간에 농작물을 휩쓸어버린다. 스트리둘은 아주 풍부한 점액을 생산하기 때문에 마법에 널리 사용된다.

☞ **스파슈니어**_ 닭장처럼 스파슌을 가두어두는 집.

☞ **스파슌**_ 금빛의 자이언트 칠면조인데 시종일관 울음소리를

내면서 거드럭거리고 다니는 통에 사냥하기가 아주 수월하다. 흔히 '스파슌처럼 어리석다.' 또는 '스파슌처럼 거드름피운다.' 고 표현한다.

☞ **스팔렌디탈_** 일종의 전갈이며 스몰컨트리가 원산지다. 땅신령들은 스팔렌디탈을 길들여서 말처럼 타고 다니며, 가죽이 아주 질기기 때문에 유용하게 사용한다. 새를 좋아하는(미각적 의미에서) 땅신령들은 스몰컨트리의 서식동물을 절멸시킴으로써 곤충과 다른 동물에게 생태적 지위를 열어주었다. 천적들에게서 해방된 스팔렌디탈들은 위험 없이 자라면서 그 개체 수는 점점 더 늘어났다. 땅신령들 때문에 스몰컨트리는 결과적으로 자이언트 전갈, 자이언트 거미, 자이언트 다족류에게 점령되었다.

☞ **슬루릅_** 멘탈리르 평원이 원산지인 식물이며 그 즙은 신기하게도 후추를 친 쇠고기의 깊은 맛이 난다. 고기 맛이 나는 것은 초식동물인 유니콘 떼의 공격을 피하기 위해서다. 하지만 이 독특한 맛을 발견한 아더월드 사람들이 슬루릅 즙으로 요리하는 습관이 생겼다.

☞ **아스트로펠_** 며칠 동안 후각을 마비시키는 속성을 가진 장

밋빛 작은 꽃. 아스트로펠은 초식동물을 피하기 위해 후각으로 포식동물들을 탐지하는 능력이 발달되어 있다.

☞ **에프리트_** 지각단층을 둘러싼 전쟁이 일어났을 때 인간들 편에 서서 악마들과 싸웠던 악마 종족. 감사의 뜻으로 데미데루스는 마법사의 호출을 받는 에프리트에게 아더월드로 오는 것을 허락했다. 아더월드에 온 에프리트들은 자기들의 능력을 인간을 돕는 데 사용하기로 결정했고, 대부분 하인, 전령, 경찰로 일하고 있다.

☞ **원소_** 불, 물, 흙, 공기 등 여러 종류의 원소가 존재한다. 성질이 포악한 불의 원소를 제외하고 원소들은 대체로 다정하며 일상생활에서 아더월드 사람들을 도와준다.

☞ **자이언트 거미_** 스팔렌디탈과 마찬가지로 스몰컨트리가 원산지이다. 땅신령들이 말처럼 타고 다니며, 그 거미줄은 아주 질긴 것으로 유명하다. 여덟 개의 발과 여덟 개의 눈, 전갈처럼 독침이 있는 꼬리가 달려 있는 것이 특징이다. 아주 영리하며, 잡아먹기 전에 먹이에게 수수께끼를 내는 것이 취미이다.

☞ **젤리소르**_ 림보에서 숭배하는 신. 입김이 어찌나 센지 향기가 나는 천으로 주둥이, 아가리, 얼굴을 가려야만 신전으로 들어갈 수 있다. 악취 때문에 젤리소르의 신전에서는 파리도 살 수 없다. 다른 신들과 회의가 있을 때는 실내공기를 고려하여 송곳니를 깨끗이 닦고 들어가야 하며, 젤리소르 옆에서는 담배를 피울 수 없다.

☞ **주르스탈**_ 텔레크리스털이 방송하는 아더월드의 뉴스이며, 마법사와 비마는 크리스털 볼과 크리스털 전광판으로 받아본다.

☞ **진실의 입**_ 아더월드에서 가까운 얼음 행성 산티보르 원산의 식물성 존재. 텔레파시 능력이 있어서 어떤 거짓말도 탐지할 수 있다. 말을 못하기 때문에 진실의 입들의 생각을 읽어낼 수 있는 파란 땅신령을 통해 의사소통한다.

☞ **진흙먹보**_ 간디스의 황무지 늪에 사는 털북숭이 동물이며 진흙에 들어 있는 영양소와 곤충, 수련을 먹고산다. 진흙먹보들의 원시족은 아더월드의 다른 거주자들과 거의 접촉이 없다.

☞ **친파프**_ 콜라, 사과, 오렌지 맛이 나고, 콜라처럼 거품이 나

며, 상쾌하게 해주고 활력을 주는 청량 음료이다.

☞ **카멜린_** 이름은 환경에 따라 색이 변하는 특성에서 유래하는 희귀종 식물. 멘탈리르 평원에서는 파란색이고, 살테렌스 사막에서는 금빛이나 흰색이다. 꺾거나 옷감으로 짜도 그 특성은 유지되기 때문에 활용 가치가 높다.

☞ **칵스_** 근육을 풀어주는 효능이 있는 약초로 달여 마시며, 잠자기 직전에만 복용하라고 되어 있다. 근육에 영향을 준다고 하여 아더월드에서는 '몰몰' 이라고도 부른다. '이런 칵스 같은 놈!' 이라고 말하면 아주 흐늘흐늘한 사람을 가리킨다.

☞ **칸타루프_** 공격적인 식충 식물이며, 주로 곤충과 설치류 동물을 잡아먹는다. 꽃잎의 색은 다양하지만 항상 눈에 거슬리는 빛깔이며, 날카로운 가시를 사용하여 마치 작살로 찍듯이 먹이를 잡는다. 크기는 큰 개만해서 꺾기가 힘들고, 아더월드의 특선 요리에 들어가는 재료로 사용한다.

☞ **칼로르나_** 숲에 피는 매혹적인 꽃. 달콤한 장밋빛과 흰빛 꽃잎으로 아더월드의 초식동물과 모든 동물에게 특선요리를 만들

어준다. 멸종을 피하기 위해서 칼로르나는 세 개의 꽃잎을 포식동물의 접근을 감지할 수 있는 탐지기로 만들었다. 커다란 눈 모양의 이 꽃잎들 덕분에 칼로르나는 재빨리 모습을 감출 수 있다. 그런데 불행히도 호기심이 많은 칼로르나는 그 꽃잎들을 세우고 있다가 포식동물을 제때에 피하지 못하는 경우가 종종 있다. 호기심이 많은 사람을 보고 '칼로르나 같다.' 고 말하는 것은 바로 그 때문이다.

☞ **켈트릴**_ 가볍고 아주 단단해서 갑옷과 보호대를 만드는 데 사용하는 은빛 금속. 난쟁이들이 만들어서 엘프와 인간에게 아주 비싼 값으로 판다.

☞ **크라크덴트**_ 트롤의 나라 크랑카르 원산의 장밋빛 털북숭이 동물. 앞뒤가 분간되지 않지만, 세 배 크기로 늘어나는 입을 갖고 있어 무엇이든 거의 한 입에 덥석 집어삼키므로 상당히 위험하다. 아더월드를 방문한 많은 관광객들이 "어머 어쩌면 이렇게 귀여울까!" 하고 감탄하다가 목숨을 잃었다.

☞ **크라켄**_ 시커먼 발들이 위협적인 자이언트 문어. 엄청난 크기 때문에 아더월드의 바다에서 발견되지만, 민물에서도 살 수

있다. 뱃사람들에게는 위험한 존재로 널리 알려져 있다.

☞ **크레크레크레_** 레몬빛 털의 설치류 동물로 생김새는 토끼와 비슷하다. 빛깔이 화려한 아더월드의 환경을 이용해서 포식동물들을 아주 쉽게 피한다. 살은 맛이 없는데도 굶주린 여행가나 사냥꾼이 먹기도 한다. 아더월드에서는 크레크레크레를 사로잡아서 사육한다.

☞ **크로쉬엥_** 셀테렌스 종족, 사막의 재칼. 크로쉬엥은 무리를 지어 사냥한다.

☞ **크로아_** 두 가지 색의 개구리. 크로아는 글루릅스들의 주식이며, 신경을 거스르는 독특한 울음소리 때문에 쉽게 찾을 수 있다.

☞ **크로크-르캥_** 아더월드의 바다 포식동물인 일종의 상어. 날카로운 이빨을 무기로 주저치 않고 크라켄을 공격한다. 크로크-르캥은 아더월드의 바다에서 크라켄과 함께 뱃사람들에게 위협적인 존재들이다.

☞ **크루이크크크_** 빨간 상아가 돋친 파란색 잡식성 포유류 동

물. 성질이 포악한 것으로 알려져 있으며, 살이 맛있어서 사육한다. 야생 크루이크크크 떼는 삽시간에 밭을 황폐하게 만들어 놓는다. 그래서 아더월드의 농부들은 곡물을 지키기 위해서 크루이크크크 퇴치 주문을 사용한다.

☞ **크룬칠**_ 하트 모양의 식물이며 잎을 식용한다. 크룬칠 잎만 있으면 다른 음식을 먹지 않아도 생존할 수 있어서 '여행자의 식물' 이라고 불린다.

☞ **키디코이**_ 장난꾸러기 꼬마도깨비 파보들이 창안한 막대사탕. 겉을 빨아먹으면 속에서 예언 글귀가 나타난다. 이 예언은 항상 실현되지만 그 순간에는 당사자가 이해하지 못하는 경우가 대부분이다. 모든 국가의 최고 마법사들은 그 기능을 이해하기 위해 신비한 키디코이를 연구하고 있지만 성과를 얻지 못했다. 파보들이 그 비밀을 잘 지키고 있기 때문이다.

☞ **타로데르**_ 자는 동물의 살 속에 유충을 넣어서 번식하는 벌레. 타로데르에게 물리면 통증이 심하므로, 유충이 몸 속으로 퍼지기 전에 즉시 소독해야 한다.

☞ **타오르미스**_ 얼굴이 개미처럼 생긴 쥐인데 깨물면 굉장히 아프다. 개미집 하나가 이동할 때 숲 전체가 쑥대밭이 될 수 있다. 타오르미스는 아더월드의 동물이 좋아하는 꿀을 생산하지만, 그 꿀을 얻으려면 목숨을 걸어야 한다.

☞ **타춤**_ 노란색 꽃이며, 그 꽃가루는 아더월드의 후추로 사용된다. 자극성이 아주 강해서 타춤의 냄새를 맡으면 어떤 상태의 코든 뻥 뚫린다.

☞ **타트롤**_ 지구와 아더월드는 측량 단위가 서로 다르다. 타트롤은 킬로미터, 바트롤은 미터에 해당한다.

☞ **트라둑**_ 살코기와 털가죽을 얻기 위해 켄타우로스들이 키우는 동물. 악취를 풍기는 특성이 있어서 포식동물들로부터 자신을 보호한다. 그러나 트라둑의 냄새를 맡지 않기 위해 콧구멍을 막을 수 있는 늑대 크르르렉은 예외다. 아더월드에서 '병든 트라둑 같은 악취가 난다.' 라는 표현은 모욕으로 받아들여진다.

☞ **트리크로르크**_ 표적을 정확하게 찾는 마법의 무기이다.

☞ **트실**_ 살테렌스 사막의 벌레. 모래 속에 숨어서 동물이 지나가기를 기다리다 동물에 들러붙어서 살갗이든 딱딱한 껍질이든 뚫어버린다. 그 알들은 혈관을 침투해서 숙주의 몸 속에 퍼진다. 100시간이 지나면 알들이 부화하며, 새로 태어난 트실들이 숙주의 몸을 먹는다. 아더월드에서는 트실로 인한 죽음이 가장 끔찍한 죽음 중 하나다. 이런 이유로 살테렌스 사막을 여행하는 사람은 거의 없다. 보통 트실에 대한 해독제는 존재하는 반면에 금빛 트실에 대한 해독제는 없어서 공격을 받으면 죽음을 면할 길이 없다.

☞ **페가수스**_ 날개 돋친 말. 지능은 개의 지능에 가깝다. 발굽은 없지만 갈퀴발톱이 있어서 어디든 쉽게 올라앉을 수 있다. 키가 무려 200미터에 이르고 몸통의 원주가 50미터에 이르는 자이언트 강철나무 꼭대기에 둥지를 친다.

☞ **플로프**_ 맹독성의 하얗고 파란 개구리로 멘탈리르의 평원에서 볼 수 있다.

☞ **흡혈파리**_ 물리면 통증이 몹시 심하다.

작품 해설

『타라 덩컨』의 작가 소피 오두인 마미코니안은 축복받은 작가임이 틀림없다. 그녀의 명함에는 'HRH 소피 오두인 마미코니안, 아르메니아 왕위 계승을 요구하는 공주' 라는 문구와 함께 태양과 마주보는 청록색의 사자 두 마리, 아르메니아 왕가를 상징하는 활과 화살을 가진 독수리 문양과 'semper puri(늘 순수하게)' 라는 라틴어 명구가 보인다.

아르메니아의 왕자 마미코니안(러시아 궁정의 정신과의사이자 니콜라스 차레비치의 주치의)과 러시아의 공주 안나 다비도프의 증손녀로 아르메니아 왕가의 혈통을 잇는 소피 오두인 마미코니안은 「렉스프레스」와 「르 주르날 뒤 메드생」 문학 담당 기자와의 인터뷰를 통해 이렇게 말했다.

"우리 집안은 아주 유서 깊은 아르메니아 가문 중 하나입니다. 『타라 덩컨』은 작가를 열다섯 명이나 배출한 가문의 유산이라고 할 수 있습니다. 나의 할아버지와 증조할아버지는 유명한 영화감독이었고, 특히 프랑스에 살고 있는 삼촌 프랑시스 베베르는 작가이자 영화감독으로 나를 스필버그에게 소개해, 그가 『타라 덩컨』의 판권을 사는 데 결정적인 역할을 한 분이에요."

『타라 덩컨』은 기상천외한 마법 소재들과 거기에 얽히는 모험들이, 작가가 15년간의 습작을 거쳐 만들어낸 아더윌드라는 마법 세계를 무대로 펼쳐지는 방대한 규모의 판타지 소설이다.

주인공 타라 덩컨은 악의 힘에 의해 살해된 부모의 운명을 피하게 하려는 할머니 때문에 자신에게 마법 능력이 있다는 것도 모른 채 평범한 삶을 살아가지만, 어느 날 실수로 친구를 공중으로 날려 보내면서 숨겨진 능력이 있음을 깨닫게 된다. 그러던 어느 날 자신의 능력을 이용하려는 악당 마지스터(그는 타라 부모님을 살해한 원수이다)의 공격을 받은 타라 덩컨은 개로 변해버린 증조할아버지와 함께 마법과 모험이 숨쉬는 아더윌드로 여행을 떠난다.

열두 살 때부터 드래곤과 뱀파이어에 관한 글을 쓰기 시작했던 소피 오두인 마미코니안은 열네 살 때 공상과학소설에 빠져들어 15,000여 권의 SF 작품을 읽은 독서광으로, 결혼 후 첫 딸 디안을 낳고 무료한 시간을 보내던 중 셰익스피어의 『한여름 밤의 꿈』을 읽다가, 작품에 등장하는 오베론, 타이테니아, 퍽이 다른 세상에서 왔다면, 그들이 마법의 세계에서 우리의 지구에 도착한 것이라면, 마법이 지구에 미치는 영향과 지구가 아더월드에 미치는 영향은 어떨까, 라는 생각을 하게 되었다. 그것이 바로 『타라 덩컨』의 시작으로 새로운 마법의 세계에 영감을 얻은 작가는 하루가 26시간이고 1년이 454일에 7계절이 존재하고, 랑코비트 왕국, 오무아 제국, 난쟁이들의 나라 히믈리아, 거인들의 나라 간디스, 트롤들이 사는 크랑카르, 뱀파이어들이 사는 크라살비, 엘프들의 나라 셀렌다 등 수많은 종족의 나라들이 존재하는 거대한 마법 행성 '아더월드'를 만들어낸다.

하지만 부모 없이 자란 마법사 어린이가 주인공이라는 기본 설정으로 인해 『타라 덩컨』은 '해리포터의 여동생' 혹은 '치마입은 해리포터'라는 등 『해리포터』와 비교되는 숙명에서 벗어날 수 없었다. 그러나 살아 움직이며 기분에 따라 색깔을 바꾸는 궁전을 비롯하여, 자기만의 색깔을 찾아가는 등장인물들, 마법사들이 교감을 나누는 '패밀리어'라는 동반자, 가공의 괴물, 기발한 식물들을 통해서 새로운 세상에 대한 관심과 열정을 가지게 하는 발상은 『타라 덩컨』만의 매력을 분명히 보여준다.

또한 '셈나샤오비로다인트라쉬부'라는 국적 불명의 이름과 컴퓨터 키보드 위에서 손가락이 흘러가는 대로 만들어낸 것 같은 단어들은 독자들에게 생경한 단어들을 보는 즐거움을 주려는 작가의 바람으로, 해괴한 단어들을 바꾸자는 출판사의 의견을 단호하게 거절한 그녀의 고집이 느껴진다.

사실 소피 오두인 마미코니안은 『타라 덩컨』을 1987년부터 쓰기 시작했지만 『해리포터』가 세상에 나오면서 많은 요소를 변경해야 했다. 『해리포터』 때문에 줄거리 확장을 비롯해 구성도 완전히 수정했고, 이미 설정해두었던 마법 학교를 삭제하는 등, 15년에 걸쳐 작품의 모든 장면을 수정했다.

원하는 결과를 얻을 때까지 한 가지 줄거리를 수도 없이 변경했던 작가의 노력 덕분인지 『타라 덩컨 1: 아더월드와 마법사들』은 출간 당시 4만 부 판매, 6주간 일반도서부분 베스트셀러 1위라는 경이적인 기록을 세웠고, 미국, 독일, 이탈리아, 스페인, 일본 등 여러 나라의 언어로도 출간되었다.

강력한 마법 능력을 가졌지만 평범한 소녀로서의 삶을 꿈꾸는 타라 덩컨과 강한 우정으로 뭉쳐진 칼, 로빈, 무아노, 파브리스, 파프니르의 멋진 활약을 담은 『타라 덩컨』 시리즈는 2015년까지 1년에 한 권씩 독자들을 찾아갈 예정이다.

랑코비트의 덩컨 가문 가계도

-5014년 파이초 25일(아더월드력)을 기준으로 작성-

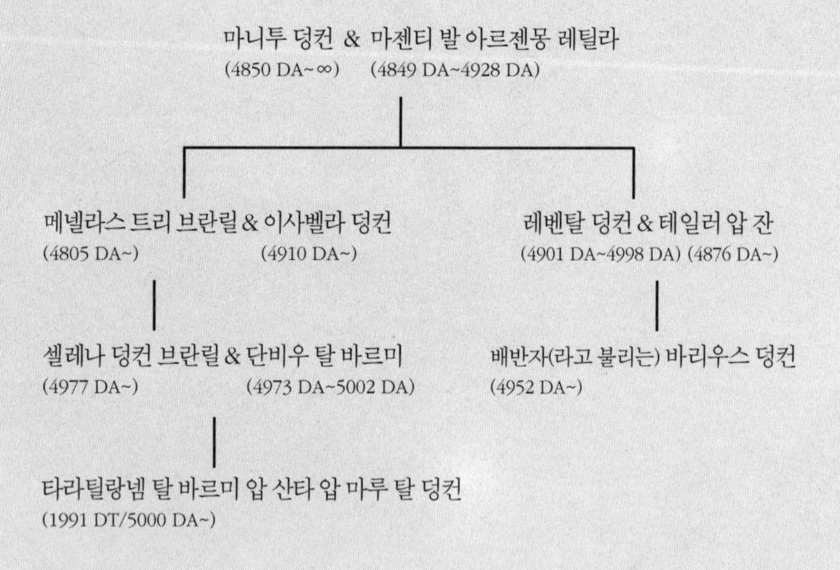

DA = 아더월드력
DT = 지구력

오무아 제국의 탈 바르미 압 산타 압 마루 가문 가계도

-5014년 파이초 25일(아더월드력)을 기준으로 작성-

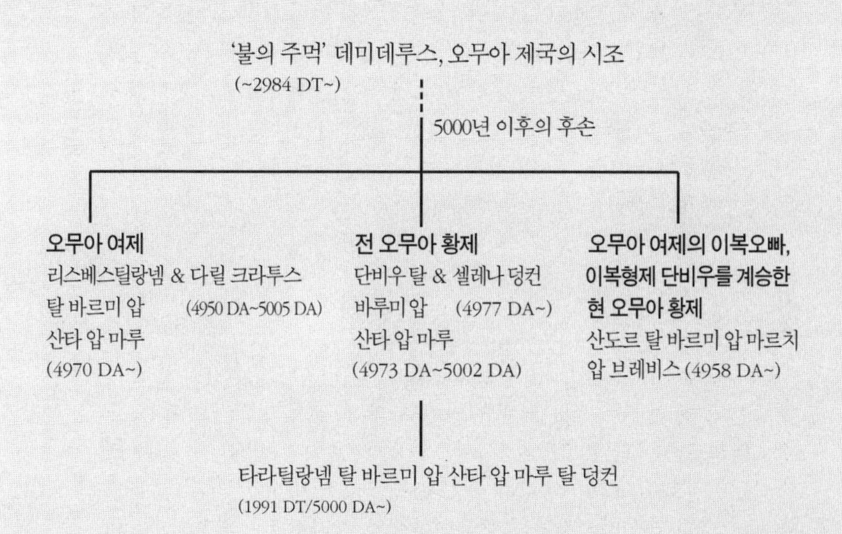

DA = 아더월드력
DT = 지구력

Photo, Didier Pruvot © Editions Flammarion

소피 오두인 마미코니안
Sophie Audouin-Mamikonian

아르메니아 왕위 계승자인 소피 오두인 마미코니안은 파리의 아사스 대학에서 법학을 전공했으며, 두 딸을 둔 어머니이다. 할머니와 어머니에게 러시아의 독특한 이야기를 들으며 자란 그녀는 열두 살 때 복막염을 앓으면서 꼼짝할 수 없게 되자 시간 죽이기 요량으로 처녀작 「샹들리에, 황금 불사조」를 썼으며, 15,000여 권의 공상과학 소설을 읽은 독서광이기도 했다. 15년이라는 오랜 작업 끝에 1권이 출간된 『타라 덩컨』의 주인공 소녀는 두 딸의 성격을 합해서 만들어낸 캐릭터라고 한다. 캐나다, 일본 등 26개국에서 번역된 『타라 덩컨』 시리즈는 2015년 12권으로 완결될 예정이다. 그 외 작가의 주요 작품으로 『뚱보들의 저녁식사』, 『인디아나 텔러』 시리즈 등이 있다.

옮긴이 이원희

프랑스 아미앵 대학에서 「장 지오노의 작품 세계에 나타난 감각적 공간에 관한 문체 연구」로 석사학위를 받았다. 현재 전문 번역가로 활동 중이며 역서로는 아민 말루프의 『사마르칸트』와 『마니』, 앙리 지델의 『코코 샤넬』, 생텍쥐페리의 『야간비행』, 칼릴 지브란의 『예언자』, 다이 시지에의 『발자크와 바느질하는 중국소녀』, 장 크리스토프 뤼팽의 『붉은 브라질』, 안니 뒤페레의 『파티』, 기욤 프레보의 『시간의 책』(전 3권), 피에르 보테로의 『에윌란의 모험』(전 3권) 등 다수가 있다.

Illust 스튜디오 가게 studiogage.com